플라스틱
아일랜드

이 문 환 장 편 소 설

플라스틱
아일랜드

문학동네

그대가 원하는 바가 법칙의 모든 것이 되도록 하라.
― 알레이스터 크로울리

이 돌을 빵으로 만들어보라.
― 누가복음 4장 3절

차례

신입 Rookie

종류에 상관없이 모든 타로 데크의 출발점은 '바보(Fool)' 카드다.
신성한 탐구의 입문, 새로운 시작, 상쾌한 출발, 불가사의한 여정,
위험한 결과를 초래할 수 있는 한 단계 도약……
정장을 말쑥하게 차려입은 카드 속 신입사원을 보라.
사나운 개가 허벅지를 물었는데도 뭐가 좋은지 해죽 웃고 있다.

1

상처가 붉게 타오르는 밤이었다. 간절한 소원을 성취할 것이라는 계시를 받고, 일 년 전 교통사고로 한날에 모두 세상을 떠난 가족들이 돌아와도 알아보지 못할 만큼 취한 몸으로 들어와 지독한 단잠에 빠져들었던 그날 밤, 평소 앞머리를 내려서 감추는 균사(菌絲)처럼 길고 가느다란 이마의 흉터는 시뻘겋게 달아올라 꿈틀거렸으며, 왼쪽 눈가에 찍힌 초승달 모양의 흉터는 진홍색으로 물들었다. 왼쪽 손등의 오십원짜리 동전만한 켈로이드 조직은 검붉은색으로 부풀었다가 가라앉기를 반복하는 모양이 거머리가 달라붙어 피를 빠는 동시에 배설하는 것 같았다. 오른쪽 손목과 왼쪽 정강이의 우툴두툴한 반흔(瘢痕)은 반들반들하게 윤이 났다. 간이 해독하지 못한 알코올의 독소는 그렇게 혈관을 타고 돌아 온몸에 흔적을 남기며 시간을 잘게 썰고, 잘라내고, 이어 붙였다.

조식은 요란한 섹스의 꿈을 꿨다. 초등학교 육학년 첫사랑이자 첫 자위 상대였던 같은 반 여자애가 출연하는 꿈을 꾸고 나면 그는 늘 혼란스러웠다. 과거의 기억이 현실보다 더 생생해 시간은 초등학교 시절에서 멈췄고 지난 이십여 년의 세월은 한낱 백일몽이었던 것처럼 여겨졌기 때문이었다. 마른 몸에 비해 넓은 골반 때문에 남자애들에게서 엉덩이가 크다는 뜻으로 '하마'라고 놀림받던 소녀. 그러나 햇볕에 살짝 그을린 피부에 까만 눈동자는 언뜻 마주칠 때마다 그를 설레게 했다.

소녀의 이름은 지용이었다. 운동신경이 뛰어나 오학년까지는 남자애를 포함해 전교에서 두세 손가락 안에 드는 달리기 실력을 자랑했다. 봄과 가을 체육대회에서는 그녀가 남자를 꺾고 우승할 수 있을지 남녀가 패로 갈려 시끌벅적하게 떠들며 내기를 걸곤 했다. 지용의 전성기는 오학년 때로, 봄 체육대회에서 단거리와 장거리 부문을 석권하고 가을에는 서울시가 주최한 체육대회에서도 여자 초등생 이백 미터 부문에서 준우승을 했다.

육학년이 되면서 가슴이 걷잡을 수 없이 부풀지만 않았어도 지용은 육상선수의 길을 걸었을지도 몰랐다. 하지만 유난히 커진 가슴이 발목을 붙잡았다. 달릴 때마다 브래지어로 동여맨 살덩이가 덜렁거려서 남자애들로부터 '젖소'라는 놀림까지 받게 되자 그녀는 절대 달리려 하지 않았다.

운동장을 빙 둘러싼 은행나무에서 잎이 돋아났다가 지고 나뭇가지 위로 흰 눈이 덮일 때까지 한 교실에서 공부하면서도, 조식은 지용에게 말 한번 제대로 붙여보지 못했다. 그의 집과는 반대 방향인 그녀의 집 앞에서 기다리고 있다가, 까만 얼굴 속 바둑돌처럼 까만 눈동자와 눈을 맞추고 "사랑해"라고 고백하는 장면을 수천수만 번 상상했지만 면전에서 거절당할까 두려워 행동으로 옮기지 못했다.

　대신 지용은, 조식이 어른이 되어서까지 잊지 못하고 자위용품으로 꺼내 쓰는, 잊지 못할 추억을 남겼다. 초등학교 생활을 마감하는 육학년 이학기 기말고사 시험을 치르는 날, 이교시 산수시험이 끝나고 나서였다. 그녀는 휴식시간에도 여전히 문제 풀이에 골몰한 표정으로 여자 부반장과 답을 맞춰보고 있었다.

　그녀가 자신의 답이 틀렸음을 깨닫고 발을 동동 구르다 다시 한번 확인하려고 부반장의 책상 위로 몸을 구부릴 때였다. 그녀가 걸친 분홍색 폴로셔츠의 밑자락이 올라가면서 허리띠 위로 흰색 팬티가 정제된 설탕처럼 하얗게 드러났다. 시간이 일, 이 초가량 그대로 멈췄다.

　조식은 흥분한 나머지 점심도 제대로 먹지 못했다. 집에 돌아와서는 어머니에게 인사를 하는 둥 마는 둥 한 뒤 방문을 걸어잠그고 친구들에게서 비전(秘傳)처럼 전수받았으나 감히 시도해본 적 없었던 자위를 시도했다. 몇 번 안 되는 손놀림만으로도 여자 열댓은 임신시키고 남을 정액 덩어리들이 천장을 향해 솟구쳤다가 배 위로 후드득 쏟아져내렸다.

　어른이 된 뒤에도 지용과의 꿈속에서의 섹스에는 가슴을 울렁이게 하는 짜릿함이 있었다. 고등학교 시절 볼륨을 죽이고 부모님 몰래 포르노 비디오를 보던 때처럼 언제 깨질지 모르는 조마조마한 긴장이 흘렀다. 둘은 거칠게 키스하며 옆구리를 대고 누웠다. 조식은 그녀의 허벅지에, 그녀는 조식의 허벅지에 얼굴을 향하도록 몸을 교차하고 서로의 성기를 입술마냥 달콤하게 빨았다. 이십여 년이 지났지만 지용의 치골에는 음모가 돋아나지 않아 자기(磁器)처럼 매끈했다. 그 아래 갈라진 틈의 살덩어리에선 풋과일 맛이 났다.

　검붉게 부풀어오른, 상상 속에서 더 크고 굵어진 조식의 성기가 아무 저항도 받지 않고 그녀의 몸을 파고들었다. 그렇게 현실에선 도저히 가질 수 없는 쾌감에 가까이 다가가고 있을 때 조식의 꿈을 깨는 불청객이 나타났다. 곤충의 신경질적인 날갯짓 소리였다. 그것도 한 마리가 아니라 수백 마리. 관악산으로 간 유치원 봄소풍에서 벌떼에 쏘인 적 있는 그는 눈이 번쩍 뜨였다. 아픈 것보다도, 오줌을 바르면 낫는다기에 친구의 오줌을 발랐다가 집에 돌아가는 길에 여자애들이 지린내가 난다고 수군거렸기에 더욱 쓰라렸던 경험이었다. 오줌을 제공한 친구마저 그를 외면했다. 조식은 그날, 다음날, 그 다음날도 혼자 집에 가야 했다.

겨드랑이에 털이 수북한 어른이 된 뒤에도 벌 소리에는 몸에 각인된 어린 시절의 아픔이 뾰족하게 일어났다. 누렇게 낀 눈곱 때문에 회뿌예진 시야에 날개 달린 그 사악한 것은 들어오지 않았다. 하지만 소리는 계속 들렸다. 조식이 볼 수 없는 사각에서 붕붕 날아다니며 공격 준비를 하고 있는 것 같았다.

조식은 눈을 비볐다. 양안 일 점 오의 시력은 그의 신체 조건 중에서 유일하게 우성(優性)이라 내세울 만한 것이었지만 여전히 눈앞은 흐릿했다. 그는 평소의 습관대로 왼쪽 손등을 들어 둥글게 융기한 흉터가 제대로 붙어 있는지 확인했다. 재작년 말에 망년회를 마치고 돌아오다가 술김에 동네 공원에서 철봉대를 치고 회양목 사이를 구르다가 얻은 상처 중 가장 큰 놈이었다. 손등에서 피를 흘리며 엉망이 된 몸으로 들어왔을 때 어머니는 애지중지하는 큰아들이 강도라도 당한 줄 알고 경찰서에 신고부터 하려고 했더랬다. 이튿날 아버지는 반창고를 덕지덕지 붙인 그에게, 이젠 네가 가장인데 이렇게 흐트러진 꼴을 보여서야 체면이 서겠냐고 훈계하셨고……

지난해 이맘때 그를 제외한 일가족이 모두 교통사고로 비명횡사한 뒤부터 왼쪽 손등의 상처는 꿈과 현실을 구분하는 표지였다. 그는 간혹 자각몽(自覺夢)을 꾸었는데, 그때마다 그의 왼쪽 손등은 상처 없이 매끈했다. 꿈속에서 멀쩡한 손등을 보면 지나온 세월이 진부한 농담처럼 느껴졌지만, 일단 깨고 나면 도망칠 수도 그렇다고 맞설 수도 없는 현실이 그를 기다리고 있었다. 다시 돋아난 손등의 상처와 함께.

건조한 각막에 눈물이 돌자 그가 살고 있는 직사각형 모양의 원룸과 방 안의 가구들이 좀더 뚜렷한 형체를 떠었다. 그는 침대와 대각을 이루고 있는 욕실부터 살피기 시작했다. 살짝 열린 문으로 불빛이 새어나왔다. 그밖에 평소와 다른 점은 발견할 수 없었다.

욕실 문에서 세 걸음 떨어진 스탠드 옷걸이에는 양복 재킷과 구겨진 와이셔츠, 집에서 입는 트레이닝복과 면 티셔츠가 걸려 있었고, 양복바지가 그 아래에 공처럼 뭉쳐진 채 떨어져 있었다. 벽에 바싹 붙여둔 접이식 테이블 위에는 노트북 컴퓨터가 욕실을 향해 화면을 벌린 채 조식에게 둥글둥글한 음각 로고의 등을 보이고 있었다.

침대 오른쪽에는 이십 인치 텔레비전이 넓은 서랍 두 개가 딸린 서랍장을 받침대 삼아 놓여 있고, 그 옆으로 상반신 거울과 남성용 스킨 및 로션, 휴대폰 충전기가 흩어져 있었다. 독 오른 벌의 모습은 찾을 수 없었다. 날갯짓 소리도 멈춰 있었다.

하지만 그는 탐색을 그치지 않고 침대 발치의 다갈색 사다리로 시선을 돌렸다. 그의 원룸은 방의 절반이 좀 못 되는 크기의 다락 역할을 하는 이층이 딸린 복층형이었다. 사다리를 타고 올라가면 옷장과 조그마한 책장이 나왔다. 백여 권가량의 책이 들어가는 책장에는 그가 다니고 있는 증권사에서 요구하는 각종 자격증 시험에 대비하기 위한 전문서적을 비롯해 애인에게 잘 보이기 위해 구입한 문예이론서와 철학서적, 도스토옙스키 전집과 카프카 전집 등의 고전소설류가 꽂혀 있었다. 일 년 전부터 조식은 CFA(공인재무분석사) 1차 시험을 위한 수험서 외에는 거의 손대지 않아 나머지 책들에는 먼지가 쌓여 있었다.

사다리 너머로는 부엌이 있었지만, 조식이 누운 자리에서는 냉장고의 오른쪽 귀퉁이밖에 보이지 않았다. 개수대는 침대보다 왼쪽으로 네 뼘가량 밖으로 나간 벽에 설치돼 있었다.

날갯짓이 다시 시작됐다. 조식은 목표물을 찾는 저격수처럼 날카롭게 사방을 살피다가 문득 소리의 정체를 깨닫고 허탈한 웃음을 터뜨렸다. 휴대폰의 진동음. 평소에는 벨소리로 설정해놓는데 전날 밤 술을 마시다 무심결에 진동 모드로 바꿔놓은 모양이었다. 아마 침대 밑으로 떨어졌겠지. 그는 방바닥으로 팔을 뻗었다. 손에 닿는 것은 먼지와 머리카락밖에 없다. 깊숙이 들어갔나 보군.

그는 금세 포기했다. 휴일 오전에 전화를 걸 사람이 누굴지는 뻔했다. 이틀 전 할머니의 초상을 치르러 고향인 전주로 내려간 혜정이 아니라면 두 손을 들어 환영할 일이었다.

조식은 재채기를 터뜨렸다. 코가 시렸다. 벌거벗은 팔과 다리에 소름이 돋았다. 그는 팬티와 러닝셔츠 바람이었다. 침대 머리 위 벽에 뚫린 이중창에서 쌀쌀한 겨울 공기가 들어오고 있었다. 창문의 블라인드가 잔바람을 타고 창틀에 몸을 탁탁 부딪쳤다. 연말 들어 영하 십 도를 넘나드는 강추위가 하루 걸러 닥치며 매스컴에서 '이상 한파'가 몰아닥쳤다고 호들갑을 떠는데도 술김에 창문을 활짝 열어놓고 잠들어버린 모양이다.

새벽에 눈이 내리며 수은주의 영점 턱밑까지 기온이 올라가지 않았다면 십중팔구 감기에 걸렸으리라. 크리스마스이브에 낯선 사람들과 질펀하게 술을 마시고 베개와 이불에 잔뜩 묻은 알코올과 니코틴, 타르 냄새에 파묻혀 아직 숙취에서 깨지 못한 그에게 크리스마스의 색깔이 화이트인지 블루인지 블랙인지는 중요하지 않았다. 머릿속 알맹이는 건포도처럼 말라 찌그러진 것 같았고 팔다리는 온통 저렸다. 오른쪽 무릎에선 묵직한 통증이 왔다. 밤새 어딘가에 세게 부딪힌 것이 분명했다.

혀끝에 돋아난 혓바늘이 바싹 마른 입천장에서 더욱 촘촘하게 느껴졌다. 휴대폰이 다시 울렸다. 그는 그 소리가 벌의 날갯짓보다는 메뚜기의 울음소리에 가깝다고 생각했다가, 메뚜기가 우는 소리는 한 번도 들어본 적이 없다는 사실을 깨닫고는 실소를 지었다.

코를 훌쩍이며 아랫배를 손으로 긁다가 그는 발기한 자신의 성기를 만졌다. 사각팬티 위로 솟아오른 작은 봉우리는 나날이 불러오는 배에 가려 누워서는 보이지 않았다. 그는 꽤 딱딱해진 물건을 밀가루 반죽처럼 조물거리며 지용을 꿈꾸었던 것이 언제였는지를 되짚어봤다. 꽤 오래 전의 일이라는 정도밖에 생각나지 않았다.

추억과의 섹스는, 중간에 끊어진 꿈의 자락을 좇아 헉헉대면서 더운 날에는 이마에 땀까지 흘려가며 왼손이 모르게 오른손으로 끝내는 것이 대부분이었다. 그는 팬티를 가랑이 아래로 내리고 손을 움직였다. 2차 대전 때 독일군이 쓰던 재활용 수류탄처럼 길고 딱딱해진 성기는 차가운 손아귀에서 살짝 움츠러들었지만 여전히 폭발할 준비가 되어 있었다.

그는 눈을 감고 손을 놀렸다. 한 번도 가까이에서 본 적 없었던 지용의 눈, 만져본 적 없는 그녀의 살갗을 눈꺼풀 아래에 투영하면서 움직임을 빠르게 했다. 그러나 열린 창문으로 싸늘한 바깥 공기가 계속 들어오면서 흥분은 옅어졌다. 추워. 추워. 추워. 혜정의 바들바들 떠는 목소리까지 끼어들었다. 얼음공주 같은 냉정한 외모에 어울리지 않게 추위에 약한 혜정은 가을에도 바람이 강하게 불면 낯빛이 새파랗게 변해선 춥다, 춥다를 거듭했다.

마침내 재채기가 터졌다. 손에 쥐고 있던 것은 고무찰흙처럼 물렁해져버렸다. 꿈속에서의 흥분이 사라지자 그는 꿈을 꾼 것이 맞는지, 그저 꿈을 꾸고 싶었던 것은 아니었는지 스스로를 의심했다. 하지만 그런 생각도 빨리 창문을 닫아야겠다는 생각에 곧 밀려났다.

조식은 두 다리를 삼십 도 각도로 들었다 내리며 반동을 이용해 몸을 일으키려고 했다. 그러나 뻣뻣한 다리와 지방이 두텁게 쌓인 복부는 조화를 이뤄 움직이지 않았다. 그는 팔을 허우적대다가 오른손으로 침대를 짚으며 몸의 중심을 겨우 잡았다. 한숨이 절로 나왔다.

그는 상체를 반쯤 일으킨 뒤 나머지도 마저 일으키기 위해 왼손 손바닥을 침대에 대고 팔에 힘을 주었다. 손 안에 뭉클한 것이 들어왔다. 뼈, 살, 그러나 비닐에 싼 죽은 생선을 잡은 것 같은 싸늘한 느낌. 창백한 사람 손이었다.

누군가 가슴까지 이불을 두르고 누워 있었다. 깜짝 놀란 그의 몸이 반사적으로 뒤로 튕겨나갔다. 그 바람에 오른쪽 팔꿈치가 꺾이며 등이 침대 모서리에 세게 부딪혔지만 아픈 줄도 몰랐다. 온몸의 털이 바짝 섰다.

현관 디지털 도어록의 비밀번호를 알고 있는 사람은 혜정뿐이었다. 하지만 그녀는 아직 전주에 있어야 했다. 떠나기 전에 분명히 입술을 깨물며 그렇게 말했다. "크리스마스이브를 그치들과 함께 보내야 해." 발인을 마치고 곧장 올라온다고 해도 오후가 되어야 했다.

그의 옆에 누워 있는 것은 혜정이 아니었다. 피부색부터가 달랐다. 그을린 갈색 피부. 볕이 따가워지는 봄 중순부터 자외선 차단제를 챙기는 혜정의 얼굴은 늘 하얀색이었다. 머리 모양도 늘 단정한 생머리의 혜정과 달리 부풀린 갈색 머리였다. 아몬드 모양의 눈은 푸른빛을 띠었고, 약간 사팔뜨기여서 오른눈은 조식을 보고 있었지만 왼눈은 그의 등뒤 어딘가를 응시하고 있었다. 잊으려고 애쓰지만 때때로 떠오르는, 남동생의 생전 모습이 생각났다. 각막이 뚜렷한 원인 없이 솟아오르며 얇아지는, 원추각막이라는 질환에 걸려 실명 직전까지 간 남동생의 왼쪽 눈은 유난히 반짝였고, 움직임이 거의 없어 의안을 박은 것처럼 보였다.

늘 피곤한 표정의 혜정과 달리 누워 있는 그녀는 입가에 행복한 웃음을 머금고 있었다. 좁고 날카로운 턱에 비해 입술은 지나치게 컸다. 머리 크기가 워낙 작아 목은 상대적으로 굵어 보였지만, 실제 둘레는 마른 체격의 혜정보다 더 가는 것 같았다.

넓은 어깨에 쇄골 부위는 선이 깊고 뚜렷했다. 이불에 덮인 가슴은 발사대에 선 로켓처럼 기립해 있었는데, 이것도 혜정과의 큰 차이점이었다. 두 팔은 이불 밖으로 내놓고 있었는데, 조식이 잡았다가 놓은 오른팔은 왼팔에 비해 삐뚤게 놓여 있었다.

늦은 오전의 햇빛이 블라인드의 틈새에 잘게 썰려 침대 위에 흩어졌다. 여자는 분명 살아 있는 것이 아니었다. 눈꺼풀과 눈동자는 박제 동물처럼 미동도 하지 않았고, 입술은 딱딱하게 굳어 있었다. 생의 마지막 순간을 정지 화면으로 붙잡아놓은 듯한 모습이었다.

밤새 마신 술의 양을 따져보면 사람을 죽여 집까지 들쳐업고 왔다 해도 이상하지 않았다. 분명 실수를 저질렀을 것이다. 오렌지향을 맡으면 침이 흐르듯, 앞뒤 없이 후회의 감정이 밀려왔다. 후회해도 소용없다는 것을 알기에 더욱 후회했다.

조식은 여자의 오른손을 툭 건드려봤다. 여자가 움직이지 않자 묘한 안도감이 들었다. 방금 전까지만 해도 소스라치게 놀라며 자빠질 뻔했는데 말이다. 꼼짝하지 않는 그 손을 이번에는 만져봤다. 살아 있는 여자의 살덩이처럼 나긋나긋하면서도 미라처럼 건조했다.

이불을 걷어내자 실오라기 하나 걸치지 않은 알몸이 나타났다. 상체와 허리, 하체가 콜라병의 곡선을 이루는, 성형외과의사들이 더이상 손댈 데가 없다며 감탄할 완벽한 몸매였다.

탄력 있게 솟아오른 가슴을 만질 때 조식은 저도 모르게 손이 떨렸다. 그러나 유방치고는 좀 이상한 감촉이었다. 살갗 아래에선 묵직한 느낌만이 전해져 왔다. 피부와 지방, 유선조직의 삼층구조가 아니었다. 실리콘을 넣은 가슴—사창가에서 경험한—에 가까웠으나 똑같은 느낌은 아니었다.

시체를 만지는 기분이 이런 것일까? 장의사는 부모님과 두 동생의 염습을 마치고 입관하기 전에 조식을 불렀다. 그는 마지못해 실눈을 뜨고 시신을 봤다. 짙은 화장 때문에 정교한 밀랍인형처럼 보이는 시신의 얼굴을 기억에 남기지 않으려고 안간힘을 썼다. 만약 만져보기라도 했다면, 화장한 시신을 납골묘에 안치한 뒤 한 달 내내 계속됐던 악몽, 죽은 자들이 살아 돌아오는 꿈은 더욱 끔찍하게 전개되었으리라.

침대에 누운 여체의 아랫배는 일직선으로 날씬하게 뻗어 있고 그 아래의 삼각지는 터럭 하나 없이 매끈했다. 그는 손바닥으로 그녀의 허벅지부터 무릎과 정강이까지를 쓸어내려봤다. 허벅지 안쪽은 셀룰라이트가 뭉친 것처럼 울퉁불퉁했고, 종아리 안쪽으로는 주조물에서 흔히 볼 수 있는 이음새도 발견할 수 있었다.

그녀는 인간이 아니었다. 리얼 돌(Real Doll), 일명 '단백질 인형'. 조식은 관련 기사를 읽은 적이 있어서 알고 있었다. 알루미늄이나 메탈 프레임의 뼈대에 실리콘과 라텍스로 거죽을 입히고 실제와 흡사한 성기까지 갖고 있는 성인용 바비인형. 주인의 환상에 따라 간호사, 의사, 치어리더, 여고생, 오피스 레이디, 여동생, 누나, 이모, 숙모, 처제, 어머니 등 직업과 도덕의 경계를 뛰어넘어 자유자재로 변신한다. 가격대는 보통 천만원가량. 일부 모텔이나 PC방에서는 이를 들여다놓고 실제 사창가의 화대에 버금가는 돈을 받고 대여하기도 한다.

그는 무릎을 꿇고 앉아 인형의 가랑이 사이로 고개를 들이밀었다. 한눈에도 가짜로 보였다. 양쪽의 곡선 부위에서 볼록렌즈 모양의 긴 타원형을 이루고 있는 대음순은 완벽한 대칭을 이루고 있어 오히려 부자연스러웠고, 감촉은 더욱 어색했다. 모세혈관과 신경이 집중된, 나비의 날개처럼 얇게 부들거리는 인체의 정교한 부위를 실리콘 따위로 흉내내기엔 역부족이었다. 조식의 아랫도리에서 성욕의 불씨가 연기를 피우다 사그라졌다.

그래도 나의 큰 희망은 사람에 있다…… 그는 구세군 창립자인 윌리엄 부스의 말을 중얼거렸다. 그리고 이 인형이 어떻게 자신의 방에 들어와 있는지를 생각해보려다가, 나중으로 미뤘다. 꽉 조인 나사처럼 꼼짝하지 않는 머리를 움직여 기억을 되살리려면 물이라도 한 잔 마셔야 할 것 같았다.

블라인드가 다시 창틀에 부딪히기 시작했다. 조식은 평소의 그답지 않게 재빨리 일어나 창문을 닫았다. 옷걸이에 허물처럼 걸린 트레이닝복 바지를 입고 회사 로고가 가슴과 등에 큼직이 들어간 긴팔 티셔츠를 걸쳤다. '건강 경영'을 표방하는 그의 회사는, 사원들에게 반년에 한 벌씩 새 운동복을 지급하고 달리기와 등산을 반강제로 시키는 것으로 금융계에서 악명이 높았다.

조식은 물을 찾아 냉장고를 열었다. 일렬횡대로 선 하이네켄 네 병을 보자 구역질이 울컥 치밀어올랐다. 일 점 오 리터들이 에비앙 페트병에는 물이 거의 남아 있지 않았다. 혜정이 돌아오기 전에 네 통쯤 사와 냉장고의 빈 공간을 채워넣어야 할 것이었다. 그녀는 그의 집에 정수기가 없다며 늘 에비앙을 고집했다.

그는 냉장고 문을 열어둔 채 셔츠 안에 손을 넣어 뱃가죽을 긁적거리다가 손톱 끝의 냄새를 맡았다. 혜정이 이를 목격했다면 "더러워!"라고 외치며 분노했으리라. 그녀에겐 결벽증이 있어서, 집에서 목욕을 할 때에도 이태리타월로 살갗이 벌겋게 달아오르도록 때를 밀었고, 바닥의 먼지나 시트의 얼룩에도 얼른 제거해내야 할 종양처럼 증오심을 보였다.

그녀가 제시한 가이드라인에 따라 조식은 옷은 단정하게 걸고, 밥을 먹고 나면 테이블의 선과 평행을 이루도록 의자를 반듯이 밀어넣고, 이불은 주름 없이 잘 개어야 했다. 그가 깔끔하게 일처리를 하지 못하면 그녀는 간혹 "양방위를 나와서 그런 거 아냐?"라며 그가 카투사를 나온 것을 꼬집곤 했는데, 그때마다 그는 그녀의 따귀를 갈기고 싶은 충동과 싸워야 했다.

조식은 왼쪽 손등의 상처를 물끄러미 바라보았다. 본래의 살빛으로 돌아온 손등 위의 상처는 아직까지 신호등의 정지신호처럼 붉은색이었다. 그는 잠시 고민하다 맥주병의 주둥이를 잡았다. 그는 왜 자신이 알코올의 늪에서 헤어나지 못하는지를 잘 알고 있었다. 그러길 원했으니까. 뚜껑을 따고 병 주둥이에 입을 대자 구역질이 다시 치밀어올랐지만, 꾹 참고 알코올과 거품을 혀로 굴리며 조금씩 목젖 너머로 흘려보내자 곧 괜찮아졌다.

휴대폰이 또다시 울렸다. 침대 밑 깊숙이 들어가버린 것이 분명했다. 조식은 소리를 무시하고는 맥주병을 테이블에 올려놓고 그 앞에 털썩 앉았다. 나무로 된 의자가 나날이 늘어가는 조식의 몸무게를 버거워하며 위태롭게 삐걱거렸다.

휴대폰이 한숨 돌렸다가 다시 울기 시작했다. 그는 전날 저녁부터 혜정에게서 온 전화를 한 통도 받지 않았다. 문자메시지도 무시했다. 그녀의 표현을 빌리자면 '의무 위반'이었다. 그토록 혐오하는 친척들과 함께 장례식장에서 문상객 시중에 고생하고 있는 애인을 생각하면, 조식은 도와주진 못하더라도 최소한 전화기를 스물네 시간 열어놓고 언제든 불평불만을 들어줄 태세가 되어 있어야 했다. '상담원' 조식은 첫날과 둘째 날은 성실했지만 사흘째에는 근무태만에 연락두절이었다. 그가 술을 마시며 다른 여자에게 환심을 사려고 애쓴데다가 괴이한 인형까지 집에 들여놓았다는 사실을 알게 된다면 그녀가 어떻게 반응할지는 생각해볼 필요도 없었다.

무성의한 죄, 유죄다. 휴대폰 버튼을 서너 번만 누르면 이동통신사들이 제공하는 연인들의 공용어를 쓸 수 있는데 조식은 손가락 하나 까딱하지 않았다. 하트, 큰 웃음, 윙크, 수줍음, 걱정을 표현하는 이모티콘들. 수능처럼 객관식 보기 중에서 택하면 되는 희로애락의 감정들. 아무리 저기압 상태라 해도 함박웃음의 이모티콘과 함께 메시지에 'ㅋㅋ'라는 글자 몇 개만 붙이면 일 년 삼백육십오 일이 매일 휴일인 것처럼 보일 수 있다. 낭떠러지 아래로 등을 떠밀고픔 정도로 진절머리나는 연인에게도 그림메시지 —예를 들면, 설탕을 듬뿍 넣은 코코아— 에 힘내라는 말을 추가해 보내는 것만으로도 감쪽같이 다정다감한 애인이 될 수 있는 것이다.

그러나 이미 종신형을 살고 있는 조식에게 더이상 엄한 처벌은 존재하지 않았다. 혜정은 조식에게 더 실망할 것이 없었다. 그는 맥주를 한 병 더 땄다. 병뚜껑이 튕겨나가면서 유쾌한 소리가 났다.

속은 쓰렸지만 구역질은 잦아든 듯했다. 두번째 병은 처음보다 더 빨리 마실 수 있었다. 정신도 맑아졌다. 막 눈을 떴을 때에는 흐릿했던 사위도 분명한 형태와 색채를 띠었다. 그는 침대에 누워 있는 인형을 주시하며 전날 무슨 일이 있었는지 기억의 실타래를 따라가봤다. 우선 술 좋아하고 접대를 핑계로 룸살롱과 안마시술소에 가는 것을 더 좋아하는 입사동기 김, 이, 박 세 명과 시작한 저녁으로 거슬러올라가야 했다.

광화문 지점에 근무하는 김이 무교동 아사히오리엔으로 장소를 잡아놓았다. 테이블마다 연말의 흥겨움이 짙게 피어올랐다. 두꺼운 유리잔 위로 맥주거품이 음탕하게 부풀어오르며 구세주의 생일을 축하했다. 남자들은 허세를 부리며 자신을 과시하고 여자들은 은근한 눈길로 그들의 외모와 능력 —지갑의 두께— 을 품평했다. 동물의 세계에 비유하면 갈까마귀의 사랑법과 흡사한 양상. 수컷이 불타는 시선으로 구애하면 암컷은 사방을 둘러본 뒤 한순간의 눈짓으로 받아들일 뜻을 내

보인다. 무시당한 수컷은 고독을 곱씹어야 한다.

박은 후배 친구의 친구라며 '특별 게스트'로 여자 한 명을 데리고
왔다. 그 여자는 자기 친구라며 또 한 여자를 데려왔다. 육 인용 테이
블에서 남자 넷 여자 둘은 안주로 나온 소시지와 치킨샐러드를 저녁
삼아 술을 마셨다. 박이 데리고 온 여자는 키가 큰 글래머였는데, 헤퍼
보이는 웃음이 모텔이든 호텔이든 가자는 대로 따라올 것 같은 인상이
었다. 여자가 데리고 온 여자는 이날을 위해 준비했다는 듯 공들인 화
장에, 쉽게 넘어가지 않겠다는 새침한 얼굴, 자그마한 체구였다. 둘 다
나이는 이십육 세. 큰 쪽은 대학원생, 작은 쪽은 초등학교 교사였다.

두 사람이 팔짱을 끼고 시시덕거리며 사이좋게 화장실에 가자 남자
들은 머리를 맞대고 각자 누구를 공략할지 논의했다. 팀원들끼리의 작
전타임이라기보다 업계 관계자들이 가격 인상을 모의하는 은밀한 회
합에 가까웠다. 미혼인 이와 박은 교사를 점찍었다. 김과 조식은 글래
머 대학원생을 지목했다. 김은 유부남이었지만, 국제선 스튜어디스인
아내가 비행을 떠난 덕에 크리스마스이브에도 자유로웠다.

"잘 주게 생기지 않았어?"

조식도 김에게 동의했다. 넷의 공통된 바람은 '영업용'이 아닌 '민
간인' 여자와 하룻밤을 보내는 것이었다. 박은 "자지에 거미줄이 쳤
다"며 이에게 양보할 것을 요구했지만 이도 물러서지 않았다. 김은 퇴
근 즉시 결혼반지를 빼고 온 터였다. 얼굴 생김새로는 조식보다 나을
바가 없었지만 키가 크고 가슴팍이 두터워서인지 대학 시절부터 여자
들을 꽤나 거느리고 다녔다. 조식도 뒤늦게 커플링을 빼 양복 안주머
니에 넣었다. 기념일을 표시할 수 있게 0부터 9까지의 숫자를 새긴 네
개의 스테인리스스틸 링으로 된 스와치의 반지였는데 — 조식과 혜정은
'0214'로 맞춰놓고 있었다 — 이 년 전에 사서 세 번을 잃어버리고 네번
째로 구입한 것이었다. 술집에서 한 번, 안마시술소 탈의실에서 한 번,

그밖에 필름이 끊어진 날 택시 안에선가 길거리 어디에선가 한 번.

술자리가 시작된 지 한 시간이 지난 저녁 여덟시. 조식에게 전화가 왔다. 막 화장실에서 혜정에게 안부전화를 걸고 온 직후였다. 휴대폰의 슬라이드를 밀자 약간 어눌한 남자 목소리가 조식을 찾았다. 형만. 가족의 장례를 치르고 부모님이 남긴 생명보험 계약을 처리하면서 알게 돼 친구처럼 지내는 사내였다.

처음 만날 땐 보험회사 직원인 줄 알았지만 형만의 정확한 직업은 불분명했다. 중키의 그는 늘 진한 밤색에 핑크색 스트라이프 무늬가 들어간 폴 스미스의 양복을 입고 다녔는데, 긴 눈초리에 뾰족한 코는 날카롭고 냉정한 인상을 줬지만 어눌한 말투와 웃을 때마다 수줍게 손으로 입가를 가리는 모습이 이를 중화했다. 그는 첫 만남에서 나이나 고향 얘기를 꺼내며 상대를 금세 형이나 동생, 친구로 만드는 재주를 갖고 있었다. 조식과는 동갑내기라며 만난 지 한 시간 만에 말을 놓았다. 마치 그의 신상명세 — 생년월일, 혈액형, 직장, 연인, 심지어 좋아하는 체위까지 — 를 모조리 파악하고 나온 양 자연스럽게.

형만은 홍대의 한 라운지 바에 있다며, 어서 오라고 했다. 회장을 비롯한 '클럽'의 주요 멤버들이 모여 있으며 특히 회장이 그를 보고 싶어한다는 것이었다. 그의 집은 홍대 전철역 6번 출구에서 십 분 거리. 홈그라운드였다. 형만은 회장이 이십대 후반의 미인이라고 귀띔한 적 있었다.

반가운 소식이었다. 조식은 경쟁률 이 대 일의 시험에서 밀려난 상태였다. 글래머 대학원생은 김과 둘이서만 "원샷!"을 외치며 술잔을 주고받고 있었고, 여교사는 기념사진을 찍는다며 디지털카메라를 꺼냈는데 플래시가 터질 때마다 조식은 프레임 밖으로 밀려났다. 카메라의 액정에서 그는 잘린 옆모습이나 술잔을 든 통통한 손으로밖에 나오지 않았다.

그러나 지난 이 개월 동안 두 차례 나간 '클럽'의 모임에서 그는 환영받는 손님이었다. 여자들 중 몇몇은 그를 인기 연예인처럼 혹은 룸살롱에 온 손님처럼 살갑게 대했다. 틈만 나면 어깨와 허벅지에 손을 얹으며…… 비공개로 운영되는 '클럽'의 인터넷 커뮤니티에 올라온 모임 사진에서는 구등신의 몸매로 유명한 '이지'라는 이름의 연예인도 발견됐다.

조식이 홍대 쪽으로 이차를 가는 게 어떻겠냐고 묻자 다들 들은 척도 하지 않았다. 이미 그들은 힐튼의 아레노로 가기로 입을 맞춘 후였다. 조식은 홀가분한 기분으로 선약이 있다며 술값에 한푼도 보태지 않고 일어났다. 여자들이 재수 없다는 표정으로 바라봤지만 그는 개의치 않았다. 먹을 수 없는 것은 쳐다볼 필요도 없다.

조식은 택시기사에게 극동방송국 쪽으로 가달라고 말했다. 혼자가 되자 술집에 놔두고 온 자신의 빈자리가 떠올랐다. 그것은 빈자리가 아니었다. 원래부터 그랬던 것처럼 자연스러운 공백이었다. 그는 화가 치밀었다. 통장에 얼마나 많은 돈이 있는지를 들으면 두 여자도 마음을 고쳐먹을 텐데. 길고 마른 몸매에 청순한 얼굴의 혜정을 애인으로 두고 있다는 사실을 안다면 그를 남자로서 재평가하며 미처 발견하지 못한 숨은 매력을 찾아 주의를 집중하리라. 하지만 사랑하는 자의 권리와 의무에 대해 일장 연설을 펴길 좋아하는 혜정은 막상 애인의 지인들에겐 '매력'이 느껴지지 않는다며 도무지 만나려 하지 않았다.

조식이 혜정과 사귀고 있다는 증거는 없었다. 그녀는 '셀카'를 찍는 것을 즐겼지만 조식은 끼워주지 않았다. 조식이 사진을 찍으려 하면 이유를 캐묻고 딱 잘라 거절했다. 친구들에게 '네 여자'라고 자랑하려고? 내가 네 소유물이야? 그도 다른 이들처럼 미니홈피에 애인의 사진도 올리고 '울 애인'이라며 자랑하고 싶었다. 하지만 그녀는 조식이 새 휴대폰을 사줄 때마다 카메라 성능을 시험한다며 조식과 포즈를 취하고 한

장 찍어 조식에게 쓱 보여주고는 그 자리에서 지워버렸다. 그러고는 촌평 한마디. 우린 참 안 어울리는구나.

전화가 오든 말든 신경을 끄기로 한 것은 그때부터였다. 휴대폰이 울리는 것을 무시하고 조식은 밤거리를 감상하며 창문을 조금 내려 차가운 공기를 쏘이며 흥분을 가라앉혔다. 이대 앞에서 도로가 막혀 택시는 신촌로터리를 지나서까지 굼벵이 걸음을 했다. 조식은 화장실에 가고 싶어 허벅지를 오므렸다가 폈다가 했다.

홍대 앞에는 아홉시가 넘어서야 도착했다. 모임 장소인 라운지 바는 극동방송국 맞은편 골목 안의 또다른 골목에 있었다. 간판도 없이 지하로 연결된 입구 하나뿐이어서 제대로 찾아온 것인지 자신이 없었다. 종업원의 말에 따라 그는 신발을 벗어 신발주머니에 넣었다. 실내를 보자 마음이 꽤 편해졌다. 혜정은 어두운 곳과 천장이 낮은 곳을 싫어했는데, 눈앞에 펼쳐진 공간은 두 가지 요소를 전부 갖추고 있었다.

붉은색과 흰색의 종이갓을 쓴 전구들은 어둠 속에서 색색의 빛을 발하며 사람들의 흙빛 형체에 색을 입혔다. 바의 중앙에는 물이 담긴 길쭉한 사각의 공간이 연못을 이루고 있었다. 사람들의 웅성거림 속에 네 박자의 레게 음악이 화음으로 스며들었다. 어두운 조명에 나이를 감춘 남자 하나가 구석에서 물담배 파이프를 빨고 있었다.

조식은 화장실문제를 우선 해결해야만 했다. 입구 바로 왼쪽에 있는 단체석에서 형만이 커튼을 열고 나와 반겼다. 그는 어색하게 손만 들어 보이고는 종업원에게 화장실을 물어 볼일을 보러 갔다. 변기에 쏟아지는 오줌줄기는 한없이 길기만 했다.

형만은 맥주가 출렁거리는 잔을 든 채 화장실 문 앞에 서서 기다리고 있었다. 그는 조식의 손을 아프도록 붙잡고 힘차게 위아래로 흔들고는, 잔을 건넨 뒤 그의 어깨에 팔을 둘렀다. 구십 킬로그램이 넘는 조식의 육중한 몸이 질질 끌려가듯 했다. 양복의 겉감을 통해 느껴지는 형만의 근육은 콘크리트처럼 단단했다.

사람들은 회색 커튼 안쪽에 모여 있었다. 붉은색 양초가 타오르고 있는 앉은뱅이책상 두 개에 여덟 명이 앉아 있었다. 형만이 소개하기도 전에 조식은 '회장'이 누군지 알아볼 수 있었다. 머리를 뒤로 완전히 넘기고 눈언저리에 꺼멓게 동그라미를 그린 여자. 자그마한 체구였지만 부러졌다가 잘못 붙은 뼈처럼 남자뿐인 일행들 사이에서 툭 튀어나와 보였다.

그녀는 망사로 된 장갑을 낀 손으로 자신의 앞쪽을 가리켰다. 조식이 겨우 끼어 앉을 만한 공간이 남아 있었다. 그가 옆 사람에게 실례를 무릅쓰고 어깨를 움츠리고 앉는 것을 그녀는 처음부터 끝까지 찬찬히 지켜봤다.

두꺼운 쌍꺼풀이 천천히 깜빡이는 것 외에는 그녀에겐 표정 변화가 거의 없었다. 가면을 써서 맨얼굴을 감춘 듯했다. 둥근 이마에 버섯코처럼 뻗어내려간 코 밑으로 립글로스를 바른 입술이 에나멜을 입힌 것처럼 번들거렸고, 턱선은 날이 잔뜩 서 있었다. 그녀는 목에 체인으로 된 초커에 알렉산더 맥퀸의 해골무늬 실크 스카프를 동여매고 있었다. 조식은 몸서리쳤다. 도미나트락스(dominatrax, 사디-마조히즘 플레이에서 사디스트를 맡은 여자). 고통과 쾌락의 지배자.

"당신을 푸우라고 불러야겠군요."

조식의 대답을 기다리지도 않고 그녀는 가죽 채찍처럼 짙은 초콜릿색의 담배 한 개비를 내밀었다. 블랙스톤 체리향. 다들 같은 것을 피우고 있었다. 조식은 이 년 전에 담배를 끊었지만 거절할 수가 없었다. 한 모금 빨자 독한 타르의 맛에 저절로 기침이 났다. 조식은 눈가를 닦았다. 시선이 그에게 집중됐다. 담배를 한동안 피우지 않은 탓이라고 해명하고 싶었지만 눈물이 멈추지 않아 그럴 겨를이 없었다.

조식은 화장실로 피했다.

거울에 비친 그의 모습은 그 자신이 보기에도 영락없는 '푸우'였다. 동글동글한 얼굴과 턱살에 파묻힌 짧은 목, 단춧구멍 같은 동그란 눈과 태어날 때 부모님들이 복귀라며 좋아했던 커다란 귀, 36인치의 벨트로 겨우 늘어나는 것을 막고 있는 불룩한 배가 커다란 엉덩이와 사다리꼴을 이루고 있는 상체. 남의 바지를 빌려 입은 것 같다는 혜정의 잔소리에 지난해 가을에 바지를 모두 개비했지만, 여름에는 새것으로 다시 사야 할 것 같았다. 그새 대부분의 바지가 배에 힘을 주면 단추가 떨어지기 직전에 이를 정도로 작아졌다.

　술기운은 얼굴과 목에 습진처럼 붉게 퍼져 있었다. 그는 이미 아이들이 좋아하는 디즈니 만화 속의 착한 캐릭터가 아니었다. 어느새 슬금슬금 기어 나온 이마와 눈가의 흉터는 악당 역할에 잘 어울렸다. 술 취한 푸우. 못된 푸우. 가족이 모두 죽었는데도 꿋꿋하게 혼자 잘 먹고 잘 살고 있는 푸우. 얼마나 뻔뻔한지, 부모님의 납골당에는 찾아가지도 않고 꿈속에서조차 부모님을 등장시키지 않으려 애쓰는 불효자식 푸우. 그날의 사건을 슬퍼하는 척하지만 사실은 전혀 그렇지 않은, 오히려 기뻐하는…… 사악한 존재였다.

　찬물로 얼굴을 식히고 돌아오니 뿔테안경을 쓰고 머리를 귀 아래까지 기른 남자가 자신을 재섭이라고 소개하면서 명함을 건넸다. 성형외과의사로, 논현동에 병원을 갖고 있었다. 소수의 고객에게 고가의 진료비를 받는 부티크 병원이었다. '클럽'의 회원들 상당수가 자신의 고객이라며 그는 조식에게도 언제 놀러 오라고 말했다. 목소리는 속삭이듯 소곤소곤했다. 명함에 찍힌 진료 항목 가운데 눈과 입의 형태를 완전히 바꿔주는 '노마드 교정술'과 '지방흡입술을 비롯한 몸매 관리'가 조식의 눈길을 끌었다.

　주종이 와인으로 바뀌었다. 조식은 필름이 곧 끊어질 것임을 직감했다. 어슴푸레함 속에서도 손등의 상처가 저녁노을처럼 달아오르는 것이 보였다. 입술에서는 아까 피운 담배의 체리맛이 은은하게 감돌았다. 대화의 내용은 떠오르지 않았지만 한 사람씩 껴안으며 열심히 떠들었던 것만큼은 뚜렷하게 기억이 났고, 포옹을 거부하는 '회장' 앞에서 호기를 부리며 언성을 높였던 것도 같았다.

기억의 퍼즐에서 사라졌던 조각들이 하나 둘 나타나기 시작했다. 그는 형만과 주차장 골목 한복판에 서서 찬바람을 맞으며 이야기를 나눴다. 다시 지하로 돌아갔는지는 확실치 않았지만 길바닥에 오랫동안 서 있었던 것만큼은 분명했다. 형만이 '회장'에 대해 얘기해준 것도 어렴풋하게나마 생각났다. 그녀의 이름은 가연이었다.

가연은 '클럽'의 초창기 멤버이자 '회사'의 발기인 중 한 사람으로, '회사'의 이사회에서 회장직을 맡고 있었다. '회사'는 '클럽'이지만 '클럽'은 '회사'가 아니라는 알쏭달쏭한 말도 그 자리에서 들었다. 가연은 '회사' 소유의 평창동 빌라에 살고 있으며 남자관계는 복잡했지만 이날 자리에 참석하지 않은 이사회 임원과 사귀다 이 년 전에 헤어진 것을 마지막으로 더이상의 연애는 하지 않고 있었다. 조식이 혜정을 쫓아다닐 즈음에 가연은 싱글이 된 것이었다.

그리고 형만은 지난밤의 일에서 유령처럼 사라졌다. 장면이 바뀌어 조식은 홍대 거리를 혼자 비틀거리며 걷고 있었다. 자정이 넘은 시각에도 수많은 젊은 남녀들이 허연 입김을 내뿜으며 술을 마시러, 춤을 추러, 섹스를 하러 인근 DVD방이나 신촌 모텔촌으로 바삐 움직이고 있었다. 서교호텔은 만실이리라.

조식은 아무나 붙잡고 한 대 치고 싶었다. 주머니에서 계속 울리는 휴대폰을 들어서는, 전화를 받는 대신 액정에 대고 "씨발년"이라고 욕을 했다. 여자들이 눈살을 찌푸리고 술에 취한 몇몇 남자들이 "씨발 졸라 패버릴까"라고 씨부렁거리는 것도 의식하지 못하고 전화기에다 고함을 질렀다.

30

기억나는 것은 거기까지였다. 군데군데 빠진 조각들은 망각의 강으로 흩어져 찾을 수 없었다. 조식은 머리를 쥐어뜯었다.

트림을 했다. 맥주 두 병에 술기운이 다시 오르며 연기를 들이마신 것처럼 어지러워졌다. 침대에 푹 쓰러지고 싶었지만 그전에 할 일이 산더미 같았다. 혜정이 올라오기 전에 방을 청소해야 했다. 그의 잠을 깨운 전화는 혜정이 서울로 올라오는 열차 안에서 걸었던 것일 수도 있었다. 창틀과 가구의 먼지를 털고, 바닥을 쓸고 닦고, 침대 시트를 새것으로 갈고, 노트북 컴퓨터에 남은 섹스사이트 접속 기록과 하드 드라이브의 포르노 영화도 지워야 했다.

무엇보다도 애인처럼 침대를 차지하고 있는 인형을 처리해야 했다. 대낮에 사람 크기의 인형을 가져다버릴 만한 데는 마땅치 않았다. 국내에서는 구하기 어려운 값비싼 물건이라 함부로 내버리고 싶은 마음도 없었다. 혜정의 눈길이 닿지 않을 곳을 찾아 숨겨야 했다.

"죽지 않았으되 꿈꾸고 있는 것."

대청소에 들어가기 전에 병에 남은 맥주를 마저 비우려는데, 정체를 알 수 없는 사내의 목소리 하나가 쑥 나타나 기억의 방을 노크했다. 억양과 성조가 마치 외국어처럼 들리면서도 국적을 짐작하기가 어려운 목소리. 조식은 언제 어디서, 그리고 누가 그 말을 했는지 떠올리려고 했지만 실마리가 잡히지 않았다. 어젯밤의 얼굴들, 그가 살아오면서 마주쳤던 얼굴들을 잡히는 대로 떠올려봤지만 그 생소한 말투와 맞아떨어지는 얼굴은 찾을 수 없었다.

휴대폰이 부르르 떨며 또다시 신음하기 시작했다.

마담 Madame

전통적 타로에서 '고위 여사제(High Priestess)' 로 칭하는 이 카드는
철학적이고 초월적인 모신(母神)을 의미한다.
다빈치의 그림 〈모나리자〉의 미소가 품고 있는 여성적인 신비, 융합과 포용……
역(逆)의 의미는 공허함과 허영심에 찬 영혼, 미신, 무가치함……

2

　햇빛은 흐렸다. 이중창과 블라인드를 거친 햇빛은 납덩이처럼 흐릿해졌다. 깨끗이 세탁한 시트의 흰색이 낡은 잿빛으로 퇴색되었다. 새해 첫날 아침부터 구름이 잔뜩 낀 날씨였다.

　침대 위의 남녀는 벌거벗고 있었다. 남자는 여자의 몸에 엎드려 장님처럼 느릿느릿 움직였다. 누워 있는 여자는 남자가 입술과 혀를 가지고 그리는 그림의 완성도를 평가하고 있었다. 고개는 사십오 도 각도, 두 눈은 와인을 블라인드 테스트하듯 지그시 감고.

　남자의 뒤통수가 여자의 왼쪽 가슴을 가렸다. 검버섯처럼 꺼먼 유두는 두 사람 사이에서 '모시(mossy)'라는 이름으로 통했다. 그보다 색깔이 조금 옅은, 오른쪽 가슴의 유두에는 '이니(ini)'라는 별칭이 붙었다.

　이니 더 모시(ini the mossy).

　혜정이 MSN메신저를 비롯해 인터넷에서 즐겨 쓰는 아이디였다. 그녀의 설명에 따르면 이끼가 잔뜩 낀 바위 위에서 새벽안개를 마시며 살아가는 작은 요정. 혜정이 고등학교 때 창조한 이 가상의 존재는, 그녀가 돈이 없어 대학을 휴학하고 일 년여를 거의 하루 종일 골방에 틀어박혀 책과 음악으로 시간을 보내는 동안 그녀의 분신이 되어버렸다.

이니는 언제나 긴장 상태로 솟아 있었지만 모시는 함몰유두였다. 주위의 돌기들만 융기해 있을 뿐, 가운데 원통 부분은 평상시엔 푹 꺼져 있었다. 꺼내려면 굴 속에 숨어든 토끼를 꾀어내듯 고도의 테크닉이 필요했다. 서두르지 말고 연기를 피우며 뜸을 들여야 한다. 입술과 이빨로 물었다 깨물며 혀로 보듬는데, 이때의 세기는 '포르테피아노(세게 곧 여리게)'. 모시가 발기한 성기처럼 단단하게 일어서야 조식은 다음으로 넘어갈 수 있었다.

조식과 혜정은 섹스의 도식을 반복하는 것을 싫어했지만 이는 두 사람이 합의할 수 있는 거의 유일한 애무 방법이었다. 혜정은 지난해 여름 냉대하(冷帶下)증에 걸려 일주일가량 질에서 희멀건 분비물을 철철 흘린 뒤로는 음부에 혀가 닿는 것을 질색했다. 조식도 실수했다. 그녀가 완치되고 이 주일이 지나서 "냄새가 나긴 났었어"라는 말만 꺼내지 않았더라도……

조식의 말에 그녀는 화를 냈다. 내가 그렇게 더러웠어? 나한테 그렇게 심한 말을 한 사람은 네가 처음이야. 그날 이후 둘은 딱 한 번 커닐링구스를 시도했다. 조식은 양치질을 하고 혜정은 비누 냄새가 지워지지 않을 정도로 문제의 부위를 세척하고 왔다. 그는 파트너의 벌어진 다리 사이에서 막 빨래한 낡은 걸레를 연상했다. 아나운서 같은 단정한 외모와 달리 대음순은 죽은 새의 날개처럼 너덜너덜하게 늘어지고 주위에 제멋대로 털이 돋아나 있었다. 그녀가 자신의 성기를 본다면 비명을 지르며 남자가 보지 못하게 평생 정조대를 차고 다니겠노라고 맹세할지도 모른다고 조식은 생각했다.

36

혜정은 손을 아래로 뻗어 조식의 성기를 만졌다. 집게손가락과 엄지손가락으로 기둥을 눌러 두께와 단단한 정도를 측정했다.

"아직 멀었어."

조식은 침대 옆 협탁에 올려놓은 콘돔을 집었다가 다시 내려놓았다. 딸기맛 붉은색 콘돔의 비닐 포장에는 흰색 하트 안에 굵은 글씨로 "DO ME!"라고 씌어 있었다. 우울증 환자처럼 축 늘어진 성기에는 콘돔이 제대로 들어갈 것 같지도 않았다. 손으로 달래며 일으켜세워보려 했지만 쉽지 않았다. 평소 같았으면 혜정은 손으로 해주겠다며 나섰겠지만 새해 첫 섹스부터 그렇게 하려 들지는 않았다. 한 해를 그렇게 시작하면 일 년 내내…… 섹스든 경제활동에서든 남자라면 스스로의 힘으로 일어나 여자를 기쁘게 할 줄 알아야 한다.

조식은 한 달 전 강남의 한 안마시술소에 갔던 일을 떠올렸다. 파트너의 이름은 '감자'. 서울 토박이 같은 새치름한 외모에는 어울리지 않는 촌스런 이름이었지만 작명가가 돈을 많이 버는 이름이라며 지어준 것이라고 했다. 간호사 복장으로 방에서 대기하고 있던 그녀는, 조식이 스태프의 안내를 받아 들어가자 구십 도 각도로 허리를 꺾어 인사했다. 혜정보다 조금 작은 백육십칠에서 백육십팔 센티미터의 키에 늘씬한 체형. 허리에 약간 군살이 있었지만 이를 상쇄하는 크고 탄탄한 엉덩이를 갖고 있었고, 실리콘으로 부풀린 가슴 역시 보기 좋은 떡이었다.

그날의 일을 회상하자 성기에 피가 몰리며 단단해지기 시작했다. 조식은 감자에게서 어떤 애무를 받았는지 기억의 영사막에 재생했다. 그녀는 손톱으로 그의 허벅지와 엉덩이 안쪽의 연약한 살을 살살 긁으며 후루룩 쩝쩝 소리를 내며 빨아들였다. 조식의 몸에 오일을 바르고 가슴과 엉덩이와 무릎을 이용해 각 부분을 애무했다. 갓 삶아낸 소시지처럼 열기를 내뿜는 조식의 성기를 입에 물면서 자신의 살을 조식의 얼굴에 들이밀었다. 조식의 등과 허벅지와 종아리를 쓸듯 닦듯 하느라

이리저리 뭉개졌을 법한 그녀의 성기는, 그러나 다림질을 한 것처럼 반듯해 조식에게 '정숙하다'는 인상을 줬다.

그녀는 조식에게 등을 보이도록 돌아서 천천히 내려앉았다. 어렸을 때 보았던 TV만화에서 주인공 로봇이 변신 합체하는 장면처럼 설레는 대목이었다. 삽입이 이뤄지는 순간 조식은 올라탄 여자의 자궁에 갇힌 느낌이었다. 자세를 바꿔 그가 허리를 들이밀 때마다 그녀는 숨이 넘어가는 소릴 내며 "오빠 너무 잘해" "응 그렇게 계속" 등등의 격려사를 쏟아냈다. 그가 술에 너무 취해 사정을 하지 못하고, 일층 카운터에서는 자꾸 전화를 걸어 서비스 시간이 다 되었다는 신호를 보내자 그녀는 최후의 수단으로 입과 손을 사용했다. 축축하고 말랑한 그녀의 혀 위에서 폭발이 일어났다.

그때만큼은 못했지만 조식의 성기는 혜정의 커트라인을 통과할 만큼 일어섰다. 혜정이 입에 넣어만 준다면 터지기 직전까지 커질 것이었다. 그는 용산이나 청량리의 사창가나 안마시술소, 일명 '대딸방'— 여대생 스포츠 마사지 — 등에 다녀온 뒤에는 매번 혜정을 강렬히 원했고, 다른 여자의 입이 닿았던 곳에 그녀의 입이 닿기를 원했다.

하지만 혜정은 오럴 섹스라면 질색했다. 사랑이란 서로의 취향을 이해하고 공감하며 마음의 교집합을 이루고, 거대한 합집합으로 발전시켜나가는 것이라는 데 둘은 의견을 같이했지만, 조식이 아무리 사랑을 들먹여도 그녀는 뿌리 깊은 혐오감을 극복하지 못했다.

내가 포르노 배우야? 그런 영화가 얼마나 여자의 신체를 상품화하는지 너도 좀 알아야 해. 여성학 기초 강의라도 들어보는 게 어때? 이 변태야.

혜정은 눈을 감았다. 조식은 노역(勞役)의 터널로 들어갔다. 둘의 움직임은 오래된 연인답게 열정보다는 기술, 기술보다는 관행, 관행보다는 타성에 젖은 것이었다. 말 한마디 오가지 않아 사창가에서 파는 십오 분에 육만원짜리 관계처럼 보이기도 했다. 그러나 빨리 끝내라고 재촉하는 과장된 교성이 없고, 상사의 지시에 마지못해 따르는 듯한 뚱한 표정에 음부에서 나온 분비물이 시트에 오줌을 찔끔 지린 것처럼 자국을 내고 있다는 사실이 둘의 사이가 단순 매매관계가 아님을 입증하고 있었다.

혜정은 신음소리를 두 음 올렸다가 한 음 내리고, 다시 두 음을 올리는 아르페지오 주법으로 조식이 정상에 얼마나 가까이 왔는지를 알렸다. 혜정과의 섹스는 암벽등반이었다. 바위틈의 미세한 홀드를 찾아서 손으로 붙잡고 발로 디디며 오르가슴의 꼭대기를 향해 한 걸음 한 걸음, 집중 그리고 집중해야 했다. 그는 엉덩이를 시계방향으로 천천히 돌렸다. 허리에 그녀의 손톱이 파고들었다. 복부와 등, 엉덩이의 근육이 불타올랐다.

혜정은 입술을 벌리고선 닫지 않았다. 질벽이 수축하면서 조식의 성기를 감쌌다. 자궁이 열리기 시작했다. 조식의 전립선은 정액으로 가득 찬 탄창으로 변했다. 수억 마리의 정자들은 꼬리를 채찍처럼 휘두르며 날아갈 채비에 들어갔다.

조식의 이마에서 콧잔등으로 땀 한 줄기가 주르륵 흘러내리며 코끝의 땀방울을 밀어냈다. 혜정의 왼쪽 눈두덩으로 한 방울이 떨어졌다. 이어서 두번째, 세번째 방울이 떨어졌다. 혜정이 눈살을 찌푸렸다. 그녀의 신음소리가 멎었다.

정전이 된 것처럼 사위가 조용해졌다. 뻣뻣하게 뻗은 조식의 두 다리에서 힘이 빠지기 시작했다. 갈비뼈 아래의 근육이 굳으며 경련을 일으켰다. 한계지점에 도달한 것이었다. 조식은 장전된 정액을 모조리 쏟아냈다. 혜정과 섹스할 때마다 지하철 안내방송처럼 되풀이하는 헉— 하는 신음소리와 함께 앞으로 쓰러졌다. 그녀는 조식이 사정할 때 아무 소리도 내지 않으면 토라졌다. 이젠 내 몸으로는 더이상 흥분하지 못하는 거야?

혜정은 협탁 위에 둔 클리넥스를 석 장 뽑아 사타구니를 훔쳤다. 조식은 머리맡에 준비해둔 수건을 건네고 콘돔을 뺐다. 정액이 고여 축 늘어진 콘돔의 모양이 산타클로스의 양말처럼 보였다. 그는 천장을 바라보며 누웠다.

"그렇게 참을 수 없었어?"

혜정이 나직하게 물었다. 조식은 대답하지 않았다.

"뭐라고 한마디 좀 해봐."

혜정은 등을 돌리며 돌아누웠다. 그녀를 향한 애정이 넘쳐서 그랬다, 그녀의 몸이 너무 좋아서 나도 모르게 그랬다는 식의 진부한 변명은 더이상 통하지 않았다. 조식은 말없이 이부자리에 놓인 수건으로 가슴과 배를 닦고 손의 물기를 없앴다.

조식은 일어나 팬티와 티셔츠를 걸쳤다. 혜정이 있을 때는 사각 트렁크만 입고 집 안을 어슬렁거리고 싶지 않았다. 혜정은 그의 축 처진 가슴과 늘어나는 허리가 사정거리에 들어오면 반복해서 핀잔을 줬다. 이른바 '충격요법'이었다. 그가 면바지를 다리에 꿰고 있는데 불만에 찬 목소리가 들렸다.

"침대가 축축해. 시트 새로 간 거 맞아?"

조식은 그렇다고 답하며, 다른 시트는 세탁소에 맡겨놓고 아직 찾지 않았다고 거짓말했다. 이놈의 옷장에는 이백 수의 면으로 만든 랄프 로렌의 꽃무늬 시트가 있었다. 백화점에서 아이쇼핑을 하다가 혜정이 그의 집에는 제대로 된 이불 하나 없다며 꼭 사라고 졸라서 산 것이었다. 섹스가 잘 되지 않는 것이 마치 표백제를 써도 흰 빛깔이 살지 않는 낡은 시트 때문인 것처럼.

옷장 속에는 결코 내보여선 안 될 물건이 숨겨져 있었다. 꼬박 하루 저녁을 투자해 어비스 사 홈페이지(www.realdoll.com)의 샘플 사진을 뒤지고 구글로 검색한 결과에 따르면 그것의 얼굴은 어비스 사의

'레이첼'이라는 모델과 흡사했지만 그 회사의 제품이 맞는지는 불확실했다. 경쟁사의 중저가 보급형인 슈퍼베이브나 메카돌 등 이름은 모두 다르지만 비슷비슷한 생김새의 인형들이 수없이 인터넷을 떠돌고 있었으니까. 조식의 마음에 드는 것은 일본 오리엔트 사의 청순한 글래머인 '캔디돌'이었다.

검색을 하면서 조식은 옥션 등의 인터넷 경매 사이트에 가물에 콩 나듯 리얼돌이 매물로 나온다는 사실도 알아냈다. 관세법상 '풍속에 유해하다'는 이유로 수입은 불법이라 팔과 다리, 몸통 등을 부분부분 해체해 다른 짐에 섞는 식으로 은밀히 반입한 제품들이었다. 가격대는 사백만원에서 오백만원. 일단 경매에 올라오면 며칠 만에 팔려나간다고 했다. "성기를 모사한 것만으로는 성욕을 자극, 흥분 또는 만족시키게 한다고 볼 수 없다"는 대법원 판례에 따라 유통은 합법이기에, 사고파는 행위는 아무런 문제가 되지 않았다.

리얼돌이 조연으로 등장하는 〈섹스 마네킹 Love Object〉이라는 영화도 있었다. 그는 대용량 파일 전송 서비스를 하는 사이트를 뒤진 끝에 겨우 다운로드받을 수 있었다. 영화의 줄거리는, 젊고 잘생겼지만 소심한 성격의 한 남자가, 짝사랑하는 여성과 똑같이 생긴 리얼돌을 주문하고 나중에는 인간과 인형, 현실과 상상을 구분하지 못하게 된다는 내용이었다. 작품 속 인형은 조식의 것과 달리 생김새가 조잡했다. 초기 리얼돌 모델이거나 중저가 보급형으로 보였다. 영화의 주인공도 인형 자체에는 실망했고, 짝사랑하는 여자의 모습을 그것에 투사하며 옷을 입히고 화장을 그려넣은 뒤에야 만족하며 환상에 빠졌다.

혜정은 이부자리에 코를 묻고 냄새를 맡고 있었다. 그녀는 깔끔한 성격에 집먼지진드기 알레르기까지 있었다. 원룸을 얻기 전, 둘만의 섹스 공간을 찾아 모텔과 무궁화 서너 개짜리 호텔을 전전할 때 모텔 침대에선 그녀가 불쾌한 표정으로 몸을 긁적이는 사태가 종종 벌어졌다. 시트가 더러운가봐. 그녀는 부모님과 함께 사는 자기 집에선 침대 매트리스의 진드기를 잡으려고 심지어 에프킬라를 뿌린 적도 있다고 했다. 살충제 냄새 때문에 한동안 그 위에선 잠을 잘 수 없었지만 진드기는 확실히 죽었다고 했다.

조식은 샤워를 하면서 문밖에 귀를 기울였다. 인형은 재킷과 셔츠 뒤에 눈에 띄지 않도록 세워뒀다. 그러나 혜정이 시트를 찾아 옷장 문을 연다면 금방 들통날 것이었다. 그녀의 눈치는 보통이 아니었다.

그는 물방울을 뚝뚝 떨어뜨리며 거실로 나왔다. 그녀는 오는 길에 사온 패션잡지를 내려놓고 욕실로 갔다. 문이 닫히고, 그녀가 칫솔을 목구멍에 쑤셔넣어 켁켁거리면서 양치질하는 소리가 들리자 그는 재빨리 사다리를 타고 올라가 옷장을 점검했다.

인형은 나무 칸막이로 된 직사각형 모양의 공간에서 다리를 약간 앞으로 내민 채 비스듬하게 서서 중심을 유지하고 있었다. 곰곰이 뜯어보니 인형의 다리에 밀려 흰 와이셔츠 두 장이 다른 옷들보다 살짝 앞으로 나와 있었다. 그가 똑바로 세우려 하자 인형은 기다렸다는 듯 그의 손끝에서 미끄러지며 자세를 무너뜨렸다. 그의 품으로 뛰어들려는 인형을 겨우 밀어넣고 급하게 옷장 문을 닫는 바람에 인형의 오른발이 문틈에 꼈다.

아얏!

환청이었을까?

"뭐 해?"

혜정이 아래에서 조식을 불렀다.

"남아 있는 시트가 없나 해서 확인해봤어."

고속도로에서 급커브를 도는 심정이었다. 목소리가 떨렸다. 심장이 힘차게 펌프질을 시작했다. 찬물에 닫혔던 땀구멍이 다시 열리며 땀을 쏟아냈다.

"없어?"

"응."

"무슨 일 있어?"

옷장 문이 한 번에 닫혔다.

"내려갈게."

조식은 사다리에서 내려왔다. 혜정은 거울을 보며 머리를 말리고 있었다. 손에 들린 것은 포르셰의 디자이너가 디자인했다는 유선형의 지멘스 헤어드라이어였다. 옷장에 모셔둔 랄프 로렌의 침구를 사들고 나갈 때 혜정이 가전매장에서 발견하고는 감탄을 그치지 않은 물건이었다. 백화점 정문에 가까워져서는 꼭 한번 써보고 싶다며 사자고 졸랐다. 쩨쩨하게 굴지 마. 블루클럽에서 오천원을 주고 옆머리를 바싹 밀어 깎는 조식에게 이십만원이 넘는 드라이어는 쓸모가 없었다. 하지만 그녀는 조식이 갖고 있는 낡은 국산 드라이어는 바람이 약해 머리가 잘 마르지 않는다, 세기 조절이 전혀 안 된다며 불평을 늘어놨다. 내가 머리를 감고 나오면 섹시해 보인다고 했잖아. 내가 너희 집에서 샤워하는 게 싫어?

조식은 그녀의 말에 따랐다. 그런 식으로 조식이 장만한 세간은 에스프레소를 추출하는 비알레티의 모카포트, 헹켈의 쌍둥이 칼과 도마, 웨지우드의 찻잔과 접시, 된장찌개와 라면을 끓이는 것이 주된 용도가 되어버린 레슬레의 냄비 등이 있었다.

조식은 텔레비전을 켰다. 화면 속에는 커다란 녹색 괴물이 수다쟁이 당나귀와 함께 옥수수밭을 지나고 있었다. 무서운 용이 지키는 고성에 갇힌 공주를 구하러 가는 길이었다.

"뭐 봐?"

"〈슈렉〉."

"우리 같이 보지 않았어?"

"응."

"또 봐?"

조식은 리모컨을 들어 스포츠채널로 돌렸다.

"우리 밥 뭐 먹을까?"

혜정이 물었다.

"오늘은 문 연 데가 많지 않을 것 같은데."

"텔레비전 그만 볼 수 없어? 뭐 먹을지 생각 좀 해봐."

조식은 시키는 대로 했다. 혜정은 치켜뜬 눈으로 거울을 뚫어지게 노려보며 머리를 빗고 있었다. 캐미솔을 걸친 뒷모습은 굴곡 없이 말랐다. 그녀는 아무리 먹어도 살찌지 않는 44사이즈의 몸매에 자부심을 갖고 있었지만 A컵 가슴에는 콤플렉스가 있었다. 첫 섹스를 하고 나서 그녀는 조식의 품에서 물었다. 내 가슴, 너무 작지 않아요? 그는 절대 그렇지 않다고 말했다. 거짓말이라고 해도 상관없어요. 남자들은 다 나를 배신했으니까.

"아웃백에 가는 건 어때?"

"싫어. 외출하고 싶은 기분이 아니야."

혜정은 거울에서 눈을 떼지 않고 말했다. 속눈썹을 붙이지 않아서인지 눈이 작아 보이지 않으려고 애쓰는 모습이었다. 그녀가 들고 온 토트백에는 메이크업 세트랑 바디케어 제품과 함께 맨눈을 감출 수 있는 셀린의 뿔테 선글라스가 들어 있었다.

"그럼 피자라도 시켜먹을까?"

"안 돼. 너 살쪄."

"밥은 있어."

"반찬은 있구?"

그녀는 머리카락에 에센스를 바르며 물었다.

"찾아볼게."

44

조식은 냉장고로 발소리를 내지 않고 걸어갔다. 혜정은 쿵쿵거리며 걷는 것을 싫어했다. 냉장고에는 시어빠진 '종갓집 김치'와 현대백화점 신촌점 식품매장에서 산 명란젓과 장조림이 있었다. 조식이 남은 반찬을 알려주자 혜정은 내키지 않는다는 투로 물었다.

"너무 짜고 뻑뻑하잖아. 그렇게만 먹고 어떻게 살아?"

"그럼 시켜먹을까?"

"설마 그 집? 다른 데는 없어?"

"없을 거야."

거울 속 그녀 얼굴의 왼쪽 눈썹이 물음표 모양으로 일그러졌다. 짜증이 난다는 신호였다. 화를 낼 때면 구부러진 눈썹 아래의 눈동자가 부레처럼 부풀고 윗입술이 까뒤집어지면서 코끝은 화살표처럼 뾰족하게 구부러지는데, 그 정도까지 발전할 것 같지는 않았다.

그래도 조식은 몸을 움츠렸다. 그의 실수였다. 혜정은 극도로 예민한 미각의 소유자였다. 이사 온 지 얼마 안 돼서 하루는 그녀가 찌개와 밥을 먹고 싶다고 해 야식집에서 된장찌개를 배달시켰다. 그녀는 한 숟갈 떠먹은 뒤 벌레 씹은 표정을 하고는 개수대로 달려가 먹은 것을 뱉어냈다. 그리고 매부리코를 하고 조식을 쪼아먹을 듯 노려보았다.

내가 조미료 들어간 거 못 먹는다는 것 뻔히 알면서.

뻔히 알면서. 조식은 모든 것을 다 알았다. 다만 그녀가 집에서는 무엇을 먹고 사는지 모를 뿐이었다. 브라운관에 비친 조식의 얼굴이 시무룩해졌다.

"피자 먹자. 대신 한 쪽만 먹어."

그녀가 말했다. 조식이 휴대폰에 저장해둔 번호로 전화를 걸려는데 한마디를 더 했다.

"피자 한 쪽에 사백 킬로칼로리인 거 알아?"

"알아."

"너 살 계속 안 빠져서 그러는 거야. 나 전주 내려갔다 올 때보다 더 찐 거 알아?"

"그대로야."

"몸무게 재봤어?"

"너 전주 내려갔을 때 목욕탕에 가서 재봤어."

새빨간 거짓말. 체중계 하나 사놓으면 금세 깨질 얄팍한 거짓말. 혜정을 만나기 전까지 조식은 '정직이 최상의 미덕'이라는 연애관을 갖고 있었다. '검은 머리가 파뿌리가 될 때까지' 함께할 사람에게는 숨기는 것이 있어서는 안 된다고 믿었다. 혜정의 생각도 그랬다. 그에게 끌린 것도 그가 '정직하게 생겨서'였다니까. 잘생기거나 돈을 많이 벌거나, 매너가 좋거나 유머감각이 탁월해서가 아니라, 그녀를 배신하지 않을 것처럼 보였기 때문이라니까.

하지만 그녀 몰래 조식은 변했다. 그는 깨달았다. 연애를 지속시키려면 상호기만과 자기 기만은 필수다. 거짓말이란 관계의 연골과 같아서, 이것이 없다면 둘은 매사에 마찰음을 내며 부딪칠 수밖에 없다. 능숙한 거짓말쟁이가 되려면 거짓말의 편에 서서 경계선 너머 진실의 영역에 대고 자신은 참말밖에 하지 않는다고 주장하고, 또 그렇게 믿어야 한다. 나는 그녀를 사랑하기 때문에 연애를 시작할 때 서명한 계약서상의 각종 의무규정을 지켜야 한다고 스스로에게 되뇌어야 한다. 지키고 싶지 않다면 협상을 통해 계약 내용을 바꾸거나, 계약 자체를 파기해야 한다. 파기는 결단을 요구한다. 그 결단이 불러올 고뇌는 가시덤불로 둘러싸여 끝이 천국인지 지옥인지 알 수 없는 좁고 막막한 길. 그래서 대다수는 넓고 탁 트인 길을 택한다. 설령 그 끝에 지옥이 있더라도 사람 사는 곳이니 생각보단 나쁘지 않을 것이라고 자위하면서 말이다.

조식은 파파존스에 페퍼로니피자와 마가리타피자를 레귤러 사이즈로 한 판씩 주문했다. 콜라도 한 병 부탁했다. 혜정은 최근 들어 튼살이 생긴 팔꿈치에 바디버터를 바른 뒤 의자에 쭈그리고 앉아 발꿈치에도 발라줘야 할지 살피고 있었다.

조식은 냉장고에 레몬과 얼음이 있는지를 확인했다. 혜정은 삼백오십CC짜리 맥주잔에 콜라와 얼음을 채워넣고 레몬 슬라이스를 띄워 마셨다. 하지만 냉동실에는 얼음이 몇 조각밖에 남아 있지 않았다. 혜정은 어이없어했다.

"어떡하지?"

"그걸 왜 나한테 물어봐?"

"네가 마실 거잖아."

"안 먹어."

"뭘?"

"뻔히 알면서."

"그럼 뭘 먹을 건데?"

"몰라."

조식은 묵묵히 휴대폰을 들어 전화를 걸었다. 혜정이 찡그린 얼굴로 물었다.

"뭐 하는 거야?"

"주문 취소하려고."

"그럼 뭘 먹을 건데?"

"생각해봐야지."

"대책도 없이 취소하겠다는 거야? 나 굶길 거야?"

혜정이 말했다. 조식은 종업원이 전화를 받자마자 끊었다.

"피자는 안 먹겠다면서."

"내가 왜 못 먹겠다는 건지는 알지?"

"이대로 있으면 배달이 와버린다고."

"오면 좀 어때?"

"좋아. 먹고 살찔게."

"버려. 버리면 되잖아."

혜정의 눈 코 입이 한데 몰렸다. 까뒤집힌 입술에 화살표 코. 화가 머리끝까지 오르면 침대로 들어가 벽을 보고 눕는데, 그 정도로 발전할 것 같지는 않았다.

그러나 조식의 맥박은 빨라졌다. 오른쪽 손목에 왼손 검지를 대고 재보니 십 초에 십오 회가 나왔다. 평소 맥박수보다 오십 퍼센트 빨라진 분당 구십 회. 넌 화가 나면 완전히 돌아버려. 조식은 숨을 골랐다. 이대로 혜정의 뒤통수를 후려치면 눈알은 포물선을 그리며 바닥에 떨어져 탁구공처럼 통통 튀고 코와 입술에선 벌건 핏물이 터져나오겠지. 한 번으로 부족하다면 여러 번 갈길 수도 있었다.

한번 때린 남자는 계속 때린다고 엄마가 그러더라. 그러니 남자가 때리면 당장 헤어지라고 그러더라. 십 초에 이십 회, 분당 백이십 회. 조식은 속으로 백부터 숫자를 거꾸로 세기 시작했다. '영에 도달했을 때 당신은 평온해져 있습니다.' 명상음악을 들으며 스스로에게 새겨넣었던 주문이었다. 만약 듣지 않는다면……

너한테까지 이런 꼴을 당할 줄은 몰랐어. 조식은 혜정을 두 번 때렸다. 첫번째는 술은 한 방울도 마시지 않은, 정신이 말짱한 상태에서였다. 그래서 더욱 변명의 여지가 없고 죄질이 나쁘다고 그녀는 판정했다.

팔 개월 전 조식은 회사의 지시에 따라 CFA 시험 대비 사이버 강의를 두 달간 주 삼 회 수강하기로 했다. 강의시간은 두 시간. 저녁 일곱시쯤 집에 들어와 저녁을 먹고 듣기 시작하면 얼추 열시였다. 혜정은 강의에 집중하는 조식을 견디지 못했다. 세번째 수업부터는 노골적으로 그런 기색을 내보였다. 이 주차 첫번째 수업에는 뾰로통한 채로 방안을 어슬렁거리며 셔츠를 가슴 아래까지 올렸다 내렸다 했다. 조식은 그녀가 거슬리긴 했지만 주의를 흩뜨리지 않고 집중했다. 신입사원 교육 이후 처음으로 듣는 전공강의라 재미도 있었다.

혜정이 화를 냈다. 날 봐도 이제 흥분하지 않지? 조식이 화면에서 눈을 떼지 않고 건성으로 대답하자 그녀는 침대로 후다닥 달려가 누웠다. 그녀가 시야에서 사라지자 조식은 갑자기 화면의 동영상이 눈에 들어오지 않았다. 그녀는 한마디도 않고 가만히 누워 있을 것이었다. 자기 집으로 돌아갈 시간이 될 때까지 그렇게 버티고, 집에 도착하면 전화를 해 조식의 무관심, 진부한 애정표현에 대해 밤새도록 따질 것이다.

이사 후 한 달 정도 나름 평화기를 보낸 뒤에는 하루가 멀다 하고 다툰 그들이었다. 그녀는 조식이 보증금에 비해 비싼 집을 골랐다며, 자기에게 상의도 않고 전세계약을 맺은 것에 불만이 컸다. 네 집은 내가 머무는 곳이기도 하잖아. 그것은 시작에 불과했다. 둘만의 공간이 생기자 그 동안 숨어 있던 갈등이 터져나와서 사소한 일로도 시비가 붙고 언쟁이 불거졌다. 혜정은 조식의 서투른 젓가락질을 참지 못했다. 조식은 혜정이 세면대에 발을 올려놓고 씻는 것이 못마땅했다. 조식이 허브 코헨의 『협상의 법칙』을 읽고 나서 많은 것을 배웠다고 말하자 혜정은 자기 하나 설득하지 못하는데 무슨 쓸모가 있냐고 화를 냈다.

조식의 기억에서 그날의 일은 일일연속극처럼 바보상자 속 인물들이 우스꽝스럽고 어설프게 티격태격하는 장면으로 남아 있었다. 조식은 '벽 보고 눕기' 자세에 들어간 혜정에게 가서 시비를 걸었다. 가장 민감한 부분인 그녀의 학교문제를 건드렸다. 대학원을 도중에 그만둔 건 돈 때문이 아니라 고생을 참을 줄 몰라서라고. 예상대로 혜정은 발끈해 일어섰다. 그는 그녀의 주먹 쥔 손을 보고는 정 화가 나면 물건이라도 집어던져보라고 빈정댔다.

아직 강의가 진행중인 노트북 컴퓨터가 날아갔다. 방바닥에 부딪히며 액정이 박살나고 CD롬 드라이브가 잘린 혀처럼 튀어나왔다. 조식은 혜정의 턱에 주먹을 날리고 목덜미를 잡아 넘어뜨렸다. 유도경기였으면 한판승, 격투기 무대였다면 곧바로 서브미션 기술로 들어가 탭아웃을 받아낼 수 있을 만큼 깨끗한 테이크다운이었다.

그날 이후 두 사람의 관계의 역사는 새로운 장(章)을 열었다. 현대사를 돌이켜본다면 미국과 소련이 핵전쟁 일보 직전까지 갔던 1962년 쿠바 미사일 위기에 견줄 만한, 언제든 '심판의 날'이 닥칠 수 있는 위험한 시대가 도래했다. 초등학교 시절 딱 한 번 주먹질을 해본 그는, 폭력에 유전자가 변이되기라도 했는지 『데일리 플래닛』지의 굼뜨고 내성적인 기자 클라크 켄트에서 말 안 듣고 까탈스러운 계집 따위는 한 주먹에 날리는 초능력 파워를 지닌 난폭한 슈퍼맨이 됐다.

그로부터 불과 두 달도 지나지 않아 그는 또다시 혜정을 때렸다. 지난번보다 폭력의 수준이 한 차원 높았다. 월드컵의 열기가 한창인 6월, 한국의 16강 진출 분수령인 스위스와의 대결을 앞두고 조식은 초저녁부터 텔레비전을 보며 맥주를 마셨다. 경기는 다음날 새벽 네시에 시작했지만 맥주를 마시고 통닭을 뜯기에 축구만한 핑계가 없었다. 그가 네 병째의 맥주를 꺼내러 냉장고 문을 열자 소설책을 읽던 그녀는 한마디 쏘아붙였다. 알코올 중독자 같아.

조식은 폭발했다. 그사이 월드컵 경기 결과를 예상하며 몇 차례 충돌했던 그들이었다. 혜정은 한국은 수비가 약하다며 토고전에서는 토고의 승리, 프랑스전에서는 프랑스의 승리를 점쳤지만 모두 빗나가는 바람에 축구 얘기만 나오면 언짢은 기색이었다. 그녀의 주장은 외국 언론의 기사를 그대로 옮긴 것에 불과했다고, 조식이 기회가 날 때마다 빈정거린 탓이 컸다. 권위에 상처를 입은 그녀는 입을 봉했다. 하지만 면전에서 그가 거드름을 피우며 맥주를 마시는 꼴은 더이상 용납할 수 없었다.

조식이 견딜 수 없었던 것은 그녀의 말보다 눈빛이었다. 그녀는 자신을 한심해하고 있었다. 예술적 감수성도 세련미도 없는 평범한 샐러리맨과 사귀고 있는 신세를 한탄하는 것이었다. 불쾌한 얼굴에 눈이 풀리고, 제 한 몸 가눌 수 없을 만큼 취해 어느 날은 놀이터에서 쓰러져 뒹굴다가 손등에 커다랗게 상처를 달고 온 저 아저씨는 삶에서 도피하던 중에 어쩌다 붙잡은 지푸라기일 뿐이었다. 그녀의 참사랑은 다른 곳에 있었다. 그 남자랑은 굳이 말을 할 필요도 없었어. 내가 뭘 원하는지 나보다 더 잘 알았으니까.

그는 달려들었다. 엉덩이로 그녀의 배를 깔아누르고 양손 엄지손가락에 힘을 잔뜩 줘 목젖을 눌렀다. 번뜩 든 생각은 '죽인 다음 강간해버리자'였다. 손바닥에 난 땀 때문에 상대의 몸을 효과적으로 제압하기가 어려워지자 그는 양 무릎으로 그녀의 몸통을 조이면서 손바닥을 티셔츠에 문질러 닦았다.

예상치 못한 일이 벌어졌다. 그녀는 단말마의 힘으로 피하지방이 두텁게 쌓인 남자의 가슴을 벤치프레스 하듯 밀어냈다. 조식은 뒤로 벌렁 나자빠졌다. 그녀는 도망쳤다. 밤중에 머리를 풀어헤치고 탱크톱과 반바지 차림에 슬리퍼를 신고 전력질주하는 여자는 거리 응원을 위해 삼삼오오 모여들고 있는 행인들에게 괜찮은 볼거리를 제공했다. 어떻게 보면 승리를 기원하는 세리머니 같기도 했다.

혜정은 다음날 전화를 걸어 그가 술에 취해 내뱉은 더러운 욕설을 빠짐없이 읊어줬다. 그리고 침묵의 여운을 즐기다가, 한참 뒤에 물었다. 나한테 어떻게 보상할 거야? 너에게 입은 상처는 평생 가도 잊지 못할 거야.

혜정은 그뒤에도 계속 조식의 신경을 건드리고 화를 돋우려고 했다. 또다시 화를 참을 수 없게 되면 똑같은 짓, 그보다 더 심한 짓도 할 수 있으리라. 사지를 침대 모서리에 묶고 팔다리를 자를 수도 있다. 그녀가 제대로 된 요리를 만들려면 잘 드는 칼이 필요하다며 산 헹켈의 고기칼은 훌륭한 도구가 되어줄 것이다.

그녀도 뻔히 알고 있었다. 그런데도 자꾸 그를 자극하는 이유는, 그가 다시는 때리지 않겠다는 맹세를 지키는지 시험하기 위해서일까? 조식의 생각은 달랐다.

혜정은 죽고 싶어한다.

결론은 그랬다. 최근 들어 그녀는 입버릇처럼 죽음에 대해 이야기했다. 내가 죽으면 넌 어떻게 할 거야? 답하기가 곤혹스러웠다. 가장 쉬운 대답은 죽지 말라는 것이었다. 왜 살아야 하는데? 삶의 가치를 수학적으로 증명할 수는 없다. 적어도 조식의 능력으로는 불가능했다. 혜정을 알면 알수록, 조식은 그녀가 구차하게 살고 싶지 않다는 소원 아닌 소원을 풀 수 있는 가장 합리적이고 경제적인 해결책이 바로 자살일지도 모른다고 생각하게 됐다. 자존심도 지키며 주체할 수 없는 히스테리에서 확실히 벗어나는 묘책이 아닌가.

'우린 미쳐가고 있어.'

조식은 그렇게 생각하며 이성을 찾았다. 혜정은 벽을 향해 누워 꼼짝 않고 있었다. 그의 분노가 불이라면, 그녀의 분노는 얼음이었다. 다가가서 한참을 쓰다듬으며 녹여야 할 것이었다. 하지만 그는 꼼짝도 하지 않았다. 버려진 등대처럼 우두커니 서 있기만 했다. 오히려 마음 한구석에선 상황을 더욱 나쁘게 만들고자 하는 짓궂은 충동까지 일었다. 어디 한번 끝장을 내보자.

"그럼 피자는 나 혼자 먹어?"

혜정이 덮어쓴 이불을 젖히며 벌떡 일어났다.

"너 혼자 잘도 넘어가겠다. 그렇게 먹고 싶어? 배고픈 걸 그렇게 못 참겠어? 왜 그렇게 살이 찌는지 이제 다 알겠다. 너 나 없을 때 혼자서 계속 먹는 거 아니야?"

"아니라는 거 뻔히 알면서 왜 그래?"

"그럼 왜 살이 계속 쪄? 안 먹고 돌아다니면 누구나 다 빠지는 게 살이야. 몸무게 재본 거 맞아? 나한테 거짓말하는 거 아니야?"

"사람마다 체질이 다른 거 너도 알잖아. 우리 같이 읽은 신문기사 기억 안 나? 나는 내배엽형인데다 신진대사가 느려서 살이 쉽게 찌지만 빠지는 건 느리다고. 게다가 겨울엔 활동도 적어지니까 살이 찌기가 더 쉽다고."

"운동하면 되잖아."

"좋아. 그러면 앞으로 오 킬로그램 뺄 때까지 너 안 만나고 운동만 할게."

"점심시간에 할 수는 없어? 의지박약 아니야?"

"점심때 한 시간을 전부 운동에 갖다바칠 수 있을 거 같아? 헬스클럽까지 가서 옷 갈아입고 준비운동 하는 데만 이십 분은 걸려. 씻고 돌아가는 데도 이십 분은 걸릴 테고. 나머지 이십 분 동안 몇칼로리나 소비할 수 있을 거 같아?"

혜정은 말문이 막혔다. 그녀의 살기 어린 눈빛을 보며, 조식은 만약 자신이 여자고 혜정이 남자였다면 매일 두들겨맞으며 살았을지도 모른다고 생각했다.

"편의점에서 가장 차가운 콜라를 사올게. 냉동실에 넣어두면 금방 차가워질 거야. 얼음을 넣은 것보다는 못하겠지만. 이제 피자도 곧 도착하겠다."

전면전으로 확대되기 전에 조식이 협상안을 제시했다. 그녀와 싸우면 그는 대부분 졌다. 그녀는 어머니와의 싸움에서 늘 졌다. 그녀의 어머니는 상대방이 두 손 두 발 다 들 때까지 옆에 착 붙어서 미주알고주알 과거사를 끄집어내 그간의 고생과 상처를 열거하고, 그것도 모자라 울음을 터뜨리며 대과거까지 거슬러올라간다고 했다. 만약 조식이 그

자리에 있었다면, 그런 잔소리를 참다 못한 나머지 분연히 그녀 어머니에게 주먹을 휘둘러 이빨을 목구멍 속으로 처넣지 않았을까?

조식은 피자값으로 만원짜리를 석 장을 테이블에 꺼내놓고 옷걸이에 걸려 있던 후드 피코트를 걸쳐입고 나갔다. 혜정은 내다보지도 않았다.

*

세 번을 잃어버리고 네번째 산 커플링에 표시된 대로, 조식은 혜정을 이 년 전 밸런타인데이에 만났다. 대기업 계열의 광고대행사에 다니는 대학 동창 수영은 거래처의 여자 AD와 친해지기 위해 단골집인 다동 골뱅이집이 아닌 파이낸스 빌딩 지하의 아이리시 펍에서 모임을 급조했다. 일명 '싱글들의 밤'. 그녀와 그 친구들이 온다고 하자 짝을 맞추기 위해 수영은 친구들에게 전화를 돌렸다. 김씨인 조식은 수영의 휴대폰 주소록 앞머리에 이름이 올라 있었다. 당시 그는 보습학원 강사와 삼 개월을 사귀면서도 별 진전이 없어 관계를 계속 끌고 가야 할지 망설이던 상태였다.

초대에 응한 이는 조식까지 모두 일곱 명이었다. 주최자까지 여덟 명은 기네스로 까맣게 채운 유리잔을 일제히 들어올려 부딪쳤다. 혜정은 벽에 걸린 에르딩거 포스터의 맥주잔 바로 밑에 앉아 있었다. 푸른 하늘을 배경으로 풍성한 맥주거품이 그녀의 머리 위에 구름을 이뤘다. 조식은 그녀의 맞은편에 앉게 되어 운이 좋다고 생각했다. 수영은 자신이 눈독을 들인 여자 AD―그의 말로는 탤런트 한효주를 닮았다는데, 조식은 한효주가 누군지도 잘 몰랐다―에 열중했지만, 여자 넷 중 단연 돋보이는 인물은 혜정이었다. 〈9시 뉴스〉의 앵커우먼처럼 냉철한 지성미에 모나리자의 신비감 어린 미소. 조식은 그녀를 정면으로 바라보는 순간 머리 한가운데가 뻥 뚫리는 것 같았다.

54

혜정은 술을 좀 마시고 나이트에 가서는 하루 스물네 시간을 웃기 위해 태어난 것처럼 눈웃음을 치며, 허리로 완벽하게 S자를 그리는 유연한 몸놀림으로 춤을 췄다. 조식은 연락처를 달라고 했지만 완곡히 거절당했다. 명함 주세요. 나중에 연락드릴게요. 조식은 모임의 주최자인 수영을 졸라서 그녀의 전화번호를 겨우 입수했다. 수화기 너머 그녀의 말투는 지나치게 정중했다. 요즘 좀 바빠서요. 나중에 연락드릴게요. 이 번호로 연락드리면 되는 거죠?

나중에, 나중에, 나중에. 여자들은 늘 그랬다.

이 주일 뒤 소공동 롯데백화점 본점 정문 앞에서 조식은 혜정과 다시 마주쳤다. 운이 아니라 인연이라는 강렬한 확신이 들었다. 어머니 심부름으로 경품인 침구 세트를 타러 가는 길이었지만 미뤄도 그만이었다. 그날 함께 술을 마시고 나이트까지 갔던 남자들이 모두 그녀에게 애프터를 신청했지만 모조리 거절당했다는 사실을 그는 잘 알고 있었다.

운명의 연인은 그를 첫눈에 알아보지 못했을뿐더러 어색하게 시선을 이리저리 돌리면서 예의 바르게 빠져나갈 기회만 찾았다. 그는 스토커처럼 끈질겼다. 저녁이나 먹고, 그것이 어렵다면 커피라도 한잔 하자고 붙잡았다. 저, 배는 안 고프고 커피는 오늘 두 잔이나 마셨어요. 그는 집으로 그냥 돌아간다면 심심하지 않겠느냐며 넘어가지 않으려는 나무에 다시 한번 힘차게 도끼질을 했다.

뭐 하시려고요? 드라이브. 그는 그때는 차를 몰고 다녔다. 운전대를 잡는 것이 두렵지 않았다. 서울 시내 곳곳의 도로에 꽤 밝았고 강남과 신촌 등지에서 공짜로 차를 댈 수 있는 구역도 몇 군데 알고 있었다. 평행주차도 제법 능숙하게 했다. 술 취한 운전자가 중앙선을 넘어 달려들거나 인도를 걷던 사람이 갑자기 보닛 앞으로 뛰어드는 터무니없는 망상 따위는 하지 않았다. 대형 트럭이나 버스가 옆 차선에 붙을 때

손이 떨리는 버릇도 없었다.

사람과 사람 사이에는 섬이 있다. 없는 것처럼 보여도 잘 찾아보면 비슷한 점이 있다. 두 사람은 서로의 취향과 가치관을 꺼내놓고 비교했다. 우선 둘은 힙합을 싫어했다. 팬티가 보이도록 바지를 늘어지게 입는 패션도 싫어했다. 신문을 읽지 않고 책은 베개 정도로 취급하며 말끝마다 '졸라'를 갖다붙이는 요즘 '어린것들'을 혐오했다. 가장 중요한 것은, 둘 다 거짓 없는 정직한 관계를 원한다는 사실이었다.

난 안경 쓴 사람은 싫어요. 정직해 보이지 않으니까.

그녀는 그렇게 말하며, 니퍼로 굳은살을 깨끗이 제거하고 손톱로션까지 바른 손가락 끝으로 조식의 눈가에 안경을 그렸다. 온몸의 신경을 깨우고 솜털이 바짝 일어나게 만드는 마법의 손길이었다.

대학을 졸업하고 증권사에 입사해 이제 직장생활 이 년차인 조식은 출근하고 일하고 점심시간엔 우르르 몰려나가 밥을 먹고 일하고 퇴근하는 순환의 고리 속에서 개성을 잃어가던 시기였기에 타인에게 쉽게 동화될 수 있었다. 혜정을 보면 불과 일 년 새에 까마득하게 느껴지는 대학 시절 생각도 났다. 그녀는 대학원에서 미술사 석사과정을 밟고 있었으며, 전공이 그런 만큼 전시와 공연을 즐겼다. 그는 자신도 그렇게 될 수 있을 것이라고 말했다. 그녀는 피카소와 빌 에반스를 좋아했다. 그는 피카소를 싫어하지 않으므로 좋아한다고 했고, 재즈를 싫어하지 않으니 미스터 에반스도 좋아할 수 있을 것이라고 했다.

당시만 해도 조식은 술을 적당히 마시는 편이었다. 회사의 금연 펀드에서 지원을 받아 담배를 막 끊었다는 사실도 혜정에게 점수를 땄다. 난 의지력이 강한 사람이 좋아요.

그는 혜정이 탐내던 도스토옙스키 전집을 두 세트 사서 하나씩 나눠 가졌다. 커플 전집? 그들은 예술의 전당에서 전시회를 보고, 언덕길을 내려와 달마이어 카페에서 커피를 마셨다. 그는 카푸치노를 제대로 마시는 법을 배웠다. 거품이 녹아들어 일 센티미터 정도가 남았을 때 입술을 잔에 대는 거야. 혜정의 시범을 보며 그는 그토록 찾던 현숙한 여자를 만났다고 확신했다. 지혜와 현명함으로 남자의 부족한 점을 채워주고 인생을 행복의 길로 이끌 안방의 사령관, 영감의 뮤즈, 행운의 마스코트.

두 사람은 5월 에버랜드로 장미축제를 보러 갔다. 에버랜드에서 가장 무섭다는 허리케인 앞에서 줄을 서 기다리며 조식은 가슴이 두근거렸다. 중학교 이후 그는 롤러코스터나 바이킹 유의 기구를 타본 적이 없었다. 정작 타보고 나니 초등학생이나 겁을 내는 시시한 것임을 알게 됐지만, 그전에 느낀 두려움은 스킨십의 촉매로 작용했다. 두 사람은 장미원의 백만 송이 장미 속에서 키스를 했다. 그녀의 입술은 물기를 머금은 꽃잎처럼 부드럽고 촉촉했다.

혜정이 대학원을 중퇴했다는 사실은 사귄 지 정확히 삼백 일째에 알게 됐다. 그날 그들은 신라호텔에서 연말 패키지 할인가로 방을 잡아 섹스를 했다. '자상한 부모님 밑에서 두 동생과 사이좋게 자랐습니다' 식의 자기 소개서의 서두처럼 성장한 조식에게, 그녀가 이불 속에서 밝힌 과거사는 화음이 비비 꼬인 현대음악만큼이나 난해하게 들렸다.

혜정의 어머니는 두 번 이혼하고 세 번 결혼했다. 첫번째 결혼은 전주의 부잣집 둘째아들과 했다. 결혼초기에는 그럭저럭 참을 만 했던 남편의 술버릇은 갈수록 심해졌고, 그녀의 어머니는 다섯 살배기 혜정을 시부모에게 떠넘기고 서울로 도망치듯 올라갔다.

할아버지는 혜정을 아꼈다. 그러나 할머니는 나이가 들면서 동네 사람과 식구들에게 툭하면 시비를 걸며 괴롭혔다. 미친개 같았어. 눈에 보이는 것은 모두 물어뜯으려고 했으니까. 올드미스인 막내고모는 날씨에 따라 기분이 오락가락하며 툭하면 조카를 때렸다. 혜정은 자살하는 법을 연구하기 시작했다.

고모는 혜정이 초등학교 육학년이 되던 겨울방학 때 교통사고로 죽었고, 할아버지는 그 충격에 시름시름 앓다가 혜정이 중학교 이학년 때 돌아가셨다. 할머니는 할아버지의 장례식을 치른 후 사람들 얼굴을 제대로 분간하지 못하더니 결국 치매에 걸렸다.

첫째고모가 할머니와 혜정을 거두었다. 혜정의 표현에 따르면, '할아버지 재산을 물려받은 할머니 재산을 물려받는' 가장 빠른 길이었다. 할머니가 돌아가시지 않고 반(半)백치 상태에 빠져 있는 것이 고모에겐 가장 좋았다. 고모네 부부는 할머니의 재산으로 자식들에게 고급 옷을 사입혔고 나중에는 미국 유학도 보냈다. 혜정은 여섯 살 터울 고종사촌 언니의 낡은 옷을 물려받아 입으며 부엌일과 심부름을 도맡아야 했다.

'누리단' 알지? 옷이 없어서 누리단 청재킷을 교복처럼 입고 다녀야 했어. 옷이 그것밖에 없어서 한번 빨면 밖에 나가질 못했어. 옆 학교에서 남자애들이 좋아한다고 편지를 보내도 답장을 쓸 수 없었어. 난 완전히 거지꼴이었거든. 어떻게 사랑을 받겠니?

고등학교에 입학하자 구원의 손길이 내려왔다. 하늘에서는 아니고 서울에서. 보험 외판원을 하던 어머니는 압구정동 현대아파트에 사는 중소기업 사장과 눈이 맞아 두번째 결혼을 했고, 기반이 잡혔다는 확신이 들자 하나밖에 없는 딸을 불러들였다. 삼십대 초에 상처한 새아버지에겐 자식이 없었다.

혜정은 공부를 즐겼다. 공부가 가장 쉬웠다. '시골'에서 전학 온 깡마른 소녀는 일 년을 팔학군에서 보내면서 과외 한번 받지 않고 전교 상위권의 성적을 지켰다. 수학 성적은 독보적이었다. 그러나 표정에서는 우울함이 가실 날이 없었다. 새아버지는 술은 한 방울도 입에 대지 않았지만 편집증이 심했다. 평소에는 점잖던 사람이 화가 나면 고래고래 소리를 지르고 어머니의 행실이 더럽다고 욕하며 혜정에게 손찌검을 했다.

고3이 되기 전에 그녀는 고모네로 돌아갔다. 어머니는 조금만 기다리라며 역전에서 돈이 든 봉투를 바지 주머니에 찔러줬는데, 그녀는 어떻게든 서울로 탈출할 것이라 다짐하며 돈다발을 기차 화장실 변기 안에 처넣어버렸다. 수능 점수는 서울대 하위권에서 연고대 상위권 학과를 노림 직하게 나왔지만 장학금 때문에 서울의 변두리 대학을 택했다. 세무사가 직업인 홀아비를 세번째 아버지로 두게 될 줄 알았더라면 다른 선택을 했을 것이었다.

학벌이 그렇게 중요할 줄 알았으면 어떻게든 좋은 대학에 가야 했어. 너무 순진했어.

혜정은 뼈저리게 후회했다. 씻을 수 없는 과거사의 오점이었다. 최소한 연고대 하위권 학과에라도 합격한 서울의 친구들은, 고등학교 때 그토록 공부를 잘했던 그녀가 왜 학교의 등급을 그렇게 낮췄는지 이해하지 못했다.

당당할 수가 없잖아. 솔직히 말해봐. 넌 안 그래? 네 동생과 비교당하는 거 부끄럽지 않아? 엄마는 서울대 아니면 싫어해. 그렇다고 너희 집이 강남 아파트에 사는 것도 아니잖아. 난 너랑 결혼 못 할 거야. 너랑 사귄다는 말도 못 꺼내.

혜정의 어머니는, 그녀가 다시 수능시험을 쳐서 의대에 진학하길 원했다. 때문에 미술사 공부에는 한푼도 대줄 수 없다고 했다.

판사들이 신붓감으로 의사를 좋아해서 그런대. 우습지? 그게 우리 엄마야.

*

조식이 콜라를 사갖고 돌아왔다. 혜정은 테이블에 피자를 펼쳐놓고 앞접시에 포크와 나이프를 나란히 둔 채 기다리고 있었다. 피클은 모양새 좋게 접시에 따로 담았다.

조식이 앉자 혜정은 그의 접시에 페퍼로니 피자를 한 쪽 덜었다. 조식은 콜라와 함께 천천히 먹었다. 혜정은 에비앙을 마셨다. 앞으로는 냉장고에 얼음을 꼭 채워두라고 시위하듯.

"우린 한 삼십 년쯤 산 부부 같아."

혜정이 무심한 투로 말했다. 조식은 씹는 것을 멈추고 다음 말을 기다렸다. 혜정이 크게 인심을 쓰는 듯 조식의 접시에 마가리타 피자 한 쪽을 내려놨다.

"밥 먹으면서 아무 말도 없잖아."

이유는 간단했다. 할 말이 없었다. 잘 잤어. 밥 먹었니. 오늘 하루는 어땠어. 이처럼 일상적인 대화는 그녀에겐 지겹고 진부한 것이었다. 다음과 같은 주제는 흥미를 불러일으켰다 : 예술의 미래, 근대와 탈근대 사회에 대한 통찰력, 정권이 붕괴되고 경제체제가 바뀌어도 변치 않을 지고의 가치, 역사를 관통하는 미의식…… 조식 쪽은 점성술 같은 얘기가 재미있었다. 행성과 별자리에 고유의 에너지와 기질이 있으며 이들의 위치와 각도, 움직임이 인간의 운명을 좌우한다고 주장하는, 믿는 사람에게나 의미가 있는 유사과학이었다.

조식도 혜정의 세계를 따라가보려고 한 적이 있었다. 들뢰즈와 지젝을 읽으며 '기관 없는 신체'나 '케 보이(Che Vuoi)'와 같은 개념을 A4용지 한 페이지로 정리할 수 있도록 대입을 다시 치르듯 통째로 암기하기도 했다. 서로의 입술에 익숙해지고 저녁을 먹으면 모텔이나 호텔로 가는 것이 자연스러워지면서 그는 시험을 통과했다고 믿었다. 그래서 한창 바쁠 시간에 오 분만 통화하자는 그녀의 전화는 대충 받고 넘어갔고, 일이 쌓여 야근을 해야 하는 날에 커피 한잔만 마시자며 회사 근처로 찾아왔을 때에는 시계를 연신 보고 다리를 떨며 들어갈 시간만을 기다렸다. 나중에 혜정은 그런 조식의 모습이 '비굴해 보였다' 고 했다. 네가 날 위해 어디까지 할 수 있는지 알아보고 싶었어. 얼마나 네가 날 사랑하는지 알고 싶었어. 하지만 내가 널 정말로 필요로 할 때, 너는 늘 없었어.

혜정은 조식의 세계에는 관심이 없었다. 조식은 이자율의 변화에 따른 채권 가격의 변동—왜 한은이 콜금리를 올리면 채권 가격이 내려가는가—을 시작으로 금융시장의 동역학에 대해 하루 종일이라도 설명할 수 있었지만 혜정은 오 분도 참고 듣지 못했다. 혜정은 미술관 큐레이터를 도와 온갖 잡일을 하는 것으로 언제 모일지 모르는 대학원 학비를 벌려 했으나 먹고 생활하고 화장품을 사고 최소한의 '자존심'을 유지하는 데 쓰고 나면 남는 돈이 없었다. 나 돈 때문에 힘들어하는 거 뻔히 알면서 또 돈 얘기니?

"정말 아무 말도 안 할 거야?"

혜정이 피자의 도우 가장자리를 뚫어지게 보고 있는 조식을 불렀다. 내일, 새해 첫 장이 열리는 날에 사무실에서 할 일을 정리해보고 있다고 하니 그녀는 샐쭉한 표정으로 일어나 접시를 치웠다. 조식은 피자 포장지를 지하실의 재활용품 처리함에 버리고 왔다.

침대에 걸터 앉아 텔레비전을 보고 있던 혜정은 조식이 오자 싱글거리며 맞았다. 그녀는 웃을 때보다 무표정한 것이 훨씬 매력적이었다.

"우리 뭐 할까?"

섹스, 식사, 술, 쇼핑? 놀이공원? 극장? 무작정 걷기? 조식은 텔레비전과 영화, 소설, 만화와 음악, 그리고 인터넷에 콘텐츠 업자와 네티즌들이 올리는 가능한 데이트의 항목을 죽 나열하고 고민했다. 봄, 여름이라면 청계천이라도 나가서 걷겠지만 겨울철은, 혜정과 같이 추위를 잘 타는 여자와는 난방이 되는 실내밖에 갈 곳이 없었다.

조식이 운전을 한다면 선택의 폭이 훨씬 넓어졌겠지만, 그는 가족의 참사 이후 운전대를 잡으면 보툴리누스균에 중독된 것처럼 호흡이

가빠지고 팔다리가 뻣뻣해졌다. 다른 자동차가 그를 들이받지 않으면 그가 먼저 들이받을 것만 같았다. 사고 후 두어 달가량은 자동차란 존재 자체가 흉측한 괴물로 여겨져 운전은커녕 버스와 택시조차 타지 못하고 도로를 피해 지하로 숨어들듯 지하철을 이용했다.

언젠가 혜정이 조식을 만나기 직전까지 사귀다가 헤어진 옛 남자에 대해 얘기한 적이 있었다. 조식에게 처음으로 맞고서 일주일이나 지나서였을까. 조식은 그런 인간이 현실세계에 존재하는지 보고 싶어 미칠 지경이 되어 그녀의 블로그에 들른 이들이 누구인지 그들 블로그나 미니홈피의 링크를 따라 클릭해 들어가봤다. 추적할 수 없는 이름에는 이 사람이 그놈일지, 저 사람이 그놈일지 온갖 상상에 사로잡혔다. 혜정의 목을 졸라서라도 그의 정체를 실토하도록 만들고 싶었다.

의사 집안에서 태어나 그를 제외한 가족 모두가 의사. 혼자 철학과 문학을 전공으로 택한 배부른 소크라테스. 수입은 쥐꼬리만했지만 한강이 내려다보이는 여의도의 오피스텔에 혼자 살며 아우디를 몰고 다닌다 했다. 헐렁한 진과 치노팬츠가 잘 어울리는 큰 키에 화이트 셔츠가 잘 어울리는 깨끗한 피부, 은수저를 물고 태어난 이답지 않게 겸손한 태도와 영화·문학·미술·음악에 대한 폭넓은 지식. 조식의 콩글리시 발음과는 차원이 다른, 토니 블레어 스타일의 옥스퍼드 식 영어 발음에 BMW 드라이빙 스쿨에서 교육까지 받은 뛰어난 드라이버였다. 내 눈에서 슬픔을 읽어낸 유일한 사람이었어. 넌 처음에 날 보고 무슨 생각했니?

혜정은 그에게는 왜 자신이 인생을 실패로 규정하고 자학하는지 이해하고 받아들이는 나름의 노하우가 있었으며, 그래서 푹 빠졌다고 설명했다. 그러나 조식의 상상력은 엉뚱하게도 로데오 경기의 망아지처럼 날뛰며 입에 담지 못할 정도로 치졸한, 그러나 질투에 빠진 남자로서는 그려봄직한 장면을 그려냈다. 어쨌거나 남녀관계의 귀착점은 침대 아니겠는가? 대관령의 구불구불한 도로를 오르듯 혜정을 좌삼삼 우삼삼의 허리 놀림으로 흥분시키고 뒤에서 옆에서 뒤집고 후려치며 오르가슴까지 끌어올리는…… 여자들이 다들 미쳤어. 줄줄 따랐지. 사실 난 부담스러웠어. 자기와 결혼하지 않아도 좋으니 같이 살자고 하더라. 반년 정도 동거했지. 엄마는 내가 복제CD를 구워다 파는 백수건달과 같이 살았던 걸로 알아. 내가 그런 남자랑 헤어졌다는 사실을 안다면 지금이라도 미친년 이라며 길길이 날뛸 거야.

조식의 질투를 부추기려고 가공의 인물을 꾸며낸 것은 아니었을까? 그렇게 의심해보지 않은 것은 아니었다. 아무튼 둘 사이에 제삼의 인물이 끼어들자 삼각관계가 구성됐다. 조식은 늘 그 낯모르는 남자와 비교되는 느낌이었다. 하지만 그를 닮기보다는 오히려 반대로 갔다. 살을 찌우고, 술을 퍼마시고, 그녀를 또다시 때리고……

공통점도 있었다. 혜정 몰래 바람을 피웠다는 것. 그러나 조식에겐 비교우위가 있었다. 그 남자는 들켰지만 조식은 잘 넘어가고 있었다. 돈을 주고 산 것이긴 했지만, 다른 여자와 섹스를 한 후 또 혜정과 섹스하는 날도 있었다. 그 녀석도 날 배신했어. 나랑 싸우고 잠시 헤어진 동안 다른 여자랑 잤대. 우리 사이가 완전히 끝난 줄 알았다나. 용서해달라고 무릎 꿇고 빌더라. 나도 그러고 싶었지. 하지만 다른 여자에게 닿았던 손이 날 만진다는 생각만으로도 몸에 벌레가 기어다니는 것 같았어.

"나가지 않을래?"

"뭐 할 건데?"

"영화라도 보자."

"우리가 안 본 영화가 있어?"

이미 12월에 개봉한 볼 만한 영화는 싹쓸이했다. 연인들이 가는 가장 흔한 데이트 코스인 CGV나 메가박스의 연인석에서 조식은 한 손에는 팝콘, 다른 한 손에는 콜라를 들었고 혜정은 생수병을 쥐지 않은 손을 조식의 팔꿈치 안쪽에 넣었다. 극장의 다른 수백 명의 연인들도 그들과 똑같은 자세로 앉아 있었다.

"양치질하고 올 테니까 생각 좀 해봐."

혜정은 화장실로 갔다. 조식은 졸렸다. 생각할 여유가 오 분 정도 있었다. 조식은 침대에 누웠다. 조금만 쉬자. 일 분만 자자. 아참, 설거지를 해야 하는데. 그렇게 중얼거리며 스르르 잠들었다.

*

조식은 꿈을 꿨다. 이제는 다 벗어났다고 생각한 꿈이었다. 일 년 전 사고가 난 뒤 한 달 동안 하루도 거르지 않고 꾼 악몽이었다. 무대는 부모님과 함께 살았던 신림동의 단독주택. 튼튼하지만 꽤나 낡아서 아무리 약을 쳐도 밤이 되면 바퀴벌레가 기어나오는 집이었다.

등장인물은 아버지와 어머니, 그리고 각각 두 살, 네 살 터울의 남동생과 여동생. 주인공은 물론 조식. 식구들은 염습을 마치고 입관하기 전에 실눈을 뜨고 억지로 봤던 그 모습이 아니었다. 휴양지에서 재충전을 하고 온 것처럼 활기차 보였다. 류머티즘 때문에 절룩거리던 아버지는 멀쩡하게 걸어다녔다. 당뇨병 환자인 어머니는 설탕과 크림을 잔뜩 넣은 맥스웰 커피를 마시고 있었다. 대학교 졸업을 앞두고 있던 여동생은 아버지 몰래 산 초미니스커트를 입고 맨살을 드러냈다. 스커트 안에는 손바닥만한 팬티뿐이었다.

남동생은 거실 소파에 앉아서 텔레비전을 보고 있었다. 어렸을 때부터 형보다 공부를 잘해 서울대 어문계열에 들어갔지만 입학 직후부터 갑자기 양쪽 눈의 시력이 뚝 떨어졌다. 종합병원에서 각막 지형도를 찍어본 결과 원추각막이라는 진단을 받았다. 각막이 얇아지면서 원뿔 모양으로 솟아오르는 병. 시력이 급강하하고 난시가 심해지자 동생은 불빛이 여섯 개로 보인다고 했다. 원인은 유전, 알레르기 질환, 심한 눈 비빔 등 추측만이 무성. 의사는 상태가 악화되면 각막을 이식받는 것 외에는 특별한 치료법이 없다고 말했다.

발병한 지 삼 년이 지나자 남동생은 왼쪽 눈으로는 사물을 거의 구분하기 어려운 지경에 이르렀다. 세상이 젖빛 유리를 통해 보는 것처럼 흐릿하게 보인다고 했다. 옆에서 보면 왼쪽 눈이 불룩하니 튀어나와 있었다. 군대는 면제받았지만 축하할 일이 아니었다. 일급 장애인이 되느냐 마느냐, 그것이 문제였다.

남동생의 졸업식은 우울했다. 취직 시도는 번번이 실패했다. 서울대를 나왔어도 기업은 수상쩍은 질병으로 군 면제를 받은 잠재적 장애인을 원치 않았다. 국립장기이식관리센터(KONOS)의 이식 대기자 명단에 이름을 올려놓았지만 감감무소식이었다. 상태가 더 나빠지면 수입 각막을 이식받아야 할 것이었다.

남동생은 절망에 빠진 젊은이답게, 눈에 나쁘다는 것을 잘 알면서도 술독에 빠졌다. 잠이 오지 않는 날에는 맥주 피처를 세 개씩 사다놓고 마셨다. 동생도 조식처럼 맥주를 좋아했다.

사고가 일어난 그날, 남동생은 각막이식수술을 받기 위해 여의도성모병원에 입원할 예정이었다. 전날 밤에 안과에서 전화가 와서는, 각막이 들어왔다며 수술을 받을 것인지 여부를 당장 결정해달라고 요구했다. 조식의 아버지는 "아이구 선생님 감사합니다"라는 말로 답을 대신했다. 어머니는 전화기에 대고 절을 하려고 했다.

오전 일곱시 삼십분까지 출근해야 하는 조식은 식구들보다 먼저 집을 나섰다. 그때가 오전 여섯시 사십분경. 아버지는 조식이 혜정을 태우고 곧잘 몰고 다니던 구형 소나타에 남동생을 태우고 한 시간 이십분 뒤인 오전 여덟시에 출발했다. 어머니와 여동생은 응원차 따라갔다.

조식은 오전 아홉시가 조금 지나서 성모병원 응급실에서 전화를 받았다. 병원 앞 도로에서 교통사고가 났다는 것이었다. 놀라긴 했지만 병원으로 달려가면서도 큰 사고는 아닐 것이라 생각했다. 봄이면 벚꽃이 만개하는 그 길은 대형 사고가 일어날 만한 데가 아니었다.

결과는 가족 전원 사망. 나쁜 소식을 전하는 데 아직 익숙지 않은 것처럼 보이는 여자 인턴이 쭈뼛거리며 알려줬다. 앞좌석에 앉은 아버지와 남동생은 즉사했고 어머니와 여동생은 응급실에서 심장이 멎었다. 조식네는 피해자였다. 가해 차량은 한국에 백 대가량 있다는 잘 빠진 람보르기니 무르시엘라고. 운전자는 이십대 후반의 남자였는데, 새벽까지 마신 술이 덜 깬 채 차를 몰고 헤매다 중앙선을 넘어 조식네 차를 들이받았다.

경찰이 찍은 사고 현장 사진에서 박살난 쪽은 람보르기니였지만, 가해자는 하느님이 보우하사 거의 다친 곳이 없었다. 그는 사고 진술에서 형사에게 "차가 말을 듣지 않았다"며, 끝까지 브레이크를 밟았다고 주장했다. 면허 취소 수준의 혈중 알코올 농도에 대해서는 친구들과 '양주 한 잔'을 마신 것뿐이라고 해명했다. 그는 구치소에 수감됐다.

꿈속에서 가족들은 조식의 존재를 의식하지 못하는 모양이었다. 하지만 곧 누군가 슬로 모션으로 고개를 돌리리라. 얼핏 보면 그들은 생전의 모습과 다를 것이 없었지만 냉정하게 관찰하면 차이가 있었다. 산 자에 대한 증오와 질투. 제발 내게 오지 말라고 애원하면 그들은 이렇게 말하겠지 : 그래? 일단 네가 죽은 다음에 얘기해보자고. 우린 시간이 많아. 죽음은 평생 기다릴 수 있다. 조식은 꿈에서 깨기 위해 눈을 뜨려 애썼지만 소용없었다. 악몽은 양파껍질 같아서, 눈을 뜨면 또 다른 꿈이 기다리고 있었다.

아버지와 눈이 마주쳤다. 호통 소리가 지축을 뒤흔들었다. 애비 어미 제삿날에도 한번 찾아오지 않는 후레자식! 그런 표현은 부모님 스스로 자식 교육에 실패했음을 자인하는 것 아닌가? 어쨌든 조식은 머리를 조아리며 잘못했다고 빌었다. 하지만 가족의 기일은 2월이 아니던가? 잊지 못할 날짜 2월 28일. 여동생은 조식의 방에서 조식을 불렀다. 오빠 돈 좀 빌려줘. 어디에 쓸 건지는 물어보지 말고. 동생은 의자에 앉아 다리를 이리 꼬았다 저리 꼬았다 하면서 부탁했다. 뽀얀 살결이 형광등 불빛 아래에서 날름거렸다. 조식은 지갑을 꺼냈다.

방에는 중학교 입학 선물로 받은 컴퓨터 책상부터, 조식에게 낯익은 가구들이 그대로 놓여 있었다. 옷장을 빼고는 집을 처분하면서 모두 내다버린 것들이 되돌아왔다. 의자 위에는 어느새 어머니가 앉아 있었다. 실망과 분노가 뒤섞인 얼굴이었다. 조식은 옷장에 숨겨놓은 인형이 드디어 들통난 거라고 생각했다. 중학교 때 여자의 나체 사진과 맞춤법에 맞지 않는 단어투성이인 도색소설을 들켰을 때 어머니가 뭐라고 하셨더라? 너 아직 사춘기니?

어머니가 찾아낸 것은 더욱 끔찍한 진실이었다. 방바닥에는 마이너스 통장과 대출 서류들이 널브러져 있었다. 조식은 왼쪽 손등을 내려다봤다. 상처 없이 말짱한지 확인하고는 안도했다. 이것은 한낱 꿈, 떠도는 루머에 중소형 주식과 급등세를 보이는 코스닥 작전주에 '올인'했다가 매도 타이밍을 놓치는 바람에 큰 손해를 보고는 전전긍긍하던 호랑이 담배 피우던 시절의 이야기였다.

2004년은 대통령 탄핵에 행정수도 이전 위헌 판결 등 각종 악재가 겹쳐 증시에서 돈을 벌기 어려운 해였다. 조식의 경우는 손실이 정말 심했다. 갖고 있는 주식은 거품이 꺼져 초라한 본모습으로 돌아갔지만 지출은 점점 늘고 있었다. 남동생은 명문대 타이틀을 갖고도 취직을 하지 못했고, 여동생은 토익 점수를 높인다며 한 달에 학원비를 이십만원씩 썼다. 어머니의 당뇨병 치료비로 들어가는 돈도 만만치 않았다. 아버지는 아픈 무릎을 싸안고 살았다.

부모님의 수입은 아버지가 한 달에 사십만원 받는 국민연금이 전부였다. 가족의 생계를 그가 책임져야 했다. 그의 아버지는 노후에는 자식들에게 용돈을 받으며 손 하나 까딱하지 않고 살겠다고 농반진반으로 말하곤 했는데, 삼분의 일은 소원을 성취한 셈이었다.

연애에도 상당한 돈이 들어갔다. 어지간한 레스토랑과 식당에서는 혜정의 까다로운 입맛을 맞출 수 없었다. 파스타는 역시 힐튼의 일폰 테야…… 운운. 저녁을 먹고, 호텔로 섹스를 하러 가면 카드 영수증에 찍힌 방값이 뇌리에서 지워지지 않아 성욕도 일지 않았다. 휘발유 가격은 자꾸만 올라 교외로 드라이브를 나가기 전에 그의 머리는 주유소 미터기가 되어 기름값을 계산했다. 조식은 혜정의 휴대폰 요금까지 부담했는데, 통화시간이 오 분을 넘으면 조바심이 났다. 언쟁이 벌어지면 한 시간 넘게 휴대폰을 붙잡고 있어야 하기에 그는 양보하는 습관을 익히게 됐다.

조식은 현금이 아닌 신용으로 살아가고 있었다. 월급날에는 밀린 카드대금을 갚느라 오히려 돈이 없었다. 전문용어로 '유동성 부족'에 처한 그는 현금이 궁해지면 친구나 동료들과의 술자리를 만든 뒤 자기가 계산하겠다며 현금을 걷었다. 일종의 '카드깡'이었다.

수입과 지출의 위태로운 균형이 계속되었다. 연리 14~15퍼센트 조건으로 빌린 신용대출은, 대출액이 늘면서 이자 부담도 기하급수적으로 늘어났다. 조식은 환청을 듣기 시작했다. 노숙자들이 그를 보고 분명히 '안녕'이라고 인사했다. 신입생을 기다리는 흐뭇한 표정으로 말이다. 심지어 그들은 조식이 내미는 돈도 받지 않으려 했다!

여의도는 불경기 바이러스가 옮기는 신용불량이라는 전염병이 창궐하는 죽음의 섬이었다. 몇 남지 않은 생존자인 조식은 동료들에게 감염 사실을 비밀에 부쳤다. 오래 버틸 수는 없었다. 일차 금융기관—은행에서 이차 금융기관—고리(高利)의 대출상품을 취급하는 신용금고에 손을 벌리는 것은 시간문제였다. 이미 초기 증상이 나타나고 있었다. 월초에는 은행에서 꼬박꼬박 전화가 왔다. "이달 15일이 결재일인 거 아시죠? 확인차 전화드렸습니다." 조식은 채무가 단기간에 급속히 늘어난 '잠재적 위험고객'으로 분류돼 관리되고 있었다.

꿈의 세계가 다시 요동쳤다. 출퇴근길과 점심시간에 지나치곤 하는 대신증권 후문의 황소 동상—월스트리트의 은어로 '강세장(bull)'을 뜻하는—이 콧김을 내뿜으며 조식을 덮쳤다. 하늘에서 떨어진 은총이었다. 그는 죽었다. 그리고 깨어났다.

혜정이 그의 어깨를 흔들고 있었다.

"잘 잤어?"

조식은 그녀를 살짝 안았다가 팔을 풀고 고개를 끄덕였다.

"섰네?"

조식의 허벅지에 올라탄 혜정은 엉덩이를 앞뒤로 움직여 뻣뻣해진 그의 성기에 치골을 비벼댔다. 그는 기분이 좋기는커녕 오히려 연약한 살갗이 팬티에 쏠려 아팠다.

"하고 싶어?"

싫다고 할 수는 없었다. 그가 어렵게 고개를 끄덕이자 혜정은 티셔츠를 벗어던지고 허리를 뒤로 젖히며 누웠다.

"그럼 날 좀 흥분시켜봐."

그녀의 목소리가 갈라졌다. 조식은 사정할 수 있을지 걱정이 됐다. 섹스는 오전과 별반 다르지 않았다. 둘은 멍하니 누워 천장을 바라봤다.

"좋았어?"

혜정이 중얼거리듯 물었다.

"응."

"내가 없으면 어떻게 해결할 거야?"

"글쎄."

"뭐야. 재미없게."

"혼자서 해야지."

"평생 혼자서?"

"응."

"좀더 자세히 얘기해봐."

혜정이 엎드리며 돌아봤다. 하지만 그는 진심을 얘기할 수 없었다. 섹스는 돈을 주고 사면 된다. 그는 사창가의 여자들이 섹스를 '연애'라고 부르는 것이 마음에 들었다(안마시술소에서는 '서비스'라는 모호한 표현을 쓴다). 그 연애나 이 연애나 들어가는 돈은 비슷했다. 오히려 더 싸게 먹히는 때도 있었다.

사실 액수는 중요하지 않았다. 조식은 일 년 전의 조식이 아니었다. 그는 빚을 훌훌 털어버리고 새롭게 태어났다. 금융권의 우량고객인 '뉴 조식'은 은행 계좌에 수천만원의 현금을, 주식 계좌에는 삼성전자와 국민은행 주식을 수천 주 보유하고 있었다. 부모님에게 상속받은 집도 서울 시내에 두 채가 있었는데, 에누리해도 각각 이억원은 받을 것이었다.

"너, 나 사랑해?"

"응."

"얼만큼? 아주 느으끼한 표현도 참고 받아주겠어."

조식은 깊이 생각했다.

"하늘만큼 땅만……"

"장난해? 그런 거 말고 딴 거 있잖아."

"생각 좀 해보고."

조식은 고민했다. 그는 초등학교 때부터 글짓기 시간을 가장 싫어했다.

"넌 왜 이렇게 재미가 없어?"

혜정은 다시 천장을 보고 누웠다. 조식은 변명하지 않았다. 침묵이 깊은 바다가 되어 둘 사이를 갈랐다. 혜정은 한참 뒤에야 나직하니 혼 잣말처럼 말했다.

"난 죽을 거야."

이번에는 말을 거들어주기를 기다리지 않았다.

"내 카드 한도가 얼만지 알아?"

조식은 대답하는 대신 혜정을 향해 고개를 돌렸다.

"이천만원이야. 그걸로 파리에 가서 한 달쯤 놀다가 죽으면 어떨 까? 오르세도 가고 로댕도 가고 페르 라셰즈 묘지에도 가보고. 어때, 같이 가줄 수 있어?"

"어떻게 그렇게 많지?"

조식은 놀라움을 감추지 못했다.

"2000년이랑 2001년에 카드 한도들을 계속 늘렸잖아. 난 돈도 못 벌고 쓰는 것도 한 달에 십만원도 안 되니까 연체도 안 했지. 그러니까 계속 늘더라. 카드 한도 줄인다고 난리칠 때에도 그대로였어. 아빠가 세무사란 걸 은행이 알고 있어서 그랬나?"

혜정은 잠시 뜸을 들였다 말했다.

"넌 내가 없어도 혼자서 잘살 거야. 넌 원래 그런 애니까."

"무슨 소리야."

"넌 영리하잖아. 네가 손해볼 일은 절대 하지 않지. 뭐든지 결국 네 가 원하는 대로 다 하고 말이야. 내가 죽으면 좋겠지? 매일 술도 마시 고, 친구들이랑 어울려도 잔소리할 사람도 없고 말이야. 자유로워진다 는 거, 좋잖아?"

조식은 아무런 말도 하지 않았다.

"이젠 아니라고 말도 못 하네?"

혜정이 팔꿈치로 조식의 팔꿈치를 툭 쳤다.

"그럼 부탁은 들어줄 수 있어? 돈은 빌려줄 수 있겠지? 꼭 갚을 테니까."

조식은 '어떻게?' 라는 물음이 나오려는 것을 겨우 참았다.

"나 종신보험 든 거 있어. 자살해도 보험금 나오는 거 있잖아. 내가 죽으면 못 나와도 일억원은 나올 거야. 그렇담 네가 이천만원쯤은 빌려줄 수 있지 않을까? 유언장에다 너한테 돈 갚으라고 써둘게."

조식은 진지해졌다. 만약 그녀가, 조식의 재산이 어느 정도인지 알게 된다면 어떻게 행동할까. 죽어버릴 테니 당장이라도 돈을 내놓으라고 협박조로 윽박지를까? 죽기 전에 근사하게 보이고 싶다며 갤러리아백화점 명품관의 마이클 코어스 매장으로 가서 옷을 사달라고 할지도 몰랐다.

가족을 모두 잃고 그들이 유물처럼 남긴 악몽에 시달리는 동안 조식은 옆에 있어줄 사람이 필요했다. 생식행위―섹스는 그가 살아 있음을 확인해주고 후대에 자손을 남기어 불멸성을 획득하려는 생물의 본성을 일깨웠다. 그는 한 달 내내 혜정의 몸에 순수한 사정의 욕구를 갖고 달려들었다. 여자의 오르가슴에 대한 강박관념도 버렸다. 그녀도 그 시기만큼은 맞히기 쉬운 과녁이 되어주었다. 피임약을 먹으며 콘돔 없는 삽입과 사정을 허용했다.

하지만 그런 관계가 오래갈 수는 없었다. 한 달이 지나자 혜정은 더 견디지 못했다. 의사의 처방을 받지 않은 피임약은 부작용을 일으켰다. 가슴은 시리듯 아팠고 두통이 찾아왔다. 속도 더부룩 답답했다. 그녀는 약을 끊었고, 그는 인터넷으로 다시 콘돔을 주문했다.

그녀는 한 달이라는 시간을 참고 견딘 대가를 원했다. 금화 몇 푼에 주인에게 평생 은혜를 갚을 것을 맹세한 동화 속 '장화 신은 고양이'의 역할을 기대했다. 그러나 조식의 생각은 달랐다. 그 한 달은, 그간 그녀를 받들어 모시느라 들인 정신적 수고는 제하고 그가 여태껏 지불한 비용―식대('라 쿠치나'나 '팔레 드 고몽' '두가헌' 같은 고급 레스토랑부터 크라제버거의 햄버거까지), 숙박료(모텔비와 호텔비), 문화생활비(영화 관람, 책 구입, 전시회 및 공연 입장료), 교통비(기름값과 택시비), 피복비('트루 릴리전'과 같은 고가의 진부터 셀린의 핸드백까지), 통신료(휴대폰 요금) — 을 돌려받는 것이었다.

조식이 대학에서 사 년간 배운 경영학에는 매몰원가(sunk cost)라는 개념이 있다. 무슨 수를 써도 회수할 수 없기 때문에 잊는 것이 정신건강에 좋은 비용을 뜻한다. 조식은 생각했다. 그간 쓴 돈은 매몰원가이며, 대차대조표가 엉망이 되기 전에 명퇴 위로금을 지급하듯 그녀에게 돈을 쥐여주고 관계를 끝내는 것이 나을 것도 같았다. 어쩌면 혜정이 자살하기 전에 자신이 먼저 그녀를 죽일지도 몰랐다. 분노가 이성의 지층을 뚫고 또다시 분출한다면.

혜정은 일어났다. 어머니의 잔소리 세례를 받지 않으려면 자정 전에는 집에 들어가야 했다. 화장을 고치고 옷매무새를 다듬으며 그녀는 양갓집 부모들이 좋아할 법한, 처녀막이 멀쩡하고 조신한 아가씨의 모습으로 돌아갔다.

조식은 홍대입구 전철역의 대로까지 그녀를 바래다줬다. 택시를 기다리면서 조식은 한 가지 제안을 했다. 스스로 미친 짓이라 생각하면서.

"나랑 같이 살래?"

혜정의 왼쪽 눈썹이 물음표처럼 구부러졌다.

"결혼하자는 거 아니니까 안심해. 그냥 우리 집에 와서 살라는 거야. 네 짐 가져다놓고. 다시 공부해서 대학원 시험을 쳐봐. 네가 가고 싶어하는 더 좋은 데로 말야."

"등록금은?"

"내가 빌려줄 테니 나중에 갚아."

"엄마한테는 뭐라고 말해?"

"자취한다고 하면 되잖아."

"절대 허락하지 않을걸. 허락한다고 해도 내가 산다는 곳에 와보기 전에는 안 될 거야."

"그럼 아예 집을 나오는 건 어때?"

"미쳤어."

혜정은 조식의 눈을 빤히 쳐다봤다. 택시가 그들 앞에 와서 멈췄다.

"그만 가볼게."

조식은 혜정에게 택시비로 이만원을 건넸다. 자동차의 후미등이 새 벽별처럼 가물거리며 사라지는 것을 보며 그는 자신의 '미친 제안'이 받아들여질 것이라고 확신했다. 왜 그런 말을 꺼냈는지는 그 자신도 이해할 수가 없었다.

주식 투자의 귀재 워런 버핏은 "위험은 자신이 무엇을 하고 있는지 모르는 데서 온다"고 말했다. 그는 바지 주머니에 주먹을 찔러넣었다. 휴대폰이 손마디에 닿았다. 아직 늦지 않았다. 그녀가 진심으로 고려하기 전에, 말실수가 참말이 되기 전에 그냥 한번 해본 소리라고…… 그는 쌀쌀한 밤공기에 어깨를 움츠리며 집을 향해 걸었다. 편의점에 들러 하이네켄을 비닐봉지 가득 담았다. 서교동 성당의 입구 위에서 자애롭게 두 팔을 벌린 예수상이 그에게 뭔가 말을 걸려고 하는 것 같았다.

*

새해 첫날이 둘째 날로 넘어갔다. 조식은 침대 턱에 등을 대고 앉아 맥주를 마시며 케이블 TV를 보다가 문득 뭔가 생각난 듯 컴퓨터가 있는 테이블에 가 앉았다. 하드 드라이브 돌아가는 소리를 들으며 맥주를 한 병 더 땄다. 혜정이 집에 도착하면 문자메시지를 보낼 것이었다. 부팅이 끝나자 혜정이 좋아하는 클림트의 〈키스〉가 바탕화면에 뜨며 마우스 커서가 모래시계에서 화살표 모양으로 바뀌었다.

조식은 '클럽'에 접속했다. 쪽지가 네 통 와 있었다. 형만은 조식의 송년모임 불참을 아쉬워했다. 혜정에게 둘러댈 핑계가 없어서였다. 크리스마스이브에 봤던 사람들 중에서는 재섭이 새해 인사를 보냈다.

낯선 아이디 세 개가 메신저 친구 등록 신청을 해왔는데, 그중 하나는 그가 모임에 처음 나갔을 때 그에게 유난히 관심을 보였던 여자였다. 퍽 예쁘장했지만 그의 타입은 아니었다. 입술과 코에 피어싱을 했고, 한쪽 귀는 담배를 꽂을 수 있을 만큼 구멍이 뚫려 있었다. 까르르 웃을 때에도 혀끝에 달린 피어싱이 면도날을 입에 문 것처럼 섬뜩하게 빛났다.

인상이 너무 강렬해서인지 이름도 기억나지 않았다. 어쨌든 조식은 그녀를 친구로 받아들였다. 대화명은 BLACKBERRY.

나머지 둘은 얼굴도 떠오르지 않았다. 하지만 모두 조식의 친구가 됐다.

'클럽'의 게시판에는 신년모임에 대한 공지가 올라와 있었다. 장소는 강남. 송년모임 사진도 올라와 있었는데 가연은 보이지 않았다. 드레스코드인 화이트에 맞춰 다들 위아래를 하얗게 꾸민데다 찍을 때 노출보정을 하지 않았는지 사진이 전체적으로 어두침침해 어린애들이 흰 천을 두르고 모여 유령놀이를 하는 것처럼 보였다.

파티장 구석의 길고 희미한 형체는 이지였다. 몸뚱이만으로도 알아볼 수 있었다. 삼 년 전 한 공포영화에서 초반에 슬리브리스 차림으로 비명을 지르다 살인마에게 죽는 단역을 맡아 구등신의 몸매로 주목받았던 연예인. 유명세를 탄 것은 눈트임 수술로 아드리아나 리마처럼 유혹적인 눈매를 만들고 삼 개월간 운동과 식이요법으로 몸의 군살을 모두 제거한 뒤에 찍은 한 주류업체의 소주 광고에서다.

CF와 신문 및 잡지 광고에서 그녀는 부케를 가슴 높이로 들고 묘한 미소를 지은 것이 전부였는데, 마놀로 블라닉 컬렉션의 구 센티짜리 하이힐 굽처럼 가늘고 둥근 몸 전체를 흰색 라이크라 붕대로 칭칭 감은 모습—왕년의 슈퍼모델 스테파니 세이무어가 90년대 중반 결혼식에서 입은 아이작 미즈라히의 드레스를 본뜬 것이었다—은 첫날밤까지 순결을 지켜온 신부의 설렘과 욕망을 표상하는 것으로 화제가 됐다.

'국제용'으로 칭송받는 환상적인 비율의 몸매를 가진 그녀가 아니었다면 제대로 표현해낼 수 없는 이미지였다. 그녀의 몸에서는 종 모양의 정규분포 그래프처럼 급격한 커브가 가슴의, 허리의, 엉덩이의 선을 이뤘다. 십대 후반의 사진 및 데뷔 직후의 사진과 필름 등으로 미뤄볼 때 그녀의 가슴은 분명한 '자연산'이었다. 체지방 팔 퍼센트의 몸은 어떤 자세에서도 흐트러지지 않는 이상적인 곡선을 그렸으며, 허리를 구부려도 살이 접히지 않는 복부는 많은 여자들에게 극기를 다짐하며 헬스클럽에서 미친 듯이 크런치를 하게 만들었다. 얼굴을 좀 고치긴 했지만 성형이란 연예인들에겐 분칠처럼 자연스러운 것이므로 큰 흠이 되지 않았다.

그러나 그녀는 본격적인 연기자의 길을 걸으며 몰락했다. 쌍꺼풀 수술을 하고 첫 출연한 TV드라마에서 주연급 조연을 맡아 안방극장 입성에 성공했다는 칭찬을 받은 직후 일본계 금융회사의 CF를 찍은 것이 실수였다. 문제의 회사는 백만 명이 넘는 고객 정보를 일본에까지 유출한 사실이 알려지며 여론의 집중포화를 맞았다. 금융감독원은 회사의 불법채권추심 사실을 적발하고 영업정지 처분을 내렸다.

인터넷에서는 일명 '캐시걸'로 회자되던 그녀도 회복하기 어려운 상처를 입었다. 온라인에는 그녀의 광고를 합성한 패러디물이 유행병처럼 나돌았다. '빨간 모자 아가씨'로 유명한 재벌 계열 정유사의 새로운 모델로 거론되던 것도 쑥 들어갔다. 최근 소식은 누드 화보집을 낸다는 소문이 기사화된 것이 전부였다.

혜정에게서 전화가 왔다.

"생각해볼게."

조식은 잘 자라고 대꾸하고는 휴대폰을 충전기에 꽂았다. 이틀은 야근한 것처럼 피곤했다. 혜정의 옷과 화장품, 책 등을 옮기려면 바퀴 달린 여행가방이 두세 개는 필요할 것이다. 옷장과 책장도 새로 사야 한다. 혜정이 오디오를 가져와야겠다고 고집하면 장식장도 사야 할 테고 그에 따라 가구 배치도 바꿔야 하리라.

조식은 다락으로 올라가 방을 내려다봤다. 혼자 살기엔 넉넉했지만 둘이 부대끼기에는 좁았다. 동거를 시작하면 혜정은 어머니처럼 굴 것이다. 언제 들어와? 운동하러 가자. 살 찌니까 저녁 일곱시부터는 아무것도 먹지 마.

어쩌면 그 반대 방향으로 나갈 수도 있었다. 그토록 원했던 어머니로부터의 독립을 쟁취하고 나면 바야흐로 그녀만의 삶을 개척하기 시작하면서…… 그녀의 눈높이에 맞는 학벌과 학위를 갖고 나면 새로운 남자를 찾아 떠날지도. 그러고 나면 조식과의 원조교제는 종지부를 찍게 될 것이다. 생각이 거기까지 미치니 조식은 동전 던지기 도박이라도 하는 기분이었다. 그녀는 떠날 수 있을까? 그녀가 결별을 선언하면 그는 눈물을 흘리며 제발 내 곁에 있어달라고 붙잡을 것인가, 아니면 앞으로 행복하게 잘 살길 바란다며 쿨하게 악수하고 헤어지는 것을 택할까.

옷장 속 인형은 낮에 조식이 겨우 쑤셔넣은 그대로였다. 저녁의 악몽. 십일 개월 만에 가족들의 꿈을 꾼 데에는 다 이유가 있는 것 같았다. 할아버지의 말씀이 떠올랐다. 할아버지는 사람을 닮은 것은 모두 불길하다며 인형 같은 것들은 집에 두질 못하게 했다. 모든 사물은 그것이 닮은 형상의 영혼을 갖고 있다는 것이었다. 그래서 어린 시절, 할아버지가 시골에서 올라오신다고 하면 여동생은 어린이날 선물로 받은 바비인형을 어디로든 감춰야 했다.

조식은 인형의 코끝을 손가락으로 눌렀다 뗐다. 뾰족하게 튀어나온 것이 뭉개졌다가 원상태로 돌아왔다. 꿈 생각을 하자 당장이라도 버리고 싶어졌다. 토막을 내 신문지로 둘둘 말아 쓰레기봉투에 넣어버리면 감쪽같으리라.

쓰레기 소각장의 인부들은 인형을 발견하고는 깜짝 놀랄 것이다. 유기된 시체인가 싶어 찔러보고 만져보다가 정체를 깨닫고는 신기해하며 두고두고 얘깃거리로 삼겠지. 저녁에 대포를 한잔 하면서, 특히나 정교하게 모사된 인형의 성기를 갖고 음탕한 농담을 지껄일 수도 있을 것이다. 생각이 거기까지 미치자 그는 빙그레 웃다가, 옷장 안에서 발산되는 섬뜩한 기운에 옷장 문을 부서져라 닫았다. 나무와 나무가 부딪히며 요란한 소리가 났다.

숨소리가 몸 안에서 거칠게 메아리쳤다. 발바닥이 모노륨에 착 달라붙었다. 다리는 덜덜 떨렸다. 뒤로 물러나고 싶었지만 그럴 수가 없었다. 맥박 수가 분당 백오십 회까지 치솟고, 심장은 목구멍으로 튀어나올 것처럼 펄떡였다.

옷장 안에는 호랑이가…… 그보다 더한 것이 그를 노려보고 있었다. 닫힌 문 너머로도 그 시선을 느낄 수 있었다. 도망치려고 하면 당장 튀어나와 덮칠 것이다.

침이 고였지만 삼킬 수가 없었다.

조식은 오른발을 천천히 들었다. 옷장에 시선을 고정하고 나머지 발도 떼어냈다. 다리가 후들거렸다. 사다리를 내려갈 때에는 두 단씩 내려가다가 결국 미끄러졌다. 정강이가 계단에 세게 부딪히면서 방바닥으로 나뒹굴었지만 그는 찍소리도 내지 못했다. 비상착륙하는 비행기의 승객처럼 두 손으로 뒤통수를 감싸며 고개를 다리 사이에 처박고 그는 한참을 그대로 있었다.

영원의 시간이 흘렀다. 조식은 침대로 기어들어가 이불을 목까지 끌어올렸다. 눈을 감았지만 일단 확대된 동공은 줄어들 줄을 몰랐다. 도망치고 싶었지만 피가 얼어붙어 움직일 수가 없었다. 다리를 꼬집어 봤지만 아무 느낌이 없었다. 왼쪽 손등의 상처는 화상으로 생긴 물집처럼 커다랗게 부풀어 있었다. 꿈이 아니었다.

겨우 몸을 추슬러 일어난다고 해도 현관을 나서기도 전에 붙잡힐 것이 뻔했다. 그것의 눈빛에는 오로지 굶주림뿐이었다. 연민도 후회도 없이 먹이를 물어뜯고 허기를 채우는 본능밖에 없었다. 오로지 피냄새만이 그것을 유혹할 수 있었다. 그것은 상어, 강철도 소화시키는 거대한 백상아리였다.

잘못 본 것일 수도 있었다. 다락은 어두웠고 옷장 안은 더욱 어두웠다. 눈썹 아래 뚫린 두 개의 구멍, 그 안에 색칠한 실리콘 덩어리가 아닌 다른 무엇이 들어가 있을 리 없었다.

그러나 목소리는 귓가에 선했다. 나직하고 느리게, 단어 하나하나를 분명하게 발음했다. 혜정과 하루를 함께 보낸 뒤이니 그녀 목소리가 이명(耳鳴)처럼 남아 있는 것이라고 스스로를 달래봤지만 심장은 여전히 갈비뼈 안쪽을 쿵쿵 두들기며 어서 내보내달라고 아우성쳤다.

"나를 매달아줘."

그것은 분명히 그렇게 말했다.

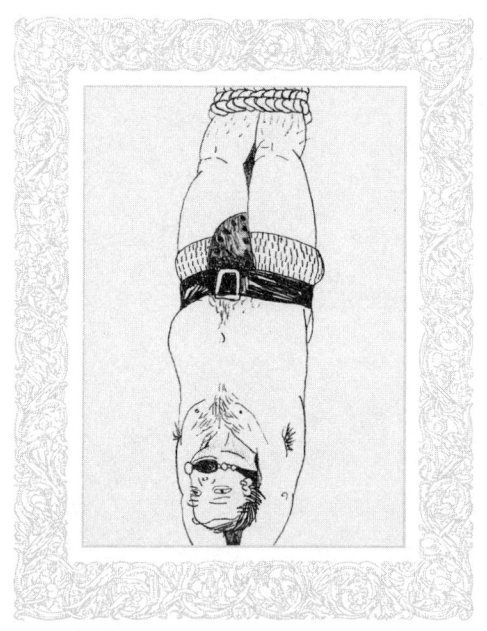

매달린 사람 Hanged Man

문자 그대로, 그림 그대로 그는 아무 곳으로도 갈 수 없게 묶여 매달려 있지만
반드시 나쁜 상황을 가리키는 것만은 아니다.
일의 진행을 미루는 것이지 포기하거나 도망치는 것을 뜻하지 않기 때문이다.
매달린 상태에서도 앞날을 위해, 반격을 위한 일보 후퇴로 힘을 축적할 수 있다.
수난에 빠졌다는 망상, 병적인 집착, 퇴행……
또는 수갑과 가죽끈을 이용한 연인들의 놀이,
마르퀴스 드 사드 류(類)의 고통-쾌락 추종자……

3

　책상 양쪽에는 17인치 LCD 모니터가 한 대씩, 그 앞에는 키보드와
마우스가 각각 하나씩 딸려 있었다. 모니터와 키보드 사이의 마름모꼴
공간에는 통화가 녹음되는 디지털 전화기와 포스트잇, 볼펜과 사인펜,
회사에서 '시트지'라고 부르는, 거래내역을 정리하는 용지 묶음이 놓
여 있다. 시트지 옆에는 커피 얼룩이 컵모양 그대로 도장처럼 찍혀 있
었는데, 지금도 조식은 그 지점에 자판기에서 막 뽑아온 커피를 놓아
둔 참이었다.

　채권중개인, 즉 브로커들은 컴퓨터를 두 대씩 사용하는 것이 보통
이다. 조식이 '이니'라고 별칭을 붙인 오른쪽 모니터에서는 채권 시황
과 금융시장의 흐름을 알려주는 그래프와 숫자 및 글자들이 매초마다
업데이트되고 있었다. 한 해를 시작하는 날인 만큼, 주간 및 월간 시장
전망에 올해 금융정책의 핫이슈와 각 증권사 최고경영자(CEO)의 신
년 결심 등 온갖 뉴스들이 모니터에서 글자놀이를 했다.

왼쪽 모니터는 '모시'였다. 혜정과의 섹스에서와 마찬가지로 구슬리고 달래야 하는 대상이라서 붙인 이름이었다. 화면에는 조식의 주요 업무인 채권거래를 위한 증권선물거래소의 매매프로그램과 보조 도구 격인 야후메신저, MSN메신저, FN메신저의 창이 떠 있었다. 채권 브로커와 딜러, 채권운용 전문 펀드매니저들은 메신저로 가격 흥정을 했다. 일부 채권은 메신저만으로도 거래가 이루어졌다.

시장에 영향을 미칠 수 있는 정보는 큰 것이든 사소한 것이든 0과 1의 디지털 부호로 바뀌어 네트워크에서 떠돌았다. 살아 숨쉬는 욕망의 세계에서 네트워크는 혈관계를 구성한다. 탐욕과 공포심은 영양소다. 증권가의 오랜 격언 : 탐욕이 공포심을 이긴다. 벤처기업이라면 투자자들이 목마른 고기떼처럼 모여들었던 90년대 말과 2000년대 초에 그랬듯, 눈먼 돈은 증권시장, 채권시장, 선물시장, 파생상품시장에서 거대한 카니발을 벌인다. 한때 조식도 그곳에서 막대한 손실에 상처를 입고 사회에서 낡은 각질처럼 떨어져나갈 뻔했다.

두 대의 컴퓨터는 어느새 화면보호기가 작동돼, 윈도XP의 로고가 텅 빈 검은 모니터 위를 부유하고 있었다. 조식은 마우스에 손을 뻗은 채 졸고 있었다. 졸음은 욕조에 받아놓은 목욕물처럼 포근했다. 그의 몸은 책상 아래로 조금씩 가라앉고 있었다.

나를 매달아줘. 귓가에서 같은 말이 돌림노래처럼 되풀이되는 통에 뜬눈으로 밤을 보낸 그였다. 휴대폰의 알람이 울리자 그는 전기면도기로 볼과 턱을 대충 훑은 뒤 구두 뒤축을 꺾어신고 허겁지겁 집 밖으로 나왔다. 골목길 끝에서 원룸이 있는 삼층 건물을 돌아봤을 때 골목 너머 삼진제약 빌딩의 인(人)자가 들어간 원형 로고가 빤히 쳐다보는 것만 같았다.

하지만 택시에 타자 안도감이 일면서 눈꺼풀이 붙어버렸다. 회사에 도착할 즈음에는 기사가 깨울 때까지 곤히 잠들어 있었다.

"김조식씨, 지금 졸고 있는 겁니까?"

정수기에서 녹차 포트에 더운 물을 받아갖고 자리로 돌아가던 부장이 그 앞을 지나가다 날카롭게 소리쳤다. 조식은 찬물로 얻어맞은 것처럼 고개를 세차게 흔들며 마우스를 붙잡았다. 그 바람에 커피잔을 건드려 안에 든 것이 시트지에 모조리 쏟아졌다. 부장은 싸늘한 눈빛으로 조식이 서랍에서 클리넥스를 꺼내 책상을 닦는 모습을 지켜보다가, 파티션의 격자 미로 깊숙한 곳에 있는 부장석으로 가서 앉았다.

수면 부족으로 진이 빠질 대로 빠진 조식은 화면에 제대로 집중할 수가 없었다. 등이 잔뜩 구긴 서류처럼 구부러졌다. 마우스 클릭조차 힘겨웠다. 역시 커피가 필요했다. 그는 부장의 눈치를 보며 사무실 입구의 회의실 원탁에서 경제 신문을 한 부 집어들고 복도로 나갔다. 연말 연휴의 냉기가 아직 가시지 않아 썰렁했다. 왼쪽에는 엘리베이터가, 오른쪽에는 회사 보안 규칙상 외부 손님을 맞는 장소로 지정된 인조 가죽소파와 커피 자판기가 있었다.

조식은 사백원짜리 프리미엄 밀크커피 버튼을 누르고 기계가 작동되는 동안 신문 일면의 머리기사부터 죽 훑었다. 단어 하나하나는 선명했지만 문장으로 엮이지 않아 무슨 뜻인지 도저히 이해할 수 없었다.

뒤에서 누군가 등을 톡톡 두드렸다. 같은 층의 채권리서치팀에서 근무하는, 늘 웃는 얼굴의 학교 선배. 이름도 조식과 비슷한 '정식'이어서 더 친근감이 느껴지는 남자였다. 내년이면 과장 진급 대상이었는데, 삼십대 중후반의 나이에 벌써부터 머리가 V자로 벗겨지는 중이라 이미 과장이 된 것처럼 보였다.

정식은 회사 내에서 평가도 좋았고 개인적으로도 주식 투자에서 재미를 보고 있었다. 일곱 살 연하의 부인은 돈 잘 버는 약사인데다 대단한 미인이었다. 골프도 배운 지 일 년 만에 보기 플레이어가 되었다고 했다. 화장실에서 훔쳐보았더니 그는 물건도 꽤나 컸다.

조식은 주머니에서 동전을 더 꺼내 넣었다. 둘은 김이 오르는 잔을 나눠 들고 앉았다.

"참가하지?"

정식이 물었다. 다음주에 시작되는 사내 투자 경연대회인 '국채선물 실전 콘테스트'를 말하는 것이었다. 회사는 채권영업팀과 운용팀을 비롯해 원하는 직원은 모두 국채선물에 투자토록 해 입상자를 딜러와 펀드매니저로 양성하기로 했다. 대회 기간은 2월 중순까지.

조식의 답은 뻔했다. 네.

"자신 있어?"

조식은 고개를 끄덕였다. 물론 진짜로 그렇게 생각하는 것은 아니었다. 일곱 명으로 이뤄진 영업팀의 경우, 두 명의 프리랜서 계약직을 제외한 다섯 명 중 조식을 비롯한 세 명이 운용팀으로 옮기고 싶어했다. 운용팀을 희망한다고 공공연히 말하고 다니는 영업팀장은 가장 강력한 경쟁 상대였다. 3월 정기인사에서 희망을 이루려면 우승하지 않으면 안 되었다.

이미 조식은 지난해 초에 기회를 한 번 놓쳤다. 영업팀과 운용팀이 통합되기 전, 정식은 역시 대학 동문인 운용팀 부장과 따로 점심이라도 먹으며 로비해보라고 충고했다. 조식이 "선배님, 한번 끌어주십쇼"라는 말을 꺼내지 못하고 어물거리는 사이에 그 부장은 차장급 이상 희망 퇴직 신청 기간에 명퇴금을 받고 사표를 냈다. 중간 관리자들이 몇 나가면서 조직체계가 바뀌어 영업팀과 운용팀은 하나가 됐고, 통합 부서의 부장은 조식을 눈엣가시처럼 여겼다. 영업팀에서 그가 맡은 총무 역할—경조사에 부조금을 걷고 회식 장소와 야유회 갈 곳을 알아보고 국가대표 축구경기가 있을 때면 내깃돈을 걷는—도 대리 승진을 일 년 놓친 선배에게로 넘어갔다. 허드렛일에서 해방되었지만 조식은 전혀 기쁘지 않았다.

부장이 조식을 '갈구는' 공식적인 이유는 실적 부진이었지만 진짜 이유는 그가 술자리에서 저지른 실수들 때문이었다. 브로커들은 장이 끝나면 딜러와 펀드매니저들을 만나러 돌아다니고 해가 떨어지면 술자리에서 이들과 친분을 돈독히 하는 것이 일과다. 조식은 꽤 잘 적응했다. 그는 술자리에서 적당히 무게를 잡고 남의 말을 잘 들어주는 타입이었다. 꼭지가 돌 정도로 취하면 노래방이든 단란주점에서든 테이블에 올라가서 바지를 벗으며 분위기를 잡았다. 처음 배우는 외국어처럼 입에 잘 붙지 않던 '형님'이란 호칭에도 어느새 익숙해졌다.

그러나 술에 취해 혜정의 목을 죽어라 졸랐던 그날 이후 모든 것이 바뀌었다. 어느 시점을 넘어서면 스스로를 통제하지 못하는 지경에 이르곤 했다. 브레이크 오일이 새는 자동차가 앞차를, 담벼락을, 전봇대를, 가로수를 들이받아버리는 것처럼 원치 않는 사고를 쳤다. 어떤 딜러와는 밤새 코가 삐뚤어지도록 마신 뒤 오히려 사이가 더 나빠지기도 했다.

알코올 중독자 같아.

신문에 실린 '알코올 중독 자가 진단법'에 따르면 혜정의 말은 맞았다. 신문 기사에서는 열두 가지 질문 중 네 개 이상 '예'라고 답하면 알코올 중독의 가능성이 높다고 했다.

최근 취중의 일을 기억하지 못하는 경우가 있다.

네.

대인관계나 사회생활에 술이 해로웠다고 느낀다.

네.

술로 인해 직업 기능에 상당한 손상이 있다.

네.

자기 연민에 잘 빠지며 술로 인해 이를 해결하려 한다.

음…… 네.

등등, 등등. 모두 일곱 개의 항목에 '네'라고 대답했다.

"올해는 국수 먹을 수 있는 거야?"

정식이 물었다. 조식은 어색한 미소를 지어 보였다. 혜정은 조식이 대학 동문들과 북한산으로 단합대회를 가서 찍은 단체사진에서 정식을 보고는 특히 몸서리쳤다.

이 사람 웃는 거 너무 싫어. 만족한 것 같은 이 웃음 말이야.

날카로움을 잃은 살찐 얼굴, 가식적인 웃음, 돈에 대한 고민과 집착밖에 남지 않은…… 어머니와 새아버지를 합성해서 만든 이미지.

예술가와 투자자는 모두 욕망을 다룬다. 전자가 욕망을 그림이나 글, 음표로 형상화한다면 후자는 그것으로 돈을 번다. 자본주의사회에서 '가치'를 만들어내는 것은 한정된 재화를 더 많이 차지하려는 인간의 탐욕이기에 조식은 정식과 같은 선배가 훌륭한 '아티스트'라고 생각했지만 그리 말할 수는 없었다. 혜정에게 포장은 내용물이요 내용물은 곧 포장이었다. 적어도 예술가라면 꼬챙이처럼 마르거나, 다섯 겹으로 접힌 뱃살을 가리키며 '슬픔이 무너져내린 것'이라며 둘러댈 수 있는 뛰어난 감수성의 소유자여야 했다.

정식은 종이컵의 주둥이가 일(一)자가 되도록 접어 휴지통에 버렸다. 조식도 따라 했지만 그만큼 컵을 반듯하게 접지는 못했다.

둘은 새해 복 많이 받으라는 인사를 마지막으로 헤어졌다. 목에 건 카드키로 출입문을 열고 자리에 앉자 고독감이 밀려왔다. 다시 혼자가 됐다. 나를 매달아줘. 머릿속에선 토씨 하나 바뀌지 않고 되풀이되는 목소리.

조식은 저녁에 당장 인형을 치워버리겠노라고 다짐했다. 아니, 그건 어렵다. 저녁엔 선약이 있었다. 그렇다면 밤에, 새벽에. 상념은 그렇게 꼬리에 꼬리를 물었고, 화면의 숫자와 그래프는 해독 불능의 암호로 변했다. 메신저로 주문이 와도 조식은 꼼짝하지 못했다. 넥타이가 목을 졸랐다. 와이셔츠 칼라가 땀으로 축축해졌다.

'오늘도 빵을 찍겠군.'

조식은 지난해 마지막 이틀 동안 단 한 건의 거래도 성사시키지 못했다.

점심시간이 공을 울렸다. 부장은 신년회는 점심으로 간소하게 갖자고 했다. 그는 증권사에서는 실적만이 모든 것을 대변할 뿐 부서의 가족적인 분위기는 오히려 개인의 근무태도에 나쁜 영향을 끼친다고 믿었다. 석 달에 한 번꼴로 마라톤 풀코스를 달리는 그는, 약속이 없는 저녁이면 헬스클럽의 러닝머신에서 한 시간씩 뛰었다. 사실 부장이 동기들보다 일 년 빠르게 승진하며 성공가도에 오를 수 있었던 것도 '마라톤 광'인 사장과 코드가 맞은 덕분이었다.

메뉴는 칼국수였다. 뒷사람과 등이 닿을 정도로 식당 안에 손님이 많았다. 쇠쟁반 수십 개에서 뿜어나오는 열기에 조식은 젓가락을 집기도 전에 땀을 흘렸다. 벽걸이 선풍기에서 나오는 바람에도 와이셔츠의 등과 가슴 부분이 살갗에 달라붙었다. 조식은 물수건으로 콧잔등과 이마, 목을 닦았다. 혜정이 보는 앞에서는 절대 하지 않는 행동이었다.

작은 영선이 어디 아프냐고 물었다. 채권팀에서 이런저런 잡무들을 맡고 있는 여사원 둘은 이름이 같았다. 턱이 길다는 것 외에는 흠잡을 데 없는 미모의 '큰 영선'은 대학 시절에 홍보 포스터 모델로 나온 적도 있다고 했다. 또다른 영선은 작고 통통하고 사근사근했다. 남자 사원들은 그녀를 부잣집 맏며릿감이라고 칭찬했지만 노래방이나 나이트에서는 큰 영선과 블루스를 출 기회를 잡으려고 했다.

그날따라 부장은 말이 많았다. 올해는 반드시 풀코스를 세 시간 안에 주파해 '서브스리'의 칭호를 얻겠다고 선언했다. 앞뒤에 앉은 사람들도 땡볕 아래 매미처럼 시끄럽게 떠들었다. 칼국수를 다 먹고 밥을 볶아 먹을 때까지 조식은 한겨울의 무더위와 싸웠다.

식당이 있는 지하 일층에서 지상으로 올라오는 계단에서 조식은 뒤 뚱거렸다. 그는 열병에라도 걸린 것처럼 땀을 흘리고 있었다. 바닥을 깔고 앉은 엉덩이가 축축해져서 바지 겉감에 팬티 자국을 찍었을까 걱정했다. 한여름에는 그런 일도 적지 않았다.

그는 일행에게서 뒤처져서 걸었다. 찬 공기에 땀구멍이 기분좋게 수축했다. 그는 편의점에 들러 오레오쿠키 다섯 봉지를 샀다. 그는 오후 두시, 딜러와 브로커들이 '두시의 데이트'라고 부르는 시간이 오기 전에 자판기 커피와 오레오쿠키로 혼자만의 티타임을 가졌다. 한 경제 관련 인터넷 매체의 한국은행 출입기자는 이 시간이 되면 때때로 한은 국고채 담당 과장 등의 말을 인용해 한은이 고금리를 용인하지 않을 것이라든가 인플레이션에 '매파' 적으로 접근할 것이라는 등 금리정책에 대한 터무니없는 기사를 내보내 시장을 흔들어놓곤 했다.

그는 계산을 하며 카운터의 여점원에게 웃어 보였다. 미소는 미소로 돌아왔다. 편의점에서 나오기 전에 거울을 보며 축축한 머리카락을 손으로 쓸어넘겼다. 꿈에서 그를 짓눌렀던 대신증권 앞의 황소 동상을 지나가면서 한 봉지를 뜯었다. 육수 맛이 남아 칼칼한 혀에 쿠키는 더욱 달콤했다.

자판기 커피와 함께 고지방 고칼로리의 오레오쿠키는 조식의 체지방을 늘리는 주범이었다. 그는 쿠키를 한쪽에만 크림이 묻도록 반으로 나누어 먹는 것을 즐겼는데, 여직원들이 그런 습성을 싫어한다는 사실은 전혀 몰랐다. 키 큰 영선은 그가 흐뭇한 표정으로 쿠키를 먹을 때면 보이지도 않는 먼 산을 쳐다보려고 애썼다.

조식은 엘리베이터 앞에서 인사팀의 입사동기인 호철과 마주쳤다. 정기인사 철에는 중요한 정보원이었다.

"하나 먹을래?"

조식이 과자를 권했다.

"점심 많이 먹었어."

호철은 피식 웃으며 손으로 입가를 쓰다듬었다. 조식은 얼른 손등으로 입술 언저리에 묻은 과자 부스러기를 닦아냈다.

사무실에 들어와서는 의자에 몸을 깊숙이 묻고 봉지 하나를 더 뜯었다. 내일치를 오늘 먹는 것이었다. 한때 은행 빚에 눌려 살아갈 때에는 내일 벌 돈을 오늘로 당겨 썼다. 현금이 오레오쿠키로 바뀌었을 뿐 생활행태는 달라진 것이 없었다.

넌 의지 부족이야.

혜정의 그와 같은 말이 떠오르자 오전까지 그를 괴롭혔던 목소리의 정체도 불현듯 떠올랐다. 꽤나 예전에 들은 것이어서 까맣게 잊어버리고 있었다. 혜정을 때릴 수 있으리라고는 상상할 수 없었던 그 옛날, 계속되는 다툼에 지칠 대로 지친 조식은 드디어 헤어지자는 말을 꺼냈다. 피곤함이 그를 냉정하게 만들었다. 그런데 예상치 못했던 반응이 돌아왔다. 그녀는 애원하며 달라붙었다. 너도 날 버릴 거야? 난 네가 필요해.

태어나서 처음으로 한 여자의 '최후의 남자'가 될 수 있는 기회가 왔다. 그녀는 말했다. 만나서 얘기해. 까다롭게 굴지 않을게. 앞으로는 다 잘될 거야…… 간밤에 들은 목소리는 그때의 목소리를 살짝 비튼 것 같았다. 그 시절을 기억 저편으로 넘겨버린 조식을 놀리듯이.

오후 장은 활발했다. 코스닥이 폭등하고 원화 환율이 강세를 보이며 채권 거래량도 늘어났다. 국채선물이 상승하며 시중금리가 하락했다. 비로소 조식은 복잡한 현실로 되돌아왔다. 딜러 둘 사이에서 서너 번 메시지를 주고받은 끝에 그날 첫 매매를 성사시켰다. 야후메신저 창에 조식은 거래 체결을 알리는 '확정!'이라는 말을 치고 창을 흔들고는 증권선물거래소의 채권거래 시스템에서 거래를 마무리했다. 네 번째 거래가 끝나고 매매내역을 시트지에 적고 있는데 휴대폰이 울렸다. 혜정이었다. 그녀는 MSN메신저로도 메시지를 보내왔다.

그녀는 그가 전화를 받을 수 없는 사정임을 알고 있었고 그는 받아야 한다는 사실을 알고 있었다. 그는 무시했다. 대신 오레오쿠키를 하나 더 먹었다. 쓴맛이 났다. 선물시장이 마감하는 세시가 넘어서 한 건의 거래가 또 체결됐다. 다섯 건. 금액으로 볼 때는 사백억원가량.

새해 첫날 출발로는 양호한 성적이었다. 조식은 쿠키 봉지를 공처럼 뭉쳐서 일 미터 정도 떨어진 휴지통을 겨냥해 던졌다. 휴대폰이 굉음을 울리며 슛 동작을 방해하는 바람에 구겨진 봉지는 휴지통의 가장자리에 맞고 툭 떨어졌다. 혜정의 씩씩거리는 모습이 선했다.

영업팀 자리에서 사람들이 하나 둘 가방을 챙겨서 일어났다. 브로커들은 장이 끝나면 딜러나 펀드매니저들의 사무실을 찾아다니며 얼굴도장을 찍는다. 팔아야 할 채권이 있으면 사무실에 남아 여기저기 전화를 돌리기도 한다. 그도 외근 대열에 합류했다.

조식은 던킨도너츠에서 녹인 설탕으로 번들거리는 글레이즈드를 먹으며 혜정에게 전화했다. 퇴근시간이 다 되었다. 수화기 저편에선 한참토록 말이 없었다. 조식은 등받이 없는 납작한 의자에 다리를 쩍 벌리고 앉아 창밖을 내다봤다. 깨끗한 영등포구. 살기 좋은 영등포구. 지하철 출구 옆에 마련된 자전거 주차장의 칸막이에 씌어 있는 문구였다. 고층 빌딩의 사이사이는 어스름이 깔리며 더욱 어두워졌다. 국회의사당으로 향하는 가로숫길의 나뭇가지들은 오래된 벽에 난 금처럼 삐죽삐죽해 보였다.

"너무 심한 거 아냐?"

"미안. 새해 첫날이잖아. 바빴어."

"오후 내내 니 메시지만 기다렸어. 모니터만 쳐다보느라 아무것도 못 했다구. 하루 종일 말이야. 네 일만 중요해? 내 시간이 그렇게 하찮은 거야?"

"미안하다고 했잖아."

조식의 말투에 신경질이 묻어났다. 혜정은 놓치지 않았다.

"왜 화를 내? 내가 틀린 거 있으면 말해봐."

"화낸 거 아니야."

"그럼 목소리가 왜 그런데? 설명해봐."

"아니라니까."

조식은 최대한 상냥하게 말하려고 노력했다.

"오늘 일찍 들어올 거지?"

"약속 있다고 어제 얘기했잖아."

"저녁만 먹고 들어오겠네?"

"학교 선배들이랑 만나는 거잖아. 술도 조금은 마실 거야."

"얼마나?"

"조금만 마실게."

"아홉시까진 들어오겠지?"

조식은 머뭇거리며 대답했다.

"응."

"기다릴게. 할 말이 많아."

*

약속장소는 증권거래소 근처의 주꾸미집이었다. 대학 시절 회계사 시험을 준비하는 인연으로 졸업한 뒤에도 친하게 지내고 있는 선배와 입학동기들이 모였다. 신문사 기자면서 소설집도 한 권 출간한 문환을 제외하면 모두 회계법인, 증권사, 투신사에서 일하며 여의도를 근거지로 삼고 있는 직장인이었다.

격투기로 시작해 스포츠부터 아내의 임신, 동창의 파산까지 대화는 산만하게 흘렀다. 삼사 년 뒤에도 직장생활을 계속할 수 있다면 골프가 화제의 전면에 등장하리라. 실적이 좋은 브로커들은 자신과 거래를 트고 지내는 딜러나 펀드매니저들과 주말에 골프를 치러 가기도 했다. 좋은 게 좋은 것이지만, 아직 브로커로서는 구력이 짧은 조식은 딜러가 투자해서 차린 술집에서 매상을 올려주며 환심을 사는 정도밖에 하지 못했다.

여섯 명이서 각자 소주 한 병을 마신 뒤에야 화제는 본론으로, 돈 버는 얘기로 들어섰다.

"강원도에 평당 만원짜리 살 만한 땅 없을까? 십 년 정도 묻어둘 수 있는 곳으로."

서른이 넘어서야 회계사시험에 합격해 메이저 회계법인에 가까스로 입사한 종국이 모두를 돌아보며 물었다. 임신한 부인이 8월 중순에 출산할 예정이었다.

"기획부동산 얘기하는 거야? 잘못 땅 사면 망해. 다 구라야 구라."

조식의 회사와 한 블록 떨어진 투신사에서 일하는 호철이 말했다. 종국과 호철은 같은 고향 출신으로 중고등학교에 이어 대학까지 함께 나온 사이였다.

"그냥 벌면 버는 거지 뭘 그렇게 욕심을 내."

현준이 한마디 했다. 그는 종국보다 이 년 먼저 시험에 합격해 일을 시작한 회계사였다.

"넌 왜 가만히 있냐."

종국은 젓가락으로 주꾸미에서 탄 부분을 긁어내고 있는 성욱에게 한마디 했다. 성욱은 판교 아파트 일차 청약에서 노른자위 중 하나라는 동판교 풍성에 당첨, 앉아서 최소 이억을 벌어서 주위의 질시를 샀다. 본인은 중도금을 마련하느라 뼛골이 빠지고 있다고 엄살을 피웠지만 지인들 사이에서 그는 '성공한 인생'으로 간주됐다.

"밥이나 묵으라."

성욱은 늘 점잖게 말했다.

"밥 시킬까요?"

문환이 주위를 돌아보며 물었다.

"건배하자."

현준이 잔을 들었다. 그는 소주를 입안에 털어넣고서 말했다.

"주식만 안 했으면 판교 아파트를 세 채는 샀겠다."

"누보텍으로 따따블 번 건 왜 제하냐. 술값 안 내려고 그러는 거지?"

호철이 맞받아쳤다.

"애새끼 둘 먹여 살려봐라. 들어오는 돈보다 나가는 돈이 더 많지."

이 년 전 첫아들을 낳은 현준의 부인은 둘째를 임신한 지 육 개월째였다.

"흥."

문환이 코웃음쳤다.

"술 좀 마셔라. 뭐 하냐."

현준은 조식에게 잔을 건네고 채웠다. 어디에서든 돈이 화제에 오르면 그는 이야기를 듣는 구멍쯤이 되는 기분이었다. 오가는 대화를 듣되 끼지는 않았고, 귀담아듣지도 않았다. 그것은 전혀 다른 세계의 이야기였다.

인간은 태어나면서부터 욕망하는 법을 배우지만 어느 시점부터는 포기하는 것에 더 익숙해진다. 지켜야 할 것이 생긴다는 것은 그만큼 포기해야 하는 것이 생긴다는 뜻이다. 재산이 생기면 그 재산은 소유주와 일심동체가 되어서, 내 집이라는 자산은 '나'라는 인간 그 자체요, 복식회계에서 자산은 자본＋부채로 구성되므로 주택융자금도 내 '자아'의 일부를 구성한다.

주꾸미를 둘러싸고 앉은 양복쟁이 사내들 가운데 조식을 제외한 다섯 중에서 '마이 홈'을 갖고 있는 이는 넷이었다. 결혼한 넷 중에서 둘은 부인이 임신했으며 하나는 부인의 뱃속에 들어 있는 아이까지 자식이 둘이었다. 은행대출금을 갚고 자식을 대학까지 보내려면 이십 년 가까이 수익활동에 종사하며 교육비를 마련하기 위해 내핍해야 한다. 겁 없는 이십대처럼 마이너스 통장을 만들고 신용카드를 전가의 보도 휘두르듯 하며 살 수가 없다.

조식은 현금과 상속받은 집 두 채로 이십억에 가까운 자산을 갖고 있었다. 메릴린치가 매년 발간하는 '세계부자보고서'에 따르면 기본 주거용 주택을 제외한 투자 가능 자산을 일백만 달러 이상 보유한 '고액 순자산가'는 2006년 기준으로 전 세계에 팔백칠십만 명이며 한국에는 약 구만 명이 있다는데, 조식은 그중 하나에 속했다. (노동부의 '임금구조기본통계조사'에 따르면 이십오 세부터 오십구 세까지 직장생활을 한 대졸 샐러리맨은 평균 십사억오천육백팔십삼만원의 평생 소득을 올린다. 군대를 제대하자마자 취업해서 정년까지 회사를 다닌다고 가정할 때 말이다.)

그도 재산을 불리는 데 관심이 많았지만 예전에 코스닥에 돈을 처박을 때처럼 '대박'을 노리지도 않았고, 은행 적금에 청약저축으로 푼돈 모아 태산을 만들려고 하는 것도 아니었다. 남들이 아파트를 분양받아 대박을 터뜨렸다고 해도 배 아파하지 않았다. 그는 투자론 교과서에 나오듯 안전자산과 위험자산으로 포트폴리오를 구성해 나름대로 정한 수익률을 구현코자 했다. 이따금 탐욕이 눈앞을 가리기도 했지만 지켜야 할 원금이 많기에 주가 하락에 일희일비하지 않을 수 있는 가치주를 사서 보유하는 안정 위주의 보수적인 투자를 했다.

조식은 '재테크'와 '혼(婚)테크'에서 모두 자유로웠다. 결혼을 해라, 그것도 안정적인 직업이 최고라며 돈도 벌고 가정생활에도 충실할수 있는 교사와 같은 직업군의 여자와 교제하라는 압박에 시달리지도 않았다. 백팔번뇌의 세상에 낳아주고 집을 물려주는 대가로 대를 이을 아들을 낳으라고 요구하던 부모님들은 저세상으로 떠나서 이따금 꿈에서나 등장한다.

그는 친척들과도 연락을 끊었다. 어차피 일 년에 서너 차례 명절과 제사 때나 겨우 만나는 이들이었다. 아버지 대에는 친척이란 빚보증을 떠안고 급할 때 돈을 빌리는 '보험'의 기능을 했지만, 외환위기 이후 그 자리는 보증보험과 신용대출이 들어앉았기에 아쉬울 것 없는 관계였다. 보증보험과 신용대출마저 필요 없는 조식에겐 더욱 그랬다.

일행은 이차 장소를 논의하기 시작했다. 종국은 '돈텔마마'만큼 물이 좋다는 영등포의 한 나이트클럽에 가자고 졸랐다.

"두당 십만원이면 떡을 친다니까."

"거기 아줌마들 나오는 데 아냐?"

현준이 의구심을 품었다.

"맞아. 그래도 아가씨보다 낫다니까. 양주만 한 병 사면 끝까지 오케이라고."

"가보긴 한 거야?"

현준은 믿지 않았다.

조식은 혜정의 전화를 받기 위해 자리에서 일어났다. 그녀는 다짜고짜 어디냐고 물었다. 그가 여의도라고 하자 아직까지 집에 들어오지 않은 이유가 무엇이냐고 따졌다.

조식은 구두를 꿰어신고 식당 밖 화장실로 갔다. 더러운 타일 바닥 위로 발자국이 찍혔다. 누렇게 변색된 입식 변기가 두 개 세워져 있었다. 혜정은 그가 거짓말쟁이라며 가시 돋친 목소리로 일장연설을 늘어놓았다. 시간은 잘 흘렀다.

"뭐 해? 다들 집에 가기로 했어."

현준이 변기 앞에서 지퍼를 내리면서 말했다. 화장실 밖에는 종국이 오줌을 참는 어정쩡한 자세로 서 있었다.

다음에 만나자. 다음이 언제쯤일지 기약하지 않은 채 다들 뿔뿔이 흩어졌다. 한강에 포위된 여의도의 한겨울 칼바람이 조식을 스쳤다. 왼손 손등의 상처는 손바닥처럼 하얗게 질려 있었다. 목이 탔다. 맥주를 한두 잔 더 마시고 싶었다. 더 마시면 취하고 싶어지리라.

택시 안에서 그는 혜정에게 집에 들어가고 있다는 메시지를 보냈다.

혜정은 예상대로 동거 제안을 받아들이겠다고 했다. 조식은 코트와 재킷을 걸고 넥타이를 풀며 자세한 얘기를 들었다. 그녀가 단서조항을 붙이는 것도 예상했던 바였다. 현재 조식의 원룸은 공간이 절대적으로 부족하며, 이와 같은 문제를 먼저 해결하지 않으면 둘이 함께 살기가 쉽지 않으리라고 그녀는 말했다. 또 이삿짐을 옮길 차량이 없어서 책과 옷과 여러 가재도구를 실으려면 대책이 없다고 불평 반 푸념 반 장황하게 늘어놨다.

"작은 트럭 한 대 빌리면 끝나는 문제잖아."

"그렇게 거창한 이사는 아니잖아. 돈이 아깝지 않겠니?"

"널 위해선데 뭐가 아까워."

혜정은 그 말에 대꾸하지 못하고 있다가, 말투를 바꾸어 따졌다.

"너 지금 빈정거리는 거 아냐?"

"내가 왜 그러겠어."

"그러니까 내가 불쌍해서 같이 살자는 거야? 넌 싫은데 말야? 값싼 동정은 싫어."

"너랑 살고 싶어서 이러는 거잖아."

조식은 그녀의 다음 수를 기다리며 맥주를 두 모금 마셨다. 맥주거품이 속에서 부글거리며 트림이 났다. 끄억— 소리와 함께 고추장 양념 냄새가 코앞에 퍼졌다.

"그전에 엄마한테 얘길 해야지."

그녀가 다소 풀이 죽은 목소리로 말했다.

"아직 애길 안 한 거야?"

조식은 놀랍다는 말투로 반문했다.

"넌 남자니까 쉽게 말하지. 난 여자야."

"어서 말씀을 드려."

"설마 엄마가 허락할 거라고 생각하는 건 아니겠지?"

"사실대로 다 얘기할 필요는 없잖아."

"엄마가 바보니?"

둘은 한참을 실랑이했다. 혜정은 말없이 집에서 나오고 싶어했다. 어머니를 설득할 자신이 없었기 때문이었다. 조식이 '가출'은 안 된다는 점을 분명히 하자 성질을 부렸다.

"다 그만두자. 어차피 불가능한 거였어. 너, 뻔히 알면서 같이 살자고 떠본 거지?"

"방금 알게 됐어."

손아귀에서 휴대폰의 배터리가 뜨겁게 달아올랐다. 그들은 한 시간 이상을 통화하고 있었다. 밤 열한시가 넘었다. 조식은 미지근해진 맥주캔으로 이마를 툭툭 두드렸다.

"이대로라면 결론이 안 날 것 같아. 좀더 생각해보고 얘기해줘."

"그래."

그제야 휴대폰을 내려놓을 수 있었다. 배터리 표시가 한 칸도 남지 않았다.

조식은 세탁소에 맡길 세탁물을 정리했다. 주말에 챙겨야 하는 것인데 그러지 못했다. 전날 밤에 마신 맥주병과 방금 마신 캔을 비닐봉지에 담았다.

침대에 눕기 전에 '클럽'에 접속했다. 게시판에 새로 올라온 글들은 인터넷을 떠돌아다니는 유머와 아마추어의 카툰이 대부분이었다. 심지어 재작년에 봤던 것도 있었다.

여자친구에게 헤어지자는 말을 하려 했다. 전화로는 말할 자신이 없어 문자를 적어 보냈다.

"우리 그만 이제 헤어지자……"

초조한 마음으로 기다리는데 이윽고 여자친구에게서 답장이 왔다.

"ㅇㅋ ㅋㅋㅋㅋㅋㅋㅋ"

그리고 그에 따른 덧없는 리플들. 회원들의 개인적인 이야기는 없었다. 신년모임의 구체적인 일정은 개별통지하겠다는 공지사항이 올라와 있었다. 형만이 쓴 것이었다.

조식은 추가로 들어온 메신저 친구 신청과 미니홈피 일촌 신청을 처리했다. 며칠 사이에 친구와 가족이 늘어났다. 메신저를 잠깐 켠 새에 기다렸다는 듯이 메시지가 왔다. 혜정이 아닌 다른 여자였다. 대화명 BLACKBERRY. 메신저 창에 뜬 사진을 보자 취한 척하며 조식의 팔에 가슴을 스치듯 비볐던 그녀의 얼굴이 떠올랐다. 그녀는 조식의 미니홈피가 참 썰렁하다며 실제 집도 그러냐고 물어왔다. 조식이 그렇지 않다고 하자 눈으로 직접 보기 전엔 믿을 수 없다며 당장이라도 택시를 타고 달려올 것처럼 말했다.

그녀의 본명은 기억나지 않았으나 졸음도 잊고 한 시간을 시시덕거리고 나니 본명 따위는 중요하지 않았다. 그녀는 잘 자라는 인사를 하면서 신년모임에 참석할 것인지를 물었고, 그날이 기대된다고 말했다. 큼직한 시궁쥐만한 흥분이 그의 아랫배에서 꿈틀거렸다.

알코올 기운이 사라지기 전에 해치워야 할 큰일이 하나 남아 있었다. 조식은 도둑처럼 사다리를 타고 다락으로 올라갔다. 옷장 문에 귀를 대고 숨을 죽였다. *끄*지 않은 노트북 컴퓨터에서 하드 드라이브 돌아가는 소리가 간헐적으로 들렸다.

먼저 서랍에서 양말을 꺼냈다. 이어서 옷장 문을 조심스럽게 열었다. 양말을 왼손으로 옮겨쥐고 넥타이를 꺼내 역시 왼손에 걸쳤다. 마지막으로 와이셔츠를 꺼낼 차례였다. 손이 떨렸다. 인형의 정수리가 셔츠들 사이에서 어른거렸다. 조식은 보지 않는 척하며 커닝하듯 슬쩍 쳐다봤다. 다리는 자꾸 뒷걸음질치려고 했다. 인형이 요술상자 속 용수철 달린 광대처럼 툭 튀어나오면 뒷걸음질치다 방바닥으로 뚝 떨어질지도 몰랐다. 혜정을 그렇게 밀어내는 상상실습은 수없이 해봤다. 혜정보다 몸무게가 사십 킬로그램은 더 나가는 조식이 그렇게 추락한다면 목이 부러져 즉사할 수도 있었다.

옷장 안에선 아무런 기척도 없었다.

*

신용카드와 백화점카드 대금청구서밖에 들어 있지 않은 크로스백은 짐짝처럼 무겁게 어깨와 등을 짓눌렀다. 셔츠를 벗으면 어깨끈이 닿았던 곳에 붉은 자국이 그어져 있을 것이었다. 조식은 목적지를 향해 제대로 가고 있는지 두리번거리며 서울세관사거리를 걷고 있었다. 낮에는 영상의 포근했던 날씨가 저녁이 되자 찬바람이 귀를 후려칠 정도로 추워졌다.

택시를 잡고 싶었지만 도로는 악성변비와 같은 교통체증을 앓고 있었다. 금요일 저녁 강남이었다. 자동차들은 머리와 꼬리를 맞대고 한 발짝도 움직이지 않았다. 이십 분 전 택시에서 내릴 때 교통방송은 영동대교와 동호대교에서 극심한 정체가 이뤄지고 있다고 전했다.

학동역사거리와 학동사거리를 착각하지만 않았어도 괜찮았을 것이다. 휴대폰으로 온 메시지에 따르면 '클럽'의 신년모임은 학동사거리의 한 '아지트'에서 열리는데, 조식은 학동사거리가 지하철7호선 학동역에 있을 것이라고 여겼다. 그러나 학동사거리는 학동역에서 1.5킬로미터가량 떨어진 곳에 있었다.

조식은 부지런히 걸었다. 종종걸음으로 걸어보기도 했지만 스무 걸음을 넘지 못했다. 드레스코드인 블랙에 맞춰 입은 검은색 겨울 양복은 엉덩이 부분이 꽉 껴서 밥공기처럼 튀어나왔다. 넥타이를 풀고 싶었지만 코트에 넣은 손을 꺼내고 싶지 않아 그냥 걸었다.

'아지트'는 대로 안쪽으로 들어간, 주택과 주택을 개조한 레스토랑을 구분하기 어려운 회색지대에 위치해 있었다. 형만은 나뭇가지를 숨기기 가장 좋은 곳은 숲이라면서, '아지트'의 입지조건은 부유한 이들이 왕래하는 곳이어야 한다고 말한 적 있었다. 이웃끼리는 서로 어떻게 사는지 관심도 없고, 지나가는 사람들 역시 부자들이 사는 곳은 그러려니 하며 무심하게 보고 넘길 수 있어야 한다는 것이었다. '회사'의 임원들이 살고 있는 성북동과 평창동이 대표적인 예였다. 그밖에 외국인 전용 임대주택이 많이 몰린 이태원, 퇴직 관료와 연예인 등이 많이 살고 있는 강남의 모처에도 그같은 곳이 있었다.

신년파티가 열리는 '아지트'는 사층짜리 회색 빌라였다. 초인종 버튼은 네 개가 달려 있었다. 조식은 맨 아래 것을 누르고, 출입문 왼쪽 모퉁이의 감시카메라를 올려다봤다. 응답은 없었다. 한번 더 눌러도 마찬가지였다.

조식은 뒤로 물러나 까치발로 서서 꼭대기층까지 죽 훑었다. 한 점의 불빛도 창밖으로 새어나오지 않았다. 출입문 오른쪽의 반지하 주차장으로 향하는 입구는 셔터가 내려진 채였다. 골목은 사막처럼 인적이 없었다.

조식이 건물 주위를 한 바퀴 돌아 제자리에 왔을 때 은색의 날렵한 차 한 대가 대로변에서 나타났다. 아우디 A4. 한눈에 알아볼 수 있었다. 혜정의 '과거의 남자'가 몰고 다녔다고 해서 매장까지 가서 가죽 시트에 앉아 인테리어를 구경하기까지 했던 자동차였다.

아우디가 조식 쪽으로 다가오는 동시에 차고 문이 스르르 열렸다. 추위에 떨고 있던 조식은 그 안으로 뛰어들고 싶었다. 아우디는 차고 입구에 보닛을 밀어넣다가 멈췄다. 운전석 쪽 유리창이 내려가고, 낯선 얼굴이 그에게 중저음의 목소리로 말을 걸었다. 혜정이 들었더라면 근사한 목소리라며 칭찬했으리라.

"혹시 김조식씨?"

조식은 파랗게 질린 얼굴로 고개를 끄덕였다.

"아무도 문을 안 열어주나요? 같이 들어가죠."

조식은 그를 따라 차고 안으로 들어갔다. 흰 페인트로 세 칸씩 두 줄로 구획지은 네모난 공간이 좌우로 펼쳐졌다. 쿼츠 글라스 코팅을 한 BMW X5 세 대가 쌍둥이 형제처럼 오른쪽 구석에 나란히 주차돼 있었다. 차 번호를 보니 가운데 것이 형만의 차였다. 아우디는 BMW 옆에 붙어 섰다. 전조등이 꺼지고 온통 까맣게 차려입은 남자가 내렸다.

남자는 키가 크고 마른 체구였다. 어두운 조명 속에서도 얼굴에서는 빛이 났다. 조식은 그렇게 생각하고 감탄한 자신이 부끄러웠다. 풍성하게 기른 곱슬머리에 거친 수염과 구레나룻은 혜정이 '내 이상형'이라고 말하곤 하는 체 게바라와 흡사한 인상을 줬다. 갈색의 피부 위로 강인하게 불거진 광대뼈에 콧등의 폭이 좁은 섬세한 코가 대조적이었다.

남자의 이름은 도영. '회사'의 부회장이라고 했다. 침울한 눈동자는 '클럽'의 회원이라면 누구나 한 가지쯤 품고 있을 어두운 과거사를 암시하는 듯 보였지만, 목탄처럼 짙은 눈썹과 그늘진 눈매에 따른 착시 효과인지도 몰랐다.

'회장님'의 옛 애인이 바로 이 사람이로군. 조식은 상대가 내민 손을 살짝 잡으며 형만의 말을 떠올렸다.

BMW 뒤에 위층으로 올라가는 계단이 있었다. 열다섯 개의 계단 끝에는 육중한 철문이 있었다. 도영은 문고리에 왼손목의 은색 팔찌를 가져다댔다. 자물쇠의 빨간색 램프가 녹색 램프로 바뀌면서 문이 열렸다. 그는 조식을 돌아보며 말했다.

"임원들은 누구나 '아지트'를 드나들 수 있는 열쇠를 갖고 있죠."

"'클럽'과 '회사'의 관계는 아직 잘 모릅니다."

"간단해요. '클럽'의 자본으로 설립한 것이 '회사'죠. '회사'는 투자를 하고 주주에게 이익을 배당해요. 형만씨가 얘기해주지 않았나요?"

"대충대충 하더군요."

조식은 도영의 뒤를 졸졸 따라갔다. 철문을 지나자 다섯 걸음 길이의 짧은 복도가 나타났다. 바닥에 깔린 낡은 카펫에는 발자국이 지저분하게 찍혀 있었다. 복도 끝은 두껍고 튼튼한 나무문이 지키고 서 있었다. 두번째 관문도 도영의 팔찌로 쉽게 열렸다. 그는 조식을 먼저 안으로 들여보냈다.

어둠이 눈앞을 감쌌다. 누군가 억지로 눈꺼풀을 덮어누른 것 같았다. 구두 굽이 대리석 바닥에 부딪히는 소리가 차갑게 들렸다. '플라시보(Placebo)'의 〈Protect Me From What I Want〉의 후렴이 귓가에서 길게 늘어졌다. 혜정이 이따금 듣는 노래라 조식도 알고 있었다.

내가 원하는 것으로부터 날 지켜줘
내가 원하는 것으로부터 날 지켜줘
내가 원하는 것으로부터 날 지켜줘

도영은 그를 거실 복판으로 데리고 갔다. 사람들이 저마다 와인글라스를 들고 무리를 지어 서 있었다. 약간 점잔을 빼는 것 같으면서 새로운 얼굴에 호기심을 가지며 관심 있는 화제가 나오면 기관총 발사하듯 웃음을 터뜨리며 떠드는, 텔레비전과 영화에서 종종 볼 수 있는 사교클럽의 분위기였다. 목 아래까지 옷으로 감싼 여자가 앞을 지나치다가 환영의 뜻으로 생긋 웃었고, 조식도 정중한 웃음으로 응대했다.

"이 집은 두 달 전에 샀죠. 아직 공사가 덜 끝났어요. 일이 더디게 진행되고 있어서."

도영이 천장을 가리키며 말했다. 조식도 그를 따라 고개를 젖혔다. 천장에 매달린 흰색의 LED 조명 언저리로 골조와 배선이 뼈대처럼 드러나 있었다.

"특별한 이유라도?"

"사람을 쓰기가 힘들어서 그래요. 보안문제에 지독히 예민한 사람이 있고, 아닌 사람이 있고. 계속 논란이 되고 있어요. 오늘 이사회에서도 그 문제를 논의할 겁니다."

조식도 클럽의 '비밀엄수규칙'은 알고 있었다.

"커뮤니티나 메신저는 못 쓰게 될 가능성이 높아요. 이메일은 어떻게 될지 모르겠군요. 머지않아 공용 네트워크의 사용은 크게 제한받게 될 거예요."

그의 말투에는 아쉬움이 조금 묻어났다.

"아, 오랜만이네!"

도영이 짧게 소리쳤다. 가슴이 반쯤 드러나는 코르셋 스타일의 상의에 머리를 길게 늘어뜨린 여자가 다가왔다. 스타킹으로 휘감은 다리는 키에 비해 짧은 편이어서 만화 캐릭터의 어설픈 모방품처럼 보였다.

도영은 그녀에게 조식을 소개했다.

"이분이 조식씨야."

"반가워요!"

낯모르는 그녀는 서슴없이 조식의 팔을 만지면서 눈웃음을 쳤다. 크게 부풀어오른 가슴 사이의 계곡도 따라서 미소지었다. 어린애 같은 얼굴에 분홍색 입술이 젖가슴의 꼭지와 음부의 살도 분홍색일 것만 같았다. 그사이에 도영은 또다른 사람에게 붙잡혀 사라졌다.

"와우, 근사한 걸 갖고 있네요."

그녀는 조식의 왼쪽 손을 잡더니 손등의 흉터를 애정 어린 눈길로 보았다. 혜정에겐 조식의 알코올 중독을 상징하는 낙인인데 그녀에겐 다른 의미를 갖는 모양이었다. 그녀는 상처 자국에 뺨을 문질렀다. 오후 장이 마감하기 전에 주문이 체결되길 기다리느라 초조한 마음에 긁고 쥐어뜯어 각질이 거칠게 일어난 피부에 이끼처럼 촉촉한 느낌이 닿았다.

"배고프지 않으세요?"

그녀가 불쑥 얼굴을 들이밀며 말했다.

"저 누군지 모르죠?"

조식은 막 까먹은 척했다.

"모야, 엠에쎈 했잖아요."

그래도 이름은 기억나지 않았다. '클럽' 사람들은 한글과 영어, 일본어 이름을 섞어 썼는데, 한글 이름도 본명인지는 의심스러웠다. 그녀에게 이끌려 거실 중앙을 가로질러갈 때 누군가 그녀를 '리카짱'이라고 불렀는데, 정확히 들은 것인지 그는 확신할 수 없었다.

조식이 들어온 입구와 마주 보는 맞은편 구석에는 왼쪽으로 구부러진 모퉁이가 있었다. 주방과 이어지는 통로였다. 아치형 입구를 지나자 스테인리스를 씌운 장방형의 긴 테이블에 조식의 가슴보다 더 널찍한 접시 세 개에 수북이 쌓인 음식을 볼 수 있었다. 테이블을 경계로 오른쪽에는 화력이 좋은 가스레인지와 오븐 그리고 개수대가 있었다. 뒷모습이 흡사한 키 작고 뚱뚱한 두 명의 중년 여인이 있었는데, 한 사람은 중국식 팬에서 믿을 수 없을 만큼 느린 속도로 뭔가를 볶고 있었고 다른 한 사람은 잔과 접시와 포크와 나이프를 씻고 있었다. 오븐은 음식을 조리하고 있는지 안쪽 등이 켜져 있었다.

테이블의 왼쪽에는 와인병을 담은 나무궤짝이 수직으로 여섯 개 쌓여 있고, 포장된 식재료를 넣은 골판지 상자도 그보다 조금 낮은 높이로 층을 이루고 있었다. 주방 끝에는 양문여닫이 냉장고와 지하실로 내려가는 계단이 있었다. 조식은 냉장고를 열어 물을 찾았다. 안에는 기네스 캔과 병에 든 필스너 우르켈밖에 없었다.

"타파스 좋아해요?"

리카쨩이 그의 등뒤로 다가와서 물었다. 조식은 테이블에 쌓여 있는 음식을 쳐다보고는 그녀와 눈을 맞췄다. 그녀는 그의 목에 팔을 걸고, 입술을 오므렸다. 꼭 고무젖꼭지가 뒤집힌 것 같았다. 조식은 설거지를 하는 여인네들에게 신경이 쓰였다.

"장님이에요."

그녀가 말했다. 입에서 달착지근한 술내를 풍기며. 조식은 반쯤은 허기로 상대의 입술을 빨았다. 혀와 이빨이 창검처럼 부딪히는 격렬한 키스를 마치자 배가 더 고파졌다. 그녀는 접시에 음식을 가득 펐다. 칠리소스를 얹은 튀긴 감자와 허브오일에 재운 오징어였다. 그녀는 조식에게서 코트를 벗겨내고 접시와 포크를 손에 쥐여줬다. 조식은 마구 퍼먹었다.

자루를 뒤집어쓴 감자처럼 둥글둥글한 형상이 지하실에서 부엌으로 올라왔다. 헐렁한 미니 원피스를 입어서 그렇게 보인 것이었다. 조식은 얼굴보다 입술과 코의 피어싱으로 그녀를 알아봤다. 대화명 BLACKBERRY. 그녀는 원피스 아래로 마른 다리를 내뻗으며 다가오더니 포크를 들고 있는 그의 손을 두 손으로 꼭 붙잡았다.

"내 손님이야."

리카짱이 말했다.

"아빠가 오늘은 내 거라고 그랬어."

BLACKBERRY는 그렇게 말하며 팔로 조식의 허리를 휘감았다.

"오늘 할 거야?"

"당근이지."

리카짱은 붉으락푸르락한 표정으로 그녀를 노려보다가, 애처로운 눈빛으로 조식을 봤다. 어떻게 좀 해봐요. 조식은 난처했다. 잘 가라고 할까 아니면 당신이 내 여자라고 할까. 망설이는 사이에 리카짱은 토라진 채 조식의 코트를 들고 거실로 나가버렸다. 그가 코트를 돌려받으려고 따라가려고 하자 BLACKBERRY가 막아섰다. 둘의 몸이 착 달라붙었다.

"안 돼요. 오늘은 내 거."

품안의 여체는 털을 깎은 몰티즈처럼 앙상하면서도 따뜻했다. 개수대 앞의 중년 여자 둘은 계속 일하고 있었다. 흰 턱시도를 입은 작고 납작한 체형의 남자가 접시를 한 아름 안고 들어왔다. 형광등 불빛이 불편한지 커다란 선글라스를 쓰고 있었다. 남자는 중년 여자 옆에 접시더미를 내려놓고, 새 접시와 잔을 힘겹게 감싸들고 짧은 다리로 걸어나갔다.

"술 마실래요?"

BLACKBERRY는 방금 남자가 나간 길로 조식의 손을 붙잡고 나갔다.

"페스케라 좋아해요? 아주 무겁고 스모오오키해요."

그녀의 발음은 끊어질 듯 이어졌다. 아치형의 주방 입구와 이어진 벽에는 기다란 테이블이 바싹 붙어 있고, 그 위에는 주방의 것과 같은 커다란 음식물 접시와 함께 와인병이 두 줄로 늘어서 있었다.

BLACKBERRY는 병의 라벨을 확인하고는 새 글라스에 와인을 채워

건넸다. 굳은 피처럼 거무스름한 액체였다. 둘은 건배했다. 조식의 발
밑에서 우지직 소리가 났다. 깨진 접시 조각을 밟은 것이었다. 두 남녀
는 깔깔거리며 몸을 비틀어 테이블에서 비켜났다. 크루넥 셔츠를 입은
남자가 자기 몫의 음식을 퍼담으면서 조식을 보고 헤벌쭉 웃었다.

천장에서 내려오는 빛줄기 속에서 먼지조각이 나방가루처럼 반짝
이며 허공을 떠다녔다. 일층에 모인 사람들은 대화를 이끄는 한 사람
을 중심으로 서너 명이 군락을 이루고 있었다. 그 사이에서 랜드마크
처럼 우뚝 선 것은 홀터넥 드레스를 입어 목과 어깨를 훤히 드러낸 이
지였다. 조식이 크리스마스이브의 모임에서 봤던 남자와 함께였다. 준
형이었던가 민철이었던가 수남이었던가. 그는 남자의 이름을 기억해
내려고 애썼다.

이지는 냉담한 표정으로 남자의 말에 고개만 끄덕이고 있었다. 대
여섯 명만 헤치고 나가면 그녀 곁에 갈 수 있었다.

"뭘 그렇게 계속 쳐다봐요?"

BLACKBERRY가 조식의 팔을 붙잡으며 물었다.

"저기. 누구죠? 많이 본 사람인데."

"모델이잖아요."

"이름이 뭐더라……"

"모르면 간첩이라고 하던데."

조식은 잠시 눈동자를 굴리며 생각에 잠긴 척했다.

"이지?"

"알면서 모르는 척하는 거 아니죠?"

그녀가 흘겨보자 조식은 재빨리 말을 돌렸다.

"난 여기 가입한 지 얼마 안 됐잖아요. '클럽'에는 언제 가입했어
요?"

"그런 건 중요한 게 아니에요. 우리 어서 가요."

"어디로?"

그녀는 조식의 손을 꼭 붙잡고 거실 오른쪽 구석의 계단으로 데리고 갔다. 조식은 글라스를 테이블에 두려다 떨어뜨리고 말았다. 크리스털이 깨지는 소리는 음악에 묻혀 들리지 않았다. 흰 옷을 입은 남자가 깨진 것을 치웠다.

조식과 BLACKBERRY는 에스컬레이터를 탄 것처럼 발소리를 내지 않고 계단을 올랐다. 이층은 고요하면서 아늑했다. 아래층의 음악소리는 거의 들리지 않았다. 고풍스러운 장식의 샹들리에는 온화한 노란색으로 빛났고 발밑에는 대리석이 아닌 나무가 깔려 있었다.

중앙에는 삼층으로 올라가는 나선형 계단이 있었다. 은은한 조명 속에서 낮은 경사로 넓게 호를 그린 모양이 저속으로 회전하는 나사처럼 보였다. 중앙 계단을 중심으로 카푸치노 잔을 반으로 자른 모양의 플라스틱 의자가 테이블과 함께 듬성듬성 배치되어 있었다. 사람들은 두셋, 서넛씩 짝을 이뤄 앉아 속닥거렸다.

BLACKBERRY는 조식을 계단에서 가장 가까운 방으로 데리고 갔다. 그는 설레는 마음으로 방문을 닫았다. 오른쪽 책상에서 할로겐 등이 창백한 빛을 내뿜었다. 얼룩무늬의 커다란 카우치가 왼쪽 벽면을 차지하고 있었다.

그녀는 조식을 조명 앞에 세우고 그의 허리띠를 끌렀다. 기대감에 부푼 남근 때문에 팬티를 벗기는 일은 생각보다 어려웠다. 그가 성기에서 냄새가 나면 어떻게 하나 걱정하는 동안 그녀는 무릎을 꿇고 앉았다. 조식은 침을 삼켰다. 그녀의 조그마한 혀가 그물에 갇힌 새처럼 파닥거리리라. 피어스를 네 개씩 꽂으며 부어오른 입술은 침과 정액으로 축축하게 젖어들 것이다. 그런데 혀에 꽂은 피어스에 찔리면 어떡하지?

"정말 있네요?"

그녀는 조식의 허벅지 사이에 얼굴을 파묻고 가만히 있다가 조식을 향해 말했다.

조식은 그녀의 머리를 치우고 고개를 숙였다. 포신(砲身)처럼 우뚝 발기한 성기가 그를 쳐다봤다. 그는 허리를 구부려 털이 듬성듬성 난 허벅지와 그 안쪽 속살에서 그녀가 무엇을 본 것인지 살폈다. 바지와 팬티를 발목까지 내린 채 엉덩이를 내미는 동작이 얼마나 꼴사나운지는 의식하지 못했다.

그녀는 그의 뒤로 살금살금 다가가 엉덩이를 밀었다. 조식은 뒤뚱거리며 앞으로 몇 발짝 걷다가 카우치 위로 쓰러졌다. 그녀는 웃으며 단번에 원피스를 벗었다. 알몸이었다. 그러나 팔과 허벅지 굵기가 비슷할 정도로 마른 몸이어서 옷을 벗는 것보다 입는 쪽이 더 나았다.

"아빠 말대로 당신은 정말 특별한 사람 같아요."

"아빠?"

"아직 우리 아빠랑 인사 안 했어요?"

그녀는 조식의 가슴과 배 위에 팔과 무릎을 대고 엎드렸다. 무게가 거의 느껴지지 않았다. 조식은 눈을 크게 뜨고 그녀가 파리 콩코르드 광장의 오벨리스크처럼 솟아오른 남근 위에 웅크리고 앉는 것을 구경했다. 그는 자신의 섹스를 훔쳐보고 있었다.

BLACKBERRY는 조식이 들어 올린 팔을 노(櫓)처럼 붙잡고 헬스클럽에서 로잉머신으로 운동을 하듯 앞뒤로 격렬하게 움직였다. 조식은 금방 사정했다. 그녀가 몸을 숙여 깊이 키스했다. 혀에 박은 피어스가 조식의 금을 씌운 어금니에 부딪혔다.

그녀는 아직도 단단한 그의 성기 주위의 풀뿌리를 붙잡고 거절하기 어려운 끈적이는 말투로 한 가지를 부탁했다.

"하나만 가질게요."

조식은 그러라고 했다. 순간 날카로운 통증과 함께 아랫배가 화끈거렸다. 음모(陰毛)가 한 주먹은 쥐어뜯긴 것 같았다. 눈물도 찔끔 났다. BLACKBERRY는 그의 심정을 아는지 모르는지 볼에 키스를 하고, 고맙다고 한 뒤 원피스를 머리부터 뒤집어쓰고 방에서 나갔다.

혼자가 되자 조식은 조명등에 허벅지를 비춰보았다. 오른쪽 허벅지 안쪽 넓은 부분에 오백원짜리 동전만하게 부푼 자국이 있고, 그 안에 펜촉 굵기의 붉은 선들이 엉켜 있었다. 우연히 난 상처치고는 불길할 만큼 정교했다. 엄지손가락에 침을 묻혀 부푼 부위를 세게 문질러봤지만, 붉은 선들이 살을 따라 일그러지기만 할 뿐 지워지지는 않았다.

조식은 방문을 닫고 나왔다. 몸이 한결 가볍고 개운해진 느낌이었다. 의자에 앉아 있는 사람 중 누군가 그를 불렀지만 돌아보지 않고 계단을 내려갔다. 코트 안에 휴대폰을 두고 왔다는 사실을 그제야 깨달은 것이었다. 혜정이 전화를 수십 통은 했을 것이었다. 일 년 만에 작은아버지와 고모들을 만난다는 핑계로 나온 것이었는데 문자메시지 하나 보내지 않았으니…… 리카짱이란 여자를 찾아서 돌려받아야 했다.

일층에는 아까보다 더 많은 사람들이 모여 있었다. 테이블 근처에서 X자로 팔짱을 끼고 타인의 접근을 거부하고 있는 이지의 모습이 눈에 자꾸 들어왔다. BLACKBERRY는 다른 남자와의 대화에 열중해 있다가 조식과 시선이 마주치자 해맑게 웃었다.

그는 주방을 지나 지하실로 내려갔다. 알루미늄으로 된 두터운 방음문이 앞을 가로막았다. 문고리를 잡아당기자 시끄러운 음악소리가 고막을 두들겼다. 머리가 북이 되어 얻어맞는 것 같았다. 조식은 가까스로 방음문 안으로 들어섰다.

토요일 밤의 홍대 클럽에 온 것 같았다. 천장에서 회전하는 레이저 조명은 사거리에 들어오는 춤추는 남녀를 잘게 썰고 뒤섞었다. 검은빛은 살빛과 섞여 다크블랙, 블루블랙, 제트블랙, 오닉스블랙, 칼루아의 다크브라운, 순도 백 퍼센트의 카카오다크, 에스프레소의 빛깔로 스펙트럼을 이뤘고, 수십 개의 머리와 그보다 두 배가 더 많은 숫자의 팔다리는 몸뚱이와 분리돼 무도병(舞蹈病)에 걸린 것처럼 미친 듯이 떨렸다.

조식은 갈증을 느끼며 다시 주방으로 올라갔다. 클럽은 그가 있을 곳이 아니었다. 혜정이 연애 초기에 그를 몇 번 데려간 적이 있었지만 양복 차림의 그를 놀리기 위해서였지 그런 곳을 좋아해서가 아니었다. 그녀는 하얏트의 JJ마호니스나 W호텔의 우-바 같은 고급스러운 바에서 그루브한 음악에 맞춰 앉은자리에서 어깨춤을 추는 것을 좋아했다.

그는 냉장고에서 필스너를 한 병 꺼냈다. 오프너는 음식 부스러기로 지저분한 바닥에 떨어져 있었다. 테이블의 접시에는 치즈와 리츠 크래커가 쌓여 있었다. 사무실 서랍의 오레오쿠키가 그리웠다. 조식은 크래커를 한 움큼 쥐어 주머니에 넣고 거실로 나갔다.

테이블 가까이에 가연과 형만이 있었다. 가연이 먼저 아는 체를 했다. 크리스마스이브와 마찬가지로 머리를 뒤로 묶고 눈 주위를 꺼멓게 칠한 모습이었다.

"어머, 푸우 씨."

가연은 등이 훤히 보이는 코르셋 재킷을 입고 있었다. 아래에 걸친 것은 엉덩이가 다 드러나는 팬티에 망사 스타킹과 창끝처럼 뾰족한 가죽 부츠뿐이어서 조식이 그리로 눈을 돌리려면 술을 좀더 마셔야 했다.

형만은 조식에게 잔을 들어 인사하고는 술을 권했다.

"한잔 줄까?"

"내가 줄게요."

조식은 맥주병을 빈 접시가 쌓인 보조테이블에 두고 잔을 건네받았다. 가연이 손수 와인을 따라줬다. 셋은 건배했다. 조식은 재치 있게 던질 말 한마디를 찾으며 와인을 입안에서 굴렸다. 필름이 끊어지도록 마시는 날의 버릇이었다.

"내가 왜 푸우죠?"

"미쉐린 타이어보다는 귀엽지 않아? 저기 최홍만도 있어."

형만은 사람들의 숲속 한가운데를 가리키며 말했다.

"어디? 어디?"

조식은 발꿈치를 들어 기웃거렸다.

"자신에게서 너무 달아나려고 하지 마요. 한 잔 더 줄까요?"

가연은 천연덕스럽게 말했다. 그녀의 말은 농담인지 진담인지 분간하기가 어려웠다. 형만은 둘이서 얘길 나누고 있으라면서 이층으로 올라갔다.

"오늘 회의가 있나요?"

"이사회 얘기하는 거예요?"

"그렇죠."

"좀 이따가. 연초엔 늘 회의를 하죠."

"보안문제에 대한 거라면서요?"

"누가 그런 얘길 해줬죠?"

"글쎄요."

"흐응, 그럼 나도 노코멘트."

가연은 웃는 것보다 찡그림에 더 가까운 표정을 지었다.

"집이 크네요."

"주주총회는 더 큰 곳에서 열리죠. 어쩜 놀랄지도 모르겠네요."

"어디서 열립니까?"

"보안상 비밀."

가연은 조식에게 술을 더 따라주고는 이만 가봐야겠다며 사람들 속으로 들어갔다. 스타킹으로 싸인 엉덩이 아래에서 수평선이 일어났다. 그녀가 지나가려 하자 사람들은 둘로 갈라졌다. 멍하니 그녀의 뒷모습을 바라보고 있는 조식에게 누군가 말을 걸었다.

메마른 얼굴의 남자였다. 나이는 조식과 비슷한 삼십대 초반으로 보였다. 형만과는 다른 호리호리한 체격이었지만 둘은 닮은 구석이 있었다. 순전히 옷차림 때문이었다. 밤색 바탕의 핑크색 스트라이프의 슈트는 형만이 유니폼처럼 입고 다니는 옷이었다. 흰 와이셔츠에 자주색 넥타이도 똑같았다('회사'의 주주도, '클럽'의 회원도 아닌 중간자, 신의 뜻을 전달하는 천사와 같은 '사도(司徒)'의 존재에 대해서 조식은 나중에 알게 된다).

그의 이름은 '만영'이었다. 웃을 때 눈가의 주름이 친근감을 불러일으켰다.

"혼자 계시는 거예요?"

"그런 셈이죠."

"이리 와요. 우리 주주들을 소개해드리죠. 미술품 경매에 관심이 있는지 모르겠네."

블랙의 블라우스에 화이트 스커트를 차려입어 흑백 초상처럼 보이는 두 여자가 조식을 맞았다. 시큰둥한 표정으로 서 있던 둘은 조식의 이름을 듣자 반가워하며 건배를 제안했다. 눈초리가 처진 쪽이 좀더 나이가 들어 보였다. 그녀는 조식에게 봄에 홍콩 크리스티의 경매에 함께 갈 것을 권했다.

"경매여행이죠. 미술품도 사고 쇼핑도 하고. 돈도 많이 안 들어요. 전 작년에는 천만원을 들고 가서 일곱 점을 샀죠."

"누구라고 했지?"

어려 보이는 여자가 물었다.

"응우옌 탄빈, 베트남 화가."

"98년도에는 우리나라에서 전시회를 연 적도 있죠. 요즘 가격이 계속 오르고 있어요. 앞으로 세금이 변수겠지만."

만영이 설명하자, 조식에게 경매여행을 제안한 여자가 그 말을 받았다.

"미술품 양도세는 이미 없던 얘기로 돌아가지 않았어요?"

"요즘 재경부가 세금 못 걷어서 난리인 거 몰라요? 언젠가는 또 추진될 거라고요. 미술품 재테크 시장이 열린다느니, 미술품으로 편법 상속을 한다느니 하는 기사가 신문에 나면 가슴이 다 철렁한다니까요." 만영은 실내를 한 바퀴 둘러보고 덧붙여 말했다. "여기서 미술품 경매에 손을 대보지 않은 사람은 없어요."

"작품을 가장 많이 갖고 있는 사람은 누구죠?"

조식이 물었다.

"그야 이사회 임원들이죠."

만영이 말했다.

"회장일걸."

"부회장은 그럼 뭐야?"

두 여자가 나누는 대화의 뜻을 만영이 조식에게 해설해줬다.

"두 사람이 경매여행을 처음 시작했거든요. 아마 런던 소더비즈에 처음 갔던가?"

"언젯적 일이죠?"

"99년? 2000년? 제가 '클럽'에 가입하기 전의 일이라서 확실히는 모르겠어요."

대화는 현대화가들의 작품 가격으로 이어졌다. 생존 화가 중 두번째로 비싸다는 데미언 허스트(Damien Hirst)가 화제로 오르면서 두 여자가 말싸움을 벌였다. 발단은 허스트의 〈Ho Ho Ho〉란 사진작품이었다. 가터벨트를 걸치고 엉덩이를 내민 여자의 항문과 음부에 각각 삽입된 딜도에 어떤 단어가 씌어 있는지 서로의 주장이 엇갈렸다. 나이가 들어 보이는 쪽은 'Art', 어려 보이는 쪽은 'Advertise'라고 확신했다. 두 사람이 판결을 구하듯 바라보는 통에 조식은 난처해졌다. 그는 화장실에 가봐야겠다며 도망쳤다.

　일층의 화장실은 만원이었다. 조식은 이층으로 올라가서 볼일을 봤다. 거울 속 모습은, 얼굴이 술기운에 다소 붉었지만 근사해 보였다. 그는 화장실의 슈퍼스타였다. 보이지 않는 그의 팬들을 향해 씩 웃어 보였다.

　거실로 나오자 한 테이블에서 조식을 불렀다. 처음 보는 남자 네 명이 앉아서 담배를 피우며 맥주를 마시고 있었다. 그들은 조식이 경영학을 전공한 뒤 현재 증권사에서 일한다고 들었다면서, 올해 세계금리의 흐름에 대한 견해를 듣고 싶다고 했다. 조식은 그들과의 토론에 지나치게 흥분한 나머지 어금니에서 썩은 내를 풍기던 감자 부스러기를 앞사람의 흰 와이셔츠에 튀겼다. 맥주를 더 가지러 일층 주방으로 가던 길에는 한 무리의 골프애호가들과 조우했다. 조식이 직장에 매인 몸이라 평일에는 필드에 나갈 수 없다고 말하자 그들은 신기하다는 듯 쳐다봤다. '클럽'에는 조식과 같은 샐러리맨이 드물었다.

　병나발을 불며 주방에서 나온 조식은 럭비의 스크럼을 짜듯 원형으로 뭉친 남자들의 무리에 끼게 됐다. 그들은 세계 각국의 매춘업소에 대한 경험담을 나누고 있었다. 조식이 고개를 들이밀었을 때에는 프랑크푸르트 시내의 매춘업소와 마카오의 '초이스 시스템'이 비교되고 있었다. 조식은 경청했다.

*

　조식이 '클럽'을 알게 된 것은 지난해 가을, 쓰나미 희생자들에 대한 기사를 검색하면서부터였다. 서울 삼풍백화점과 성수대교 붕괴사건, 대구의 가스저장소 폭발과 지하철 방화사건부터 발리 폭탄테러, 동남아를 휩쓴 쓰나미, 미국 남부를 초토화한 허리케인 카트리나, 필

리핀 레이테 섬의 산사태, 인도네시아 자바 섬 중부 욕야카르타의 강진…… 지구상에서 벌어지는 대형 사건사고와 재난은 옆집의 일처럼 느껴졌다.

사회현상에 대한 원근감이 사라진 것이다. 보통 사람들은 그런 뉴스를 보면 타인의 일이라 무시하거나 자신이 아직 살아 있음에 안도한다. 영국 언론학자 존 캐리는 미디어가 살인, 사고, 재해, 전쟁 등 죽음에 집착하는 이유를 "나쁜 일일수록 독자 자신이 느끼고 있는 안전성과 대비돼 더 확실한 안도감을 주기 때문"이라고 설명했다. 여대생 실종사고나 의문의 연쇄살인이 발생하면 사람들은 좀처럼 가지 않는 일상에 도사린 공포의 영역—음침한 산길, 흉가와 폐가, 인적이 끊긴 밤의 골목과 도로의 갓길 등등—에서 벌어진 일이라고 제멋대로 추측하면서 그런 곳에는 얼씬도 말아야 한다는 금기를 재확인한다.

하지만 조식은 달랐다. 그는 애인이나 가족을 잃고 혼자 살아남은 자들을 생각했으며, 그와 같은 생존자가 공식 집계된 사망자의 일 퍼센트는 될 것이라고 나름의 근거를 들어 추정했고, 그렇게 자신처럼 죄책감과 악몽에 시달리는 사람이 지구상에 얼마나 존재할지를 계산하려고 했다. 9·11테러의 범인으로 미국 법정에 유일하게 기소돼 종신형을 선고받은 자카리아스 무사위의 배심원 평결을 기다리면서 희생자 유가족들이 담소하는 모습을 포착한 사진은, 그에게 묘한 안도감을 줬다 : 웃는 것은 죄가 아니다.

혜정은 조식이 죽은 가족의 얘기를 꺼내는 것을 누가 삶에서 더 깊은 상처를 입었는지 경쟁하려는 '도전'으로 간주했다. 그녀는 부모님의 이혼으로 어린 시절부터 겪어온 가난과 굴욕을 한탄하고 때론 울먹였다. 조식에게 폭행을 당한 것도 비극의 역사에서 한 장을 이뤘다. 승자는 혜정이었다. 싸우면 싸울수록 그녀의 트라우마는 근육이 두터워졌다. 그녀의 비극은 과거완료가 아닌 현재진행형이었다. 다 죽어버렸으면 좋겠어. 사고라도 났으면 좋겠다구! 그럴 때마다 조식은 혹시라도 혜정이 자신의 마음속을 도청한 것이 아닌지, 가족이라는 닻이 떨어져 나간 뒤에 그가 느낀 자유와 해방감을 눈치챈 것이 아닌지 뜨끔했다. 사실을 털어놓는다면 혜정은 거 보라는 듯 기세등등해지리라.

　조식은 쓰나미에 대한 한 블로그의 포스팅에서 다음과 같은 문장을 발견했다. "그들의 죽음이 우리를 자유케 하리라." 거품이 부글부글 이는 검푸른 해일이 리조트의 건물을 집어삼키는 사진 아래 붙은 말이었다. 그 아래에 '클럽'의 가입을 축하한다는 댓글이 붙었다. 다음날 그 블로그가 비공개로 바뀌는 바람에 더이상의 글은 읽을 수 없었다.

　'쓰나미'와 '클럽'이라는 두 단어만으로는 구글에서도 의미 있는 검색 결과가 나오지 않았다. 정보의 바다에는 해변의 모래알만큼 많은 숫자의 '클럽'이 한글과 영문, 중국어, 일본어, 스페인어 등 세계 각국의 언어로 존재했다.

　'클럽'을 소개한 사람은 형만이었다. 그와의 첫 만남은, 조식이 가족의 장례를 마치고 뒤처리에 골몰하고 있을 때로 거슬러올라간다. 당시 그는 조식의 남동생과 친하게 지냈다며 가족의 비극에 조의를 표한다는 둥 의례적인 인사를 하며 저녁에 여의도로 찾아왔다. 그는 남동생의 대학 선배인 보험사 직원처럼 행세했다. 일개 보험사 직원에게 BMW X5는 어울리지 않았지만 조식은 의심하지 않고 그를 따라 청담동 '박대감네'에서 소갈비를 먹었다.

　이차는 형만이 잘 안다는 룸살롱으로 갔다. 술은 그 집에서 제일 싼 임페리얼을 마셨다. 계산은 형만이 했다. 조식은 가족의 죽음에 대해서, 연인 혜정과의 관계에 대해서 속에 있는 말과 없는 말을 모두 꺼내 놓았다. 그대로 헤어졌으면 조식은 이튿날 아침 비밀을 누설한 것에 부끄러워하며 형만을 오히려 서먹하게 대했겠지만, 그날 회동에서 형만은 한국사회에서의 비즈니스가 무엇인지 모범을 보여줬다. 삼차로 강남의 유명한 안마시술소에 가서 사우나를 하고, 섹스를 한 뒤, 안마를 받으며 둘은 오래된 친구처럼 허물없는 사이가 되었다.

당시 조식은 사망진단서와 교통사고사실확인원 등 필요 서류를 챙겨 보험사에 보험금을 청구하는 동시에 사고를 낸 가해자측과 합의금 협상도 해야 했다. 부모님은 조식이 보험료를 대납하는 종신보험 외에도 홈쇼핑에서 선전하는 한 달에 이삼만원짜리 보장성보험을 한 분당 서너 개씩 들어놓고 있었는데, 만원짜리 한 장이 아까워 덜덜 떨던 그로서는 화를 낼 법도 했지만 보험 계약 하나에 사망시 보험금이 일억원이 넘었다. 사망원인이 명확해 보험금도 즉시 지급됐다. 보험증서가 들어 있는 옷장은 잭팟이 터진 슬롯머신이었다.

한편 가해자측은 합의금으로 겨우 이억원을 제시해놓고 있었다. 협상자로 나온 험상궂게 생긴 중년 남자는, 가해자의 아버지는 아들에게 콩밥을 먹일 각오를 이미 했다며 더이상 내놓을 돈은 없다고 버텼다. 그러나 형만이 나서자 합의금 액수는 뛰기 시작했다. 그는 오억원은 받아낼 수 있다고 장담했으며, 결국 그렇게 됐다. 그리고 조식에게 일가구 이주택의 중과세에 걸리지 않으려면 조식 명의로 된 집과 부모님께 물려받은 집 중 하나를 빨리 처분하라고 충고했다. 조식은 그의 말을 따랐다. 나중에 가서야 형만이 보험사 직원은커녕 남동생과도 일면식이 없었다는 사실을 알게 됐지만 둘의 관계는 이미 부시와 고이즈미 시절의 미―일 동맹처럼 튼튼하게 다져진 뒤였다.

조식이 '클럽'과 관련된 지푸라기를 하나 잡은 지 며칠 지나서 형만이 저녁에 조식을 불러냈다. '클럽'에 대한 얘기가 나왔다. 혼자 살아남은 사람들의 모임이 있다고 형만은 말했다. "인간은 모두 고독하다. 우리는 좀더 고독하다." 형만은 설립 취지를 그렇게 설명했다.

조식은 첫 모임이 마음에 들었다. 침울한 분위기 속에서 침울한 표정으로 말없이 앉아 있는 생존자들의 모습을 그리며 나갔는데, 실상은 정반대였다. 옛 친구를 만난 것처럼 유쾌하게 떠들고, 먹고, 마셨다. 웃는 것은 죄가 아니었다. 살아남은 사람에겐 삶을 즐길 권리가 있었다. 더군다나, 이유는 알 수 없었지만 그는 인기 연예인처럼 대우받았다. 조식이 두번째 모임에서도 만족하자 형만은 '클럽'의 규칙을 알려줬다.

1. 클럽의 비밀을 엄수한다.
2. 허가 없이 어떠한 회원의 지위나 신원도 발설하지 않는다.
3. 모임의 개최지는 물론 그 어떤 모임장소도 누설하지 않는다.
4. 모임에 참석하는 사람의 신원은 그가 회원이든 아니든 결코 발설하지 않는다.
5. 클럽의 활동 등에 대해 결코 발설하지 않는다.

*

일층의 음식 테이블에는 나초와 케밥이 준비돼 있었다. 조식은 양고기의 누린내가 훈훈한 케밥 두 꼬치를 일단 접시에 올려놓고 치즈와 칠리를 얹은 나초 하나를 더 올릴지 고민했다.

누군가에게 관찰당하는 불편한 느낌에 옆을 돌아봤다. 한 남자와 정면으로 눈이 마주쳤다. 자신과 너무도 닮은꼴이어서 조식은 순간 환영을 본 줄만 알았다. 살이 무너져내려 재킷으로 감쌀 수 없는 배와 허리, 불룩한 볼살이 녹은 아이스크림처럼 턱밑으로 흘러내려온 남자의 모습에서 조식은 자신의 가까운 미래를 봤다. 와이셔츠는 아마도 목둘레를 특별히 늘린 맞춤 와이셔츠일 것이었다.

"반가워요. 그 유명인사를 이제야 보는군."

남자는 조식이 돌아봐주길 고대했다는 듯 먼저 말을 걸었다. 그가 움직일 때마다 조끼에 촘촘히 박힌 세퀸 장식이 번들거렸다. 기름 속을 헤엄치는 물고기 같았다. 그는 '회사'의 이사회 감사라며 본인을 '황제'라는 이름으로 소개했는데, 우스갯소리 같은 별칭이 통하는 '클럽'에서라 해도 지나친 농담처럼 보였다. 그러나 남자의 표정은 진지했다.

"재밌죠?"

그가 바싹 다가와 조식의 등에 손을 댔다. 그의 입김이 귓가에 와 닿았다.

"사진도 다 봤어요."

조식은 그를 보려고 했지만 얼굴을 돌리면 입술끼리 부딪힐 것 같아 꼼짝하지 못했다.

"병원 앞에서의 그 사진 말이에요. 정말 대단한 작품이었어요. 완전 무결한! 환상적인! 전율을 느꼈죠. 내 딸들도 그러더군요. 질질 쌀 정도였다고!"

"그쪽이 아버지?"

BLACKBERRY의 말이 떠올랐다. 경찰서에서 보여준 폴라로이드 사진 속 장면을 떠올리는 데에는 시간이 더 필요했다. 보닛이 반으로 찌그러든 조식네 소나타와 프레스에 압착된 것처럼 뭉쳐진 람보르기니 무르시엘라고. 조식의 기억에 그 차는 노란색이었다.

"맞아요. 상큼하지 않았어요?"

그는 키득키득 웃었다. 이층에서 조식이 무슨 짓을 했는지 모두 지켜보기라도 했다는 듯. 남자 하나가 실례한다며 둘의 사이를 지나 테이블에서 음식을 퍼담았다.

"이층으로 갈까요?"

자칭 '황제'의 눈동자는 식은 블랙커피의 둔탁한 빛깔이었다. 그가 앞서 나가기 전에 그의 손이 엉덩이를 스치자 조식은 바지가 엉덩이

틈에 낀 것처럼 불편한 느낌이 들었다. 넓고 둔해 보이는 그의 등은 새 틴재킷이 조명을 반사해 살진 바퀴벌레의 껍질처럼 번들거렸다.

둘은 이층으로 올라갔다. 조식과 올 한 해의 금리를 점쳤던 이들은 흩어지고 없었다. '황제'는 테이블을 사이에 두고 마주 앉지 않고 조식 옆에 무릎이 닿을 정도로 의자를 끌어당겨 앉았다. 그가 숨을 내쉴 때마다 헥헥거리는 소리가 다 들렸다.

"1966년 4월에 타임지가 커버스토리로 뭘 내보냈는지 아나요? '신은 죽었는가?'라는 기사였어요. 세계의 정치와 사회가 세속주의에 물들기 시작한 시기에 적절한 타이밍의 기사였죠. 하지만 지금이 어떤지 한번 돌아봐요. 알 카에다를 봐요. 이슬람 세계에서 종교적 원리주의는 다시 일어나고 있어요. 미국에서도 부시를 대통령으로 뽑아준 건 기독교 복음주의자들이고."

'황제'는 얼굴 한가득 웃음을 지었는데, 조식에겐 퍽이나 낯익은 것이었다. 어디선가 본 적이 있었다. 그러나 '클럽'과 관계된 자리에서는 아니었다. 훨씬 더 이전 같았다.

"잘 생각해봐요. 세상에 우연이란 없어요. 한국에 백 대밖에 없는 람보르기니 무르시엘라고가, 그것도 백주 대낮에 술에 취해 병원 앞에서 무려 네 명이나 죽는 대형 사고를 낼 확률이 얼마나 될지. 힌트를 조금 줄까요? 통계청의 '특정 사인에 의한 연령별 사망확률'을 알고 있겠죠? 육십오 세 남자가 교통사고로 죽을 확률은 1.56%죠. 육십오 세 여자는 0.85%고. 영 세의 경우는 남자가 2.77%, 여자가 1.09%예요. 이걸 토대로 조식씨의 네 식구가 동시에 사망할 확률을 단순계산해봐요. 전부 곱해보라고요. 무슨 말인지 알겠어요?"

조식은 그런 계산을 이미 해본 적 있었고 나름의 답도 갖고 있었다. 하지만 입 밖에 내지 않았다. '황제'의 시선이 자신의 사타구니에 닿는 것이 신경에 거슬렸다. 화장실에서 일을 보는데 옆 사람이 자꾸 아랫도리를 훔쳐보는 불쾌한 느낌이었다.

"0.0000040035918%지요! 무슨 말인지 알겠어요? 여기다 사고 원인 차량과 사고 장소 등을 변수에 넣어 계산하면 우주물리학적인 단위, 플랑크 길이(10^{-33}cm)나 플랑크 초(10^{-43}초)를 써야 겨우 나타낼 수 있을 확률이 나오죠!"

"부모님이 차 사고로 돌아가셨나요?"

조식이 물었다.

"클럽은 우리 같은 '선택받은 사람'을 위해 만들어진 곳이죠. 성서를 읽어봤겠죠. '나는 스스로 있는 자이니라.' 출애굽기 3장 14절에 나오는 말이죠. 우린 여자의 뱃속을 빌려서 태어난 것일 뿐입니다. 우리 가족은 따로 있죠. 아니 사실 우리가 모두 가족이죠! 또 내 딸은 우리의 딸이고 내 누나는 우리의 누나죠. 우리는 모든 회원들의 아버지이자 삼촌이자 오빠이자 형이죠. 우린 이미 동서지간이라고요!"

어둠을 흡수한 '황제'의 덩치는 아래층에서 본 것보다 훨씬 거대해 보였다. 그는 마침표와 느낌표마다 침을 튀기며, 마지막 말을 내뱉으면서는 조식의 무릎에 손을 댔다. 입김처럼 뜨뜻미지근한 기운이 그의 손바닥에서부터 무릎을 타고 조식에게 전해져왔다.

"또 무슨 설교를 하고 있는 거야? 새 회원 그만 좀 꼬드겨."

가연이 불쑥 모습을 나타냈다. 조식은 손에 든 잔을 놓칠 뻔했다.

"회장님이 오셨군. 좀 앉으시지?"

'황제'는 빈정거리는 말투였다.

"도영씨 봤어?"

"못 봤어."

"이사회가 이제 시작될 텐데, 안 보여."

"방은 다 돌아다녀봤어? 아님 애인이 보고 싶어져서 나갔거나."

"혹시 보면 빨리 오라고 전해줘."

124

"내가 대신 들어갈까?"

"웃기시네."

가연은 쌀쌀맞게 말하며 몸을 돌려서는 조식을 향해 지금껏 봐온 것 중 가장 상냥한 태도로 말했다.

"이따가 신년맞이 타로점을 볼 텐데 관심이 있으면 와봐요."

"누굴 또 마루타로 쓰려고. 사람 잡는 타로점이잖아."

가연은 황제의 빈정거림은 들은 척도 하지 않고 중앙 계단을 통해 삼층으로 올라갔다. 뒤로 묶은 머리가 어둠에 녹아들며 팔과 다리가 뒤따라 자취를 감췄다. 코르셋의 끈이 움푹 팬 척추 부위를 따라서 X자로 묶인 등의 맨살이 맨 마지막으로 사라졌다.

"관심을 갖지 않는 게 좋아요. 저 타로점을 봐서 멀쩡한 사람이 얼마 안 되지."

'황제'는 가연이 막 올라간 계단을 조식만큼이나 뚫어지게 보고는 바닥에 침을 칵 하고 뱉었다. 그는 재킷 안주머니에서 가연의 팔뚝만한 크기의 시가를 꺼내 물었다. 그러고는 불을 붙이고 연기를 내뿜으며 또다시 얼굴 한가득 웃음을 지었다. 조식은 그가 낯익은 이유를 그제야 깨달았다. 본 적이 있었다. 그것도 여러 번. 다만 현실세계가 아니라 텔레비전에서. 그가 웃는 모습은 범죄영화에 곧잘 등장하는, 주인공을 배신하거나 괴롭히는 악역 보스들의 허세 섞인 호탕한 웃음과 흡사했다.

"당신도 봤나요?"

"내가 그런 걸 믿을 것처럼 보여요? 내 말 잘 새겨듣도록 해요. 멍청하게 넋을 잃고 있는 것을 보고 있으려니 한마디 하지 않을 수 없군. 사람을 홀리는 여우가 아니라 여우의 탈을 쓴 늑대라는 거 말이에요. 남자라는 거 알고 있죠? 여자인 척하는."

조식은 모르는 사실이었다. 하지만 그런 티를 내진 않았다.

"성전환 수술을 받겠다고 정신과에 갔는데 부적격 판정까지 받았죠. 여자가 되어보고 싶을 뿐인 크로스드레서지. 여자라고 믿었다가 많이들 망가졌어. 죽은 사람도 있지."

"그걸 어떻게 알고 있나요?"

"이사회는 모든 걸 알고 있어요. 특히 감사란 자리가 그렇지. 믿어도 좋아."

"무슨 말인지 대체……"

"사랑이란 우리가 살아가면서 해독하기 힘든 데이터를 마주쳤을 때 해독을 회피하는 핑계에 불과해요. 소위 신비감이라는 거죠. 컴퓨터로 인간을 묘사할 때 제일 어려운 것이 뭔지 아나요? 머리카락이에요! 물결치듯 찰랑거리는 머리카락을 처리하려면 시스템의 리소스가 엄청나게 소모되죠. 전지현이 왜 긴 머리를 버리지 않겠어요? 신비함의 근원이니까. 우리가 긴 머리 소녀에 환상을 갖고 있는 것도 바로 그런 이유에서예요."

'황제'는 조식의 반응을 기다리며 잠시 말을 멈췄다.

"정말 극도로 난해한 데이터와 마주쳤을 때에는, '치명적 오류가 발생했습니다'라는 말과 함께 블루 스크린이 머릿속에 뜨는 거죠."

그는 몸 전체로 웃었다. 시가 끝에 매달린 불씨가 반딧불처럼 춤췄다.

"물론 사랑은 우리 시대의 희망이지. 부지런히 사랑하고 애들을 잔뜩 낳아야 소비자도 납세자도 생기고 사회가 돌아가니까. 하지만 여자는 많아. 우린 원하면 다 가질 수 있지요."

"전부 다?"

조식은 눈을 찡그리며 믿을 수 없다는 표정을 지었다.

"여기서 여자들이 우리한테 왜 달라붙는지 모르겠어요?"

그는 테이블의 재떨이에 재를 떨고는 말을 이었다.

"인류의 역사는 우수한 유전자들이 이끌어왔다는 건 알고 있죠? 남녀관계도 마찬가지. 유전자의 우수성은 숫자로 나타나지. 외모를 예로 들자면, 남자나 여자나 얼굴 양쪽이 똑같고 몸이 삐뚤어지지 않을수록 인기가 높죠. 동서고금을 통틀어 여자는 늘 허리와 엉덩이 비율이 영점 칠을 이뤄야 사랑받아 왔어요. 그럼 내면으로 들어가면 어떠냐."

그는 조식에게 몸을 바싹 기대왔다. 습한 숨결에 그의 목소리가 더욱 증폭됐다.

"바로 우리 같은 사람들이죠! 언제 우리 집에 와요. 몸만 오면 돼. 콘돔은 넘치지만 씨도 좀 뿌리고 가고. 우리에겐 일개미도 많이 필요하니까. 내 딸들이 마음에 들 거라고 믿어 의심치 않아. 이미 두 명은 마음에 든 것 같던데. 능력이 허락하는 한 한 명이든 두 명이든 세 명이든 골라잡을 수 있으니까. 꽉꽉 잘 만져줄 거예요. 이렇게……"

물에 분 것처럼 퉁퉁한 '황제'의 손이 조식의 허벅지에 닿았다. 조식은 오른손을 휘둘러 그의 손등을 후려쳤다. 지금까지의 짓거리로 보아 친밀감 이상을 표시하는 행동이 분명했다. '황제'는 얻어맞은 손을 천천히 거둬들였다. 두꺼운 살갗 덕에 통각도 무딘 모양이었다. 화가 치민 조식은 이번에는 주먹을 한 방 먹이고자 팔을 뒤로 당겼는데, 그 바람에 테이블의 와인글라스가 바닥에 떨어졌다. 얇은 크리스털이 산산이 부서지는 소리와 함께 이층의 정적이 깨졌다. 앉아 있는 사람들의 시선이 조식에게로 쏠렸다. '황제'는 더 해볼 테면 해보라는 듯 나른하고 게슴츠레한 눈을 하고 있었다.

조식은 주방으로 내려갔다. 혀가 바싹 말라 입천장에 달라붙었다. 그는 냉장고에서 꺼낸 맥주로 입안을 헹구었다. 자신의 코트가 생각났고, 코트를 가져간 리카짱이 갑자기 보고 싶어졌다. 잠시 그녀의 소유물이 되어 사탕을 핥아먹은 혀처럼 끈적끈적한 손이 가져다준 불쾌감을 없애고 싶었던 것이다.

파티의 분위기는 네 박자, 여덟 박자, 열두 박자로 점점 느려졌다. 자정이 지나서는 지하를 제외한 나머지 층에서 사람들은 슬로모션으로 움직였다. 주방의 장님들은 떠났다. 하지만 술과 음식은 여전히 넘쳐났다. 거품이 꺼지지 않는 샴페인처럼.

가연은 삼층의 방에 눌러앉아 사람들에게 점을 봐주고 있었다. 태연한 얼굴이었지만 '사람 잡는 타로'라는 '황제'—그의 본명은 '배남'이었고, 가연은 그때나 지금이나 '돼지새끼'라고 불렀다—의 조롱은 여전히 그녀 마음에 종양처럼 숨쉬고 있었다.

도저히 수용할 수 없는 비난이었다. 사고를 예언한 것이 무슨 잘못이란 말인가. '클럽'에게 사고와 죽음은 씨앗이자 거름인데. 손해율과 사고율 통계는 보험료를 결정하고, 뭇 사람들이 낸 보험료가 축적돼 '회사'의 자본을 형성한 것 아니었던가.

가연에게 험한 말을 서슴지 않는 대담한 이는 '클럽'에서 배남 하나뿐이었다. 가연은 그가 일부러 심기를 긁으려 드는 것을 잘 알고 있었다. 면전에서 이 정도라면 뒤에서는 그녀의 험담을 얼마나 하고 다닐지 굳이 짐작하고 싶지도 않았다.

가연의 앞에 깔린 검은 벨벳 위에는 시중에서 구할 수 없는 수제품 타로카드 한 벌이 뒤집힌 채 놓여 있었다. 카드의 뒷면은 인간 정신과 육체, 우주의 구조를 압축한 '생명의 나무'를 형상화한 추상적인 기호가 그려져 있었으나 앞면은 전통적인 타로카드의 상징을 21세기식으로 재해석한 현대적인 요소로 채워져 있었다. 전통 타로에서 메이저 카드의 '황제'와 '여제' 카드는 '아버지'와 '어머니'로 대체됐다. '광대'는 '신입', '마술사'는 '과학자' 등으로 바뀌었다. 마이너 카드에서는 '성배'가 '에비앙'으로, '칼'은 '총'으로, '지팡이'는 '휴대폰'으로, '금화'는 '신용카드'로 변했다.

고대 이집트, 중세, 현대에 와서도 제작 시기를 막론하고 모든 타로는 시대가 변해도 변치 않는 희로애락을 담고 있다. 인간은 근심 없는 잠과 맛있는 식사, 달콤한 디저트를 원하고 암흑 속 짐승의 붉은 눈동자를 두려워한다. 타인의 애정과 관심을 필요로 하며 부족하면 갈망한다. 결핍상태가 계속되면 탐욕한다. 훔쳐서라도 가지려 한다.

이 타로를 고안한 사람은 지금 가연의 옆에 앉아 있는 남자였다. 귀 아래까지 길게 늘인 헝클어진 곱슬머리에 구레나룻으로 볼을 뒤덮은 그는 그녀가 점치는 것을 놀이터에서 노는 어린애를 바라보듯 봐주고 있었다. 눈동자는 축축한 검은색이었다. 목에는 벨리스*의 상징으로 만든 은제 목걸이를 걸고 있었다. 크리스마스이브에 조식을 만났을 때 그대로였다.

남자가 기다렸던 시간이 왔다. 조식이 방으로 들어왔다. 그러나 남자를 보고도 전혀 기억하지 못하는 멍청한 표정이었다.

조식은 어린애처럼 코를 훌쩍이며 가연 앞에 털썩 앉더니 신년 운세를 봐달라고 했다.

"질문은 구체적으로."

가연이 잘라 말했다. 조식의 고민하는 표정을 보더니 시간을 지체하기 싫은지 대답을 기다리지 않았다.

"여자친구랑 어떻게 될지를 봐주죠. 고민이 많다고 했던 것 같은데."

조식은 어리둥절했다. 그가 가연에게 그런 말을 한 적은 없었다. 어쨌든 가연의 지시에 따라 카드를 받아서 섞었다.

---

* 오늘날 가장 널리 알려진 마술서 중 하나로 고대 유대 왕국의 지혜로운 왕 솔로몬이 봉인한 악마들을 불러낸다는 『솔로몬의 열쇠 The Lesser Key of Solomon The King』 (일명 '괴티아 Goetia')에 등장하는 악마.

가연은 가장 잘 쓰이는 타로 배열법 중 하나인 '켈틱 크로스(Celtic Cross)'를 쓰겠다고 했다. 질문자의 욕망과 두려움이 어떤 미래를 자아낼지 지나온 과거와 함께 일목요연하게 볼 수 있는 방법. 총 열 장의 카드를 사용하는데, 질문자의 현 상황을 설명하는 두 장의 카드를 중심으로 네 장의 카드를 더해 가까운 과거와 현재, 가까운 미래를 암시하는 십자 — '켈틱 크로스' — 를 만들고 그 옆에 카드 네 장으로 주위 환경과 질문자의 두려움, 그리고 미래를 내다보는 '스태프(Staff)'를 쌓게 된다.

가연은 조식에게서 카드를 돌려받아 맨 위의 장을 펼쳤다. 말쑥하게 차려입은 젊은 남자가 개에게 허벅지를 물렸는데도 해죽 웃으며 손가락을 통기고 있는 카드, '신입(Rookie)'이었다. 전통적인 타로 데크에서 '바보(Fool)'라 불리는 카드였다.

"첫번째 카드는 현 시점에서의 조식씨 자신을 나타내는 거죠. 여행의 출발점을 뜻하는 카드니까, 첫번째 카드에 어울리는군요."

두번째 카드는 뒤집힌 '마담(Madame)' 카드였다. 가연은 '마담'을 '신입' 위에 구십 도로 교차해 포갰다. 그리고 물었다.

"허영심이 많은 성격이었군요?"

"누가요?"

"여자친구는 어떤 사람이죠?"

"대학원 시험을 준비하고 있어요."

"둘 사이가 몹시 나쁘다고 그랬죠? 이 카드는 여성의 고귀함과 사색적인 성격을 반영하는 거예요. 그러나 뒤집혀 나오면 공허함과 허영심을 뜻하죠. 애인이 명품 좋아해요?"

"그런 거 싫어하는 사람은 없잖아요."

가연은 동의하지 않았다. 세번째 카드인 '매달린 사람(The Hanged Man)'은 앞선 두 장의 카드가 이루고 있는 십자 아래에 놓였다. 현 상황을 낳은 과거의 '뿌리'를 뜻한다고 가연은 설명했다. 발목이 묶여 거꾸로 매달린 남자. 자신의 처지를 받아들이는 것밖에는 선택의 여지가 없다. 그러나 표정은 편안하다. 그가 먼저 묶어달라고 청하기라도 한 것처럼.

"먼저 사귀자고 했어요?"

"글쎄요, 누가 먼저 대시했는지는…… 연애란 게 다 그렇잖아요."

조식은 정말로 모르겠다는 듯 허공에 시선을 던지며 딴전을 부렸다.

'과학자(Expert)' 카드가 네번째로 나왔다. 가연은 그것을 첫번째와 두번째 카드의 십자 왼쪽에 두었다. 이미 지나간 일, 그러나 현재까지 계속 영향을 미치고 있는 사건이나 인물. 전통적인 타로에서의 '마술사(Magician)' 카드. 과학자나 마술사나 우주의 이치를 파악하기 위해 노력하며, 목적을 이루기 위해 체계적이고 논리적인 접근법을 사용한다. 그리스 신화 속 상인들의 신 헤르메스, 소원을 이뤄주는 마술 램프의 요정, 보따리장수, 세일즈맨. 원하는 것은 이 가방 안에 전부 있습니다.

남자는 슬며시 미소지었다. 크리스마스이브에 그는 조식에게 인형을 줌으로써 그의 인생에 개입했다. 그것도 아주 깊이. 섹스라면 자궁벽에 닿을 정도로 깊숙한 삽입. 가연은 엉뚱한 해석을 했지만 그는 잠자코 있었다.

"그래도 자신이 상황을 통제할 수 있다고 생각하는군요? 속으로는 문제를 해결할 수 있다고 믿으며 가만히 참고 기다리고 있는 것?"

가연이 말했다. 하지만 자신은 없어 보였다.

'마술사' 다음에는 '악(Evil)'의 카드가 나왔다. 뿔 달린 염소 머리의 눈동자가 카드 바깥의 조식을 비웃듯 쳐다봤다. 가연은 그 카드를 십자의 위쪽에 올려놨다. 다른 메이저 카드의 부정적인 속성들을 한 몸에 갖고 있는 카드. 인간의 마음과 감정을 다스리는 폭군, 타인의 희생을 먹고 사는 흡혈귀.

"'클럽'의 회원들에게 점을 치면 이 카드가 많이 나와요. 강렬한 충동과 의지. 당신, 지금 애인과 헤어지고 싶은 것 같은데, 아닌가?"

"그렇게 깊은 관계도 아니에요."

조식은 무심하게 말했다.

여섯번째 카드에서 가연은 조식을 놀리듯 웃었다. 두 남녀가 부둥켜안고 긴 입맞춤을 하는 그림, '연인(Lovers)' 카드였다.

"새로운 사람이 나타날 수 있겠네요."

"어떤 카드에선 둘 이상의 연인이 나타나는 것을 뜻하기도 하지."

남자가 끼어들었다. 조식은 방에 들어와서 처음으로 남자를 제대로 보게 됐다. 그뿐이었다. 어린 시절에 친구들과 따라부르던 만화 주제가의 한 가락처럼 뇌리에 희미하게 남은 목소리에 눈썹이 위로 조금 올라갔다가 내려왔다.

첫번째와 두번째 카드가 십자를 이루었고, 네 장의 카드가 네 방향에서 이를 감싸며 더 큰 십자가를 이루었다. 이로써 '켈틱 크로스'가 완성됐다.

이제 '스태프'를 쌓을 차례였다. 먼저 나온 카드는 '인과응보(Poetic Justice)', 눈을 가린 자유의 여신이 한 손에 총을, 다른 손에 저울을 들고 있다. 저울 한쪽에는 촛불을 켠 케이크가 있지만 다른 한쪽에는 물음표뿐. 무엇이 옳고 그른지를 저울로 판단하고 총으로 정의를 집행한다. 원인 없는 결과는 없다. 뿌린 대로 거두리라.

가연은 해석을 구하듯 남자를 돌아봤다. 그는 짧게 한 단어로 말했다.

"복수."

남자는 조식의 먼지 낀 안경알처럼 탁한 눈빛 뒤에서 마음대로 감출 수도 없고 드러낼 수도 없는 또다른 메시지 — 크리스마스이브에 봤던 강력한 살의 — 가 언뜻 비치는 것을 읽을 수 있었다.

조식을 둘러싼 주위 환경을 뜻하는 다음 카드는 '재난(Disaster)', 전통적인 타로카드에서의 '무너지는 탑(Tower)'이었다. 가연의 입술에서 욕설이 휘파람 소리처럼 새어나왔다. 일 년 전 '회사'의 주주 하나의 점을 칠 때에도 스태프의 꼭대기를 이루는 '결과' 부문에서 이 카드가 나왔다. 그는 봄에 집에서 AS기사가 에어컨에 프레온가스를 주입하는 것을 구경하다가 폭발 사고로 죽었다. 그에게 가족이 있었더라면 적잖은 보험금을 탔으리라. 그가 갖고 있던 지분은 '회사'의 자사주로 흡수됐고, 결과적으로는 가연의 지분이 늘어났다. 그녀가 원했든 원치 않았든, 그녀에겐 잘된 일이었다.

질문자의 희망과 두려움을 나타내는 아홉번째 카드는 '운명의 룰렛(Roulette of Fortune)'이었다.

"컴퓨터 하드를 포맷한다고 생각하세요. 안에 든 건 다 지워지지만 속도도 빨라지고 디스크도 정리되죠. 중요한 결정을 앞두고 망설이게 될지도 모르겠지만 결정은 내려야죠."

가연은 방금 전에 나온 카드와 막 나온 카드를 번갈아 보며 잠시 숙고한 뒤 말했다.

'결과'를 뜻하는 마지막 카드, 가장 중요한 카드가 남아 있었다. 조식이 침을 삼키는 소리가 남자에게까지 다 들렸다.

카드가 펼쳐졌다. 빈센트 반 고흐의 작품 〈자화상〉의 인물과 시선은 반대지만 동일한 포즈를 취하고 있는 해골. 안으로 오므라든 갈비뼈 안에는 심장도 폐도 없다. 입에 물고 있는 담배에서 피어오른 연한 모래 빛깔의 연기가 이승을 헤매는 영혼처럼 머리 위를 떠다니고 있다. 열번째 카드는 죽고 싶어도 죽을 수 없는 것, '죽음(Death)' 그 자체였다.

*

코트는 찾지 못했다. 어머니라면 길바닥에 돈을 버리고 다닌다며 한나절은 잔소리했으리라. 혜정도 만만찮게 잔소리를 할 테니 그녀에겐 비밀로 해야 할 것이었다. 한때 며느리로 집에 소개하려 했던 여자는 그런 점에선 시어머니로 모실 뻔했던 여자와 궁합이 잘 맞았다.

집에 돌아온 조식은 재킷을 옷걸이에 던지고, 바지를 벗으며 앞으로 가려다 자빠졌다. 그는 한참을 싸늘한 바닥에 엎드려 있다가 기어서 침대로 올라갔다. 무릎에 걸린 바짓가랑이가 꼬리처럼 질질 끌려갔다.

조식은 중얼거렸다. 인간은 모두 고독하다. 우리는 좀더 고독하다. 나는 아주 고독하다. 술과 수다로 만들어낸 가짜 열기는 금세 사라졌다. 그는 자신이 자유롭다고 생각했지만, 그 자유란 새로 산 휴대폰과도 같아서 새 기능을 시험하고 몇 번 써보고 나면 흥미가 사라지는 성질의 소모품이었다. 그는 옷장에서 인형을 꺼내 엉망인 발음으로 떠들어댔다. 네가 내 인생을 망쳤어. 혜정이라면 똑똑하게 말하라며 부아를 냈겠지만 인형은 가만히 듣기만 했다.

"타로를 잘 모르는 사람들은 이 카드를 부정적이라고 생각하지만 꼭 그렇지만은 않아요. 카드 위쪽을 떠다니는 담배연기는 '죽음의 춤'을 묘사한 거죠. 새로운 삶을 향한 무한한 변형의 연속, 삶과 죽음의 영원한 순환을 의미하는 거예요. 즉, 당신은 낡은 옷을 벗어던지고 새로운 세계에 들어선다는 말씀."

가연은 '죽음' 카드를 그렇게 설명했다. 조식에겐 그녀가 핵심을 피하기 위해 일부러 모호한 말만 골라 쓰는 것으로 보였다. 그러나 곧 잊어버렸다. 메모를 구겨 휴지통에 버리듯.

그는 인형을 끌고 사다리 아래로 내려왔다. 인형은 술에 취한 여자의 몸뚱이만큼이나 무거웠다. 그것을 침대에 눕히고, 말랑한 가슴에 손을 얹었다. 실리콘의 살갗은 살아 있는 사람의 기를 받아 곧 따뜻해졌다. 그는 코를 골기 시작했다. 코골이는 기어를 올리며 드르렁 소리를 높였다가, 최고점에서는 기도가 순간적으로 막혀 뚝 멈추며 협심증에 걸린 것처럼 표정이 창백해져서 저러다 숨이 넘어가 죽지 않을까 싶을 때 목구멍과 혀뿌리의 살을 푸르륵푸르륵 나부끼며 잦아들었다.

과학자 Expert

우리의 과학자가 칠판에 쓴 우주의 공식을 가리켜 보이고 있다.
그는 전통적인 타로 데크에서 '마술사(Magician)' 라 불리는 존재다.
과학과 마술은 현실세계의 작동원리를 이해하고 영향을 미치는 법을 연구한다.
과학자(그리고 마술사)는 절대적인 진실을 추구하고 체화한다.
성취와 정복, 타인의 삶에 개입하고 때로는 속임수를 쓰고,
순진한 사람을 헛된 희망으로 인도한다……

4

인도 신화에 따르면 우주는 위대한 신 비슈누가 꾸는 꿈이다. 거대한 뱀 아난타 위에 누워 비슈누는 우주와 그 속에 존재하는 자신을 꿈꾼다. 다른 신에게서 도움을 요청받으면 도우러 가는 자신을 꿈꾼다. 즉 꿈꾸는 자신의 꿈을 꿈으로써 존재하는 것이다.

남자는 책상다리를 하고 네모진 어둠 속에 앉아 있었다. 앉은뱅이 책상 오른쪽에는 붉은 양초가, 왼쪽에는 주먹 두 개를 뭉친 크기의 향로에서 연기가 피어오르고 있었다. 송진을 태우는 것이었다. 보통 사람이라면 현기증에 어지럼증까지 느낄 강렬한 향은, 그러나 방문 틈을 지나 거실로 흘러가면 야릇한 분위기를 자아내는 이국적인 향취로 바뀌었다.

두 달 전부터 그의 거처는 그 당시 지하철에서 우연히 만난—아니, 우연이란 없다—젊은 여자의 집. 방 두 개에 전망 좋은 베란다가 딸린 이십 평짜리 아파트. 집주인께서는 안방의 킹사이즈 침대 위에 벌거슴이로 기진맥진해서 젖은 미역처럼 널브러져 있었다.

　남자는 고대 주술사들에게서부터 전수된 방식에 따라 타로카드를 통한 명상으로 우주에 막 접속하고 온 터였다. 여기서 우주란 미 항공우주국(NASA)의 탐사선이 오가는 가스와 먼지로 가득 찬 암흑의 무중력 공간을 가리키는 것이 아니다. 남자가 들여다보고 온 것은 우주의 내장. 고대의 현인들은 이곳의 신비를 신화와 상징과 전설로 후세에 전달했다. 이집트 신화에서 오시리스가 형제인 세트에게 죽임을 당하고 시체 상태로 떠다니던 나일 강, 지옥의 총독 뤼시퍼지 로포케일*의 집무실, '미친 아랍인' 압둘 알하즈레드가 8세기 후반에 썼다는 사악한 마술서『네크로노미콘』**의 우매한 혼돈의 신 아자토트……

　현대 물리학자들은 고대의 신비를 수학 기호와 물리학 공식으로 재구성했다. '슈뢰딩거의 고양이'***가 사는 집, 과거와 현재와 미래가 뒤섞이고 상하좌우의 구분이 무의미해지는 초미세의 공간,**** $E=MC^2$의 공식이 상징하는 일반상대성이론이 통하지 않는, 우물 속에 갇힌 입자가 아무런 흔적도 남기지 않고 우물 벽을 뚫고 나갈 수 있는 터널링 효

* 『솔로몬의 열쇠 The Lesser Key of Solomon The King』에 소개된 지옥의 총독.
** 공포소설가 H. P. 러브크래프트의 작품에 등장하는 가공의 마술서. 러브크래프트는 이 책을 상상의 산물이라 했지만 상당수의 오컬티스트는 이 책이 실재한다고 믿고 있다. 가장 잘 알려진 것은 1980년에 출판된 일명 '사이먼 판' 네크로노미콘으로 크툴루 신화가 수메르 신화에 기원을 두고 있다고 주장한다.
*** 물리학자 에르빈 슈뢰딩거가 양자역학 세계의 역설을 설명하기 위해 내놓은 사고 실험에 등장하는 고양이. 상자 속에 고양이를 넣고 독가스를 흘려넣었을 때, 고전 물리학에 따르면 고양이는 죽었거나 아직 살아 있거나 둘 중 하나다. 그러나 양자역학의 세계에서는 상자를 열기 전까지는 고양이의 상태를 알 수가 없다. 즉, 고양이는 '죽었으면서 동시에 살아 있는' 것이다.
**** 원자보다 더 작은 양자는 물체의 성질을 갖지 않는다. 크기가 없어 지름을 재는 것도 불가능하고, 때로는 입자가 아닌 파동―모래언덕을 지나간 흔적과 같은―의 형태를 띤다.

과(일명 '양자도약')가 발생하는 양자물리의 세계……

남자는 모래를 끼얹어 향을 껐다. 그의 코는 더이상 향의 냄새를 맡지 못했다. 온몸은 땀투성이였다. 그는 손으로 무릎을 짚고 일어났다. 거실 등은 꺼져 있었다. 창밖에서 들어오는 옅은 빛에 가구들의 윤곽이 검은 천을 뒤집어쓴 것처럼 어렴풋하게 드러났다.

어둠은 그의 아버지이자 스승이자 친구였다. 그는 집 안 구석구석을 훤히 꿰뚫고 있었다. 눈을 감고도 다닐 수 있었다. 하지만 지금은 비틀거렸다. 아직 그의 의식은 방금 전까지 머물렀던 우주에 초점이 맞춰져 있기 때문이었다. 그는 떨리는 손으로 벽을 짚었다. 흰 벽지에 땀이 밴 손자국이 찍혔다.

그와 같은 고도로 수련을 쌓은 마술사에게도 신의 꿈을 들여다보는 것은 위험했다. 하지만 무한한 힘은 지킬 수 없는 약속까지 약속한다. 신이 전지전능하다면, 자신이 들 수 없을 만큼 무거운 바위를 만들 수 있을까? 마술사는 목격하고 증명하길 원한다. 궁금증을 푸는 날, 우주의 모순이 거대한 틈으로 변해 만물을 집어삼키는 최후의 날이 온다고 해도.

호기심은 인류 발전의 원동력이다. 고대에는 마술의 이름으로, 중세에는 연금술의 이름으로, 근대에는 과학의 이름으로, 20세기 후반에 들어와서는 경제학까지, 마술사들은 관심의 영역을 계속해서 넓혀왔다. 21세기의 마술사들은 『솔로몬의 열쇠』나 『네크로노미콘』 외에도 데이비드 봄의 홀로그램 이론*이나 칼 마르크스의 『자본론』을 경전

---

* 아인슈타인과 절친했던 양자물리학자 데이비드 봄이 주창한 이론으로, 우리 일상 속 감각 현실은 마치 홀로그램과도 같은 환영이라는 것이 골자다. 좀더 구체적으로 설명하자면, 감각 현실 이면에는 광대하고 더 본질적인 차원의 현실이 존재해 홀로그램 필름이 홀로그램 입체상을 만들듯 모든 사물과 물리적 세계의 모습을 만들어낸다는 주장이다.

처럼 모신다.

서기 999년도의 기독교인들이 성서 속 심판의 날을 두려워했다면 1980년대의 인류는 핵무기를 비롯해 미국이 그토록 이라크에서 찾으려 했던 WMD(대량살상무기)의 위협에 떨었다. 21세기의 공포는 심판의 날과 WMD를 합친, 추상적인 예언과 구체적인 절멸의 기제가 혼합된 형태다. 영원한 우울증의 지옥, 경제공황이다.

마르크스는 '딱딱한 것은 모두 사라져버리고, 신성한 것은 모두 모독당하며' 인간과 인간 사이에 '이해관계와 현금 지불관계만이 남게 된', 새로운 시대의 비의를 때로는 직설적으로, 때로는 은유를 써서 전달했다. 그는 『공산당 선언』에서 다음과 같이 일갈했다. "근대 부르주아 사회, 순식간에 그처럼 강력한 생산과 교환수단을 만들어낸 이 사회는 마치 자신이 주문을 외워 불러낸 지옥의 괴물을 더이상 통제할 수 없게 된 마술사와 같다."

현금은 즉 욕망이다. 근사한 옷과 보석과 화장품과 자동차와 주택이다. 인간이 흙에서 태어나 흙으로 돌아가듯, 한번 소비한 현금은 경제 순환의 고리 속에서 재활용된다. 백화점은 번제(燔祭)의 전당이다. 신용은 경제학의 승수이론(乘數理論)에 따라 현금의 힘을 강화하는 스테로이드. 자본의 신도들은 때론 인적이 없어 감옥 같은 자택이나 별장에서 북미 인디언의 포틀래치와 같은 파티를 열어 부(富)를 불태운다. 이란산 최고급 벨루가 캐비아를 은제 모종삽에 듬뿍 담아 돌리고 하얗게 털을 밀어낸 이탈리아 알바산 송로버섯을 감자칩처럼 퍼먹으며 애스프리 앤 가라드의 크리스털 글라스에 한 병에 백만원이 넘는 1999년산 샤토-무통 로쉴드를 가득 채워 마신다. 패션잡지 화보의 슈퍼모델 비키니 천사들처럼 절대미를 체현하기 위해 12세기 서유럽을 중심으로 성행했던 기독교 종파인 카타리 파의 완덕자(完德者)들이 그랬듯 육류와 동물의 지방을 먹지 않고 금욕한다. 그것으로도 부족해 살을 찢고 뼈를 갈아내며 얼굴과 가슴과 배와 엉덩이와 종아리에 확대경으로 비춰야 겨우 알아볼 수 있는 성흔(聖痕)을 만드는 고행을 겪는다.

남자는 안방 겸 사랑방으로 들어갔다. 킹사이즈 침대 위에 여자의 엉덩이는 채찍으로 때리기 좋게 볼록 튀어나와 있었다. 둥그런 양 갈래 사이에서 분비물이 흘러내렸다. 그녀의 직장 후배가 십 분 전에 흘리고 간 정액도 섞여 있었다. 그는 이십만원을 내고 여자를 삼십 분 동안 가졌다. 그게 정가였다. 남자는 화장실에서 따뜻한 물에 수건을 적셔갖고 돌아왔다. 여자는 남자가 건넨 수건으로 자위하듯 손가락을 꼼지락거리면서 사타구니를 닦았다.

모든 방황하는 자들을 어떤 운명으로.

남자는 중얼거렸다. 두 달 전 지하철 열차 안에서 그녀는 가로대에 기대어 선잠에 빠져 있었다. 상사에게 들볶여 피곤한 표정이 "보라, 세상 죄를 지고 가는 하나님의 어린 양이로다"라는 성경 구절을 떠올리게 했다. 초등학교에서 싸움 잘하는 아이를 졸졸 쫓아다니는 어린애처럼 사회가 제시하는 '성공'이라는 삶의 좌표 외에는 목표도 이상도 없는, 집단무의식에 따라 사계절 바뀌는 유행으로 속을 채우고 겉을 꾸미는 껍데기였다.

남자를 만나기 전까지 그녀는 중견 기업에 다니는 그래픽 디자이너였다. 대학을 다닐 때에는 연애라곤 서너 명과 손을 잡고 입술을 비빈 것이 전부일 정도로 희귀종인 숫처녀였다. 희생양으로서는 최적의 조건이었다. 부모님이 시키는 대로 매달 받는 급여의 절반 이상을 결혼자금으로 꼬박꼬박 저축하면서 평일에는 스타벅스에서 커피를 마시고, 주말은 강남이나 홍대의 분위기 좋은·카페에서 친구들과 수다를 떨며 보내고, 철마다 백화점에서 한두 벌의 옷을 사고, 드 라 메르의 크림을 신주단지 모시듯 하면서 귀중한 재화인 젊음을 소비하고 있었다.

흑마를 탄 왕자님을 만나면서 그녀는 그간 외면해온 세상의 어두운 뒷면을 경험하기 시작했다. 섹스에 대해서는, 서로 부둥켜안는 텔레비전 드라마 수준 이상의 장면을 상상하지 않으려 했던 그녀였으나 남자가 한 달간 각종 체위로 육체를 단련시키면서부터는 원하든 원치 않든 타인의 욕망을 받아들이는 것에 익숙해졌다. 정액을 삼키는 일은 쉽지 않았지만 이제는 무설탕 플레인요구르트처럼 맛나게 마셨다. 낯선 남자부터 회사 동료, 출퇴근길에 마주치는 동네 아저씨까지, 한 사람의 여성으로 남자라는 종(種)을 상대하며 영혼을 깨끗이 지울 수 있었다―그것은 소유물이 되기 위한 통과의례였다.

부수적인 효과도 덤으로 따랐다. 그토록 재즈댄스와 요가를 하면서도 빼지 못했던 허리와 엉덩이의 군살이 빠졌다. 그녀가 남자의 치골에 엉덩이를 깔고 앉아 몸을 앞뒤로 옆으로 흔들 때마다 복부의 근육이 용트림했다. 그녀의 몸매는 아드리아나 리마와 지젤 번천처럼 수컷의 발기를 촉진하는 황금비를 갖게 됐다.

조식의 옷장에서 잠들어 있는 인형도 그같은 비율에 기초해 만든 것이었다. 마술의 힘은 은유에서 비롯하며, 은유를 뛰어넘어 모사(模寫)의 단계로 발전할 때 더욱 강해진다. 마술사들은 이와 같은 원리를 '아래와 같이 위에도(As Below, So Above)' 법칙이라 부른다.

부적은 기원(祈願)하는 바를 기호와 상징으로 압축한 마술의 대표적 도구이다. 가장 완성된 형태는 인간을 닮은 인형. 예전에는 짚을, 진흙을, 밀랍을 썼지만 20세기에는 플라스틱, 21세기에는 사람의 피부와 가장 유사한 실리콘을 쓴다. 재료가 진화하면 위력도 강해진다.

남자는 인형을 만들었다. 홍대의 한 유명 클럽에 제단을 쌓고 인형을 앞에 둔 뒤 '괴티아'의 가르침에 따라 평일 대낮에 지옥의 열세번째 악마인 벨리스―창백한 말을 타고 개암나무 지팡이를 들고 있는 왕으로 사랑을 일으키는 힘을 갖고 있으며, 소환자가 원한다면 주술의 대상이 죽을 때까지 계속 사랑하게 만든다―를 소환하는 의식을 치렀다. 벨리스가 내뿜는 분노의 불길을 막기 위해 왼손 중지에 은반지를 끼고 에녹어로 주문을 외웠다.

클럽은 그 자체로서 난교의 전당이다. 강렬한 소리와 빛은 동공을 확대하고 심장박동을 빠르게 해 동요와 불안, 흥분, 즉 사랑의 감정을 불러일으킨다. 겨드랑이의 땀냄새는 음부의 분비물에서 나는 냄새와 흡사하다. 젊은이들이 밤새 몸을 비비며 흘린 땀과 열기, 그들이 남기고 간 욕망의 자국 속에서 벨리스는 안개처럼 나타나 인형에 숨결을 불어넣었다.

하지만 조식이 받은 인형은 불완전한 작품이었다. 최고의 주술력을 가진 인형을 만들려면 최고의 마술도구 중 하나로 일컫는 '성스러운 촛대(holy candles)'—켈트족 전설에는 '마법의 가마솥'이라는 뜻의 '콜드론(Cauldron)'으로 소개된—가 필요했다. 19세기 후반부터 20세기 초까지 활동했던 마술사 로버트 드 오노스톤 스티븐슨*은 이 도구를 만드는 과정에서 원치 않게 세계에서 가장 유명한 살인마가 됐다. '잭 더 리퍼(Jack The Ripper)'라는 별명으로 더 잘 알려진 스티븐슨은 1888년 런던의 동서남북 네 방위에서 살인을 함으로써 베시카 피시스**를 당시 서유럽 최대의 도시에 그려냈다. 이와 같은 의도를 숨기고자 한 명을 추가로 살해했지만—메리 자넷 켈리라는 이십오 세의 늘씬한 매춘부였는데—그 역시 '표지'의 선상에서 저질러진 것이라 흑마술에 밝은 사람들의 눈을 피하진 못했다.

스티븐슨은 다섯 여자의 사체에서 배를 가르고 자궁을 적출해 그것으로 성스러운 촛대를 만들었다. 매춘부의 자궁이라지만 그래도 쓸 만

---

* Ivor Edwards, *Jack The Ripper's Black Magic Rituals*, John Blake Publishing, 2003 참조.
** 두 개의 원을 교차해 만든 물고기 모양의 도형으로 초기 기독교를 비롯한 고대 종교에서 여성 성기와 어머니의 상징으로 사용한 표지.

한 것이 두어 개는 있었을 것이다. 그가 어떤 의식을 거행하려 했는지는 알 수 없지만, 일반적인 흑마술 의식에서는 쓰이지 않는 도구를 찾은 것을 보면 강력한 힘을 필요로 했던 것이 분명했다.

마술사들 사이에서는 스티븐슨이 19세기 후반의 수단전쟁에서 영국-이집트 연합군의 편에 서서 이집트의 지배를 거부한 수단 분리주의자 세력과 싸웠다는 소문도 돌았다. 즉 영국 정부의 후원을 받았다는 것이다. 1898년 옴두르만 전투에서 영국군은 오백 명의 사상자만을 내며 수단의 알-마디 부대에게 대승을 거둬 분리주의 세력을 궤멸하는 데 성공했다. 당시 알-마디 부대의 사망자는 이만 명에 달했다.

남자는 마땅히 쓸 만한 자궁을 구하지 못한 탓에 자궁과 흡사하게 만든 콜라겐 모조품을 사용했다. 이에 따라 평범한 마술사는 엄두도 낼 수 없는 강력한 힘을 가졌으나 남자의 기대치에는 못 미치는 작품이 나오고 말았다. 남자는 지고의 힘에 좀더 가까이 가길 원했다.

물론 벨리스와 같은, 그가 불러냈고 앞으로도 계속 불러내려는 '괴티아'의 악마들은 실재하지 않는, 인간의 뇌 속에 살고 있는 두려움과 환상에 이름을 붙인 가상의 존재에 불과하다.* 제단의 은거울에 비치는 악마의 얼굴이란 그것을 불러내는 마술사 자신의 얼굴이다. 악은 전기나 돈, 인터넷과 마찬가지로 옳고 그름의 가치로는 따질 수 없는, 그것을 쓸 줄 아는 자에게 봉사하는 '매체'의 하나이며 그것의 힘은 돈과 마찬가지로 사람들이 매긴 가중치에 따라 증가하거나 감소한다. 히브리어, 에녹어, 수메르어 등 온갖 고대어로 이뤄진 주문과 의식은 뇌의 특정 영역을 일깨워 데이비드 봄이 주장한 우리의 존재 차원 이

---

* 알레이스터 크로울리는 다음과 같이 말했다. "(괴티아의) 신의 이름들은 a) 뇌의 전반적 통제를 위해 b) 뇌를 세부적으로 통제하기 위해 c) (뇌의) 특정 영역을 통제하기 위해 고안된 발성들이다." (Lon Milo Duquette, *Aleister Crowley's Illustrated GOETIA*, New Falcon Publications, 1992, p.19.)

면의 '감추어진' '접힌' 질서에 파고들어 원하는 바를 얻는 수단으로, 언젠가는 전기적 자극과 최면으로 대체될 것이었다.

"오늘은 이걸로 끝인가요?"

"한 시간만 푹 쉬어."

남자는 여자의 엉덩이를 토닥거리고는 방에서 나갔다. 마지막 손님으로 아파트 경비원이 오기로 했다. 대학생 딸과의 섹스를 원하는 오십대 중반의 사내였다. 남자는 그가 언젠가 소원을 풀 것이라고 믿었다. 눈을 보면 알 수 있었다. 그는 진심으로, 강렬히, 어떤 대가를 치르더라도 자신의 딸을 원하고 있었다.

크로울리는 『토트의 서』에서 "모든 형태의 에너지는 반드시 방향을 갖고, 그것의 본래의 목적을 완전히 충족시키기 위해 온전한 형태를 유지하면서 쓰여야 한다"고 말했다. 그러나 자신의 욕망과 의지를 통제할 줄 모르는 풋내기들은, 허겁지겁 먹다 배탈에 걸리듯 반드시 쓰디쓴 결과를 맛보게 된다는 사실을 남자는 경험으로 잘 알고 있었다.

예를 들면, 조식과 같은 사람.

악 Evil

루터주의 신학자로 신비주의에 경도됐던 야코프 뵈메(1575~1624)는
선과 악 모두 하나님에게서 유출된 것이며 최고의 천사 루시퍼는
자신의 본성에서 어둠만을 좇음으로써 불균형한 세상을 원한다고 주장했다.
루시퍼는 우리의 영혼의 중심으로 들어와 술책을 부려
우리를 조화와 통합으로부터 멀어지게 만든다.
이 카드는 자아의 어두운 측면, 싫어하는 온갖 것들, 인정하고 싶지 않은 성격을 가리킨다.
해가 지고 때가 되면 나타나는……

5

샤키라(Shakira)는 〈엉덩이는 거짓말을 하지 않아Hips don't lie〉에서 "당신은 내 엉덩이가 거짓말하지 않는 것을 알아"라고 노래했다. 이지가 일어날 때마다 그녀가 입은 블루진 오른쪽 엉덩이의 자수로 짠 붉은색 통꽃이 조식을 빤히 쳐다봤다. 그는 민망한 나머지 눈길을 돌리고 싶었지만 보이지 않는 억센 손이 그의 머리를 꼼짝 못하게 붙들었다. 붉은 꽃은 그녀가 발을 내디딜 때 잔바람을 맞은 듯 살짝 수그러들었다가 다리를 뒤로 내밀 때 다시 부풀었다. 엉덩이의 꽃이 부풀고 수그러들 때마다 허벅지를 휘감은 녹색 통꽃은 붉은색 암술을 혀처럼 내밀고 줄기를 팽팽하게 늘였다.

그녀는 디지털 이미지로 존재하는 천사였다. 인터넷에 이름 석 자를 치면 수백 장의 이미지가 파노라마로 떴다. 조식의 모니터에 막 떠오른 사진은 토플리스 차림의 그녀가 카메라를 돌아보는 포즈로 찍은 것이었다. 엘 그레코의 성모화를 연상시키는 비현실적인 조명 아래에서 척추를 따라 이어지는 골은 조각처럼 음영을 드러냈고, 깨금발로 선 다리 뒤쪽과 엉덩이의 능선은 엘립티컬머신과 런지로 단련한 근육의 힘줄을 드러내 긴장이 넘쳤다.

우연히 지나가는 길에 들른 손님인 양 의자에 비스듬히 앉은 이지는 사진작가와 패션지 에디터와의 사전 미팅에 가봐야 한다며 시계를 수시로 들여다봤다. 잡지 화보 촬영을 하러 다음주에 사이판으로 떠난다고 했다. 알이 큼직한 크로노그래프 시계는 이지의 가는 손목에서 부릅뜬 눈처럼 커다랗게 보였다.

조식의 기억으론 한 잡지 인터뷰에서 그녀는 보신탕만 빼고 다 잘 먹는다고 말했다. 하지만 이 자리에서는 새로 산 디젤의 오트밀색 캐시미어 카디건에 기름이 묻을까 걱정이 돼서인지 육류에는 손도 대지 않고 애피타이저 테이블만 왕복했다. 조식은 그녀가 지금까지 무엇을 먹었는지를 연속촬영하듯 머릿속에 입력해놓고 있었다. 체리토마토와 샐러드 조금, 올리브유에 절인 조개 약간, 시금치 소테.

얼마 되지 않는 단백질과 지방을 섭취하고도 그녀의 가슴은 카디건 위로 크고 둥근 윤곽을 드러내고 있었다. 가슴을 가로지르는 카디건의 핑크빛 선이 아래로 얇게 포물선을 그린 모습은 조식을 조소하는 것 같았다.

'몰락' 한 이후에도 그녀는 잡지 화보와 전시효과를 노리는 지면 광고에서는 꾸준히 활동했다. 그녀의 몸뚱이에 대한 수요는 여전했던 것이다. 그녀는 언젠가 한 패션잡지에 신체 각 부위를 석고로 떠서 조립하는 '라이프캐스팅' 으로 자신의 몸을 석고로 뜨는 과정을 화보로 담은 적이 있었다. 완성된 조상(彫像)은 가슴과 둔부, 복부의 선을 뚜렷이 드러내는 뒤틀린 포즈였다. 그녀는 맨 마지막 사진에서 자신의 석고상을 가만히 안고 서 있었다. 자기 자신 외에는 아무것도 원치 않는 자폐의 몸짓이었다. 혜정이 그 잡지를 보면서 말했다. 솔직히 대답해봐.

너도 이런 몸이 좋지?

알이 짙은 커다란 뿔테안경을 쓰고 나온 가연은 고기를 먹는 기계
였다. 조그마한 입술과 약한 턱에 맞게 고기를 잘게 썰어 입에 넣고 그
것을 삼키기도 전에 또 한 점의 고기를 넣는 동작에는 방해할 수 없는
리듬감이 있었다. 약간의 야채로 속을 푼 다음, 요리사가 고기를 굽고
있는 그릴에서 블랙앵거스 스테이크와 양갈비를 세 번이나 가져다 먹
었지만 배부른 기색은 보이지 않았다. 그녀는 양고기마저 '레어'로 먹
는 것을 즐겼다. 접시는 도살장 바닥처럼 피와 기름으로 흥건했다. 백
육십삼 센티미터에 사십칠 킬로그램의 몸으로 미국의 먹기대회에서
늘 상위권에 오른다는 재미교포 여성을 떠올리지 않을 수 없었다.

조식은 가연의 얼굴에 남성의 흔적이 남아 있지 않은지 기회가 날
때마다 슬금슬금, 그러나 신중히 관찰했다. 밝은 조명 아래에서 가연
의 피부는 포토샵 에어브러시 기능으로 잡티와 주름을 제거한 화장품
광고 모델처럼 희고 매끄러웠고, 텔레비전에 나오는 잘 꾸민 트랜스젠
더와는 달리 십대의 발그레함까지 돌고 있었다. 나이를 짐작하기 어려
운, 방부제로 처리한 표본 같은 외모였다. 뇌가 들어갈 자리가 있는지
의심스러울 정도로 작은 두상에 곧게 내려온 생머리, 헐렁한 브이넥
니트에서 내보이는 새처럼 가는 목과 연약한 쇄골은 한때 남성호르몬
이 여성호르몬보다 더 많이 흐르던 육체라고는 믿기 어려웠다. 턱밑과
이어진 목 부분이 특이하게도 불룩하긴 했지만 울대뼈가 자라난 것으
로 보이진 않았다.

"고기가 맛이 없어요?"

정면에 앉은 그녀가 갑자기 안경알 너머로 눈을 치켜뜨며 말을 걸
었다.

"고기를 좋아하시나봐요."

"흐응."

그녀는 고기를 우물우물 씹으며 말했다.

"원래는 블루로 먹는데. 겉만 아주 살짝 구워서."

"날것을 좋아해요?"

"소들의 절규가 들리지 않아요? 난 그래서 좋던데. 우리가 누군지 확실히 알려주잖아요."

"우리의 뭐라구요?"

"우린 육식동물이라구요, 누군가를 잡아먹어야 하는. 초식동물의 존재 의미는 먹히는 데 있고. 저기 풀뿌리를 고르고 있는 저 아가씨처럼."

그녀는 애피타이저 테이블 앞에 있는 이지를 한번 쳐다보고는, 다시 접시로 눈길을 돌려 스테이크 해체작업을 계속했다.

일요일 오전, 길쭉하게 선 사각의 유리창 너머로 남산의 벌거벗은 나무들과 강 건너 도심의 희뿌연 실루엣이 보였다. 회색 구름이 낀 하늘은 살짝 얼은 것 같았다.

식당에는 나른한 온기가 넘쳤다. 폴로셔츠와 카디건 등으로 멋을 부리고 나온 사람들은 느릿느릿 아침 겸 점심을 먹고 있었다.

평소의 조식이라면 이불보에 얼굴을 처박고 혜정이 올 때까지 늦잠을 즐기고 있을 시각이었다. 전날 저녁에 갑작스럽게 형만에게서 연락이 왔다. 조식은 홍대 놀이터에서 주차장 골목으로 내려가는 길에 있는 '공주가 쓰는 침실 같은 까페'란 곳에서, 좀처럼 잡기 힘든 커튼으로 둘러싸인 좌석을 차지하고 혜정과 밀크티를 마시고 있다가 형만의 문자메시지를 받았다. 가연과 브런치를 들기로 했으니 아침에 하얏트 호텔로 나오라는 것이었다.

찻잔을 홀짝홀짝 비우며 조식과 선문답 같은 말만 주고받던 혜정이 메시지의 내용에 관심을 보였다. 가연이란 사람이 누군데? 남자야. '가엽'이란 이름을 잘못 쓴 거야. 어설프게 둘러댔지만 조식의 회사일에

154

도통 관심이 없는 혜정에게는 먹혀들었다.

정작 회동을 주최한 형만은 레스토랑에 오자마자 휴대폰으로 걸려온 전화를 받느라 음식은 입에 대지도 못하고, 통화가 길어지자 아예 복도로 나갔다.

야채와 연어로 시작한 조식은 파르팔레에 카르보나라소스를 끼얹어 한 접시 가득 갖고 왔다. 그의 몸은 단백질보다도 탄수화물을 원하고 있었다. 전날 저녁은 혜정의 눈치를 보며 갈치 한 토막에 된장찌개와 밥 한 숟갈을 먹은 것이 전부였다. 섹스 한 번에 배가 꺼졌고, 조식은 혜정의 빈자리가 쓸쓸히 남은 침대에서 굶주림에 시달리며 뒤척이다 잠들었다.

형만이 롤러코스터에서 한 시간은 시달린 표정으로 돌아왔다. 이지는 그에게 먹을 것을 가져다주겠다며 일어났다. 조식의 눈은 자동적으로 그녀의 엉덩이에 시선을 푹 꽂았다. 그는 점점 대담해졌다. 레스토랑의 다른 남자들도 마찬가지였다.

가연이 깔깔거리며 참고 참았던 웃음을 터뜨렸다. 이지를 향하던 시선이 순간 가연에게 집중됐다. 그릴에서 고기를 굽던 요리사들의 동작도 멈췄다.

"보고 싶으면 그냥 봐요. 아니면 한번 하고 싶다고 얘기하든가. 불쌍해서 못 봐주겠어."

가연의 목소리는 옆 테이블까지 들릴 만큼 컸다. 조식의 얼굴이 달아올랐다.

"앤 신사라서 그래요. 그렇지?"

형만이 오랜 친구처럼 조식의 어깨를 툭 치며 말했다. 그는 가연에게는 '회장님'이라는 존칭과 함께 깍듯한 존댓말로 대했다.

"그래봤자 걸레일 뿐인데, 귀엽게 굴면 한번 주지 않을까? 쟤네 부모님들도 그러라고 이름을 저렇게 지어줬을 거야. 본명 맞지?"

가연은 조식을 '푸우'라고 부를 때와 같은 무미건조한 어투로 말했다. 그녀는 약간 비음이 섞인 목소리에 말꼬리를 올리곤 하는데, 그것을 여자가 되다 만 남자의 목소리라고 볼 수 있을까? 그녀는 눈을 커다랗게 떴다가 다시 반쯤 감았다. 자세히 쳐다보면 그녀의 눈동자가 약간 충혈되어 있음을 알 수 있었다. 그녀의 두 손은 테이블 아래에서 없는 담배를 찾아 깍지를 꼈다가 풀고 손마디를 차례로 꺾었다. 전망이 좋은 자리는 모두 금연석이었다.

　"참는 것은 몸에 나빠요. 애인이 있다고 했던가요?"

　가연은 신년파티에서 조식의 타로점을 볼 때의 일은 까맣게 잊은 것처럼 물었다.

　"아뇨."

　조식은 얼떨결에 반대로 대답했다.

　"애인이 아니라 애매한 사람이 있대요."

　형만이 말했다.

　"저 아가씨는 대체 뭘 가져오려고 저러시나."

　가연은 빈 접시를 들고 음식이 차려진 테이블 사이를 돌아다니는 이지를 가리키며 말했다. 그녀는 남자들의 시선을 양떼 몰듯 이리저리 끌고 다녔다. 눈을 아래로 내리깔며 그녀의 몸뚱이를 슬쩍슬쩍 쳐다보는 남자들의 모습은 몽정을 시작한 욕구불만의 청소년처럼 보였다. 이지의 반벌거숭이 사진에 얼마나 많은 남자들이 바짓가랑이에 손을 쑤셔넣었을까. 조식의 고환은 쇠구슬처럼 단단해졌다.

　"이런, 깜빡했군."

　형만이 의자에 걸어놓은 재킷 안주머니에서 알약을 꺼내 입안에 넣고 삼켰다. 대두 추출물로 만든 탄수화물 차단제와 조개 추출물인 키토산 성분의 지방 차단제였다.

　"요즘 몸이 불었어."

형만이 말했다. 그가 어깨를 으쓱할 때 버튼다운 셔츠 아래의 근육들이 꿈틀거렸다. 잘 발달한 가슴의 대흉근과 어깨의 삼각근은 옷을 입은 상태에서도 선명하게 드러났다.

"뺄 살이 어딨다고."

조식은 부러움을 감추지 못했다.

"요즘 운동을 통 못했어."

"왜?"

가연이 물었다.

"날 가장 바쁘게 만드는 사람이 누구라고 생각해요?"

"누군데?"

가연은 거의 입술을 움직이지 않고 복화술사처럼 말했다. 형만은 의자 등받이에 몸을 기대며 두 손을 들었다.

"아, 난 먹어도 왜 살이 안 찔까?"

가연이 한탄하듯 말했다.

"병이잖아요."

조식이 형만을 돌아봤다.

"갑상선기능항진증이라는 병이 있어. 신진대사를 조절하는 갑상선 호르몬이 과다 분비돼 몸이 에너지를 엄청나게 소모하게 되지. 아무리 먹어도 살이 찌지 않아."

형만이 설명했다.

"다 옛날 일이에요. 어렸을 땐 집에서 걸신 들린 애 취급을 받았죠. 먹어도 먹은 거 같지 않아서 늘 냉장고 근처에서 어슬렁거렸죠. 내 눈이 튀어나와 보이는 것도 그때 후유증일걸요."

"가슴이 튀어나와야 하는데."

형만의 말에 가연은 가슴에 손을 얹으며 얼굴을 찡그렸다. 눈이 너무 큰 데서 오는 착시현상일지도 모른다고 조식은 말하려 했지만 화제가 바뀌어버렸다.

"그래, 난 글래머가 부럽다. 저기 이지가 입은 바지가 어디 거지?"

"앤틱 진(Antik Jean)."

"난 엉덩이 때문에 못 입겠죠?"

가연이 조식을 보며 말했다. 조식은 꿀 먹은 벙어리였다.

"몸에 지방이라도 좀 있으면 지방이식수술이라도 하라고 할 텐데. 아님 패드 달린 거들을 입는 것은 어때요?"

형만이 물었다.

"됐네요, 내가 저런 옷을 입을 일이 있나."

"잘 어울리는 브랜드도 있을 거예요. 케이트 모스가 스키니 진 입고 다니는 거 봐요."

"내가 없다면 없는 거야."

이지가 가봐야겠다며 멀베리 백을 챙기기 전까지 '클럽'이나 '회사'에 대한 얘기는 한마디도 나오지 않았다. 조식은 이지에게 사이판에서의 촬영 콘셉트에 대해 질문했다.

"인디언 서머요."

이지는 억지로 소개팅에 끌려나온 사람처럼 '네' '아니오' 류의 단답형 대답만을 했다. 형만이나 가연의 말에도 무뚝뚝하게 대꾸하는 것이 사람을 대하는 태도가 원래 그런 것 같았다. 그 유명한 '사채' 광고에서 전화 한 통만 주면 곧장 통장에 돈이 입금된다며 시청자를 유혹했던 함박웃음은 온데간데없었다. 어쩌면 그 웃음이 '썩소(썩은 미소)'로 패러디돼 인터넷을 휩쓴 것에 충격을 받고 웃음을 봉인한 것일지도 모른다고 조식은 생각했다.

형만은 이지가 일어서자 바래다주겠다며 따라 나갔다. 레스토랑 입구에서 형만의 손이 그녀의 허리에 살짝 붙었다 떨어지는 것을 조식은 놓치지 않았다. 가연은 스테이크를 한 조각 더 가지러 가느라 조식을 또다시 놀릴 기회를 놓쳤다.

형만은 휴대폰으로 막 걸려온 전화를 받으며 돌아왔다. 그는 전화를 끊고서 말했다.

"부가세신고 때문에 그래. 복잡하게 얽힌 게 많아서."

가연이 고기를 수북이 쌓은 접시를 들고 왔다. 크롭트팬츠에 십 센티미터 굽의 스트랩 힐을 신은 그녀의 발걸음은 바닥에 닿을 때마다 쓰러지기 직전의 젠가 블록처럼 위태롭게 흔들렸다. 의자를 끌어당겨 앉으며 그녀는 말했다.

"이번이 마지막이야."

웨이트리스가 샴페인잔을 네 개 가져왔다가, 의자 하나가 빈 것을 보고 세 개만 내려놨다. 가연이 형만에게 말했다.

"델리에서 샴페인 한 병 사갖고 와달라고 해."

"어떤 것으로?"

"동 페리뇽."

형만은 웨이트리스를 불러 그대로 주문했다.

"여기서 주는 샴페인은 맛이 별로예요. 오페라 브뤼던가?"

"아마도."

형만이 말했다.

가연이 마지막 접시를 깨끗이 비우자 형만이 홀가분한 얼굴로 디저트를 가지러 갔다. 그는 배 타르트와 티라미수, 과일 사바랭을 두 개의 접시에 나눠서 갖고 왔다. 조식은 모양이 망가지지 않도록 조심하면서 스푼과 나이프로 배 타르트 한 쪽을 자신의 접시에 덜었다. 가연은 샴페인을 기다리는지 테이블에 팔꿈치를 괴고 꼼짝하지 않았다.

형만이 지난번 '클럽'의 신년모임을 화제로 올렸다. 그날 열린 '회사'의 이사회에서 가장 큰 의제는 보안문제였는데, '클럽'이나 '회사'의 존재가 외부에 드러날 가능성을 전면 차단하기 위해 인터넷 커뮤니티는 곧 폐쇄하고 회원들이 미니홈피와 블로그를 운영하는 것도 금지키로 결정했다고 했다. 메신저는 아직 그 대상에 포함되지 않았다.

"앞으로 논의할 사항은 어떤 방식의 이메일을 공식이자 유일한 전달방식으로 쓸 것인지 결정하는 거야. PGP*냐 GPG**냐. PGP를 패키지로 구입하면 암호화한 메신저를 쓸 수 있다는 장점도 있지만, 아무래도 특정 업체의 제품이라서 말야."

"그렇게 꼭 못 쓰도록 막아야만 하나?"

조식이 물었다.

"지금 MS윈도가 128비트 암호체계를 쓰는데, 그건 일반 PC 십여 대로도 한 달이면 깰 수 있어. NSA(미국 국가안보국)의 전문가들이라면 몇 시간이면 충분할걸. 하지만 PGP나 GPG는 1028비트 체계를 쓰니까 NSA 같은 곳에서도 깨는 데 시간이 엄청나게 걸리지. 사실 '회사'의 임원들끼리는 GPG로 메시지를 주고받고 있어. 물론 아직은 비공식적으로지만."

"난 분명히 반대했어요."

가연이 조식에게 말했다. 그녀의 말에는 짜증이 섞여 있었다.

"원칙적인 동의는 했으니까 반대라고 할 수는 없잖아요."

형만이 말했다.

"그렇게 하나하나 따지고 들래?"

"회원들이 블로그나 미니홈피를 쓰는지 어떻게 알지? 쓰다가 들킨다고 치자. 그럼 쫓겨나기라도 하는 거야?"

조식이 물었다.

"처벌과 징계가 쟁점이지. 여기 우리 회장님께선 '경고'와 '탈퇴'의

---

* 암호 전문가 필 짐머맨이 1991년에 개발한 전자우편 보안 프로그램.
** PGP의 공개소프트웨어 버전.

수준에서 그쳐야 한다고 하지만 우리 가족주의자들은 그 이상을 요구하고 있는 거야."

"가족주의자?"

"가족주의, 국가주의…… 다 같은 말이지. 우린 자유주의파라고 할 수 있고."

"그런데 그 돼지가 나에 대해 뭐라고 했죠?"

가연이 조식에게 얼굴을 가까이 들이대며 물었다. 조식은 움찔 뒤로 물러났다. 누굴 가리키는지 굳이 물어보지 않아도 알 수 있었다. 그가 본 '클럽'의 회원 중에서 그렇게 불릴 만한 사람은 단 한 명—사실 조식까지 두 명—뿐이었다.

"별 얘기 안 했는데요."

"그럼 그날 둘이서 다정하게 그렇게 무슨 얘길 한 거예요?"

"별 얘기 아니었어요. 기억도 잘 안 나고. 그날 많이 마셨어요."

"애무까지 했다고 하던데?"

"무슨 소리예요?"

조식이 발끈했다.

웨이터가 주문한 샴페인을 카트에 싣고 오는 바람에 대화가 일단 중지됐다. 형만은 병 라벨을 확인하고는 따라도 좋다고 손짓했다. 조식은 볼멘 얼굴로 둘과 건배했다.

"너도 이제 주주가 될 테니까 얘기를 해줘야겠지."

형만은 샴페인을 놔두고 물로 목을 축인 뒤 설명을 시작했다. '회사'는 '클럽'의 회원들이 지분을 출자해 만든 주식회사다. 회사의 주주는 클럽의 회원이지만 클럽의 회원이 반드시 주주인 것은 아니다. 예를 들어 이지는 클럽의 회원이지만 회사의 주주가 될 수는 없다. 그렇게 신년파티의 참석자 중 삼분의 이는 주주가 아닌 회원의 신분이었다고 형만은 말했다.

"주주는 '선택받은 자'만이 될 수 있어. 학교에서 하인리히의 법칙은 배웠지?"

하인리히의 법칙이란, 한 건의 대형 재난이 발발하기까지 스물아홉 건의 작은 사고가 발생하고 삼백 건의 이상상태가 나타난다는 이론으로, 산업재해 분야에서는 정설로 통한다. 조식은 대학 시절 전공필수 과목인 '보험론'을 수강하면서 이를 정교화한 '사고피라미드' 이론도 배웠다. 미국의 보험산업 전문가 프랭크 버드가 백칠십만 건의 사건 사고를 분석한 결과를 정리한 이 이론은, 한 건의 치명적인 사고에는 열 건의 보통 수준 사고와 서른 건의 위험상황, 육백 건의 이상상태가 따른다는 것이 골자다. 두 가지 이론 모두 배울 당시에는 시험 전날 벼락치기로 암기하는 교과서 구절에 불과했지만, 가족의 사고 이후에는 삶의 방향을 바꾼 중대사를 설명하는 설득력 있는 이론이 되었다.

중세 가톨릭의 가르침에 따르면 모든 미사가 집전되기에 앞서 하늘에서 징조가 나타난다. 대형 사고도 마찬가지다. 전조를 보인다. 우연한 사고란 없다. 삼풍백화점이 무너지기 전에 직원들은 기둥에 거미줄 모양의 균열이 일어나며 곳곳에서 얼음이 깨지는 소리를 보고 들었다고 한다. 식구들이 몰살되기 석 달 전 조식은 혜정과 함께 드라이브를 하다가 사소한 접촉사고를 당한 적이 있었고, 그뒤부터 자동차의 오른쪽 헤드라이트가 말을 듣지 않았으며, 두 달 전에는 백화점 지하주차장에서 주차를 하다가 기둥에 왼쪽 사이드미러를 살짝 긁혔다. 그밖에 복기할 수 없는 사소한 사건들이 전조와 증후의 사슬을 이뤄 그날의 사고를 일으키고 조식의 운명이 나아갈 길을 선택했을 것이다.

클럽에서의 서열은 사고의 규모나 발생 가능성에 따라 정해졌다. 규모가 크고 일어나기 힘들수록 '선택' 받은 정도가 높게 평가됐다. 클럽 내 서열은 회사의 주식 보유 한도를 결정했다. 선택받은 사람일수록 지분을 많이 가질 수 있었다. 조식은 그렇다면 가연이 어떤 종류의

'선택'을 받은 것인지 궁금해졌다. 이사회의 회장을 맡을 정도라면 자동차 사고와는 비교하기 어려운 엄청나게 큰…… 것이었으리라.

"보험학자들은 피보험자가 죽을 위험을 피하는 데 지불하는 비용과 그 나라의 경제 규모를 갖고 생명의 사회적 가치를 추정하지. 우리나라에선 오만 달러, 그러니까 일인당 오천만원 정도로 계산된다지? 그런 점에서도 너는 특별히 선택받은 거라고 할 수 있어. 보험금에 합의금에…… 신입회원들의 재산은 사, 오억원이 보통이니까."

새로운 주주는 매년 봄 주주총회에서 '클럽'의 진짜 이름—등기부등본에 나온 회사의 법인명—을 듣게 된다. 그것은 일 년에 단 한 번, 주주총회를 주재하는 회장이 신입회원에게 전하는 것이며 그 외의 경우에는 누구도 말로든 글로든 언급할 수 없다.

일단 재산—현금, 주식, 부동산 등등—과 회사의 주식을 맞바꾸고 나면 매년 상당한 배당금을 받았다. 이사회는 '회사' 그 자체였다. 임원의 재산은 회사 주식이 전부. 임원에게는 배당급도 지급되지 않으므로 국세청 자료상으로 이들은 집도 없고 수입도 없는 무일푼이다. 대신 평창동과 방배동에 있는 회사 소유의 빌라에 거주했다. 이들이 먹고 입는 데 쓰는 돈은 모두 회사 경비로 처리됐다. 가연은 집에서 동페리뇽과 볼린저를 즐겨 마시는데, 이와 같은 샴페인 값으로만 일 년에 수천만원이 들어갔다.

회사는 주식시장뿐만 아니라 부동산과 경매, 월이율이 일 퍼센트가 넘는 고리 소액대출—조식은 형만이 이지를 어떻게 알게 됐는지 짐작할 수 있었다—에도 투자했다. 강남과 분당 등 정부가 집값을 묶으려고 작정했던 '버블 세븐' 지역에서는 소송 등이 복잡하게 얽혀 남들이 손대지 않는 경매물건을 매매해 상당한 이익을 냈다. 수도권이나 행정수도 이전 지역처럼 토지거래허가구역으로 묶여 정부의 엄격한 규제를 받는 지역에서도 막대한 차익을 남겼다. 그러나 '바다이야기'

류의 도박게임사업에는 참여하지 않았다고 했다.

"불법의 소지가 있으면 끼지 않아. 투자금을 회수하기 어려운 사업에 뛰어들 때는 극히 신중하고. 마카오의 샌즈 카지노에는 투자하긴 했어. 장래가 유망하지."

형만이 말했다.

정부가 개인의 해외직접투자 한도액을 백만 달러에서 삼백만 달러로 확대하면서부터 '회사'도 본격적으로 해외투자에 뛰어들었다. 중국과 인도, 러시아, 동구권과 같은 외국 금융자본들이 몰려드는 신흥시장(emerging market)이 그 대상이었다. 2005년의 경우 증시가 호황을 이루며 주주에게 투자금액의 삼십 퍼센트를 배당으로 지급했다. 증시 침체기였던 2003년과 2004년에는 부동산시장 덕분에 삼십 퍼센트가량의 수익률을 기록했고 수익의 절반을 배당했다고 형만은 그답지 않게 자랑스럽게 말했다.

"운용 규모가 어느 정도야?"

조식이 물었다.

"그건 이사회 임원들만이 알고 있는 기밀사항이지. 암호화한 이메일로 주고받는 정보기도 하고. 어지간한 중소형 펀드 수준은 넘는다고 생각하면 대충 짐작할 수 있겠지?"

"단위가 수천억 대라고?"

조식의 눈이 커졌다.

"레버리지효과를 고려하면 그에 '0' 하나쯤은 더 붙이고도 남지. 하지만 '노아 프로젝트'를 시작하려면 그것만으로 부족해."

"난 반대하고 있어요."

가연이 끼어들었다. 감정을 지운 메마른 목소리였지만 조식은 그속에서 뚜렷한 반감을 읽을 수 있었다. 형만의 표정이 어두워졌다. 그는 헛기침을 했다. 표정이 다시 밝아졌다.

"의결권을 갖고 있는 이사회 이사는 회장을 빼고 모두 열 명이야. '노아 프로젝트'는 찬성이 넷, 반대가 여섯. 우리 편 이사 하나가 이번 주총을 마지막으로 회사에 지분을 넘기니까 찬성 넷에 반대 다섯이라고 해야겠지."

떠나는 사람은 부회장, 도영이었다. 조식은 그 이름을 기억하고 있었다. 가연의 옛 연인이었다는 형만의 귀띔도 분명히 기억하고 있었다.

"왜 나가는 거죠?"

"결혼한대요."

가연이 퉁명스럽게 말했다.

"누구랑요?"

"여자랑."

'노아 프로젝트'란, 클럽 내 가족주의자들이 주장하는 계획으로 『버블 붐』의 저자인 경영전략컨설턴트 해리 덴트 등이 주장하는 '21세기판 경제 묵시록'을 근거로 삼았다. 덴트 등은 정보기술(IT) 발달에 힘입은 생산성 향상을 바탕으로, 은퇴를 맞은 미국 베이비 붐 세대와 신흥 소비계층인 보보스 족이 본격적으로 소비지출을 늘리는 데 힘입어 전 세계 자산시장은 2004년 말부터 2009년 말 혹은 2010년 초까지 지난 두 세기를 통틀어 최고의 호황을 누릴 것이라 주장했다. 또 1920년대의 미국 경제 호황이 대공황으로 이어졌듯, 2010년 이후에는 역사상 최악의 불경기가 닥칠 것이라고도 경고했다. 따라서 남아 있는 몇 년은 일확천금을 잡을 수 있는 마지막 기회며, 대공황 직전 자산시장에 나타나는 최후의 거품을 공격적으로 활용하면 '종말' 이후에도 안락한 삶을 누릴 수 있다는 것이 결론이었다.

계획의 핵심은 특정 지역—대상은 아직 결정되지 않았다—의 건물과 토지를 집중 매입해 해당 영역을 '회사'가 통치하는 독립된 영역으로 개발한다는 것이었다. 최악의 불경기에는 자산 가격도 대폭락할

악 165

것이므로 헐값에 많은 건물과 토지, 점포를 사들일 수 있다. 이를 위해 '회사'는 2009년 말까지 전 세계 증시를 비롯해 미술품과 원자재 등 헤지펀드가 뛰어들기 시작한 새로운 시장에 대규모 투자를 벌여 자금을 비축한다는 것이 복안이었다.

서울의 경우 개발이 덜 된 변두리의 구(區) 단위 행정구역에 거주지를 비롯해 도소매점, 병의원 등 서비스업까지 장악하면 '회사'는 '회사' 그 자체로 자급자족할 수 있게 된다. '회사'의 사람을 국회의원과 구청장에 들어앉히는 것은 손바닥 뒤집듯 쉬운 일이 될 것이다. 그렇게 세력을 늘리고 늘리면서……

"앞으론 이런 데서 만나는 것도 금지될걸요. '아지트'에서만 모여 살게 되겠지."

가연이 양팔로 가슴을 껴안으며 말했다.

이미 프로젝트의 일부는 시작된 것이나 다름없었다. 서울 곳곳에 '아지트'가 있었다. 신년파티를 연 빌라뿐만이 아니었다. 조식이 혜정과 데이트를 한 적 있는 서울 중심가의 레스토랑과 커피점 중에도 '회사' 소유의 것이 있다고 형만은 속삭이듯 말했다.

"설마 이곳도 '아지트'인가?"

"이 호텔?"

가연이 웃었다. 형만이 그녀를 힐끔 쳐다보고는 말했다.

"'아지트'를 피해서 온 거야. 모든 아지트는 사실 안전하다고 볼 수 없지. 누가 언제 드나들었는지가 다 기록되고 '클럽' 회원의 대화는 모두 녹음되니까."

"어쩌면 케이만 군도나 버뮤다로 옮겨서 살아야 할 수도 있죠. 그쪽엔 무인도도 많으니까, 하나쯤 사서……"

가연은 무미건조한 말투로 되돌아왔다.

"설마."

166

"왜? 거긴 세금도 거의 없고, 돈만 있으면 마음대로 할 수 있지. 우리가 만든 법에 따라 치안을 유지하고, 미사일과 탱크와 잠수함도 사다놓고 어설프게나마 방위력을 갖출 수도 있어. 지금은 우리로서도 마약이나 환각제 사용은 금지하고 있지만 그런 날이 온다면……"

"난 비행기 타는 게 싫어."

"자꾸 그런 이유를 대면 불리해진다구요. 다른 주주들을 설득하기가 어렵잖아요."

가연은 언짢은 기색으로 잠시 화장실에 다녀오겠다면서 일어났다. 형만은 자신의 잔에는 손을 대지 않은 채 조식에게 샴페인을 한 잔 더 따라줬다. 웨이트리스가 빈 접시를 치웠다.

"'노아 프로젝트'를 어떻게 생각해?"

형만이 물었다.

"황당무계한 소리로 들려."

"어째서?"

형만의 눈빛이 진지해졌다.

"미니홈피나 블로그를 쓰지 못하게 막는 데 성공한다고 쳐. 누구도 풀 수 없는 암호가 걸린 이메일을 쓴다고 쳐. 하지만 그렇게 거창한 계획을, 고작 인터넷을 막는 정도로 밖에 새나가는 것까지 막을 수 있을까? 땅에, 집에, 상권까지 차지한다고?"

"우리가 마약을 거래하는 것도 아니잖아."

"하지만 밖에서 보기엔 대단히 수상쩍어 보일 텐데. 바로 그런 걸 걱정하는 거 아냐?"

"그래서 우리는 한 가족이라는 울타리로 뭉쳐야 한다는 주장이 나오는 거지."

"가족이라니?"

조식은 어처구니가 없었다. 갑자기 코믹 조폭영화 속에라도 들어온 느낌이었다.

"너도 잘 알잖아. 아버지와 딸."

"그럼……?"

조식은 신년파티에서 BLACKBERRY와의 섹스를, 그리고 자신의 몸을 더듬었던 남자의 불쾌한 손길을 떠올렸다. 형만은 고개를 끄덕였다.

"이번 주총에서 새 이사로 선출될 예정이기도 하지. 나한테는 회사에 대해 네가 좋고 싫음을 판단할 만한 단서를 주는 것이 금지돼 있지만 너에겐 예외로 하지. 나도 그가 마음에 들지 않아. '노아 프로젝트'를 진행시키려면 외부인을 끌어들이지 않을 수 없어. 보안에는 치명적이지. 또, 너처럼 '선택' 받은 사람이 아닌 어중이떠중이들이 모이는 걸 회장을 비롯해 주요 주주들은 정통성이 흔들린다고 보고 상당히 불쾌하게 생각하는 거고."

"가연씨는 정말 싫어하는 것 같던데."

"중요한 사실은 그가 '노아 프로젝트'를 주창한 덕에 지지자들이 늘어나고 있다는 거지. 혹시 배남이 집에 초대하지 않았어?"

"집에 여자들이 많다고 하더군."

"절대 가지 마."

"피라미드 마케팅이라도 하고 있나보지? 아님 사이비 종교?"

"더 나쁜 게 있어. 서브리미널(잠재의식) 이미지를 사용해서 사람을 세뇌한다는 말이 있으니까. 눈치챌 수 없게 짧은 이미지나 음을 반복해서 보여주고 듣게 하는 걸로 말야. 그런 광고기법에 대한 얘기는 마케팅 시간에 배웠겠지."

"그의 집에 그런 장치가 있단 말야?"

"텔레비전, DVD, 컴퓨터, 오디오, 아이팟. 그 집에서 보고 듣는 것엔 전부 그런 장치들이 되어 있다고 생각하면 돼. 가면 아무것도 보고 듣지 말아야 해. 무엇을 넣었는지 모르니까 먹지도 말고. 세상엔 합법

168

적으로 유통되는 약물 중에서도 중독성이 강한 것이 많으니까."

"그걸로 대체 뭘 가르치는 거지?"

"아버지를 공경하고 가족을 사랑하고 매사에 가족의 이익을 최우선으로 생각하라는 거지. 여자들이 왜 그를 숭배하겠어? 모든 것이 학습과 교육의 효과라니까."

"황당해."

"그렇게 생각해? 우리 사회도 마찬가지잖아. 집이나 학교에서나 전부 그런 걸 가르치는데. 애새끼들이 말을 안 들어서 그렇지. 그에게 컬렉터 취미가 있는 건 모르지? 그는 남자든 여자든 가리지 않아. 그럼으로써 '은혜'를 베푼다고 생각해. 너에게 손대려 한 것도 그래서일 거야. 어쨌든 넌 '클럽'에서 가장 주목받는 유명인사니까."

"기분이 나빠지는군."

"가족주의는 '클럽'에서 빠르게 세를 불렸어. 우리들만의 세계에서 독자적인 법과 질서를 만들어나가자는 주장에 설득되고 있는 거지. 자발적으로 세뇌되고 있다고 해야 하나? 문제는 너처럼 논리적인 근거를 갖고 그들의 주장을 일축할 만한 사람이 우리 쪽에는 없다는 거야. 회장은 비행기 타령이나 하고 있고……"

"비행기 얘기는 뭐야? 하늘을 나는 것이 무섭기라도 하대?"

"나중에 직접 물어봐. 나에겐 대답할 권한이 없어."

조식은 더이상 묻지 않았다. 막연하게나마 짐작가는 바가 있었다. 아마 비행기 사고가 있었을 것이다. 그녀의 부모님은 승객이었을 테고. 기내에서 심장마비와 같은 응급상황이 발생해 돌아가신 것은 아니리라. 분명 신문 방송에 등장하는 대형 사고였을 것이다. 조식의 가족이 당한 것과는 비교할 수 없을 만큼 큰 것일 수도 있다. 그런 사고라면……

"내가 왜 너한테 기대를 거는지 알아주길 바라. 넌 '선택받은 사람'

이야. 네가 신입만 아니었다면 아마 이번 주총에서 이사로 뽑힐걸. 아무도 반대하지 않을 거야. 모두가 널 좋아하고 존경해. 왜 '클럽'의 여자들이 너에게 환심을 사려고 그렇게 달려들겠어?"

모든 여자가 그런 것은 아니었다. 조식은 가연과 이지에 대해 뭔가 말하려다 말았다.

"회장과도 잘 되길 바라고 말야."

멀리서 가연이 돌아오는 것을 바라보며 형만이 말했다.

"가연씨와 나?"

조식이 빠르게 되물었다.

"네가 얼마나 원하느냐에 달려 있지."

형만은 얼굴에 접대용 미소를 한가득 지으며 가연을 맞았다.

*

혜정은 그날 저녁 기분이 좋아 보였다. 식사를 하러 조식의 집에서 나오기 전에 그녀는 세밀화를 그리듯 정성껏 화장을 했다. 핫핑크의 립스틱을 바른 입술은 밤의 조명 속에서 유난히 도드라졌다. 그녀는 '피낭(Penang)'으로 가서, 조식에게 살찐다며 평소 못 먹게 하던 중국요리를 마구 주문했다. 바야흐로 축하의 시간이었다.

그녀는 조식이 맥주를 마시는 것을 사랑스럽다는 눈길로 바라봤다. 첫번째로 크림소스를 얹은 새우튀김이 나오자 조식은 산책이나 하자며 혜정을 데리고 나가고 싶었다. 브런치로 먹은 고기와 파스타가 꺼지기도 전에 마주친 진수성찬은 구미가 전혀 당기지 않았다. 하지만 배고픈 척하면서 억지로 먹어야 했다.

그녀는 급하게 맥주를 마셨다. 그녀가 세 병을 마시는 동안 조식은 겨우 두 병째였다. 기름기에 알코올과 탄산까지 소화하느라 내장에선 막힌 하수구처럼 꾸르륵 소리가 났다.

"나도 마실 땐 많이 마신다고."

그녀가 조식보다 맥주를 더 빨리 마신 것에 승리의 쾌감을 느끼고 있는 동안 조식은 소화제 광고의 모델처럼 더부룩 답답한 속에 괴로워하며 앉아 있었다. 손가락에서 젓가락이 자꾸 미끄러졌다. 평소였으면 깔끔하게 먹지 못한다며 핀잔을 줘야 했을 혜정은, 둘이 데이트를 시작한 지 얼마 안 되었을 때 이곳에서 저녁을 먹었던 일을 회상하며 신이 나 떠들었다. 추억은 방울방울, 색색의 축제 풍선이 되어 접시, 테이블, 조식의 어깨, 혜정의 머리 위를 해파리처럼 느릿느릿 떠다녔다. 다시 돌아갈 수 없기에 더욱 아름다운 시절. 술잔을 들어 당신의 눈동자에 건배하고, 하루 종일 당신 생각에 가끔 딴생각을 끼워넣고, 테이블이 사이를 갈라놓는 것 같다며 카페에서는 옆구리와 옆구리를 꼭 붙여서 앉고……

식사를 마치고 돌아가는 길에, 혜정은 크게 인심 쓰는 표정으로 조식에게 물었다.

"크리스피 크림에서 도넛이나 사갖고 갈까?"

조식은 괜찮다고 했다.

"웬일이야? 언제는 못 먹어서 안달하더니. 후회하지 않겠어?"

"많이 먹었어."

"난 먹고 싶어."

조식은 도넛 매장의 설탕 냄새만 맡고도 속이 울렁거렸다. 도넛을 사갖고 집으로 올라가는 길에 혜정은 팔짱을 끼며 매달렸다. 조식은 숨이 찼다.

현관문이 열리자마자 혜정은 신발을 재빨리 벗고 방 한가운데로 뛰어들어갔다. 조식에게 등을 보인 채 고개를 틀어 앞으로 벌어질 일을 기대하라고 선언하듯 바깥에선 숨겨뒀던 눈가의 주름을 드러내며 눈웃음쳤다. 조식의 시점에서 오른쪽으로, 그녀의 머리를 기점으로 사십오 도 선상의 바닥에는 포장 끈으로 묶은 미술서적과 화집더미가 놓여 있었다. 이삿짐이었다.

네 시간 삼십 분 전. 호텔에서 배가 잔뜩 불러 돌아온 조식이 침대에 누워 한숨 돌리려고 할 때 혜정은 그의 원룸 건물 앞까지 택시를 타고 왔다. 어서 나오라는 재촉을 받고 내려가보니 허접스럽다며 잘 입지 않던 낡은 가죽 애비에이터 재킷에 헐렁한 카키색 면바지 차림의 그녀가 양손에 책더미를 들고 계단 아래에 서 있었다. 칭찬을 바라는 어린 애처럼 천진하게 웃으면서.

조식은 우선 책더미를 이삿짐이라고 보지 않았고, 그녀가 아무런 예고 없이 이삿짐을 가져온 것은 '기습' 내지 '도발'과 다름없다고 생각했다. 아무리 그가 먼저 동거를 제안했다고 해도 세부적인 일정은 사전에 합의를 봐야 하는 것이 예의이자 도리다. 조식은 그녀가 얼굴에 눈썹과 볼과 입술을 그리는 것을 보면서도 내내 그런 생각을 했다.

그로부터 네 시간 삼십 분 후. 조식은 왼쪽 발로 오른쪽 신발을 벗으려다 한 차례 실패하고 이차 시기에 들어간 참이었다. 그는 왼쪽보다 오른쪽 발이 더 컸다.

혜정은 참을성 있게 기다렸다. 조식은 힘겹게 걸었다. 혜정은 그를 침대로 이끌어서는 그의 가슴을 손바닥으로 밀어 넘어뜨렸다. 침대에 등이 닿을 때 조식의 내장 속에 든 내용물이 출렁거리며 단단히 잠근 그의 괄약근을 두들겼다. 그때까진 그래도 참을 만했다. 그러나 혜정이 침대에 털썩 몸을 던지며 매트리스가 크게 흔들리자 조식은 유치원 시절 벌에 물려 친구의 오줌을 뒤집어썼을 때보다 더 나쁜 순간을 맞이하는 것만 같았다.

그래도 아직까지는 운이 따르는 모양이었다. 조식은 엉덩이에 손을 넣어 무사한지 확인해보고팠다. 혜정은 조식의 셔츠 단추를 풀고 맨살을 만졌다.

오늘 고마웠어.

혜정은 손을 아래로 내려 집게손가락으로 산처럼 솟아오른 조식의 배에 배꼽을 중심으로 O자를 그렸다. 오르가슴의 O. 그녀가 그 지점을 손바닥으로 제대로 누른다면 조식에게는 웁스(Oops)의 O가 될 것이었다. 뱃속의 내용물에 집중하느라 조식은 혜정이 무엇에 대해 고마워하는지도 모르고 넘어갔다. 화장실에 잠시 다녀오겠다고 말할 시기를 저울질하며 쓴 약을 삼키듯 침을 꿀꺽이며 버틸 따름이었다.

피곤해?

혜정이 다정스레 물었다.

피곤했다. 남모를 사투에 얼굴이 딱딱하게 굳었다. 조식은 얼마 남지 않은 남자의 자존심을 쥐어짜 도리질을 쳤다. 혜정은 조식을 지그시 바라보면서 그의 음모를 손가락에 빙글빙글 꼬다가 아프지 않을 정도로 쥐었다. 늙은 호박처럼 축 늘어졌던 음경의 신경세포들은 자극받기 시작했다. 해면체 조직은 피를 흡수했다. 그러나 상황이 상황인지라 항문을 쥐어짜는 것을 그만두기 전에는 혜정을 만족시킬 만큼 딱딱해지진 않을 것 같았다.

혜정은 조식의 성기를 악력기처럼 쥐었다 폈다를 반복했다. 조식은 불안해졌다. 그녀가 서비스를 한다며 배 위에 올라탄다면 큰일이었다. 그렇다고 자신이 그녀 몸에 엎드릴 수도 없었다. 혜정은 그새 조식의 벨트를 끌렀다. 바지가 엉덩이에 걸렸을 때 조식은 잠깐 주저하다가 허리를 들었다.

혜정은 왼손으로 조식의 왼무릎을 빗질하듯 쓰다듬으며 이번에는 오른손으로 조식의 성기를 쥐고 위아래로 움직였다. 조식은 자신이 흥분하지 않았음을 들킬까봐 혜정의 스웨터 위로 가슴을 만졌다. 패드를 넣은 원더브라를 해서 부피는 컸으나 밀도는 없었다.

혜정은 동작을 멈추고, 스웨터를 머리 위로 빼내고 안에 입은 셔츠도 같은 동작으로 벗었다. 조식은 그녀의 등뒤로 팔을 뻗어 브래지어 호크를 풀었다. 혜정은 다시 음경을 쥐었다. 처음보다는 더 단단해져 있었다.

이와 같은 서비스를 받고도 사정을 적게 한다면 좋은 분위기를 망칠 것이 분명했다. 조식은 기억창고에 소장해둔 온갖 여자 경험과 공상과 망상을 뒤졌다. 적당한 작품을 찾는 데에는 시간이 꽤나 걸렸다. 그 동안 혜정은 조식의 성기를 오른손에서 왼손으로 바꿔 쥐고 움직였다. 오른손잡이라 왼손으로는 다소 서툴렀다. 하지만 그녀는 손재주가 좋았다. 가늘고 긴 손가락만 봐도 알 수 있었다. 조식보다 넥타이를 더 맵시 있게 매고 사과를 껍질이 한 번도 끊어지지 않게 깎을 줄 알았다.

조식은 열흘 전 점심을 먹고 사무실에 들어가다가 길거리에서 받은 홍보용 라이터를 보고는 외근 핑계를 대고 여의도의 한 여대생 스포츠 마사지센터에 갔던 것을 생각했다. 그를 상대한 아가씨의 이름이 '수지'였다. 조식은 수지가 자신을 애무하던 동작을 떠올리면서 혜정의 엉덩이를 자신의 얼굴 쪽으로 돌린 뒤 면바지 단추를 풀러 내리고 만졌다. 검은색 팬티에 감싸여 더욱 앙상해 보이는 엉덩이는, 살이 없어 뼈를 주무르는 느낌이었다.

혜정은 휴식을 취한 오른손으로 조식의 성기를 다시 잡았다. 그러나 젖은 장작으로 불을 지피는 것처럼 열기가 잘 오르지 않았다. 조식은 온갖 병균을 훈장처럼 두른 노숙자들이 방에서 혜정을 겁탈하는 것을 상상했다. 혜정은 살려달라고 외치다가, 곧 팔다리를 꼼짝 못하게 붙들려 사지를 뻗은 채 눈물을 흘리고 있고, 노숙자들은 순번을 정해 차례로 덤벼든다. 혜정은 곧 고분고분해진다…… 포르노의 공식에 따라 그녀는 흥분하고, 조식은 모든 장면을 고스란히 카메라에 담아 소장용 추억을 만든다.

174

조식의 성기가 예고도 없이 혜정의 코와 빰에 정액을 발사했다. 그녀는 싫은 내색도 하지 않고 클리넥스로 얼굴을 닦고, 그녀의 손에 쓸려 벌겋게 변한 귀두 끝에 맺힌 정액도 닦아줬다. 그녀는 자신의 기술에 만족하고 있었다.

"많이 좋았나보네?"

조식은 고개를 끄덕이고는, 화장실에 다녀오겠다고 했다. 민망하게도 대변이 변기 속으로 떨어질 때 폭우가 쏟아지는 소리가 났다. 혜정은 노트북 컴퓨터 앞에서 기다리고 있었다. 그는 손바닥으로 하품을 감추며 그녀 옆에 앉았다.

혜정은 인터넷 쇼핑몰에서 봐둔 이케아의 가구들을 하나씩 보여줬다. 자작나무로 만든 선반과 북케이스, 독서용 테이블과 의자, 바퀴가 달린 노트북 전용의 랩탑 카트 등등.

"근사하지 않아?"

혜정은 이사하는 것을 기정사실로 받아들이고 있었다. 심지어 적당한 집을 봐뒀다며 한 공인중개사의 홈페이지로 들어가더니 서교동 대우미래사랑아파트의 내부 사진을 보여주기까지 했다. 전세가격은 조식이 집을 구하는 데 쓸 수 있다고 밝힌 마지노선에 정확히 맞아떨어졌다.

조식은 아무 곳으로도 갈 수 없게 발목이 묶인 '매달린 사람'이었다. 혜정이 평소 꿈꿔온 '드림 하우스'에 최대한 가깝게 집을 꾸미기 위해 고민하는 것을 조식은 꼼짝 못하고 바라보고 있어야 했다. 앞으로 그녀는 소비자 상품평과 가격조건을 꼼꼼하게 따지며, 그 동안 생필품이라 여기면서도 갖지 못했던 물건을 사자고 조를 것이 분명했다. 생각이 거기에 미치자 조식은 졸음기를 느꼈다. 턱이 혜정의 어깨에 툭 떨어졌다.

그녀는 아야— 하면서 눈을 흘겼다. 그러나 그녀의 눈과 코와 입은 얼굴 한가운데로 모일 기미를 보이지 않고 제자리를 지켰다.

"맥주를 너무 마셔서 그래. 그렇게 많이 마시는 게 어딨어?"

혜정은 인테리어와 가구 사이트에 북마크를 해뒀으니까 나중에 천천히 살펴보라고 말했다. 그리고 마취총에 맞은 짐승처럼 무기력해진 조식을 끌어 침대에 눕히고, 이불을 덮어주었다. 그녀가 나갈 때 조식은 겨우 한마디 말했다.

"택시비는 내 바지 뒷주머니."

불이 꺼지고, 현관문이 닫혔다. 혜정의 구두굽이 내는 경쾌한 스타카토 소리가 점점 멀어졌다.

혼자가 되자 졸음이 서서히 물러났다. 몸은 나른했지만 의식은 잠의 문턱에서 확실히 돌아섰다. 침대가 갑갑하게 느껴졌다. 이대로 있으면 회사에 출근할 때까지 잠을 자지 못할 것 같았다. 맥주 한 캔만 마시면…… 조식은 일어나 냉장고를 열었다. 물과 주스밖에 없었다.

조식은 저녁에 먹은 것을 미처 소화시키지 못한 자신의 배를 내려다봤다. 배꼽을 중심으로 새끼를 담은 캥거루 주머니처럼 툭 튀어나온 것이 발끝을 가렸다. 툭 치니 퉁 소리가 났다. 퉁퉁, 퉁퉁, 퉁투투퉁퉁, 퉁퉁. 박자를 넣어가며 두들기면서 방 안을 빙빙 돌아다녔다. 혜정의 책꾸러미에 발이 걸려 엄지발가락 마디가 화끈거렸지만 무시하고 계속 돌았다. 발을 멈추는 순간 지구는 거꾸로 돈다. 어렸을 때 동생들과 그렇게 놀았다.

그때는 지금처럼 몸이 무겁지 않았다. 거울을 보며 자기 혐오에 빠지는 날이 올 줄도 몰랐다. 서른 살은 예순 살 만큼이나 추상적인 나이였다. 올해로 서른둘이니 현실과 꿈이 뒤섞인 삶을 사는 것도 이상한 것만은 아니었다. 죽은 가족들은 꿈에서 그를 불렀고, 서울에 독립국가를 짓겠다는 황당무계한 계획을 듣고, 패션잡지 화보의 천사와 성(性)도 나이도 짐작하기 어려운 여자와 함께 밥을 먹고…… 가장 믿을 수 없는, 먼 미래에 지구가 멸망한다는 예언처럼 실감나지 않는 사실은, 혜정과 함께 살게 된다는 것이었다.

조식은 컴퓨터 앞에 앉아서 '클럽'의 게시판을 뒤적였다. 딱딱한 공지의 글과 가연의 집에서 열리는 파티에 대한 안내가 올라와 있었다. 2월 13일. 호텔에서 헤어지면서, 가연은 그날 할 일이 없으면 놀러 오라고 정식으로 초청했다. 조식은 생각했다. '클럽'과 '회사'의 아름다운 최고 권력자는 그를 필요로 한다. 자기 편에 서서 전폭적인 지지를 보내줄 원군을 필요로 한다. 이쯤 되면 자부심을 가져도 좋다. 나는 '선택받은 자'니까. 이지도 내색은 하지 않지만 조식에게 꽤 존경심을 품고 있을지도. 그렇지 않다면, 품게 해야 한다.

조식은 혜정이 북마크를 해놓은 사이트에 들어가봤다. 금방 지겨워졌다. 컴퓨터를 껐다. 혜정이 방바닥에 놔둔 책꾸러미가 짐짝처럼 보여 다락으로 가지고 올라갔다. 고등학교에 들어가면서부터 죽 써왔던, 원룸으로 들어오면서도 버리지 않고 갖고 온 밤색 옷장이 처량해 보였다. 베니어합판으로 만든 몸통에 금칠한 플라스틱으로 장식한, '드림하우스'에서는 존재할 수 없는 싸구려 가구였다. 옷장 속에 누워 있는 인형도 마찬가지였다.

앞으로 닥칠 일을 생각하니 끔찍했다. 정리하고, 팔고, 사고, 정리하고. 혜정은 에너자이저 건전지처럼 피곤함을 모르고 조식을 다그치고 독려하며 이사작업을 진행할 것이다. 포장이사 서비스를 부른다 해도 짐을 이 집에서 저 집으로 옮기는 것이 고작이다. 적절한 가구 배치와 인테리어 구성은 조식과 혜정이 이마를 맞대고 고민해야 할 문제였다.

차라리 헤어지자고 말하는 편이 훨씬 더 쉽지 않을까? 조식은 자문해봤다. 혜정은 왜냐고 묻겠지. 그때 내놓을 수 있는 정답이 있다면 언제든 결단을 내릴 수 있을 것 같았다. 그러나 사람이 사람을 사랑하는 이유를 설명하는 것이 어렵듯, 이별의 이유를 반박할 수 없게끔 논리적이고 타당한 모범답안으로 제시하는 것도 불가능에 가까운 일이었다.

"웃지 마."

조식은 옷더미에 파묻힌 인형에게 으름장을 놓았다. 그러자 머릿속에서 웃음소리가 메아리쳤다. 이지의 뒷모습에 넋을 놓은 조식을 향해 가연이 깔깔대며 웃었던 것과 흡사한 소리였다. 그날의 기억에서 새어 나온 것치고는 아주 약간, 조식을 조롱하는 것처럼 비튼 구석이 있었지만 그는 무심코 흘려넘겼다.

조식은 인형을 침대에 눕히고 제도용 컴퍼스로 각도를 재듯 다리를 좌우로 넓게 벌렸다. 음부는 메마른 종잇장 같았다. 조식은 그곳에 혜정이 쓰는 코코아향의 바디로션을 발랐다. 손가락을 넣어 속까지 충분히 적셨다. 총각딱지를 뗄 때처럼 가슴이 설렜다. 하지만 용산의 사창가에서 번갯불에 콩 구워먹듯 배설을 마쳤을 때와 달리 그가 주도권을 쥐고 있었다.

조식은 인형의 위로 올라탄 뒤 삽입했다. 그의 몸무게에 눌려 인형은 침대에 파묻히다시피 했다. 그는 인형의 두 다리를 어깨에 걸치고 힘차게 움직였다. 그는 공사장의 굴착기였고, 유전에서 기름을 뽑아내는 드릴이었으며 산과 바위를 부수는 다이너마이트였다. 사정은 세 번에 걸쳐 이뤄졌다.

조식은 수건을 물에 적셔 인형의 다리 사이를 닦았다. 정액과 로션이 뒤섞여 불쾌한 냄새가 났다. 조식은 인형을 제자리에 가져다두면서 세척하는 방법이라도 제대로 알고 나서 할걸 그랬다고 후회했다. 하지만 침대에 눕자마자 그대로 잠들어버렸다.

자정이었다. 조식이 마술에 대해 조금이라도 지식이 있었더라면, 『솔로몬의 열쇠 The Lesser Key of Solomon The King』와 같은 책을 읽은 적이 있었다면, 그가 인형의 몸에 정액을 토해낸 때가 바로 달이 지배하는 시간, 정령을 불러내 소통하기에 적합한 시간대라는 사실도 알고 있었을 것이다.

*

오후부터 서울 시내와 경기도 일대에 눈이 내리기 시작했다. 일기 예보에서는 밤까지 일에서 삼 센티미터의 적설량이 예상된다며 교통 안전에 주의할 것을 당부했다. 여의도에서 가연의 평창동 저택까지 가는 길은 험난해 보였다. 영상에 가까운 기온에 눈송이들은 도로의 아스팔트와 포석에 닿자마자 녹아서 거리를 화장실 바닥처럼 질척하게 만들고 있었다.

조식이 탄 택시는 마포대교 진입로 앞에서 옴짝달싹하지 못했다. 도로 위는 마치 패싸움이 벌어진 것 같았다. 버스와 승용차, 택시 등은 머플러에서 초조하게 연기를 뿜으며 조금이라도 빈틈이 생기면 끼어들려고 했다. 곳곳에서 날카롭게 울리는 경적은 고함이나 비명 혹은 경찰의 호각소리처럼 들렸다. 조식은 지하철을 탔어야 했다고 후회했다.

혜정에게는 일찍 들어가겠다고 약속했다. 그녀는 요즘 들어 잔소리를 거의 하지 않았다. 저녁에 약속이 있다고 하자 언제 들어오느냐고 물었을 뿐, 어디에서 누굴 만나는지는 묻지도 않았다. 내일이 무슨 날인지 알지? 조식이 잊을 리가 없었다. 내일은 연인들의 국경일인 밸런타인데이였고, 그들이 만난 지 만 이 년째가 되는 날이었다. 혜정은 놀랍도록 다정한 목소리로 자정에 통화하자고 말했다. 그들만의 국경일로 날짜가 바뀌는 순간을 함께하자며.

조식은 마포역 오십 미터 전방에서 내렸다. 종로3가까지 전철을 타고 가서 택시로 갈아타는 쪽이 나을 것 같았다. 미터기에 찍힌 택시요금은 거의 만원 돈이었다. 조식은 점심시간에 구두닦이에게 맡겨 광을 낸 구두에 흙물이 튀는 것도 모르고, 종종걸음으로 보도를 지나 역 계단을 거쳐 승강장으로 갔다.

거의 반년 만에 타보는 전철이었다. 사람들의 몸에서는 오랫동안 씻지 않은 개와 고양이의 냄새가 났다. 조식을 따라서 탄 젊은 여자는 우산을 제대로 접지 못해 조식의 캐멀색 캐시미어 코트에 물기를 묻혔다. 가로대나 손잡이를 잡지 못한 사람들은 열차가 정차할 때마다 옆 사람과 부딪혔다. 문가의 가로대에 기대려고 했지만, 그 아래에 한 할머니가 내려놓은 짐이 있어 발을 제대로 디딜 수가 없었다. 허리가 뒤로 젖힌 부자연스러운 자세로 한참을 서 있어야 했던 조식은 다시는 지하철을 타지 않겠노라고 맹세했다.

종로3가에서 내려 세검정길로 가는 길도 수월치 않았다. 택시에 올라탄 후에야 조식은 구두가 온통 더러워진 것을 발견했다. 손수건이나 휴지를 갖고 다니지 않는 그는 달라붙은 흙을 손가락으로 쓱쓱 닦아냈다. 그리고 혜정의 휴대폰으로 무의미한 이모티콘과 문자메시지를 보내며 지루함을 달랬다. 혜정은 메시지를 받는 족족 답신을 보냈다.

저녁 여덟시가 지났다. 택시는 북악터널로 들어가기 전에 좌회전했다. 예전에 혜정과 주말에 한낮 섹스를 하러 가기도 했던 북악파크 관광호텔이 있던 자리에는 새 건물이 지어지고 있었다. 현대적인 디자인의 미술관과 저택들의 언덕은 조식을 위한 레드카펫인 양 길이 탁 트여 있었다. 성벽처럼 높이 쌓은 담장이 이어졌다가 야트막한 담장이 나타나기가 반복됐다. 시골길처럼 좁고 빙글빙글 굽이치는 도로를 올라가자 금식기도원과 절이 나왔다. 차창 밖으로 내다보이는 언덕길 아래에는 산자락을 타고 내려온 어둠이 고여 바닥 모를 저수지를 이루고 있었다. 인가(人家)의 불빛들이 그 속에서 사로잡힌 것처럼 우두커니 반짝였다. 곳곳에 하늘을 겨눈 키 큰 나무들이 창살을 치고 있었다.

가연의 집은 산비탈 밑자락에 세운 삼층짜리 저택이었는데, 길쭉한 상자 세 개를 엇갈려 쌓은 모양이 집이라기보다는 공상과학영화에 나오는 지구방위군 기지에 어울림 직했다. 도로와 평행으로 마주한 삼층에는 사각의 창 아홉 개를 가로세로 석 줄로 붙여 만든 유리창이 있었는데, 이층 창문을 제외하고는 모두 불이 꺼져 있었다.

담장을 끼고 오른쪽으로 돌아 야트막한 경사로를 올라갔다. 장식 없이 무뚝뚝한 강철 대문 옆에는 초인종 버튼이 세 개 있었다. 조식은 두번째 것을 누르고 대문의 왼쪽 위편에 설치된 감시카메라를 올려다 봤다. 들어오라는 형만의 말과 함께 문이 열렸다.

흙으로 된 비탈길에 징검다리처럼 심어놓은 울퉁불퉁한 돌을 밟으며 조식은 저택의 입구로 갔다. 엘리베이터가 있었지만 조식과 같이 살찐 사람은 혼자 겨우 탈 수 있을 정도로 작았다.

엘리베이터는 곧장 실내로 이어졌다. 조식은 깔개에 신발 바닥을 닦고, 신발장을 찾지 못해 구두를 깔개 옆에 벗어뒀다. 짧은 복도는 좌우로 펼쳐져 있었다. 그는 오른쪽에서 나는 말소리와 밝은 빛을 따라갔다. 말 그대로 눈부시는 광경이 펼쳐졌다. 화이트의 하이그로시를 붙인 천장에 흰 대리석 바닥, 조식과 마주 보는 벽면을 거의 모두 차지한 거대한 판유리와 이를 덮은 흰색의 두꺼운 커튼은 머리카락과 피부가 새하얗게 변한 백반증(白斑症) 환자의 기괴한 느낌을 줬다. 오른쪽 벽 끝에는 이층으로 올라가는 계단이 있었다.

실내 정중앙에는 보라색의 방울무늬가 수많이 찍힌 구사마 야요이(草間彌生)의 둥그렇게 퍼진 소파가 놓여 있었다. 세포의 단면과 흡사한 형태의 무늬들은 제각각 명도와 크기를 달리하며 불안정한 균형을 이루고 있어 얼핏 보면 살아서 꿈틀거리는 것 같았다. 그 주변에 버섯의 군락처럼 퍼져 있는 같은 무늬의 소파 위에는 여섯 명의 사내가 제각각 다른 자세로 앉아 샴페인을 마시고 있었다. 실내와 전혀 어울리지 않는 구릿빛의 고풍스러운 샹들리에가 천장에 빛의 고리를 만들었다.

모인 사람들이 일제히 조식에게 손을 들어 보이며 반가워했다. 모두 크리스마스이브에도, 또 신년파티에서도 본 사람들이라 낯이 익었다. 조식은 그들의 얼굴과 이름을 하나하나 맞힐 수 있었다. '회사'의 주요 주주들이자 '노아 프로젝트'에 반대하는 이들로, 가연을 포함하여 총 지분의 약 삼십 퍼센트를 소유하고 있는 이들은, 자유주의자를 자처하지만 실상은 '선택' 받지 않은 사람이 '클럽'의 활동에 참여하는 것에 반감을 갖는 순혈주의자들이었다. 평소와 다름없는 화려한 양복 차림의 형만이 그들 앞에 서 있다가 조식에게 웃어 보였다.

조식은 사방을 두리번거렸다. 막 들어왔을 때에는 눈에 잘 띄지 않았던 오른쪽 벽에는 고풍스러운 양탄자가 호랑이 가죽마냥 걸려 있었고, 그 아래의 긴 탁상에는 펼쳐진 고서적이 실험실 표본처럼 유리상자에 담겨 있었다. 양탄자와 고서적은 천장의 샹들리에보다 더 낡은 것 같았다. 한 공간에 여러 시대가 존재했다. 사람들이 앉아 있는 실내 왼쪽이 21세기라면 오른쪽은 그보다 훨씬 더 앞선 세기를 끌어다놓은 것이었다.

가연이 식당에서 아이스박스와 위스키를 실은 카트를 끌고 왔다. 그녀는 팔과 어깨와 등의 굴곡을 그대로 드러내는 칵테일 드레스 차림이었다. 하이힐도 신고 있었다. 가연은 조식의 발을 흘깃 보고, 다시 그의 얼굴을 보더니 쌀쌀맞은 투로 한마디했다.

"코트는 안에다 걸어요."

조식은 가연이 눈짓하는 방향을 따라 엘리베이터 쪽으로 되돌아갔다. 왼쪽으로 들어가는 어둑한 복도 쪽으로 방이 세 개 있었는데 가운데 방은 화장실이고, 옷걸이는 그 다음 방에 있었다. 조식은 옷매무새를 살핀 뒤 나왔다.

"저녁은 다 떨어졌어요."

가연의 그 말에 조식의 뱃속에 잠복해 있던 허기가 들고 일어났다. 그 옆에 앉은 사람이 조식에게 줄 술잔을 찾자, 소파에 앉아 있던 가연이 일어나려다가 귀찮아졌는지 자기가 들고 있던 잔을 조식에게 줬다. 긴 나팔 모양의 잔 표면에 소용돌이무늬가 새겨져 있고 다리 부분에는 호박색의 혹이 달린 크리스털잔이었다.

"'애스프리 앤 가라드' 거예요. 조심해서 써요. 내가 아끼는 거니까."

가연의 술잔이 호박빛 샴페인으로 채워졌다. 조식은 마시기가 거북스러워졌다.

"늦어서 미안합니다."

조식이 건배를 제안하며 한 말이었다. 그는 잔을 조심스럽게 내려놓으며 몸을 부르르 떨었다. 목에 꼭 맞는 와이셔츠의 칼라가 목울대를 눌렀다. 혜정이 지난해 봄에 백화점에서 직접 골라준 와이셔츠였는데, 살이 찌자 맨 위 단추까지 채우면 올가미를 매고 다니는 느낌이었다. 조식은 잠시 숨을 돌려야겠다고 생각했다. 그래서 가연에게 집 안내를 부탁했다.

"이층을 보여줄게."

형만이 일어났다. 그는 가연을 보며 물었다.

"침대도 구경시켜줘요?"

"어서 꺼져."

가연은 조식이 비운 잔을 집었다. 그녀의 눈 밑은 술기운 탓인지 약간 붉었다. 신년파티에서 이지에게 말을 붙이려고 애썼던 준형이 그녀에게 술을 따라줬다. 조식은 술병을 든 그의 두 손이 이루는 공손한 자세를 주목했다. 가연은 다리를 펴고 앉아서, 그 자리에 없는 '클럽' 회원 중 한 사람의 외모에 대해 저속한 농담을 하고 있었다. 남자들은 낄낄거렸다.

형만은 조식이 손을 쥐었다 폈다 하며 불안하게 떠는 것을 보더니 식당에서 하이네켄을 한 병 갖고 왔다.

"이걸 찾았지?"

조식은 겸연쩍어하며 받았다.

형만은 조식의 어깨에 팔을 두르고 이층으로 향하는 계단을 올라갔다. 층계가 끝나는 지점의 왼쪽에는 테라스로 나가는 여닫이문이 있었고, 오른쪽의 거실로 이어지는 흰 벽에는 삐쭉삐쭉한 머리카락의 남자 그림이 걸려 있었다.

"앤디 워홀의 후기 자화상이야. 〈깜짝 가발〉이라는 별명이 붙었지. 어두워서 잘 안 보이겠지만 녹색이야. 2002년에 미국에서 칠만 달러에 샀는데 지금은 좀더 값이 올랐어. 이 집의 귀중품 중 하나야. 워홀은 점점 비싸질 테니까."

이층 거실―건물 구조로는 삼층―에는 붉은 갓이 달린 테이블의 등 하나만이 켜져 있었다. 다크초콜릿의 어둠 속에 이지의 얼굴이 있었다. 조식은 가슴이 뛰었다. 신년파티에서 본 타로점의 '연인(Lovers)' 카드에서 서로 입술을 포개고 있던 두 연인의 그림이 떠올랐다.

그녀는 혼자가 아니었다. 영혼이 꿈꾸는 대로 육체를 조각하는 피그말리온이자 콤플렉스의 해결사, 성형외과의사 재섭과 함께였다. 그는 조식을 보자 일어나 굽실거리며 두 손을 내놓았다. 조식은 한 손을 내밀어 악수했다. 이지는 꼼짝도 하지 않았다.

형만은 가연의 침실로 조식을 데리고 갔다. 형만이 스위치를 켜자 강렬한 할로겐 등의 불빛에 조식은 얼굴을 찡그렸다. 침대 머리가 향한 벽에는 무수한 색점이 소용돌이를 이루고 있는 커다란 그림이 걸려 있었다.

"데미언 허스트의 〈발륨〉 2000년 판이야. 이베이 경매에 나온 걸 이만 달러에 샀지. 값이 얼마나 오를진 모르겠지만 회장이 워낙 좋아하는 그림이라서."

커튼으로 막힌 왼쪽 벽 창문의 좌우에는 중세에서 타임머신으로 배달해온 것이 아닐까 싶은 낡은 나무책상과 과장된 장식의 은거울 화장

대가 있었다. 형만은 옷장으로 쓰는 이층의 나머지 방 두 개를 구경시킨 다음, 액자에 걸린 미술품, 유리상자에 보관된 책이나 도자기 등은 모두 '회사'의 재산이라며 저택 자체가 사설 미술관이나 마찬가지라고 말했다.

조식은 그즈음 집안에 어색한 분위기가 감도는 까닭을 깨달을 수 있었다. 큰 저택이라면 적어도 하나쯤 있을 법한 화초류가 전혀 보이지 않았다. 온통 흰빛의 일층이 생명체가 얼음 밑으로 꽁꽁 숨어든 북극의 평원이라면 이층은 싸늘한 밤공기가 내려앉은 사막이었다.

형만은 조식이 빈 맥주병을 만지작거리는 것을 보더니 한 병 더 마시겠냐고 물었다. 조식은 소파에 석고상처럼 굳은 채 앉아 있는 이지를 힐끔 보고는 기다릴 테니 가져다달라고 부탁했다. 형만이 일층으로 가자 재섭도 따라서 일어났는데, 그는 계단을 내려가기 전에 조식을 향해 다녀오겠다고 말했다. 마치 자기가 없는 사이에 이지를 잘 부탁한다는 듯이.

조식은 재섭의 엉덩이 자국이 아직 남아 있는 가죽소파에 앉아 이지를 쳐다봤다. 이지는 천천히 눈을 들었다. 그녀의 눈동자는 고목나무에 뚫린 구멍처럼 텅 비어 있었다. 조식은 그와 같은 공허하고 황폐한 눈을 딱 한 번 본 적이 있었다.

지난해 조식과 한 부서에서 일하다가 지방으로 좌천되어 떠나던 선배의 눈이 딱 그랬다. 공정거래위원회의 내부자거래 조사에 제출할 보고서를 작성하다가 여섯 가지 사항을 누락했는데, 그 때문에 공정위는 조식의 회사에 건당 오억원씩 모두 삼십억원의 벌금을 부과했다. 보고서를 결재한 부장은 모든 과실을 부하직원의 부주의 탓으로 돌렸고, 그 선배는 혼자 모든 책임을 뒤집어쓰고 징계를 받아야 했다. 아무 연고도 없는 지방 지점으로 내려갔던 선배는 이 주일 뒤 사직서를 제출했다. 직원들 사이에서는 '기러기 아빠'인 그가 자살했다는 소문도 돌았지만 아무도 그 사실을 확인하려 들지 않았다.

"아, 안녕하세요."

이지는 조식을 이제야 막 봤다는 양 멍하게 인사했다. 혹시 그녀가 누군가에게 얻어맞은 것이 아닐까 싶어 조식은 그녀의 얼굴을 유심히 살폈다. 상처는 없었다. 갈비뼈나 옆구리는 시퍼렇게 멍들어 있을지도 몰랐다. 조식은 터틀넥 스웨터로 감춘 그녀의 가는 목에 손자국이 시뻘겋게 나 있는 것을 상상하고 말았다. 그의 손에 죽을 뻔한 다음날 혜정의 목이 그랬다. 그녀는 전화를 걸어 어떻게 보상할 거냐고 물었고, 그 다음날에는 일전에 조식이 사준 아르마니의 하늘하늘한 회색 스카프를 목에 감고, 목에 보호대를 한 것처럼 고개를 뻣뻣하게 하고 또다시 물었더랬다. 어떻게 보상할 거야?

"같이 한잔하죠."

조식이 무겁게 입을 열었다.

"가져다주세요."

"뭘로?"

"아무거나."

조식은 아래로 내려갔다. 가연은 민철과 체스를 두고 있었다. 민철은 조식과 비슷한 삼십대 초반의 나이인데, 공무원처럼 이대 팔 가르마의 머리 모양을 하고 있었다.

다른 사람들은 둘의 대국을 구경하고 있었다. 카투사 시절 흑인 룸메이트에게서 체스의 기본을 배운 적 있는 조식은 그 사이에 껴서 가연의 실력을 감상하고도 싶었지만, 지금은 술을 찾는 것이 더 급했다.

식당에는 형만이 있었다. 조식에게 맥주를 가져다주겠다던 말은 까맣게 잊어버린 것 같았지만 조식을 도와 냉동실에서 스톨리치나야를 찾아줬다. 조식은 잔에 보드카를 삼분의 일가량 채웠다.

이지는 조식이 가져온 술을 단숨에 마셨다. 조식이 다시 채워갖고 온 잔도 그렇게 마셨다. 조식은 아예 술을 병째로 갖고 왔다. 그는 아주 조금씩 마셨다. 그가 알코올 앞에서 그토록 자제력을 발휘한 것은 보기 드문 일이었다.

그렇게 삼십 분이 지나자, 이지는 다리를 벌리며 소파에 등을 기대고 중얼거렸다. 자세히 들으니 화장실에 가고 싶어하는 것 같았다. 조식은 가연의 침실에 있는 화장실까지 그녀를 부축했다. 오줌줄기가 변기에 떨어지는 소리가 소녀의 낭랑한 목소리처럼 들렸다.

조식은 비틀거리는 그녀를 다시 부축해 소파까지 데리고 갔다. 혜정에게서 전화가 올까봐 휴대폰의 벨소리를 진동으로 바꿨다. 그는 흥분한 상태였다. 이층엔 둘밖에 없고, 하나는 취해 뻗어 있다. 그렇다면 다른 하나는 마음껏 활개칠 수 있지 않을까.

아래층에서 누군가 조식을 불렀다. 남자도 여자도 아닌, TV뉴스와 시사 프로그램에서 곧잘 등장하는 보코더 처리된 익명의 목소리처럼 억눌리고 탁한 음성이었다. 조식은 처음엔 그것이 가연의 목소리라고는 짐작조차 하지 못했다.

조식이 내려가자 가연은 싱글거리며 한판 두자고 했다. 군대에서 체스를 배우지 않았냐면서. 조식은 그가 말한 적이 없는 과거를 가연이 알고 있다는 사실이 더이상 이상하지 않았다. '회사'가 모르는 것은 없으며, 고로 임원들은 모든 것을 알고 있었다.

조식은 그녀와 마주 보고 앉았다. 아까 봤던 그녀의 눈 밑 붉은 기운은 눈가와 뺨으로 퍼져 있었다. 실력이 어느 정도인지는 가늠할 수 없었지만 집중하면 승리는 자신의 것이라고 확신했다. 그가 마신 술은 맥주 한 캔에 약간의 보드카가 전부였다.

조식이 흑을, 가연이 백을 잡았다. 조식은 정석에 따라 중앙을 장악하기 위해 e2의 폰을 두 칸 앞으로 옮겼다. 가연은 터무니없는 수로 맞받았다. 끝에서 두번째인 b5의 폰을 두 칸 앞으로 전진시켰다. 마치

한 수 접어주겠다는 듯이. 조식은 믿을 수가 없어 가연을 쳐다봤다. 그녀는 느긋하게 샴페인을 마시고 있었다.

조식은 곰곰 고민해봤지만 미끼라고 생각하기에는 너무도 무의미한 수였다. f1의 비숍을 움직여 그녀가 내민 폰을 잡았다.

그러자 가연은 또하나의 먹잇감을 내놓았다. 그녀는 c8의 비숍을 a6으로 움직여 조식의 비숍에 대각선으로 한 칸 위에 세웠다. 조식의 투지가 불타올랐다.

'사람을 무시하는군.'

그녀에게 시험당하고 있다는 것이 분명해졌다. 그가 가연의 비숍을 잡자 가연의 나이트가 조식의 비숍을 잡았다. 어디 한번 해보자고. 흔한 심리전이었다. 조식은 가연에게 쓰라린 패배를 안겨주겠노라 다짐했다.

차례로 먹고 먹히는 전투가 벌어졌다. 기물을 하나하나 잃으며 조식은 초조해졌다. 결코 이길 수 없는 싸움이 되어가는 것 같았다. 어쩌면 목표를 승리에서 무승부로 낮춰 잡아야 할 것 같았다. 서른 수가 넘어가자 조식의 반격이 눈에 띄게 느려졌다. 대국 상대는 보이지 않고 체스판의 격자만이 눈앞에서 어른거렸다. 쉰일곱 수째에는 둘 다 폰이 다섯 개, 룩과 나이트가 하나씩 남았다. 조식은 가연의 차례인지도 모르고 엄지손가락을 깨물며 다음 수를 위해 지혜를 짜냈다. 그러나 체스판을 뒤집고 싶다는 것 말고는 다른 생각이 떠오르지 않았다.

"잘 두네요."

가연이 자신의 킹을 쓰러뜨리며 패배를 선언했다. 조식이 멍한 표정을 지었다.

"왜 졌다고 하는 거죠?"

"더 둘 게 없으니까."

조식은 화가 치밀었다. 위층에서 그를 기다리는 이지의 존재도 잊어버렸다.

"한 판 더 두죠."

"줄 서서 기다려요. 그전에 위층에 가서 아가씨도 보살펴주고."

술을 적게 마신 것이 그나마 이성을 찾게 해줬다. 조식은 가연의 말에 따라 이층으로 다시 올라갔다. 실망스럽게도 이지는 깨어나 있었다.

"술을 더 가져다줄까요."

이지는 힘없이 고개를 젓다가 벌떡 일어나 조식을 밀치고 화장실로 달려갔다. 그녀는 문도 닫지 않고 변기에 구역질을 했다. 조식이 얼른 따라가 등을 두들겨줬다. 그녀는 두 번 더 속에 든 것을 쏟아내고는 켁켁거렸다.

형만이 올라와서 조식을 찾았다. 그는 가연의 모피코트를 들고 있었다.

"나이트에 간대."

가연이 계단 아래에서 거칠게 찢어지는 목소리로 형만을 부르며 빨리 내려오라고 재촉했다. 사람들이 부산하게 옷가지를 챙기는 소리도 들렸다.

"난 집에 가봐야 하는데."

조식은 난처한 표정을 지었다. 하이힐 굽소리와 함께 가연이 나타났다. 그녀는 조식을 흘깃 쳐다보고는 말했다.

"엘루이로 갈 거예요."

"전 이제 가봐야 해요."

"그럼 그러시든가."

가연은 사라졌다. 형만도 다음에 보자며 그녀를 쫓아 내려갔다.

아래층은 이윽고 조용해졌다. 이지는 눈물과 콧물로 범벅이 된 채 두 다리를 쭉 뻗고 샤워부스에 기대어 앉아 있었다. 변기에는 아직도 그녀의 토사물이 둥둥 떠다니고 있었다. 이지는 눈을 감고 있다가, 입안에 고인 찌꺼기를 가래 뱉듯 카악 소리를 내며 타일 바닥에 뱉어냈다. 그리고 조식에게 부탁했다.

"양치질 좀 할게요."

조식은 칫솔을 찾아 세면대 위 선반을 열었다. 프레마린, 에스트라디올, 발륨. 그가 알 수 없는 이름이 인쇄된 색색의 약병들이 화원을 이루고 있었다. 여성용 면도기, 구강세정제, 약솜과 화장솜. 예리한 날의 작은 가위…… 그러나 칫솔은 가연이 쓰던 것 하나뿐이었다. 조식은 그 칫솔에 치약을 묻혔다.

조식은 거실에서 기다렸다. 십여 분 후 이지가 눈두덩이 퉁퉁 부은 채로 나왔다. 술은 다 깬 모양이었다. 의식의 한편에서 또하나의 그가 그에게 이죽거렸다. 너란 인간이 그렇지. 원하는 것은 늘 놓친다고. 잠자코 있던 또다른 그가 심술궂게 말했다. 원하는 게 없나보지.

이지는 아래층에 내려갔다가 긴 다리를 비틀거리며 올라왔다.

"다들 어디로 갔죠?"

"집에 간 사람도 있고, 나이트로 간 사람도 있고."

"좀 쉬고 싶어요. 여긴 침대는 없나요?"

가연의 침실 문은 활짝 열려 있었다. 이지는 침대 위로 털썩 쓰러졌다.

"나쁜 일이라도 있어요?"

그녀는 이마에 손을 짚으며 도리질했다.

"덥네요."

그녀가 말했다. 조식은 땀을 흘리고 있었다. 목덜미와 등으로 미지근한 땀방울이 줄기를 이뤄 흘러내렸다. 속에서는 구룩구룩 소리가 났다. 화장실에 가야 한다는 신호가 아니었다. 숨겨뒀던 미지의 힘을 불러내는 엔진의 시동 소리였다.

"옷 좀 벗겨줄래요?"

조식은 물 속을 걷는 것처럼 천천히 움직였다. 총각딱지를 뗄 때보

190

다 가슴이 더 설렜다. 용산의 사창가에서 번갯불에 콩 구워먹듯 배설을 마쳤을 때와는 달리 주도권은 그에게 있었다. 인형과의 섹스와도 달랐다. 리허설이 아니라 실전이었다.

그는 이지의 다리에 살갗처럼 착 달라붙은 진 팬츠부터 벗겨냈다.

*

조식은 자신을 기다리는 사람이 있는 줄도 모르고 원룸 입구의 계단을 비틀비틀 올랐다. 겨우 네 단짜리인데도, 한 단 한 단 디딜 때마다 무릎이 꺾이지 않게 조심해야 했다. 몸에 에너지가 남아 있지 않았다. 허리춤이 헐렁해졌다. 그 동안 살이 찐 것은 아까처럼 모든 것을 쏟아부을 한순간을 대비하기 위해서가 아니었을까 조식은 생각했다. 그의 몸은 이지와 같은 여자와의 정열적이고 격렬한 섹스를 예감하고 있었던 것이다.

단지 섹스라고? 이지와의 교접을 그렇게 부르는 것은 '여자는 벗기면 다 똑같아' 식의 천박한 단순화다(그의 한구석에선 반문한다. 그럼 뭐가 다른데). 조식과 이지의 생식행위는 고전 희곡에서처럼 남근은 뿔과 당근, 여성의 음부는 파이와 과일접시 등으로 표현되며 '15세 관람가' 수준으로 적나라한 부분은 감춰진 채, 행위를 은유하는 단어들이 우아한 미뉴에트에 맞춰 사랑의 윤무를 추는 아름다운 퍼포먼스였다. 거무튀튀한 살덩이를 살구멍에 쑤셔박고 엉덩이를 우스꽝스럽게 흔드는 포르노영화의 그렇고 그런 장면이 아니었다.

어쩌면 깨어 있는 시간의 주된 의식, 자아를 지배하는 '조식'이라는 존재는 일상의 매너리즘 — 혜정과의 관계를 포함해서 — 에 빠진 나머지 이지와 같은 여자가 삶에 출현하는 미래를 내다보지 못한 것일 수도 있었다. 혹은 그의 내부에 차원을 달리하는 위대한 선지자가 있어서 조식이 왜 '선택받은 자'인지를 알려주며 방황하던 그를 어떤 운명으로 인도하고…… 다리는 후들거렸지만 그의 생각은 멈추지 않았다.

조식은 현관에 서서 비밀번호를 입력했다. 안에서는 아무런 기척도 나지 않았다. 이지의 향수와 화장품, 땀냄새가 하나로 엮여 조식의 몸에 주렁주렁 매달려 있었다. 가연의 침대에서 곯아떨어진 이지의 몸에는 그의 체취를 이불처럼 남겨두고 왔다. 그는 이대로 쓰러져 잔다면 출근시간에 맞춰 깨어날 수 있을지 궁금했다.

문을 열고 안으로 들어가자 굽이 낮은 여자용 로퍼가 발끝에 부딪혔다. 이태원에서 고르고 골라서 샀다는 짝퉁 프라다, 혜정의 신발이었다. 조식은 그래도 사태를 파악하지 못했다. 머리카락을 아래로 늘어뜨리고 테이블에 엎드려 있던 혜정이, 서서히 고개를 들었다.

조식은 비명을 지를 뻔했다. 그녀의 오른쪽 눈이 분화구처럼 푹 꺼지고 일그러져 있었다. 다시 보니 엎드려 자느라 속눈썹이 망가지고 마스카라가 뭉개진 것뿐이었지만, 아주 잠깐, 부패가 시작돼 뼈와 살이 썩고 있는 시체를 본 것만 같았다.

잠기운이 어린 그녀의 눈은 조식을 보자 깨어나기 시작했다. 한쪽 눈썹이 물음표 모양으로 구부러졌다가 느낌표처럼 꼿꼿해졌고, 눈과 코와 입은 분노를 응축해 터뜨릴 수 있도록 한가운데로 몰렸다.

혜정은 분명 자기 집에 있겠다고 했다. 자정이 넘은 시각에 그녀가 집 밖에 있을 리가 없었다. 온다면 연락을 했을 것이다. 그는 코트 주머니와 양복 주머니를 뒤졌다. 휴대폰이 없다. 가연의 집에 두고 온 것일까. 그는 어색하게 웃었다.

"어떤 여자야?"

예상을 깨는 혜정의 첫마디에 조식은 우물쭈물했다.

"휴대폰을 놔두고 왔어."

"어디에 갔다 온 거야?"

"친구들 만나고 왔어."

"어떤 친구들인지 자세히 말해줄래?"

"얘기하려면 많이 복잡한데. 늦었으니까 내일 얘기하면 안 될까?"

"나 오늘부터 너랑 살러 온 거야. 시간 많아. 엄마한테 집에서 나오 겠다고 선언하고 대판 싸우고 나왔어. 오늘이 무슨 날인지는 알아?"

"내일이……"

조식은 침대 옆에 그의 허리까지 올 법한 커다란 항공백이 놓인 것 을 봤다.

"자정 지났어. 오늘이야. 만난 지 만 이 년째 되는 날이야. 널 깜짝 놀라게 해주려고 백화점에서 장도 보고 음식도 준비했지. 내가 몇시부 터 문자 보낸 줄 알아? 전화도 받지 않고 답도 없고. 나중엔 웬 졸린 여자 목소리가 전화받더라. 휴대폰 주인 방금 나갔다고."

조식은 얼굴을 일그러뜨렸다. 이런 게임에서 이기려면 정보가 최우 선이다. 진실이든, 방금 날조한 거짓말이든. 그가 모르는 사실이 있을 수록 곤란해진다.

"많이 피곤해 보이네."

"응."

조식은 경계하는 눈초리로 혜정을 주시하며 코트를 벗어 옷걸이에 걸었다. 재킷을 걸 때 혜정이 의자를 뒤로 밀며 일어났다. 그는 움찔 물러났다.

"여기 좀 앉아."

"피곤한데……"

"커피 줄게."

혜정은 스타벅스 텀블러에 담아둔 커피를 머그컵에 옮겨담아서 갖 고 왔다. 진한 아메리카노였다. 조식은 잠자코 마셨다. 혜정의 입술이 초승달처럼 구부러졌다. 상대를 달래면서 비밀을 캐내려는 수사관의 미소였다. 원하는 것을 얻지 못한다면 태도를 바꿔 협박하리라. 저기 창살 너머에 굶주린 호모들이 너를 기다리고 있다, 사형대가 손님 맞을 준비를 하고 있다…… 조식은 케이블TV에서 〈CSI : 과학수사대〉를 비롯한 범죄드라마를 너무 많이 봤다.

"맛있어? 오랜만에 모카포트로 뽑아봤어. 원두가 일리 거야. 특별히 샀어. 스타벅스나 커피빈 원두는 로스팅한 다음에 바다를 건너온 것이라 신선도가 낮대."

"맛있어."

"더 줄까?"

"응."

"천천히 마시면서 기다려."

혜정은 불을 켜고 서랍장의 거울 쪽으로 몸을 숙이며 말했다. 속눈썹이 망가진 것을 확인하자 짜증 어린 상소리를 냈다. 그녀는 조식 옆의 의자를 거울 앞까지 질질 끌고 가 앉아서는 면봉에 아이 리무버를 발라 속눈썹을 떼어내기 시작했다.

조식은 혜정을 슬금슬금 곁눈질하며 시나리오의 집필을 끝냈다. 그는 학교 선배네 아이 돌잔치에 갔는데, 모처럼 많은 사람들이 모여서 왁자지껄한 분위기였다. 그가 모르는 사람도 많아서 서로 친해지려다 보니 술을 꽤 마셔야 했다. 그런 와중에 여자 하나가 만취했고, 선배와 함께 그녀를 침대에 눕히다가 휴대폰을 빠뜨린 것 같다. 그는 그것도 모르고 이차를 하러 나갔고…… 전화는 그 여자가 깨어나서 받은 것 같다. 초고에는 외국계 증권사 직원도 등장했지만 최종본에선 빼버렸다.

"바지 벗어봐."

조식의 얼굴이 확 달아올랐다. 가연과의 체스에서부터 계속 의외의 수에 당하고 있었다.

"냄새가 나나 맡아보면 알 수 있을 거야."

혜정의 코는 무척이나 예민하다.

"어이가 없다."

"설마 부끄러워서 그러는 거야?"

"날 그렇게 믿지 못한다면 믿지 마. 기분 나빠지려고 해."

눈의 깜빡임과 목소리가 동시에 빨라졌다. 혜정이 파악하고 있는, 조식이 거짓말을 할 때의 전형적인 반응이었다.

"그럼 한잔 마시면서 더 얘기해볼까?"

혜정은 다시 일어나 냉장고에서 하이네켄과 코로나를 한 병씩 꺼냈다. 자기 몫의 코로나에는 레몬 슬라이스를 넣었다. 조식 앞에 하이네켄을 내려놓고, 다시 그와 마주 보고 앉았다. 그가 보기에 그녀는 기뻐하고 있었다. 또하나의 꼬투리를 잡은 것이다. 그러고 보면 그가 때린 것도, 그녀가 일부러 유도해서 저지른 짓이다. 약점을 잡아 계속 우려먹기 위해서.

여기서 물러나면 안 된다. 조식은 국부 세척과 같은 기본적인 뒤처리조차 하지 않은 자신을 저주했다. 코끝에는 아직도 이지의 음부에서 맡은 뜨거움이 스멀거렸다. 일처리를 깔끔하게 하는 법이 없다. 언제나 실수와 오류가 튀어나왔다. 부장도 그래서 자신을 더욱 미워하는 것 아닌가? 영업팀 총무직을 빼앗긴 결정적인 계기도, 회식 장소에 자리가 충분할 줄 알고 예약을 해놓지 않은 탓에 스무 명의 부서원들이 한참을 밖에서 서성이며 시간을 낭비하는 사태가 벌어졌기 때문이 아니었던가?

"기억나? 한 번 정도는 바람피우는 거 눈감아줄 수 있다고."

"응."

"어떤 여자야? 그 동안 너 이상했던 거 알아? 정신이 다른 데 홀린 것 같았어. 전화도 잘 안 받고. 다른 남자들은 바람피울 때 오히려 애인이나 와이프한테 더 잘해준다고 하던데 넌 그 반대인가봐. 그래도 난 널 믿었어."

"멋대로 판단하지 마."

"같이 잔 거야?"

"아니."

"거짓말."

그리고 아무도 말하지 않았다. 조식은 휴대폰의 알람 없이 어떻게 깨어날지 걱정이 들었다. 시각을 확인하진 못했지만 새벽 세시는 넘은 것 같았다. 그렇다면 두 시간도 채 못 자고 출근해야 할 터였다.

혜정은 고개를 옆으로 돌리고, 안약을 넣을 때처럼 턱을 들었다. 화장이 최대한 망가지지 않도록 울 때 그렇게 했다. 그녀가 마스카라가 번져라 엉엉 울었던 건 지금까지 딱 한 번이었다. 두번째 아버지가 술에 취해 부자들이 모여 사는 동네에서 집이 떠나가라 고함을 지르며 그녀와 어머니를 때리던 시절을 회상하면서였다.

여자들은 알까? 남자들이 여자의 눈물을 얼마나 귀찮아하는지. 아무리 달래도 흐느낌이 멈추지 않으면 망치로 정수리를 내리쳐 죽여버리고 싶을 정도로 곤혹스러워한다는 것을.

"너에게 이렇게 철저히 속고 배신당할 줄은 정말 몰랐어. 너 날 사랑하긴 하는 거니? 내가 얘기했었지. 우리 관계는, 니가 날 사랑하지 않는다면 더이상 이어질 수 없다고."

조식은 대답할 수 없었다. 혜정의 얼굴에서 눈 코 입이 다시 꿈틀거리며 복판으로 모이기 시작했다. 언젠가 그녀는 화가 머리끝까지 치밀면 얼굴에서 그토록 혐오하는 어머니의 성난 얼굴이 튀어나온다고 말했다. 오늘 딸과 한바탕 격전을 치렀을 때 그녀 어머니의 얼굴도 안면근육이 뒤틀리며 눈 코 입이 쏟아지기 직전의 모습으로 변했을까?

"갈게."

혜정은 의자 등받이에 걸어놓은 코트를 입고 조식 앞을 휙 지나쳤다. 그러고는 신발을 꿰어신고 문을 쾅 닫고 나갔다. 현관문이 전자음과 함께 자동으로 잠겼다. 쿵쿵, 쿵쿵, 쿵쿵, 쿵쿵. 그녀가 건물을 나간 뒤에도 뒤꿈치로 돌바닥을 찍는 소리가 환청처럼 계속 들렸다.

조식은 침대에 기대어둔 혜정의 가방을 열어봤다. 화장대와 옷장에 있는 것들을 모조리 쓸어담아온 것 같았다. 붙이는 속눈썹과 메이블린의 그레이트 래시 마스카라와 색조화장품과 파운데이션이 들어 있는 메이크업 가방을 보며 그는 몸서리쳤다. 그녀는 얼굴의 반쪽을 놔두고 갔다. I'll be back. 그녀는 터미네이터처럼 돌아올 것이다. 플라스마 배터리에 나노테크놀로지로 무장한 신모델로 업그레이드되어 돌아올 것이다. 연애를 끝장낼 줄 알았던 '심판의 날' 이후에도 그녀는 연인으로 부활해 조식과의 싸움을 질기게 이어나갔다.

조식은 침대 모퉁이에 걸터앉아 턱을 괴고 〈생각하는 사람〉의 자세를 취했다. 고민의 대상은 출근문제에서 혜정으로 바뀌었다. 헤집어놓은 여행가방 위로 핑크색 블루종의 소매가 삐죽 나와 있었다. 조식에게 팔을 뻗으려는 것처럼 보였다. 등골이 서늘했다. 그녀는 정말로 집 밖으로 나간 것일까.

누군가 문을 두들겼다. 조식은 소리나는 쪽을 뚫어지게 노려봤다.

장난이었어.

혜정의 목소리였다. 그는 나가서 문을 열었다. 싸늘한 밤공기가 그를 맞았다.

그는 다시 돌아와 앉아 발작적으로 다리를 떨었다.

또다른 혜정이 집 안에 있었다. 느낄 수 있었다.

조식은 사다리를 올라갔다. 옷장 문을 열었다. 인형이 창백하게 웃고 있었다. 옷장에서 그것을 꺼내자 오랫동안 빨지 않은 옷가지의 시큼하고 비릿한 냄새가 코를 찔렀다. 그가 흘려놓은 정액, 그의 유전자를 담은 수억 마리의 분신이 썩어가는 냄새였다.

혜정의 목소리가 속삭였다.

다 알면서.

조식은 다 알았다. 혜정이 무엇을 원하는지, 둘의 관계는 왜 나빠졌는지. 그는 혜정이 싫어하는 짓만 일부러 골라가면서 해왔다. 눈치가 없어서 그랬던 게 아니었다. 그는 '선택받은 자'이며, 이와 같은 순간은 그가 미리 계획한 치밀한 시나리오에 따라 도래한 것이다. 이미 상상 속에서 수십 수백 번 연습해보지 않았던가?

어서.

인형의 눈이 앞으로 다가올 환희에 대한 기대감으로 커졌다. 그는 가장 긴 넥타이를 꺼내서, 인형의 목에 더블 노트로 단단히 맸다. 워낙 가는 목이라 정석대로 매고도 한번 더 돌려묶을 수 있었다. 그는 넥타이의 다른 한쪽 끝을 옷장 옷걸이에 묶고 인형의 발이 바닥이 닿지 않도록 길이를 조절해 매달았다.

*

조식은 아침에 특이한 경험을 했다. 출근시간에 맞춰 혈관에서 혈액이 흐르는 소리에 잠을 깬 것이었다. 꼭지를 잘 잠그지 않은 수도에서 수돗물이 졸졸 흐르는 것과 비슷한 소리였다. 그뿐만이 아니었다. 심장의 펌프질 소리, 허기진 위장이 뱃고동 소리를 내는 것도 들렸다. 온몸의 운동신경이 깨어나며 기지개를 켰다. 조식의 팔다리도 길게 뻗으며 관절에서 헬스클럽의 스미스머신처럼 끼익— 하는 소리를 냈다.

그는 냉장고에서 우유팩을 꺼내 입에 대고 마셨다. 우유줄기가 입가를 타고 가슴까지 흘러내렸다. 러닝셔츠에 정액을 흘린 것처럼 자국이 남았다. 냉장고의 야채칸에는 싱싱한 딸기와 양상추, 피망이 있었다. 그는 딸기를 꺼내 수돗물에 대충 씻어 우물우물 씹었다. 개수대에서는 날고기 냄새가 났다. 포장을 뜯은 호주산 최상등급 안심이 양파 수프의 갈색 국물과 그레이비 소스에 범벅이 된 채 그릇 사이에 처박혀 있었다. 혜정이 저녁으로 스테이크를 구우려다 화가 나 전부 버린 모양이었다. 그는 딸기를 더 꺼내 씻지도 않고 그냥 먹었다.

면도를 깨끗이 하고 양치질로 이 사이에 낀 딸기 씨앗을 빼냈다. 가장 깔끔한 흰색 와이셔츠를 골라 입고 회색 넥타이를 맸다. 인형은 여전히 옷장에 시계추처럼 매달린 채였다. 조식은 검정 양복을 골라 어깨와 등에 떨어진 먼지를 탁탁 털어내고 입었다. 나가면서는 옆집 현관에 놓인 아침신문도 슬쩍했다. 택시 안에서 읽을거리가 필요했다.

행동 하나하나를 컴퓨터로 통제하는 기분이었다. 신체 상태와 날씨, 거리의 분위기 등 그 자신과 그를 둘러싼 모든 것이 주가와 금리의 흐름처럼 차트로 분석돼, 조식은 펀드매니저가 매수와 매도 결정을 내리듯 행동 하나하나를 신중히 판단해 옮겼다. 그렇게 개인택시를 타고, 신문의 사회면을 먼저 읽었으며, 스타벅스에서 카페모카를 사고, 부서원들에게 평소의 '안녕하십니까' 대신에 '굿모닝'이라고 인사했다.

오전 장은 한가했다. 미국 부동산시장과 금리 인상 여부를 결정하는 연준의 다음주 회의가 화두로 떠올랐지만 전문가들의 예상에서 벗어날 조짐은 없었다. 조식은 메신저로 온 거래 주문을 전화를 걸어 확인하고, 엔터키를 경쾌하게 누르며 처리했다.

점심을 먹고 오는 길에 이동통신사 영업점에 들렀다. 한 달 전에 신년파티에서 잃어버렸던 모델을 산 곳이었다. 조식은 이번에는 DMB 기능이 장착된 최신 기종을 골랐다. 전화번호도 바꿨다. 허물을 벗은 애벌레가 된 것 같아 유쾌해졌다. 영업점 직원에게서 이전 번호와 새 번호의 연결 서비스를 신청하겠냐는 말에 잠시 망설이다가 그렇게 하겠다고 했다.

퇴근길에는 홍대 정문까지 올라가 '제니스'에서 치즈를 넣은 샌드

위치를 저녁으로 먹었다. 집에 들어가자마자 옷을 벗고 씻은 뒤, 침대에 누웠다. 휴대폰을 충전기에 꽂은 것 외에는 이례적으로 컴퓨터와 텔레비전에 눈길 한번 주지 않고 푹 잠들었다.

눈을 떴다. 세수를 하다가 그는 왼쪽 손등이 상처 없이 말짱한 것을 봤다. 오랜만에 꾸는 자각몽이었다. 물의 감촉이 느껴지지 않았고 창문을 활짝 열어도 춥지 않았으며, 냉장고의 맥주는 아무 맛도 없었다. 그는 현관문을 열고 맨발로 밖으로 나갔는데, 마치 스펀지 위를 걷는 것 같았다. 거리 한가운데에 서자 으스스한 느낌이 들었다. 겨울의 추위 때문이 아니었다. 어둠이 그를 에워쌌다. 건물이 묘비처럼 일어났고, 주차한 자동차들은 헤드라이트를 밝히고 으르렁거리며 키를 높였다. 집으로 돌아가려고 했지만 발이 말을 듣지 않았다. 영화〈매트릭스〉의 네오처럼 허공으로 솟구치려는 찰나 자동차들이 그를 덮쳤다. 눈앞이 캄캄해졌다.

조식은 출근시간이 될 때까지 죽은 듯 잤다. 이번엔 심장 고동소리에 잠을 깼다. 그것은 북처럼 둥둥 울렸다.

*

구정 연휴 내내 조식은 옷도 갈아입지 않고 세수도 하지 않았다. 연휴 첫날, 점심에 중국집에서 자장면과 탕수육을 배달시켜 배불리 먹고 양파 냄새가 섞인 트림을 한 뒤 잠들었다. 해가 떨어지기 직전에 리카짱이 전화를 걸어와 코트를 돌려주러 오겠다고 했는데, 바쁜 일이 있다며 거절하고는 케이블TV에서 수십 번도 더 본 장 클로드 반담 주연의 영화를 봤다.

이튿날, 조식은 엄격한 수련을 닦는 도인처럼 마음을 '빌 공(空)' 자로 채웠다. 점심에는 자장면과 탕수육을 먹고 저녁에는 식은 자장면과 탕수육을 먹었다. 이지와의 격렬했던 섹스가 떠오르는 것을 의식적으로 억눌렀다. 가연과 몇몇이서 청담동에서 모인다는 형만의 연락에도 꿈쩍하지 않았다. 전날 전화한 이들도 그랬지만, 형만도 왜 휴대폰 번호가 바뀌었냐고 물어왔다. 조식은 소이부답(笑而不答)했다.

연휴가 끝나고, 아침에 면도를 하면서 조식은 가슴이 설렜다. 세수로 개기름을 걷어내고 덥수룩하게 자란 수염을 깎아내자 매끈한 미남으로 다시 태어난 것 같았다. 조식은 옷장에 매달린 인형을 조심조심 피해가며 와이셔츠와 넥타이를 꺼냈다. 인형은 무표정했다.

오전부터 주식시장이 폭등했다. 연휴 전에는 없었던 금리 인하 전망이 유력하게 제기되면서 채권시장에서도 사자는 분위기였다. 조식은 바쁘게 주문을 처리하면서도 알 수 없는 초조함에 사로잡혀 있었다. 연휴 내내 생각을 멈추고 오로지 기다렸던 뭔가가, 도착할 시간이 훨씬 지난 열차처럼 오지 않고 있었다.

오후의 커피타임에 안산경찰서 형사과에서 전화가 왔다. 형사는 조식이 맞는지, 혜정과는 어떤 관계인지 묻고는 무슨 이유인지 설명하지도 않고 당장 와달라고 했다. 조식은 퇴근하자마자 가겠다고 했다.

택시를 타고 가기에는 먼 거리였다. 조식은 십여 분을 걸어 전경련회관에서 안산역까지 가는 좌석버스를 탔다. 교통방송에서는 퇴근길 도로가 모두 정체 상황이라고 알렸는데, 그는 나쁘지 않은 소식이라고 생각했다. 차창 밖으로 땅거미가 지며 어슴푸레한 저녁 풍경이 눈에 들어왔다. 언덕에서 울부짖고 있는 동물이 늑대인지 개인지 분간할 수 없다는 데서 유래한, 프랑스인들이 '개와 늑대의 시간'이라고 부르는 때.

그는 안산역에 내려서 택시를 탔다. 경찰서는 사층 건물이었고, 형사과는 일층에 있었다. 조식을 부른 형사는 폭력팀 소속이었다. 폭력팀이 쓰는 방으로 들어서자 키가 작고 뚱뚱한 체격의 두 남녀를 앞에 두고 키보드를 두 손가락으로 열심히 두들기는 남자가 먼저 눈에 들어왔다. 머리가 헝클어지고 눈 밑 살이 축 처졌지만 다부진 인상이었다.

형사는 조식을 보더니 잠깐 기다려달라며 빈자리를 찾아 두리번거리다 방 면적의 사분의 일을 차지하고 있는 철창 쪽을 가리켰다. 창살 앞에 무릎 높이로 나무판자가 깔려 있었다. 입구를 등지고 앉은 중년 남녀가 뒤를 돌아봤지만 조식은 눈길을 피했다. 혜정의 부모이리라.

철창 바로 앞에서는 파마머리의 중년 여인네 둘이 조사를 받고 있었다. 조식을 찾은 형사와 책상 하나 건너에 앉은 또다른 형사는 화면을 뚫어지게 노려보며 마우스를 움직이고 있었다. 조식은 직장인의 직감으로, 그가 고스톱 게임을 하고 있을 것이라 추측했다.

조식이 앉은 자리에서는 혜정 부모의 옆얼굴이 보였다. 커다란 금테안경을 쓰고 조식을 힐끔거리는 남자는 세무사인 양아버지이리라. 혜정이 늘 말했던 대로 정수리 부근은 머리카락이 거의 없어 허옇지만 오십대 중반답지 않게 주름 없는 팽팽한 얼굴이었다. 눈물을 주룩주룩 흘리면서 뭔가를 말하고 있는 여자는 친어머니일 테고. 그는 여자의 넓적하고 각진 얼굴에서 세월의 변화를 깎아내고 혜정의 얼굴로 조각해 봤다.

"그래서 때렸어요, 안 때렸어요? 그것만 말하세요, 네?"

조식의 앞에선 중년 여자 둘을 조사하던 형사가 짜증을 부렸다. 억울하다는 하소연만 계속하는 쪽이 옆에 앉은 여자를 때려서 고발당한 모양이었다. 얼굴에 손톱 자국이 두어 줄기 난 피해자는 당당한 자세로 앉아 있었다. 저편에서 고스톱을 치던 형사가 조용히 좀 하라고 소리쳤다. 가해자는 잠깐 움찔했지만 다시 한탄과 푸념밖에 없는 무의미한 진술을 계속했다. 형사는 어처구니가 없다는 표정으로 키보드에서 손을 뗐다.

조식은 배가 고팠다. 기다리는 것에도 슬슬 진력이 났다. 그래도 참고 가만히 앉아 있었다. DMB 방송이라도 보고 싶었지만 참았다. 대신 안부를 묻는 시시한 문자메시지에 답장을 보내고, 사뭇 진지한 표정으로 무의미한 이모티콘 놀이에 집중했다.

조식을 부른 형사는 그가 자리에 앉자마자 혜정의 부고를 전했다. 오전에 목을 맨 시체로 발견됐으며 시체의 상태로 볼 때 연휴가 시작될 즈음에 죽은 것으로 판단된다고 덧붙인 형사는 책상의 서류철 아래에서 폴라로이드 사진을 꺼내어 혜정의 얼굴을 엄지손가락으로 눌러 가리고는 그녀 목에 감긴 허리띠가 그녀 것이 맞는지 확인해달라고 했다.

검은색 소가죽 벨트는 그가 선물한 것이었다. 조식은 그렇다고 했다. 단 자신이 선물한 것이라는 말은 뺐다. 형사는 둘이 사귄 지 얼마나 되었냐고 물었고, 조식은 만 이 년이라고 솔직히 대답했다. 형사는 혜정의 휴대폰 통화기록에 온통 조식 이름뿐이라면서, 마지막 통화에서 어떤 얘기를 나눴는지를 물었다.

조식은 혜정과 마지막으로 만난 그날 밤으로 거슬러올라갔다. 집 앞 공터에서, 그녀는 짐가방 하나 없이 맨몸이었다고 묘사하면서 부모님과 크게 싸운 것으로 보였다고 회상조로 설명했다. 특히 그녀는 어머니와 갈등이 심했는데 조식과 같은 평범한 직장인이 아닌, 판검사와 결혼하길 원했다는 대목에서는 자신도 모르게 목소리에 힘이 들어갔다.

"집에서 나왔다기에 어서 들어가라고 했죠. 전화로도 그런 얘길 했습니다."

그 말을 하고 조식은 고개를 푹 떨어뜨렸다. 불쌍한 영혼이 또하나 세상을 떠났군요. 다 제 탓이로소이다. 제가 붙잡아줬더라면 막을 수 있었을 텐데 말이죠.

형사는 혜정의 자살을 논리적이고 일관성 있으며 상식에 부합하는 사건으로 만들기 위해 ─ 소설로 치자면 핍진성과 개연성을 갖춘 스토리를 꾸미고자 노력했다. 혜정은 연휴가 시작되기 바로 전날, 안산에 보증금 오백만원에 월세 이십만원짜리 방을 일 년 계약으로 얻었다.

욕실이 딸린 꽤 좋은 방이었다. 유서는 남기지 않았지만 집에 누군가 침입한 흔적이 없고, 몸에 상처가 발견되지 않아 일단 자살로 판단된다고 형사는 말했다. 하지만 죽을 거라면 집은 뭣 하러 빌렸는가? 돈은 어디서 났는가? (조식은 혜정의 한도 이천만원짜리 신용카드를 떠올렸다.) 짐은 왜 하나도 없는가? (조식은 혜정의 가방이 자기 집에 있다는 사실을 말하려다가, 인형이 여전히 옷장에 목 매달린 채 있다는 것을 떠올리고는 나 몰라라 했다.)

"둘이 성관계를 맺은 적은 있는 거죠?"

형사는 '섹스'를 그렇게 표현했다. 조식은 고개를 끄덕였다.

"혹시 임신했습니까?"

조식은 고개를 저었다.

"평소에 죽고 싶다는 얘길 자주 했었나요?"

"하긴 했지만, 성격이 예민한 사람들은 종종 그러잖아요."

형사는 그 말에 영감을 받아 진술서를 집필하기 시작했다. 조식은 두서없이 풀어놓은 혜정과의 관계를 이제 공문서 형식에 맞게 되풀이해야 했다. 형사 발치의 다 먹은 자장면 그릇을 보니 때가 지난 저녁식사가 더욱 간절해졌다.

조식과 혜정의 연애사는 A4용지 두 페이지가량으로 정리됐다. 일 년에 한 페이지씩이었다. 이 년 전 밸런타인데이에 만나 사귀다가, 웅얼웅얼, 어머니와 진로문제를 놓고 갈등이 많았으며, 명문대에 들어가지 못했고 대학원도 도중에 그만뒀다는 사실에 열패감을 느끼고 있었으며, 특히 대학원에 계속 다니고 있다고 거짓말한 것이 친구들에게 들통난 뒤에는 교우관계가 뚝 끊겼으며, 웅얼웅얼, 스스로 세상과 벽을 쌓고 섬이 된 나머지 죽음을 택한 것은 기구하지만 필연적인 귀결이었다…… 안녕, 굿바이, 차오, 사요나라.

조식은 진술서에 자신의 신상명세가 들어간다는 사실이 찜찜했다.

죽은 사람의 차가운 손이 발목을 붙잡는 느낌이었다. 가족관계, 거주지, 직장 등등, 경찰 컴퓨터에 이처럼 구체적인 개인 정보가 입력되면 앞으로 어떻게 쓰일지 누가 알겠는가? 하지만 그는 진술 말미에 감정이 북받쳐 눈물도 두어 줄기 흘렸다.

그를 기다리고 있던 혜정의 부모와 마주하자 눈물샘이 더 열렸다. 가족의 장례식에서도 그렇지 않았던가. 눈물은 전염돼 일정 반경 이내의 인간들을 비극의 클라이맥스로 몰아넣는다. 멀찍이서 볼 때에는 여주인공이 불치병으로 죽는 최루성 멜로드라마에나 어울릴 듯 보였던 혜정 어머니의 울음소리는 감동적인 절창을 이루었다.

조식은 손수건으로 눈가와 뺨을 닦은 뒤 두 사람에게 연락처도 알려줬다. 혜정의 휴대폰에 주르륵 찍힌, 며칠만 더 지나면 인연이 끊기는 예전 휴대폰 번호였다. 혜정의 아버지가 집까지 태워다주겠다고 했지만 그는 혼자 걷고 싶다며 정중히 거절했다.

경찰서 담장을 지나자 눈물은 곧 말랐다. 텅 빈 거리에 들어서자 보호막이 갑자기 걷힌 느낌에 움찔했다. 연휴 전날, 혜정이 죽은 날 꾸었던 꿈과 같았다. 복면을 쓴 어둠이 그를 노려보고 있었다. 택시가 멈췄지만 운전기사의 얼굴을 확인하기가 어려워 타지 않았다.

조식은 버스를 타고 강남역까지 가서 지하철로 갈아탔다. 혼자 있고 싶지 않았다. 태워다주겠다는 혜정 아버지의 권유를 거절한 것이 후회됐다. 휴대폰이 울렸지만 모르는 번호였으므로 받지 않았다. 그래도 계속 울리자 조식은 전원을 끄고 가방에 넣었다.

자정이 거의 다 된 시간에 홍대입구역에 도착했다. 육번 출구에 즐비한 포장마차 중 한 곳을 골라 떡볶이 일 인분과 삶은 계란 하나, 김말이를 시켰다. 꼬치 국물을 마시다 입천장을 데었지만 조식은 느끼지 못했다. 술을 마시고 싶었다. '걷고 싶은 거리'를 지나 카페 거리까지 가는 도중 편의점에서 일 리터들이 아사히 캔맥주를 샀다.

주위에 양복 차림은 조식뿐이었다. 그것도 상갓집에서 막 빠져나온 듯 블랙과 그레이 톤의 차림. 조식은 맥주를 한 캔 더 사서 벤치에 앉았다. 고등학교나 졸업했을까, 키가 껑충하고 솜털이 보송한 아이들이 담배를 피우며 떠들고 있었다.

조식은 수 노래방의 꺼지지 않는 불빛을 바라보며 배가 불러 더이상 마실 수 없을 때까지 맥주를 마셨다. 피곤했지만 잠은 오지 않았다. 그대로 벤치에 못 박힌 채 앉아 있고 싶었다. 편의점의 불빛이 닿는 곳은 안전해 보였다. 아이들이 사라지자 불안해졌다. 휴대폰을 다시 켰다. 새벽 두시였다.

휴대폰을 다시 가방에 넣으려는데 우렁차게 벨이 울리며 밤의 정적을 깼다. 조식은 퍼뜩 놀라 받았다. 그러나 아무 소리도 들리지 않았다. 휴대폰에 수신된 번호도 없었다. 헛것을 들은 모양인가 했지만 벨소리는 여전히 귓가에 선명한 자국을 남기고 있었다. 바람이 불면서 종이컵이 그의 앞을 데굴데굴 굴러갔다.

조식은 앉으려다가 다시 일어났다. 가연 생각이 났다. 그녀의 저택에는 그가 묵을 수 있는 여분의 방이 있다. 사람들을 모아놓고 체스를 두거나 샴페인을 마시고 있을지도…… 그러나 그에겐 가연의 전화번호가 없었다. 형만에게 물어보면 되겠지만 자신이 경찰서에 갔던 이야기부터 구구절절 설명해야 할 것 같아서 그만두기로 했다.

조식은 편의점에서 삼각김밥 세 개와 컵라면을 샀다. 참치맛, 전주비빔밥맛, 햄버그스테이크맛. 라면은 신라면. 카운터의 시계는 새벽 세시를 가리키고 있었다.

조식은 청기와주유소 근방의 전화방 겸 성인PC방에서 밤을 새웠다. 헛기침과 함께 자위를 하려는지 벨트 버클이 딸깍거리는 소리가 여기저기서 들렸다. 그는 코트를 이불 삼아 뒤집어쓰고 가나자와 분코의 〈Show me real love〉를 봤다. 핑크색 망사 글러브와 스타킹을 신

206

은 분코가 두 남자의 물건을 동시에 입에 넣고 굴리고 있었다.

조식은 잠들었다. 분코의 귀여운 볼과 입술에 정액이 쏟아지는 결말 부분이 나오기 전이었다. 코까지 드르렁거리는 바람에 조식은 PC방에서 쫓겨났다. 가게 주인은 그를 내보내며 말했다. "잠은 집에서 주무셔 야죠."

*

세수와 면도를 빠뜨렸을 뿐인데도 노숙자와 같은 몰골이 되었다. 출근은 이십 분이 늦었다. 조식은 사무실에 들어갈 때부터 부장의 눈 총을 스포트라이트로 받으며 자리에 앉았다. 넥타이를 헐겁게 하자 와 이셔츠와 살갗 사이에 갇혀 있던 PC방의 담배 냄새가 씻지 않은 몸냄 새와 섞여 확 올라왔다.

조식은 미끄럼을 타는 것처럼 허리를 잔뜩 젖히고 의자에 엉덩이를 겨우 걸쳐서 앉아 있었다. 더이상 졸음을 견디지 못하고 커피를 한 잔 마시자 속이 부글부글 끓었다. 커피를 뽑으러 나갔다 막 들어온 그가 이번에는 화장실에 가자 부장은 안경을 추켜올리며 파파라치에 버금 가는 광적인 시선으로 노려봤다.

조식은 설사를 주룩주룩 싼 뒤 물도 내리지 않고 변기 위에서 깜빡 잠들었다. 십 분 정도나 됐을까, 누군가 문을 세차게 두들겼다. 영업팀 총무였다.

"부장이 변기에 빠져 죽지나 않았는지 보고 오래."

점심시간이 되자 부장은 부서원들을 모두 데리고 식사를 하러 나가 면서 조식에게는 사우나에서 낮잠을 자고 오라고 지시했다. 거역할 수 없는 명령이었다. 조식은 가는 길에 백화점에 들러 새 와이셔츠를 샀 다. 사우나에서는 때를 밀고 양치질을 했다. 개운한 치약 맛에 기분이 좋아지려는 차에, 일회용 면도기로 코밑을 밀다 실수로 상처가 났다. 휴지로 지혈을 했지만 스타벅스에서는 입술 언저리에 피를 묻힌 채 크로크 무슈와 커피를 사야 했다.

녹아붙은 치즈가 아직 따뜻한 샌드위치를 먹고 있는데 투신사 펀드 매니저인 학교 선배 창민에게서 메신저로 저녁에 나오라는 메시지가 왔다. 학창 시절 조식과는 그리 친하게 지내진 않았던 여자 후배가 한턱 낸다며 시간이 되는 사람들을 부르라고 했다는 것이었다. 그녀는 모 은행 여의도 지점에 근무하고 있는데, 창민이 최근 그 지점의 MMF 계좌에 백억원을 넣어주자 지점장이 뛸 듯이 기뻐하며 접대용 법인카드를 내줬다는 것이었다.

퇴근시간이 되자 조식은 쫓기는 느낌이었다. 창밖으론 어스름이 불길한 징조처럼 도사리고 있었다. 조식은 먼저 나가는 동료 한 사람을 붙잡고 내일 한잔하지 않겠냐고 물었다. 그는 부장이 앉아 있는 쪽을 흘깃 보더니, 선약이 있다며 충고했다.

"애인 안 만나? 시간 날 때 잘 챙겨야지. 잘못하면 총각으로 늙어 죽는다고."

조식은 살아 있다면 그것으로 다행이라고 생각했다.

저녁에는 생등심과 안창살, 채끝살을 고루고루 먹었다. '오늘의 물주'인 여자 후배는 미영이라고, 학교 다닐 때는 단발머리에 뿔테안경을 쓰고 다녀서 고시생처럼 보였는데 라식수술로 안경을 벗고 정장으로 단장하니 어엿한 커리어우먼 티가 났다. 조식은 그녀에게 사랑을 느꼈다. 쫓기는 짐승처럼 아드레날린과 코르티솔이 과잉분비상태이다 보니 그는 구멍으로 들어가 숨고 싶은 충동을 사랑과 열정으로 착각하고 있었다.

소주에선 맹물맛이 났다. 조식은 창민과 미영, 그리고 졸업하고선 딱 한 번 만났던 학교 선배 수철과 두루 잔을 맞췄다. 술기운이 열차의

208

기적처럼 힘차게 솟아올랐다. 백화점을 거쳐 종금사에서 일하고 있는 것으로 알려진 수철은 직장을 그만두고 대리운전으로 먹고살고 있다고 해 모두를 놀라게 했다. 지난해 여름, 선물거래로 한창 재미를 볼 때 직장 상사와 다투고는 홧김에 사표를 냈는데, 이후 장이 침체에 빠져 매도나 매수 타이밍을 잡기가 어려워지자 할 일이 없어졌다는 것이었다. 그래서 낮에는 실내낚시터에서 시간을 보내고, 밤에는 여의도 쪽에서 대리운전을 뛰게 됐다고 그는 말했다.

술잔이 서너 순배 돌아가면서 조식은 미영을 슬쩍 훑어봤다. 흰 블라우스의 얇은 천으로 흰 브래지어가 관능적으로 비쳤다. 그가 갖고 있는 현금과 주식을 모두 미영네 지점에 맡기면, 오늘처럼 법인카드를 갖고 와서 저녁을 살까? 그리고 그 다음에는?

미영은 주요 고객인 창민에게 신경을 쓰며 수철의 농담에 까르르 웃었다. 저 둘은 다 유부남이라고. 술을 더 마시자 조식은 비밀을 털어놓아 흥겨운 분위기에 찬물을 끼얹고 싶어 목구멍이 근질거렸다. 애인이 목을 매달아 죽었다. 어제 경찰서에 다녀왔다. 그렇게만 말하면 다들 잠시 멍하니 있다가 어쩌다 그런 비극을 당했냐며 자초지종을 묻고, 위로의 말을 한두 마디 건네고 빨리 도망칠 궁리만을 하겠지. 집에 돌아가면 샤워를 하면서 방금 들은 얘기를 몸에서 떨쳐내려 할 테고. 집에서 사람 크기의 인형을 모빌처럼 옷장에 대롱대롱 매달았는데, 우연의 일치인지 애인이 자살했다고 하면, 저들은 어떻게 받아들일까.

창민은 입가심이나 하자며 일행을 근처의 생맥줏집으로 이끌었다. 미영은 오백CC 잔의 반밖에 마시지 않았다. 창민은 갓 돌이 지난 아기를 보러 가야 한다며 일어섰고, 미영도 너무 늦지 않게 들어가봐야 한다며 서둘러 사라졌다. 조식은 그녀를 다시는 보지 못하게 될 것 같아 아쉬웠다. 그의 성기는 뿔처럼 발기했다.

둘만 남았다. 조식은 수철에게 말했다.

"형, 일하러 안 가요?"

"이렇게 마셨는데 어떻게 일하냐. 하루 제껴야지."

"한잔 더 하러 갈까요?"

수철은 자신이 아는 가게로 안내하겠다고 했다. 가격도 싸고 서비스도 죽인다며 큰소리를 쳤다. 곱슬머리에 비쩍 마른 그는 순간 삐끼처럼 보였다.

수철은 택시를 잡고 기사에게 신림사거리를 외쳤다. 둘은 이름이 '패션 문화의 거리'인 버스정류장 근처에 내려 버스 막차를 기다리는 사람들과 삐끼들이 나와 있는 골목 어귀를 지나 서울 어디에나 존재하는 '북창동식 미시클럽' 류의 업소와 모텔이 몰려 있는 유흥 퇴폐의 뒷골목으로 들어섰다. 네온사인의 간판은 조식이 어렸을 때 즐겨 먹었던 불량식품의 인공색소처럼 현란하게 빛났다. 조식은 노래를 흥얼거렸다. 무슨 노래인지는 그도 몰랐다.

"저기가 내가 낮에 낚시하러 다니는 데야."

"와아, 그래요?"

조식은 수철이 어딜 가리키는지 보지도 않고 맞장구쳤다. 천국이 저기에 있고 지옥은 저기 저쪽에 있다고 해도 똑같은 반응을 보였을 것이다.

가게는 미로처럼 얽힌 갈림길 중 한 곳의 지하에 동굴처럼 숨어 있었다. 선배는 들어가자마자 주대를 협상하기 위해 사장을 찾았다. 조식은 방으로 안내를 받았다. 어린 시절 이발소에서 맡았던 퀴퀴한 냄새가 났다. 수철은 어깨에 힘을 잔뜩 준 채 뒤따라 들어왔다.

종업원이 양주와 과일을 세팅했다. 술은 임페리얼 십이 년산이었는데, 가짜인지 진짜인지 확인도 하기 전에 마개를 따버렸다. 수철은 아가씨들을 잘 좀 불러달라며, 마음에 들지 않으면 '무한 삐찌'를 놓겠다고 큰소리쳤다. 종업원이 넵 사장님, 하며 구십 도 각도로 인사를 하고 나가자 둘은 만나서 정말 반갑다, 앞으로도 서로 잊지 말고 지내자는 내용이 담긴 도원결의를 하며 힘차게 잔을 부딪쳤다. 건배! 브라보! 위하여!

아무리 후하게 봐준다 해도 삼십대 후반인 여성 둘이 종업원의 안내를 받아 들어왔다. 한 명은 보글보글 파마를 했고 다른 한 명은 생머리였다. 둘 다 원피스를 입고 있었는데 가슴은 처져 보였고, 입술은 옅은 주홍색으로 번들거렸다. 조식의 파트너가 된 생머리는 가까이 다가오며 지독한 화장품 냄새를 풍겼다.

여자들은 그들을 오빠라고 부르며 한 잔 마시고, 원피스를 벗어던졌다. 출렁이는 뱃살이 자리에 앉자 네 겹으로 접혔다. 조식은 아주 잠깐 혐오감을 느꼈지만, 여자가 바지 속에 손을 넣고 성기를 꽉꽉 주물러주자 그런 감정은 곧 사라졌다. 노래방 기기에서 흘러나오는 노래는 아무도 따라 부르지 않아 무척이나 처량하게 들렸다.

가녀린 어깨 위로 슬픔이
연기처럼 피어오를 때
사랑을 느끼면서
다가선 나를 향해
웃음을 던지면서
술잔을 부딪치며 찬찬찬

여자의 손가락에 조식의 성기에서 흘러나온 점액이 묻어나왔다. 집게손가락과 엄지손가락을 벌리자 점액은 거미줄처럼 길게 늘어났다. 그녀는 조식의 무릎에 머리를 기대는 자세를 취하며 술기운에 아직 단단해지지 않은 그의 성기를 입에 넣었다. 아울러 조식의 손을 두부처럼 물렁한 자신의 가슴으로 이끌었다.

여자는 조식의 성기에 술을 부었다. 조식은 하반신이 아이스캔디가 된 느낌이었다. 눈을 감고 있는데 문이 열렸다. 양주가 또 한 병 왔다. 내가 시켰어, 오빠.

조식은 여자의 입안에 남자답게 힘차게 사정하고 싶었지만 잘 되지 않았다. 누구의 것인지도 알 수 없는 킬킬거리는 웃음과 신음소리가 들렸다. 네 사람 외에 또다른 사람이 방에 들어와 구경하고 있기라도 한 듯. '여긴 천국 아니면 지옥일 거야' 조식은 노래방에서 부를 때마다 분위기를 깬다고 야유를 받는 〈호텔 캘리포니아〉의 한 구절을 떠올렸다.

테이블 아래로 내려갔던 수철의 얼굴이 위로 올라왔다. 그가 조식에게 말했다.

"야, 여기서 한따까리 할까?"

조식은 무슨 말인지 이해하지 못하고 눈만 껌뻑였다.

"여기서 하자니까. 두당 오만원이면 어때?"

수철은 자기 파트너에게 물었다. 협상은 금방 끝났다.

조식의 파트너는 어제 보건소에서 검사를 받았다며 콘돔도 끼지 않고 그대로 삽입하게 했다. 매독, 임질, 헤르페스. 고등학교 때 성교육 시간에 배웠던 온갖 성병들이 가득한 나락으로 떨어지는 느낌. 조식은 여자를 테이블에 올려놓고 움직였다. 여자의 뱃살이 파도를 이루며 출렁였다. 조식이 힘들어하자 여자는 조식을 앉게 하고, 음액과 타액으로 끈적이는 성기를 입으로 빨아들이는 시늉을 하며 애를 태웠다. 이차를 나가서 확실히 끝내자면서.

하지만 수철은 욕구를 해결하고 나자 사랑하는 가족에게 돌아가야 한다며 빨리 나가자고 재촉했다. 조식은 카드를 꺼내 계산하고 영수증을 주머니에 쑤셔넣으며 수철과 어깨동무를 하고 나왔다. 술값으로 얼마가 나왔는지는 확인해보지도 않았다. 수철은 조식에게 택시비를 빌렸고, 빈 택시가 오자 조식에게서 재빨리 떨어져서는 인사도 없이 사라졌다.

혼자 남은 조식에게 삐끼들이 끈덕지게 달라붙었다. 조식은 겨우 뿌리치고 택시를 잡았다. 홍대입구라고 기사에게 말하는 대목에서 의식이 끊겼다. 정신을 차렸을 때에는 갈색으로 메마른 풀밭의 가파른 비탈에 서 있었다. 코트와 재킷은 온데간데없었고 구두 한 짝만 달랑 신고 있었다. 비탈 위쪽으로 자동차 달리는 소리가 들렸다. 도로가 있는 모양이었다. 그는 남은 구두 한 짝을 벗어던졌다.

조식은 마포대교와 강변북로를 잇는 인터체인지의 꽈배기처럼 꼬인 램프웨이 밑의 어둠, 비탈 아래는 한강으로 이어지는, 인적이 닿지 않아 어떤 일이 벌어져도 알 수 없는 미지의 영역에 있었다. 조식은 강에서 불어오는 바람에 비틀거리며 허리를 꼬았다. 깨진 유리 위를 걷는 것처럼 발바닥이 뜨끔거렸다.

조식은 가로등 불빛을 등대 삼아 뛰듯이 걸었다. 목구멍에서 펄떡거리는 심장이 튀어나올 것 같았다. 바람이 거칠게 불었지만 하늘에 두껍게 낀 구름의 장막은 흩어지지 않았다. 오른쪽으로 펼쳐진 강과 도심의 전경은 텔레비전 드라마의 세트장에서 볼 수 있는 배경 그림처럼 엉성하고 꾸민 듯 보였다. 그러나 높낮이가 제각각인 시멘트 블록은 조식이 달리는 것과 반대방향으로 살아 움직였다. 그는 발목이 꺾이며 헉— 하는 외마디 신음과 함께 앞으로 쓰러졌다. 팔꿈치와 무릎에 불꽃이 튀었다.

더이상 달릴 수 없었다. 그는 엉금엉금 기어서 램프웨이의 그늘을 빠져나왔다. 세탁소에서 며칠 전에 찾아온 셔츠의 팔꿈치와 양복바지의 무릎 부위가 워싱 가공을 한 청바지처럼 해졌다. 손바닥과 손등은 상처투성이였다. 왼쪽 손등의 상처 주위에도 잔금이 끓고 있었다.

도로는 머리 위에 있었다. 더 올라가고 싶었지만 자동차의 경적소리만 들어도 겁났던 시절의 기억이 그를 휘감았다. 두려움이 날개를 폈다. 자동차들은 투우장의 소처럼 사정거리에 들어오는 것은 족족 받아버릴 기세로 맹렬하게 달리고 있었다.

범퍼에 부딪히는 순간 몸은 조각나 산산이 흩어질 것이다. 영혼을 감싸던 외피가 사라지면 도망칠 구석도 없어진다. 두려움의 실체와 마주해야 한다. 사고가 났던 그날 병원에서, 조식이 그토록 보지 않으려 했던 죽음의 참모습을 마주 봐야 한다. 사후경직이 시작되면서 동생들의 얼굴은 부모님만큼이나 늙어버렸다. 손가락으로 눌러도 들어가지 않을 만큼 팽팽했던 여동생의 볼에는 이십 년 뒤에나 생길 팔자 주름이 패었다.

무릎 높이까지 자란 나뭇가지가 발목을 붙잡았다. 조식은 달렸다. 발뒤꿈치와 발목에 엄청난 통증이 왔지만 무시했다. 땀과 콧물이 범벅이 되어 입안으로 흘러들어왔다.

조식이 두려워하는 것이 등뒤에 있었다. 직감으로 알 수 있었다. 땅속 이 미터 아래의 무덤까지 따라갈 너의 가장 친한 친구이자 연인이라고 속삭이면서, 그것은 조식이 사정하기 직전에 내곤 하는 헉헉 소리를 내며 따라왔다. 조식이 폐가 부서지라 달리면 그것도 빠르게 달렸고, 조식이 더이상 뛸 수 없어 어떻게 되어도 좋다고 포기하고 걸으면 그것도 보조를 맞춰 천천히, 물갈퀴를 단 것처럼 걸음을 질질 끌며 따라왔다.

교살(絞殺)당한 시체는 결코 멀쩡한 얼굴을 할 수 없다는 것을 그는 알고 있었다. 눈알은 붉은 칠을 한 구슬처럼 튀어나오고, 얼굴은 핏줄이 터져 곳곳에 피꽃이 피어오른다. 목은 부러지지 않았더라도 산 사람은 결코 흉내낼 수 없는 비정상적인 궤도를 그린다. 죽은 지 이삼 일이 지나면 시체의 무게 때문에 목뼈는 마른 나뭇가지처럼 툭 부러진다.

그것의 체취와 숨결이 목 뒤에서 느껴졌다. 그것은 조식의 입냄새만큼이나 지독했다. 그러나 그것의 얼굴이 화장터에서 가루가 되기 전 관에 누워 있던 가족들의 일그러진 얼굴인지, 형사가 손가락으로 가렸던 폴라로이드 사진 속 혜정의 얼굴인지, 옷장에 여전히 매달려 있는 실리콘 인형의 얼굴인지, 썩어 문드러진 조식 자신의 얼굴인지 혹은 그 모든 얼굴을 모자이크한 죽음의 총체인지는 감히 돌아서 확인해볼 수 없었다.

*

　가연은 작은 보랏빛의 타원형 알약인 프레마린을 입안에 넣고 체리 코크와 함께 삼켰다. 그녀를 계속 여자로 존재할 수 있게 해주는 것. 호르몬제에는 콜라가 잘 어울렸다. 에스트라디올과 프로페시아는 가루를 내 코카콜라에 타서 칵테일처럼 마셨다. 성전환 희망자에게 호르몬요법은 대개 일 년가량 진행되지만 가연은 삼 년 넘게 약을 복용하고 있었다. 약을 구해다주는 재섭은 부작용을 여러 차례 경고했지만 그녀는 아랑곳하지 않았다.
　그녀는 잔에 남은 체리코크를 세면대에 버리고 거울 앞에 섰다. 턱을 들어 방금 꿀꺽 소리와 함께 알약을 위장으로 넘긴 목울대 부분을 불빛에 내밀고는 손으로 더듬었다. 뾰루지 따위를 찾는 것이 아니었다. 그보다 더욱 크고 흉측한 것, 갑상연골, 아담의 사과. 어린애였을 때 갑상선기능항진증을 앓으며 턱밑이 짝을 찾는 개구리처럼 부풀어올랐고 요즘도 피곤하면 그렇게 되지만 갑상연골만큼 굵게 발달하지 않고 여태껏 잘 지내왔다. 그러나 수술로 축소한 것이 아니라 늘 불안했다. 그녀는 목 어딘가에 씨앗이 묻혀 있어 어느 날 갑자기 동화 『잭과 콩나무』의 나무처럼 목울대가 자라날지도 모른다는 걱정을 떨치지 못했다.

그녀는 허리까지 내려오는 기모노 스타일의 튜닉에 팬티만 입고 있었다. 드러난 팔과 다리는 욕실의 할로겐 불빛만큼이나 창백했지만, 얼굴은 하와이 해변에서 휴가를 보내고 온 것처럼 구릿빛이었다. 혼자일 때면 그녀는 자기 얼굴을 도화지 삼아 놀곤 했다. 초등학교 때부터 즐겨온 놀이였다. 장난감은 색조화장품. 오늘은 장장 세 시간에 걸쳐 흑인이 됐다. 브론즈 색깔의 파우더 세 가지를 섞어 발라 바탕을 펼치고 광대뼈 언저리는 볼과 코의 구릿빛에 그러데이션을 이루도록 살굿빛 블러셔로 붓질, 립 래커로 진하게 그린 핫레드의 입술에는 광택이 나도록 립글로스를 덧발랐다.

천천히 허리를 감고 있는 끈의 매듭을 풀어 옷자락을 양쪽으로 벌리자 얼굴과 몸의 빛깔이 극명히 대조됐다. 그녀의 뛰어난 화장술 덕분에 얼굴은 태어날 때부터 그랬던 것처럼 자연스러웠지만, 몸은 어딘가 부자연스러워 보였다. 복부의 근육은 양쪽이 아귀가 맞지 않고 오른쪽으로 약간 기울었다. 다른 곳은 몰라도 복부의 근육을 똑바로 만드는 성형술은 없었다. 벽에 몸을 기대고 서보면 오른쪽 어깨가 약간 처진 것이 드러났다.

갈비뼈의 빗살이 뚜렷한 몸통에 가슴의 살덩어리는 부풀다 만 빵처럼 어색했다. 실리콘과 같은 이물질을 넣지 않은 '자연산' —정확히 말하면 '천연 재료'를 사용한—이라 자부했지만 그녀가 꿈꾸는 완벽한 형태에는 턱도 없었다.

'케이트 모스가 나보다는 글래머일 거야.'

하지만 수술로는 더 크게 만들 수가 없었다. 이미 '자가지방 생축술'로 허벅지와 배의 지방을 모조리 긁어모아서 한 차례 크기를 불린 것이었다. 이를 위해 하루 여덟 끼씩 먹는 피나는 노력으로 복부에 지방을 모은 그녀였다. 이차 수술을 받았다면 훨씬 나아졌겠지만 집도를 맡은 재섭에게서 자신이 마취에서 한참을 깨어나지 못해 위험한 지경에 이르렀었다는 얘기를 듣고는 더이상 대공사를 벌일 용기를 내지 못했다. 아산화질소의 달콤한 냄새에 취해 방문해본 악몽의 세계가 그만큼 끔찍하기도 했다. 죽은 자들의 무덤 위에 집을 짓고 살아간다고 생각하는 그녀도 망자(亡者)의 감옥에 영원히 갇히는 것은 두려웠다.

삶의 가장 큰 비극은 누구나 죽는다는 사실이다. 그녀는 혼자 있으면 그래서 음악을 틀지 않았다. 모든 음악에는 끝이 있으며 이는 사물의 유한성을 증명하는 실례다. 푸가를 들으면 특히나 슬펐다. 영원히 이어질 듯 되풀이되던 멜로디가 어느 순간 단두대의 칼날이 떨어지듯 뚝 그쳐버리니까. 그녀는 돌림노래와 같은 순환의 삶을 통해 불멸성을 획득하고 싶었다.

언젠가는 죽는다. 그것은 존재의 피할 수 없는 비극이다. 이중 삼중으로 외부와 벽을 쌓고, 공기청정기와 에어컨, 히터로 늘 섭씨 이십 도의 서늘한 가을 날씨를 유지하고, 성형과학과 피부과학의 힘으로 피부에 생기를 공급하며 정신의 평형상태를 지키기 위해 약물을 복용해도, 죽음은 피할 수 없다. 데미언 허스트의 99년 작품인 〈살아 있는 자의 마음속에서 불가능한 육체적 죽음〉─죽은 상어를 포름알데히드 용액에 넣어 방부 처리한 설치미술작품─의 상어도 제작된 지 십오 년 만에 썩고 말았다. 이미 죽은 것도 죽는데, 하물며 산 것은 어떻겠는가.

그녀의 개인적인 비극은 전신마취가 필요한 수술을 더이상 받을 수 없다는 사실이었다. 그로 인해 죽을 때까지 남성과 여성의 경계선, 천국도 지옥도 될 수 없는 연옥에서 방황하게 됐다. 고대 철학자들이 주장했던 인간의 원형인 양성인간이 아니라 유전공학의 실패가 낳은 무성의 괴물 같은 존재가 되어버린 것이다.

거울 속 얼굴은 미완성품이었다. 덜 깎은 조각이었다. 전신마취가 필요한 안면윤곽 축소술이 불가능하기 때문에 재섭은 가연의 얼굴 안쪽에 실을 넣어 피부와 피하지방층을 당겨올리는 '페이스 리프트' 기법으로 남성의 흔적인 광대뼈와 두꺼운 턱선을 흐릿하게 만들었다. 이마에는 콜라겐 충전물을 넣어 아이처럼 불룩한 모양으로 만들었다. 하지만 칼을 대는 것만큼 만족스러운 결과가 나올 수는 없었다.

여성호르몬제와 반(反)남성호르몬제를 정기적으로 복용하고 가슴에도 에스트로겐 크림을 수시로 발라줬지만 세상에는 노력만으로는 이룰 수 없는 꿈이 있기 마련이다. 노력하면 할수록 진짜 '그녀'가 될 수 없다는 사실만 분명해질 뿐이다. 약물로는 궁극의 남성 상징, 그녀에겐 오줌을 배출하는 기능밖에 남지 않은 가랑이의 조그마한 살덩어리를 떼어낼 수 없었다. 게다가 호르몬제의 부작용으로 심한 안구건조증이 생겨 조금만 공기가 건조해져도 눈에 핏발이 섰다. 집과 달리 마음대로 습도를 조절할 수 없는 실외에서는 늘 두꺼운 안경으로 눈을 감춰야 했다.

거실 테이블에는 혼자 체스를 둘 때만 꺼내는 송아지 가죽으로 만든 체스판과 샴페인을 가득 채운 그녀 전용의 샴페인잔이 있었다. 2001년에 마지막 연인이 된 도영과 영국 여행을 갔다가 런던 본드 스트리트의 애스프리 앤 가라드 매장에 들러서 산 것들이었다. 당시 가연은 도영을 위해서 샴페인잔을 두 개 샀다. 그리고 결별할 때 하나를 깨뜨려버렸다.

그걸 깨뜨리면 우리는 완전히 끝장이야.

니미 좆이다!

쨍그랑.

그런데 잔이 깨질 때 정말 그런 소리가 났던가? 그녀의 기억에는 사운드트랙이 빠진 허깨비 같은 영상밖에 없었다. 그때 그 자리에서 그가 그렇게 말했던가? 가연 혼자 슬픔을 견디지 못하고 샴페인잔을 상대배우 삼아 일인극을 하다가 깨뜨려버린 건 아니었던가? 세월과 외로움 속에서 기억은 통통 불어 아비 어미도 알아볼 수 없는 시체가 되

218

어버렸다.

가연은 소파에 털썩 앉았다. 등과 허리를 고양이처럼 구부리며 다리를 스트레칭하듯 쭉 뻗었다. 발끝이 테이블로 밀려들어가면서 체스판의 화이트 비숍과 나이트가 돌연사했다. 샴페인잔은 옆으로 살짝 비켜섰다. 종아리와 정강이, 허벅지는 고속도로처럼 쭉 뻗었다. 동그란 무릎은 휴게소쯤 되겠다. '회사' 소유의 에스테틱에서 일주일 전에 왁싱을 해, 아직 잔털 하나 다시 나지 않은 매끈한 다리였다.

하지만 발목은 종아리에 비해 다소 굵어 보였다. 종아리는 근육퇴축술로 가늘게 만들 수 있었지만 튼튼한 소년의 발목은 아가씨가 된 지금까지도 청춘의 아픔처럼 그대로 남아 있었다. 발목과 종아리의 근육이 조화를 이루지 못한 탓인지 그녀의 다리는 조금만 걸어도 부어올랐다. 왕자를 찾아 지느러미를 버리고 뭍에 나온 인어공주처럼 걸음을 디딜 때마다 면도날로 근육을 베이는 아픔을 느낄 때도 있었다. 그녀만의 비극이라면 비극일 터.

내 킹을 잡으면, 나랑 평생 살아야 할걸?

도영은 그렇게 말했다. 20세기의 마지막 겨울이었다. 그는 블랙을, 가연은 화이트를 잡았다. 아직 '회사'가 생기기 전, '클럽'만이 존재할 때의 이야기였다. 가연은 도영의 킹을 구석으로 잘 몰고 가다가 그 말에 흔들려 어처구니없는 실수를 저질렀다. 승부는 스테일메이트(stalemate, 무승부)로 끝났다.

블랙과 화이트는 결혼과 연애 사이의 회색지대를 택했다. 그들은 언제나 누군가와 키스하고, 섹스하고, 수다를 떨고, 속내를 털어놓고, 유치한 장난을 체스의 수처럼 둘 준비를 하고 있었다. 내가 살아 있는 동안에는 지구가 멸망하지 않을 것이라는 안도감, 우울증에서 벗어나게 해주는 유머감각, 잘 발달한 건강한 육체에서 나오는 최고의 오르가슴을 얻기 위해서. 연애란 욕망의 물리학이며, 욕망은 수학적으로는 스칼라, 부피나 질량처럼 크기만으로 표현되는 물리량이며, 그것이 방향을 갖고 상대방을 가리키게 됐을 때, 즉 벡터(크기와 방향을 함께 갖는 값)가 됐을 때 "나는 너를 사랑한다"라는 주문과 함께 구체적인 형태를 이룬다. 짝사랑, 외사랑, 미친 사랑, 아낌 없는 사랑, 열렬한 사랑, 희생적인 사랑, 자기애적인 사랑.

시간이 지나면 포개어졌던 시침과 분침은 다시 떨어져 제 갈 길을 간다. 언젠가는 다시 포개어지겠지만 한번 흘러간 순간은 돌아오지 않는다. 적어도 뉴턴의 물리법칙이 작용하는 지구상에서는 말이다. 킹은 달아났다. 관계를 망친 범인은 가연이라고 주장하면서. 불멸을 얻지 못한 삶과 불완전한 외모에 이은 인생의 세번째 비극. 하지만 그녀의 비서격인 형만이 오해하고 있는 것이 있었다. 형만은 '클럽' 내의 국가주의와 가족주의에 맞서 싸우려면 과거에 대한 집착을 버려야 한다고 했지만 잘못 짚은 충고였다. 가연은 자기 연민에 빠지는 타입이 아니었다. 그녀는 강한 여성-남성이었다.

기분이 가라앉아 도저히 나아질 기미를 보이지 않으면 그녀는 욕실 선반에 둔 신경안정제, 발륨을 찾았다. 한 알 먹고 침대에 누우면 세상은 그녀 머리맡에 걸린 데미언 허스트의 〈발륨〉에서 빙글빙글 도는 색점의 무리가 합쳐졌다가 흩어지는 것처럼 단순한 흐름으로 변했다. 눈을 뜨면 아침이었다. 기운은 넘치기 마련. 심지어 '회사'에서 고용한 장님 가정부가 오기 전에 혼자서 집 청소를 모두 끝내버리는 날도 있었다.

삶은 선택이다. 발륨을 먹느냐 먹지 않느냐와 같은. 가연은 일단 잔에 담긴 볼린저부터 다 마시기로 했다. 선택의 미루기를 선택. 톡 쏘는 맛이 혀끝에서부터 입천장을 타고 식도를 지나는 것이 입안에서 장난감 폭죽을 터뜨리는 느낌이었다. 잔에 남은 호박색 액체 속 기포는 풍요와 쾌락을 약속하는 금화처럼 반짝이며 수면 위로 방글방글 솟아올랐다.

불현듯 석류 냄새가 나는 듯했다. 침샘이 반사적으로 침을 토해냈다. 코가 근질거렸다. 낯모르는 누군가 바다에 흘려보낸 병 속에 든 편지처럼 과거의 기억이 어쩌다 찾아온 것일까. 1997년 대한항공의 괌 비행기 추락사고 당시 텔레비전 속보의 사망자 명단에서 부모님 이름을 발견했을 때 그녀는 석류차를 마시고 있었다.

그때는 '남고'에 다니는 '남학생'이었고 법적인 이름은 가영이었다. 족보상으로는 꽤 뼈대 있는 집안의 삼대독자. 일 년 전 자신의 정체성 — "저 여자인 것 같아요" — 을 고백한 뒤로는 아버지에게서 하루 걸러 한 번씩 얻어맞고 있었다. 삼십대 그룹에 드는 대기업의 부장대우 과장인 아버지는 자식에게 손찌검을 할 사람으로 보이진 않았지만, 점잖은 겉모습과는 달리 납품가를 낮추려고 하청업체를 쥐어짤 때 보면 폭력에 자질이 아주 없는 것이 아니었다.

그녀가 처음부터 아버지를 증오했던 것은 아니었다. 사실 그녀는 순간순간 아버지가 자신과 자고 싶어하는 것이 아닐까 추측했다. 자신의 염색체를 물려받은 자식을 그토록 두들겨패는 이유는, 아버지 유전자의 어디엔가 잠복해 있을 동성애의 씨앗을 감추기 위해서가 아닐까 하고. 여자와의 섹스를 좋아했다면, 첫아들로 가연을 낳은 뒤에 딸이든 아들이든 적어도 하나쯤 더 낳지 않았을까? 당시 가연을 비롯해 인생의 스승 겸 애인을 찾아 방황하는 어린 게이들과 돌아가며 자곤 했던 동성애계의 대부격인 한 남자는, 동성애에 대한 일반인의 적대감은 혈연관계를 뛰어넘는다며 미국에서도 커밍아웃을 한 청소년들이 집에서 쫓겨나 홈리스가 된다고 얘기했다. 그러나 가연은 한 귀로 흘려넘겼다. 아버지를 퍽이나 사랑했으니까.

그러나 부모님이, 아들이 '딸'이 되고 싶어하는 것이 자신들의 전생의 업보라 여겨 주말마다 절에서 불공을 드리고 있다는 사실을 알고는 배신감에 치를 떨었다. 텔레비전을 보다가 우연찮게 만화영화 〈심슨 가족〉에서 진정한 가족의 모델을 발견한 뒤부터는 부모님에 대한 증오를 불태우기 시작했다 : 딸 리사가 학교 밴드부에서 지도교사와 불화를 일으키자 어머니 마지는 학교 연습실까지 태워다주면서 웃고 싶지 않아도 억지로라도 웃으라고 가르친다. 그러나 지도교사가 얼마나 몰인정한지를 제 눈으로 목격하자 딸을 당장 데리고 나와버린다. "웃고 싶으면 웃고 찡그리고 싶으면 찡그려라. 가족이 네 우산이 되어줄게."

가연은 깨달음을 얻었다. 그래, 진짜 가족이라면 저래야 해. 눈앞이 확 트였다. 그렇다, 그녀의 부모는 부모가 아니었다. 신의 실수로 운명이 뒤틀려 전혀 인연이 없던 성인 부부와 어여쁜 소녀가 각각 부모와 아들로 잘못 만난 것이었다.

틀린 것은 바로잡아야 한다. 가연은 석류가 여성호르몬 분비를 촉진한다는 말을 듣고는 집에서 몰래 석류차를 달여 마시며 가족이라는 굴레를 벗어던질 날을 꿈꿨다. 석류의 성분이 바짓가랑이 속에서 달랑거리는 것을 열매처럼 떼어내줄 거라고는 생각하지 않았다. 하지만 그 시큼한 맛은 '와신상담(臥薪嘗膽)', 반드시 여자가 되겠노라고 다짐하게끔 만들었다. 부모님의 죽음, 정확히 말하면 1997년 승객과 승무원 전원인 총 이백이십팔 명이 사망한 대한항공 여객기의 괌 추락사고에서 새카맣게 탄 비행기의 잔해가 텔레비전 화면에 비치자 가연은 찻잔에서 솟아오른 시큼한 냄새에 침이 확 고였다. 얼른 삼키지 않았더라면 입가로 줄줄 흘러내렸을 것이었다.

고모네 부부가 죽은 날에도 가연은 코끝이 찡할 정도로 지독한 석류 냄새를 맡았다. 그녀는 부모님이 돌아가시자 고모 부부 밑에서 일 년을 살았다. 두 사람은 그녀의 마음을 잘 이해하는 것처럼 보였다. 고등학교만 졸업하면 성전환 수술을 받게 해주겠다고 약속까지 했다.

하지만 그녀는 그들을 신뢰하지 않았다. 친자식 — 아들 하나에 딸 둘 — 보다 그녀를 더 아끼고 정성을 쏟는 모습을 보였기 때문이었다. 십중팔구 그녀가 부모님의 사고로 받은 막대한 보상금에 눈독을 들이는 것이리라. 미국 정부를 상대로 소송을 걸겠다고 나선 일부 유가족들의 모임에 고모네가 합류하자 그녀는 의심을 확고히 굳혔다.

그녀는 고모 부부가 경부고속도로에서 교통사고로 사망한 날에도 손수 끓인 석류차를 마시고 있었다. 고모가 만든 것은 안에다 수은이라도 탄 것이 아닐까 의심스러워 마시는 척만 했고 세면대에 모조리 쏟아버렸다. 경찰서에서 전화가 왔을 때 찻잔에서는 또다시 시큼한 석류향이 코의 점막을 찔렀고, 그녀는 슬퍼하는 것처럼 눈물과 콧물을 쏟았다.

그렇다면 이날 저녁은 어떤가. 가연은 더이상 석류를 먹지 않았다. 옛날 일이 불쑥 떠오른 것을 보면 아무래도 감상에 빠진 것이 분명했다. 그녀는 발륨을 한 알 먹고 자야겠다고 생각했다.

초인종이 울렸다. 새벽에 집을 잘못 찾아온 사람이 있을 리는 없었다. 형만? 그와는 세 시간 전에 통화했다. 아래층 주인? 난데없이 석류의 냄새를 맡은 것은 새로운 사건의 예고일지도 몰랐다. 그녀는 삼층짜리 저택의 이층과 삼층을 썼고, 도영은 일층을 썼다. '클럽'의 파티나 '회사'의 이사회에서 말고는 두 사람은 태평양을 사이에 둔 것처럼 털끝조차 마주친 적이 없었다. 하지만 이날은……

인터폰의 모니터에 나타난 사람은 짙은 수염에 검게 그을린 얼굴의 돛대처럼 꼿꼿하고 단단한 남자가 아니었다. 술기운에 불어터진 얼굴이 휘청거리는 몸뚱이에 간신히 매달려 있었다. 푸우, 술 취한 푸우. 남자는 초인종만 눌러놓고 말도 제대로 못 하고 서 있었다.

가연은 그냥 무시하고 돌아서려고 했다. 그녀를 따르는 남자는 예나 지금이나 넘쳐났지만 술에 취해 제 한 몸 가누지 못하고 불쑥 쳐들어온 자는 태어나서 두번째이자 평창동에 살면서는 처음이었다. 얼어 죽든 말든 맘대로 하라지. 그런데 갑자기 광대뼈가 툭 튀어나온 말상이 조식을 밀어내고는 택시비를 갖고 빨리 내려오라고 소리쳤다. 택시기사였다. 그녀의 관자놀이에 혈관이 불뚝 튀어나왔다.

인터폰에서 아무런 응답이 없자 택시기사가 다시 한번 재촉했다. 쥐처럼 찢어진 눈이 집요해 보였다. 돈을 받기 전까지는 밤새 난리를 칠 것 같았다.

가연은 수습책을 생각했다. 일단 안으로 데려다놓은 다름 형만에게 맡기자. 그리고 조식과의 관계는 완전히 정리. 주주 자격도 박탈. 조식을 자신의 컬렉션—크고 작음과 뚱뚱함과 날씬함을 총망라하는 남녀로 이뤄진 섹스 파트너의 그룹으로, 가연 자신은 일명 '자식들'이라 부르는—에 넣고 싶어하는 배남이 어떻게 나올지 신경쓰였지만 그건 나중에 차차 생각해보자. 가연의 눈 밖에 났다는 사실을 안다면 그도 조식에게 흥미를 잃을 것이었다.

가연은 헐렁한 원피스로 갈아입고 안에 털을 두껍게 댄 가죽재킷을 입었다. 호신용으로 부엌에서 윌리엄 헨리의 마흔다섯 겹 스테인리스 스틸로 만든 예리한 부엌칼을 챙기는 것도 잊지 않았다. 그녀는 사람을 딱 한 번 죽여본 적 있었다.

문제는 택시비였다. 평소에 직접 돈을 지불할 일이 거의 없었기 때문에 현금을 찾기가 쉽지 않았다. 서랍장을 모두 뒤져 나온 것은 너덜너덜한 만원짜리 석 장이었다.

운전기사는 택시비가 오만원이 넘게 나왔다고 했지만 가연은 주머니에서 칼끝을 매만지며 코웃음을 쳤다. 자긴 알 바 아니니 억울하면 경찰서로 가라고 하니까 기사는 투덜거리며 돈을 받고 사라졌다. 그동안 조식은 담장에 몸을 기대고 꾸벅꾸벅 졸고 있었다. 구두도 신지 않은 채였다. 그대로 내버려두고 싶었지만 가연은 그의 뺨을 세게 때리며 앞장세웠다. 조식은 현관으로 향하는 낮은 경사로를 엉금엉금 올라갔다. 그녀는 칼이 든 주머니에서 손을 빼지 않은 채 뒤따라갔다.

조식은 엘리베이터 문이 열리자마자 흙발로 거실에 들어와 소파에 벌러덩 누웠다. 슬리퍼를 신으라고 할 새도 없었다. 조식의 발자국이 거실의 흰 대리석 바닥에 찍혔다. 가연은 얼굴을 찡그리면서 형만의 휴대폰으로 전화를 걸었다. 받지 않았다. 한번 더 걸었지만 마찬가지였다. 형만이 가연의 전화를 받지 않는 것도 전례 없는 일이었다.

'한잔 마셔야겠군.'

가연은 식당으로 갔다. 얼음을 채운 버킷에 마개를 딴 볼린저가 있었다. 한 잔 가득 부어 돌아올 동안 조식은 여전히 정신을 차리지 못하고 있었다.

"미안해요."

조식이 힘겹게 말했다.

"어떻게 여기까지 올 생각을 했어요?"

"여기가 어디죠?"

"쫓아내버릴까보다. 구두는 어디다 내버렸어요?"

그가 뭐라고 우물거렸지만 알아들을 수가 없었다.

"아예 홀랑 벗고 다니지 그래요? 어차피 볼 것도 없지만."

"미안해요."

가연은 차갑게 내려다보기만 했다. 조식은 눈을 껌뻑이다가, 문득 새로운 뉴스거리라는 듯 말했다.

"여자친구가 죽었어요."

"그래서요?"

"저랑 싸우고 나간 다음에 멀리 가서 목을 매달았더라고요."

단어 하나하나에 강조점을 찍듯 천천히 발음했지만 극적인 효과를 내진 못했다.

"그래서요?"

"경찰서까지 다녀왔는데……"

조식은 더듬거렸다.

"사랑하지도 않았다면서요? 죽이려고 목까지 졸랐다면서."

가연도 다 알고 있었다. 조식이 자책과 죄의식이 담긴 푸념과 한탄을 하고 있는 동안 가연은 다시 형만에게 전화를 걸었다. 여전히 받지 않았다. 발룸도 필요 없는 노곤한 밤이 될 것 같았다. 조식은 가연의 힘으로 끌어내기에는 너무 무거워 보였다. 죽이는 것이 훨씬 쉬웠다. 나이프로 목을 살짝 그어주기만 하면 된다. 하지만 그러면 애지중지하는 가죽소파에 피가 튀게 된다.

"저도 한 잔만."

조식이 가연의 손에 들린 잔을 보며 애원하듯 말했다.

"노!"

가연은 경멸을 숨기지 않았다. 한잔 마시니 막힌 생각이 조금 뚫리는 느낌이었다. 그녀는 신랄해졌다.

"실망이야."

조식은 마른침을 삼켰다.

"정말 실망이야. 기대한 것과는 딴판이야."

"뭐가요?"

조식의 말문이 겨우 열렸다.

"죄의식을 느끼는 건가? 아니면 죄의식을 느껴야 한다고 자기 암시를 거는 거야? 이번이 처음도 아니잖아? 작년 이맘때는 슬프지도 않았다며. 투명인간이 되어 울면서도 우는 나를 지켜보는 또다른 나를 보는 것 같았다면서? 탈상한 다음에는 날아갈 것처럼 가벼웠다면서. 그렇다면 이번엔 좀더 어른스러워야 하는 거 아니야?"

조식은 '클럽'을 알게 되기 전 형만과의 첫 만남에서 술에 취해 그렇게 말했다. 하지만 그건 취중에 격앙된 감정이 내뱉은, 참도 거짓도 아닌 앞으로 증명되어야 할 하나의 가설일 따름이었다. 조식은 정수리가 쪼개지는 아픔을 느끼면서도 그렇게 해명하고자 했다.

"부모님은 사고였어요, 그리고……"

"코엘료의 『연금술사』 같은 책도 안 읽었어요? '이 세상에는 위대한 진실이 하나 있어. 무언가를 온 마음을 다해 원한다면, 반드시 그렇게 된다는 거야. 무언가를 바라는 마음은 곧 우주의 마음으로부터 비롯된 때문이지.' ……당신이 원하지 않았으면 그런 일이 생겼을 것 같아요? 아직도 당신이 한 짓을 믿지 않는다는 말이에요? 세상에 우연이 있다고 생각해요?"

가연이 말을 마치고는 어이없다는 듯 입을 딱 벌렸다. 식당에 둔 휴대폰이 울리자 그녀는 잠시 사라졌다. 응, 응, 하는 짧은 대답이 조식에게도 들렸다.

"형만씨가 볼일을 마치면 당신을 데리러 올 거예요."

가연은 휴대폰을 재킷 주머니에 넣었다. 칼이 든 바로 그 주머니였다.

"잠은 집에서 자야겠죠?"

조식은 그 말에 자세를 바로 하고 앉았다. 술기운이 어느 정도 가시자 갈증이 왔다. 손등과 팔뚝의 상처가 화끈거리기 시작했다. 흙투성이가 된 양말과 해진 무릎에 눈길이 갔다. 모두 벗어버리면 가연이 어떻게 나올지 궁금했다.

가연은 벽에 바싹 붙인 장식장 위에 잔을 두고 주머니에 양손을 찔러넣고 있었다. 분명 조식을 경계하는 눈빛이었다. 엘리베이터에서 종종 볼 수 있는 낯선 여자들의 익숙한 눈빛.

"그건 사고였어요."

조식은 다시 한번 말했다. 아까의 변명조에서 어투가 조금 바뀌었다.

"그럼 대체 당신이 어떻게 '클럽'에 들어올 수 있었다고 생각하죠?"

가연이 격앙된 목소리로 말했다. 단단한 벽에서 틈이 벌어지며 감정이 조금씩 새나오는 것을 조식은 목격했다. 어쩐지 그녀의 약점을 잡을 수 있을 것만 같았다. 조식은 방을 둘러보다가 지난번에 왔을 때에는 지나쳤던 특이한 점을 발견했다. 창문을 완전히 가린 두꺼운 아마포의 이중 커튼, 외부세계와 단절을 선언하는 성벽의 마무리 장식.

"왜 커튼을 걷지 않죠? 겁이 나나요?"

조식이 물었다. 커튼 바깥에는 숲, 그리고 그가 도망쳐온 어둠이 있었다. 백야의 알래스카로 떠나지 않는 한 매일 마주쳐야 하는 죽음의 합창대가 그곳에서 노래하고 있었다.

가연은 담배를 물었다. 어린 소녀 같았던 그녀의 얼굴이 담배에 불을 붙이는 순간 세월에 풍화된 스핑크스처럼 보였다.

초인종 소리가 울렸다. 인터폰의 모니터에 형만의 얼굴이 나타났다.

"자, 이제 집에 갈 시간이 됐군요. 재워줄 수는 없어요. 그건 규칙 위반이니까."

가연은 조식을 엘리베이터까지 데려다주며 말했다. 다시 평상심을 찾은, 듣기에 따라서는 달래는 듯한 말투였다.

"가서 푹 자요."

문이 닫혔다.

*

쿼츠 글라스 코팅으로 반짝이는 형만의 BMW X5는 밤하늘의 유성처럼 도로를 지쳤다. 운전대를 잡은 형만은 평상시와 마찬가지로 정장을 입고 있었다. 뒷좌석에 앉은 조식은 운전석에 펼쳐진 형만의 널찍한 등판에 갑갑함을 느꼈다. 닫힌 창문은 외부의 소음을 완벽히 차단했다. 들리는 것은 자신의 숨소리뿐이었다. 쩍 벌린 다리 사이에선 오줌 냄새도 났다. 마른 풀밭을 헤매다가 바지에 지린 모양이었다. 역겹고 혐오스러운 밤이었다.

"꼴이 말이 아니군."

형만이 말했다. 조식은 대꾸하기도 귀찮았다.

"뭐가 잘 안 돼?"

형만은 백미러로 조식을 힐끔 보며 물었다. 조식은 입을 다문 채 창밖으로 시선을 돌렸다. 눈이 침침했다. 며칠 사이에 시력이 부쩍 나빠진 것 같았다. 난 안경 쓴 사람은 싫어요. 정직해 보이지 않으니까. 그는 혜정의 말이 생각나 피식 웃었다. 나안 좌우안 시력이 0.7 이상인 남자만 골라 사귀었지만 속이고 배신당하고 죽었으니까 말이다.

"그 인형은 아무한테나 주는 게 아니라고."

조식은 형만의 뒤통수를 쳐다봤다. 백미러 속의 차가운 눈이 그를 주시하고 있었다.

"그 인형을 원한 사람이 한두 명이 아니었다고."

조식은 손으로 이마를 짚었다. 손톱 아래와 손의 주름에 낀 진흙이 땀방울에 젖어 그의 이마에 땟자국을 만들었다.

"네가 그걸 어떻게 알아?"

"내가 선물한 거잖아."

"크리스마스?"

"어."

형만은 정지신호에 브레이크를 밟았다. 그 반동에 차가 앞뒤로 살짝 흔들렸다.

"그거, 어디에 쓰는 거야?"

"지금 농담하는 거야?"

형만은 깜빡이를 켜고 일차선으로 진입했다.

"얘기해줘."

"네가 달라고 한 거잖아."

형만은 백미러로 조식을 빤히 쳐다봤다. 조식은 웃으려 했지만 웃음이 나오지 않았다.

"언제?"

"크리스마스."

자동차의 속도가 빨라졌다. 조식에게도 익숙한 야경이었다. 경복궁 앞을 지나고 있었다.

"내 얘기를 조금 해볼까? 너한테 많은 기대를 걸고 있어. 회장도 그렇고. 우린 지금 너 같은 사람이 필요해. '클럽'과 '회사'는 지금 내전이 터지기 직전이야. 두 파로 갈려 싸우고 있지. 조직은 커지고 있는데 사람이 없어. 생각해봐. '회사'의 펀드만 해도 자금 운용은 전문가에게 맡길 수 있지만 관리 감독은 결국 우리 몫이야. 그게 쉬운 일이 아니잖아? 해가 갈수록 수익률 내기가 힘들어져. 2010년 이후에 경제의 암흑기가 도래한다면 '회사'도 끝장날지 몰라. 그럼 친목모임으로서의 '클럽'만이 남겠지."

"가연씨의 생각을 모르겠어."

조식은 바싹 마른 입천장을 혀로 쓸었다. 목이 말랐다. 물 한 잔쯤은 얻어 마실 수 있었는데. 조식은 가연이 괘씸해졌다. 매정한 여자, 아니 남자? 젠장.

"정확히 말하면 아무것도 없어."

"원하는 게 없다고?"

"그 반대지, 싫어하는 것도 많고."

"배남 같은 사람을 말하는 거야?"

"응."

형만은 그렇게 말하고, 자신의 말을 곱씹어보듯 잠시 입을 다물었다.

"부회장이 '노아 프로젝트'를 주장했다면 회장은 찬성했을 거야."

"왜 그렇게 싫어하지? 이유가 뭐야?"

"가짜라고 생각하니까."

"왜?"

"배남네 가족은 화재로 죽었어. 어머니, 아버지, 형. 그렇게 세 명이 대낮에 집에서 낮잠을 자다 불에 타 죽었지. 여동생은 그보다 일주일 전에 한 여관에서 목을 매 자살했고. 생명보험에 화재보험까지, 걸린 돈이 워낙 많아서 경찰도 조사를 철저히 했고 보험사는 특히 더 그랬지. 하지만 결론은 무리한 전력 사용으로 인한 합선, 그게 전부였어."

"그런데?"

"여동생을 임신시켰다고 하더군. 사진을 보니까 오빠와는 전혀 안 닮았던데. 예뻤더라고."

형만은 조식의 표정을 힐끔 보고는 설명을 추가했다.

"그 사실을 덮으려고 했다는 거야."

"네 명을 죽여서?"

"그도 사람이야. 감정에 휘둘릴 때가 있다고. 다들 너 같진 않아."

"무슨 뜻이야?"

"너에겐 비효율적이고 거추장스러운 짓으로 보일 수도 있겠지. 넌 돈 때문이었잖아."

"그건 사고였어."

"그럼 네 여자친구 얘길 해볼까? 왜 죽인 거야? 임신한 것도 아니었잖아? 그냥 귀찮았던 거 아냐?"

"그건……"

"어렵게 구한 인형을 너에게 왜 준 줄 알아? 너한테 기대를 많이 하고 있어서야. 넌 그럴 자격도 있고. 지난번에 내가 한 말 기억해? 네가 얼마나 원하느냐에 달려 있다고. 회장과 이지 둘 중에 누굴 더 원하는

지 고민할 필요도 없어. 원하면 다 가질 수 있으니까."

"어떻게 그렇게 자신할 수 있지?"

"이미 성능이 검증된 거니까."

자동차는 현대백화점을 지나 산울림소극장으로 이어지는 도로 끝에서 좌회전 신호를 기다리기 위해 멈춰섰다. 집에 가까워지자 조식은 졸음이 퍼뜩 깼다. 인형은 아직도 옷장에 매달려 있다. 눈을 커다랗게 뜬 채 사악한 미소를 지으며 조식을 기다리고 있을 것이다.

"다른 사람이…… 쓰던 거란 말이야?"

조식이 미간을 좁히며 얼굴을 찡그렸다.

"아니, 네가 갖고 있는 건 최신형이야. 내가 말하는 건 초창기 버전이야."

형만은 설명이 길어지자 지겨워하는 것 같았다. 좌회전 신호가 들어오자 그는 다시 액셀러레이터를 밟았다.

"부회장에게 열등감을 가질 필요 없어. 그가 잘나서 회장과 사귀었던 게 아니니까."

조식이 그 말뜻을 파악하기 전에 형만이 덧붙였다.

"인형을 쓴 사람이 네가 처음이 아니라는 거야."

"그럼 둘은 왜 헤어진 거야?"

"초창기 버전의 인형이었으니까."

그 말을 곧이곧대로 받아들이긴 힘들었다. 하지만 인형의 목을 매달자 혜정은 죽었다. 조식은 좀더 시간을 뒤로 돌려봤다. 가연의 저택에서는 곤드레만드레 취한 이지와 섹스를 했다. 그전에 조식이 인형과 한 일이라면…… 하지만 인형을 이지라 생각했던 것은 아니었다. 인형에게 성욕을 느낀 것은 여러 이유가 복잡하게 얽혀 있어서, 이것이 주된 이유고 저것은 부차적이라고 하나하나 구별할 수는 없었다. 변치 않는 사실은, 이지와 섹스하기 전에 인형과 섹스했고, 혜정이 목을 매달기 전에 인형의 목을 매달았다는 점이었다.

"도대체 그런 게 어디서 난 거야?"

"나와 한 약속은 어떻게 할 건지부터 말해봐."

형만이 눈을 가늘게 뜨며 말했다. 조식은 입을 벌렸지만 딱히 할 말이 없었다.

"배남을 해치우겠다고 큰소리를 뻥뻥 쳤잖아."

형만이 말하는 저 약속도 크리스마스 이브의 잃어버린 기억 속에 있는 것일까? 하지만 그 당시 조식은 배남의 존재조차도 몰랐다. 그는 곰곰 생각했다. 거짓말, 거짓말이다. 하지만 생각하면 생각할수록 자신이 없어졌다. 그날의 일을 거의 새카맣게 잊고 있다는 사실이 그를 약하게 만들었다.

"날더러 사람을 죽이라고?"

"지금까지 해오던 대로. 네겐 어려운 일도 아니잖아."

"그건 내가 원한다고 되는 일이 아니야."

"그래서 인형을 줬잖아."

"말도 안 돼."

"좋아, 내가 양보하지. 나와 함께 '회사'에서 일해. 이사회 임원 자격을 얻으려면 내년이 되어야겠지만 직원으로 일하는 건 가능하니까."

"너처럼?"

"내 직속 상관이 되라는 거야. 정확한 직책은 회장 직속의 기조실장, 직급상으론 이사대우 부장이야."

"좋아, 생각해볼 시간을 줘. 언제 대답하면 돼?"

"지금 당장."

"그건 곤란해."

형만이 차를 세웠다. 어느새 조식의 집 앞이었다. 조식은 차에서 내리려 했다. 일단 쉬고 싶었고, 오줌도 마려웠다. 하지만 문이 열리지 않았다.

"뭐야?"

"'예스'인지 '노'인지 확실히 대답하고 가."

조식은 화를 내려다가, 백미러에 비친 싸늘한 눈빛에 기가 죽었다. 회반죽처럼 굳은 형만의 표정 뒤에는 판독하기 힘든 사고의 회로가 감춰져 있었다. 처음으로, 형만이 친구가 아닐 수도 있다는 생각이 들었다.

"'노'라면 어떻게 할 거야?"

조식의 얼굴이 경계심으로 딱딱해졌다.

"별거 없어. 인형을 도로 가져가는 거지."

형만은 그렇게 말하며 뾰족한 코의 옆얼굴을 보이며 흘겨봤다. 조식은 가져갈 테면 가져가라고 쏘아붙이려 했다. 그것이 그의 의지였다. 하지만 입에서는 정반대의 말이 흘러나왔다. 길고 구차하게. '회사'의 업무에 대해 구체적으로 아는 바가 없다, 그런 것도 설명해주지 않고 당장 결정하라는 것은 부당하다, 지금 다니는 회사는 어떻게 하라는 것이냐, 등등.

"그럼 '예스'인 거지?"

"그래."

조식은 억지로 대답했다. 그러지 않으면 영원히 갇혀 있을 것만 같았다.

형만의 차는 후진해 골목길 어귀를 빠져나갔다. 발이 시렸다. 불에 달군 철판을 지나가는 것처럼 조식은 맨발로 계단을 펄쩍펄쩍 뛰어 올라갔다.

현관문 자물쇠의 비밀번호를 눌렀다. 인형은 여전히 목이 매달려 있을 것이다. 그것은 눈을 깜빡이거나 입술을 움직이거나, 또다시 혜정의 목소리를 빌려 말을 걸 수 있었다. 그러나 그 인형이 형만의 선물이라고 생각하자 두려움이 어느 정도 가셨다. 그것은 길들일 수 없는 야수가 아니라 소원을 들어주는 램프의 요정이다.

문이 열렸다. 그는 문고리를 잡고 심호흡을 한 뒤 힘껏 앞으로 밀었다. 썩은 고기 냄새가 코를 찔렀다. 순간 시체 냄새인 듯한 착각에 다리가 먼저 줄행랑을 치려고 했다. 두 손으로 문간을 꼭 붙잡고 있지 않았다면 또다시 악몽 속을 달리고 있었을 것이다.

냄새의 진원지는 혜정이 개수대에 내팽개쳐두었던 호주산 특상등급 생고기였다. 부패한 냄새는 창문이 꼭꼭 닫혀 밀폐된 집 안을 가득 채우고 있었다.

어서 와.

영원히 썩지 않는 피부의 인형이 반갑게 인사했다. 누구의 목소리인지는 몰라도, 분명 혜정의 목소리는 아니었다.

연인Lovers

이 카드가 표상하는 바는 관계와 선택 그리고 짝짓기의 속성으로 알려진 것들……
매력, 구애, 유혹, 시시덕거리기, 호르몬 과다 분비, 불타오르는 성욕,
지고의 행복, 열정, 약혼, 결혼, 바람피우기, 내연의 연인.
카드가 뒤집혀 나오면 피상적인 관계, 나쁜 친구, 엇갈린 사랑, 불완전한 사랑,
일방적인 열정, 장애물 많은 관계……
프랑스의 속담. "어느 한쪽이 권태에 빠지면 다른 한쪽은 고통받는다."

6

 조식은 사각팬티 한 장만을 달랑 걸치고 욕실에 쭈그리고 앉아 인형을 씻기고 있었다. 아기용 해면에 혜정이 애용했던 록시탕의 버베나 향 보디클린저를 묻혀 구석구석 섬세하게 닦아냈다. 인형은 속삭였다. 박박 문질러줘. 혜정은 조식의 집에서도 이태리타월로 몸을 박박 문지르며 목욕하곤 했다. 하지만 인형에게 그렇게 했다가는 연약한 실리콘 피부가 늙은 수세미처럼 거칠어져 버릴 것이다.

 인형은 혜정의 목소리를 빌려 조잘거렸다. 여자가 여자다워지려면 어때야 하는지 알아? 인형의 벌어진 입안에는 혀가 없었다. 남자의 성기를 받아들이는 용도의 텅 빈 구멍에서 버스기사가 틀어놓은 듣기 싫은 라디오 방송처럼 끊임없이 소리가 흘러나오고 있었다.

 보지가 깨끗해야 해. 인형은 그렇게 말하고는 까르르 웃었다. 단란주점에서 접대부에게 만원짜리 두어 장을 팁으로 쥐여주며 부자인 양 으스대는 중년 남자의 웃음이 한자락 스치고 지나갔다. 넌 잔뜩 싸놓고선

날 내버려두고 갔지. 집에는 들어오지도 않고 말이야. 날 가지려면 좀더 남자답게 행동해봐.

조식이 인형의 가슴을 닦으며 실리콘 두덩을 손으로 쥐었다 놓자 소프라노의 신음소리가 났다. 내 가슴 예쁘지 않아? 문득 혜정의 납작한 가슴이 떠올랐다가, 이지의 풍만한 가슴, 우유 냄새가 나는 젖무덤이 몹시도 그리워졌다. 인형의 변온성(變溫性) 피부는 욕실 타일이 내뿜는 찬 기운에 더욱 싸늘해졌다. 날 가짜라고 생각하는 거야? 지금 거리에 나가봐. 텔레비전을 보라구. 얼마나 많은 여자들이 나랑 똑같은 가슴을 갖고 있는지. 남자들은 가짜라고 욕하면서도 미치도록 달라붙지. 너도 잔뜩 쌌잖아!

조식은 해면을 쥐어짜며 인형의 복부를 닦았다. 도수 높은 오목렌즈처럼 급격한 곡선의 허리를 닦을 때 인형이 기다렸다는 듯 말했다. 내 보지 냄새를 맡아봐. 코를 들이밀어봐. 얼마나 지독한지 말야. 조식은 자기도 모르게 인형을 들어 덮개를 덮은 변기 위에 앉혀놓고는 그곳에 코를 대고 킁킁거렸다. 인형의 표현은 과장된 것이었다. 희미하지만 중고등학교 때 익숙해진, 정액을 닦은 클리넥스로 꽉 찬 휴지통의 냄새. 그리 나쁘진 않았다.

자, 이제 손가락을 넣어봐. 씻기는 법을 가르쳐주지. 인형은 자지러지는 신음을 냈다. 손가락 두 마디 깊이야. 인형은 계속 말했다. 손가락 끝에 만져지는 것이 있지? 로맨틱한 분위기에서 여자의 옷을 벗기든 강제로 하든 네가 반드시 알아야 하는 지점이야. 그것을 만지는 것만으로도 미친 듯이 흥분하고 물총처럼 체액을 발사하는 여자도 있지. 너도 들어본 적은 있지? 전설처럼 전해지는 그 비밀의 장소 말야. 하수구를 막은 머리카락처럼 미끈거리는 감촉이 손가락에 닿았다. 조식은 해면을 구겨 인형의 성기 안에 쑤셔넣었는데, 빼내는 것은 퍽 어려웠다. 샤워기의 물을 강하게 틀어 속에 남은 비눗기를 닦아냈다.

오, 예.

인형이 탄성을 질렀다.

*

가연은 꿈을 꿨다. 너무도 노골적인 내용이라 꿈이라 생각해도 부끄러웠다. 그녀는 이지를 유명하게 만든, 몸의 실루엣을 벌거벗은 것보다 더욱 노골적으로 드러내는 라이크라 드레스를 입고 침대에 누워 있었다. 꿈속이라서 그런지 가슴은 그녀가 원하는 사이즈만큼 커져서 희희낙락하고 있는데, 난데없이 조식이 길고 커다란 검을 들고 와 그녀의 오른쪽 갈비뼈 아래에 날카로운 날을 쑤셔넣더니 아랫배까지 L자 모양으로 갈랐다. 피가 넘쳐흘렀다. 가연은 튀어나오는 내장을 손으로 껴안듯 하며 비명을 질렀다. 고통을 내뱉기보다 탄성에 가까운 소리였다. 피는 사방에 넘쳐흘렀다. 짜디짠 핏물이 코와 입으로 마구 흘러들었다. 내장을 뱉어낸 몸은 참을 수 없도록 가벼웠다.

*

조식은 인형을 침대에 눕히고 그 위에 엎드렸다. 인형의 피부가 싸늘해지지 않도록 담요를 두르고 인형의 입술에 키스를 했다. 단물이 빠진 추잉검을 씹는 듯했지만 열심히 핥고 빨았다. 밖에서 초인종 소리가 나서 잠시 동작을 멈췄다. 옆집에 피자헛 피자가 도착했다. 으음, 그렇게. 넌 너무 잘해. 인형은 도취한 목소리로 조식을 격려했다. 그것의 피부는 조식의 체온을 받아 따뜻해졌다.

눈을 감겨줘. 조식은 인형의 눈꺼풀을 내리고 인형의 다리를 벌렸다. 그것은 체조선수처럼 유연하게 벌어졌다. 조식의 머리가 담요 속으로 사라졌다. 인형의 분홍빛 성기는 곧 타액으로 축축해졌다. 조식의 머리가 다시 밖으로 나왔다.

그리 단단하게 발기하지 않았기 때문에 인형에게 삽입하는 것은 꽤 힘들었다. 하지만 일단 진입해 움직이기 시작하자, 인형의 성기에서는 공기가 빠져나가며 진공이 형성되는 흡입효과(suction effect)가 일어났다. 그것은 변기청소용 고무 흡착기처럼 조식의 남근을 새파랗게 질리도록 빨아들였다. 우, 와, 우, 와. 인형은 거칠게 내질렀다.

내가 올라갈래. 조식은 인형의 다리가 눌리지 않게 조심하며 빙글 돌아누웠다. 인형의 단단한 엉덩이를 손잡이처럼 쥐고 위아래로 움직였다. 눈을 살포시 감은 인형의 모습이 새색시처럼 보였다. 뒤로 해줘. 그는 베개를 깐 뒤 인형을 그 위에 엎어놓고 엉덩이를 들어올렸다. 조식의 아랫배와 인형의 엉덩이가 부딪치며 우레와 같은 박수를 쳤다. 인형의 찰랑이는 머리카락이 등에 포물선을 그렸다. 가슴을 만져줘. 조식은 지시에 따랐다. 인형의 몸에 지나치게 무게를 실으면 인형의 팔꿈치와 무릎 관절에 손상이 갈 수 있었기에 중심을 잡는 것이 꽤 힘들었다. 섹스는 서커스가 되어가고 있었다.

이제 하나 남았어. 인형의 속삭임이 조식의 귓가를 애무하듯 파고들었다. 후장치기야. 조식은 말라버린 성기에 다시 침을 바르고 인형의 엉덩이에 뚫린 구멍에 넣었다. 혈관에 주사를 놓는 간호사처럼, 서서히. 인형의 비명이 사방으로 찢어졌다. 어서, 어서. 날 죽이지 못하면 어떤 여자도 죽일 수 없어. 어서 해봐. 인형은 조식의 정액을 잔뜩 채워넣은 크리스피 크림의 크림필드 도넛이 되길 원했다. 어쩌면 생전의 혜정도 그렇게 되고 싶었는지 모른다. 다만 그가 둔해서 몰랐을 뿐. 가연도 원할 것이다. 고환이 아플 정도로 수축했다. 혜정의 유령이 불알을 쥐고 흔드는 것 같았다.

*

　가연은 꿈을 꿨다. 눈을 뜨자마자 침대 시트에 오줌을 지리지 않았는지 확인했을 정도로 충격적인 꿈이었다. 조식은 고대 페르시아 왕국의 술탄처럼 당당하게 아랫배를 내밀고 서 있었고, 그녀는 무릎을 꿇은 채 그의 성기를 성배라도 되는 양 조심스럽게 받쳐들고 입술과 혀를 써서 애무했다. 그의 성기는 길고 굵어서, 입안에 넣을 때는 칼을 문 것처럼 언제 목이 꿰뚫릴지 모르게 아슬아슬했다. 좀더 커지기라도 하면 턱이 빠질 것만 같았다.

　조식은 그녀를 엎드리게 하고서 엉덩이를 두 번 탁탁 쳤다. 그녀는 도망치고만 싶었다. 죽을지도 모른다는 생각이 들었다. 항문이 불타올랐다. 몸이 녹기 시작했다. 어렸을 때 어머니가 읽어줬던 동화 「꼬마 검둥이 삼보의 모험」에서 호랑이 네 마리가 서로의 꼬리를 물고 뱅글뱅글 돌다 버터가 되는 장면이 연상됐다.

　"호랑이들은 화가 몹시 났으나 상대편 꼬리를 놓치지는 않았습니다. 그러고서 성이 머리끝까지 올라 이제는 어떻게 해서라도 상대편을 잡아먹으려고 나무 둘레를 마구 뱅글거리며 돌기 시작했습니다. 점점 빨리 뛰게 되니까 나중에는 모두 눈앞이 어지러워졌습니다. 어디에 호랑이 발이 있는지도 분간할 수 없게 되었습니다. 그래도 호랑이들이 점점 빨리 뛰게 되자, 마지막에는 모두 그 자리에 녹아버렸습니다. 나무뿌리 둘레에는 녹은 버터가 큰물이 괸 자리처럼 번져 있었습니다."

*

　조식은 가톨릭의 성체봉헌 의식처럼 거룩하고 장엄한 분위기 속에서 인형과 섹스를 하고 있었다.

조식은 신중하게 실리콘 덩어리의 각 지점을 정복해나갔다. 리얼돌의 제조사가 홈페이지에서 장담하는 대로 흡입효과는 인형의 성기보다 입에서 더 강하게 나타나서, 조식은 인형의 무릎을 꿇리고 그것의 입에 발기한 성기를 집어넣고 움직이길 더 즐기게 됐다. 때론 사정하면서 '인형이 여자보다 더 좋은 이유'가 백 가지쯤 머릿속에 지나갔으나 대체로는 균형감각을 갖고 인형을 대했다. 무생물과 산 사람을 착각하지 않고 자신이 원하는 바에 집중했다. 그것의 사용법이 그러했다.

조식이 인형의 입에, 정액을 마치 자신의 피와 살이라도 되는 양 정성껏 집어넣고 있는데 휴대폰이 요란하게 울렸다. 이지였다. 그녀는 '우연히' '지나가다가' 홍대 쪽에 오게 됐다며 시간이 나면 잠깐 볼 수 있겠냐고 물었다.

조식은 온갖 섹시한 차림의 그녀 모습을 상상하며 기대에 부푼 마음으로 빈 옥수수자루처럼 구부러진 성기를 비누로 깨끗이 닦고, 레드 컬러 밴드의 캘빈 클라인 트렁크를 입고서 오늘 잘 부탁한다는 듯 불룩한 성기 부분을 툭툭 두드렸다. 거울 속의 그의 모습은 마커스 셍켄버그만큼이나 근사해 보였다.

세수를 하고 머리를 빗고 있는데 인형이 아우성쳤다. 자길 혼자 놔두고 갈 거냐고. 인형과 대화하는 데 꽤 익숙해진 조식은, 그럼 데려가야 하냐고 반문했다. 인형은 옷장 속에 들어가면서는 비명을 질렀다. 난 어두운 게 싫어! 좁은 곳이 싫단 말야! 그가 현관문을 닫을 때까지 아우성은 계속됐다.

이지는 홍대 앞 놀이터에서 기다리고 있었다. 따뜻한 곳에 들어가 기다리라고 했는데도 바깥에 있겠다고 고집을 부렸다. 자유시장 사람들이 철수한 놀이터에는 쌀쌀한 겨울공기에 주머니에 손을 찔러넣고 약속을 기다리는 초조한 얼굴들밖에 없었다.

이지는 몸매를 감추는 발목까지 내려오는 넉넉한 패딩코트 차림이었다. 머리카락은 위로 올려묶고 비니를 뒤집어써 감췄으며, 눈에는 도수 없는 뿔테안경을 걸쳤다. 성적인 매력을 제거한 차림새였지만 놀랍도록 작은 얼굴과 긴 목은 그녀를 멸종해가는 희귀동물처럼 금세 눈에 띄게 했다.

그녀는 조식을 보자마자 팔짱부터 꼈다.

"배고파요."

조식은 이지의 긴 다리로는 열 걸음도 채 떨어지지 않은 '벽돌집' 2호로 갔다. 코트를 벗은 그녀 모습에 조용한 카페나 레스토랑으로 가야 했다는 후회가 들었다. 목이 훤히 드러나는 보랏빛 브이넥 저지톱은, 흰색 나시를 안에 받쳐입긴 했지만 얇은 천 위로 가슴 계곡의 선을 뚜렷하게 드러냈다. 달러 지폐만큼이나 복제하기 어렵다는 프라다의 정품인증서처럼 확실한 순도 백 퍼센트의 자연산 가슴. 고기를 갖고 온 종업원이 이지의 가슴을 힐끔거렸다. 손님들도 이지의 낯익은 얼굴을 알아보고 소곤거렸다. 폰카가 찰칵거리는 소리가 어디에선가 들렸다. 그녀가 유명 스타였다면, 인터넷에 사진이 올라오고 네티즌들의 댓글이 수십, 수백 개씩 달리겠지. 대체 같이 있는 남잔 누구야? 하면서.

"난 술 못 마시는 남자는 싫더라."

조식이 골똘히 생각에 잠긴 새에 이지는 술잔을 연거푸 비우고 잔을 돌렸다. 조식 역시 단숨에 들이마시고 잔을 돌려줬다. 그들은 말없이 먹고 마셨다. 그녀는 주로 마시는 쪽이었다. 그녀의 얇은 상의 위로 유두가 단추처럼 툭 튀어나와 있었다.

세 병째의 소주가 도착했다. 이지는 잔을 채웠다. 술병을 들었던 오른손으로 턱을 괴고 왼손으로는 머리카락을 쓸어넘기며, 평소 잡지 화보에서 자신 있게 드러냈던 왼쪽 얼굴을 내보이며 고개를 뒤로 젖혔다. 햇볕이 한 번도 닿은 것 같지 않은 새하얀 목이 조식을 유혹했다. 피를 빨아줘, 이 서투른 흡혈귀야.

조식은 얼굴이 벌겋게 달아오르는 것을 느꼈다. 잘못하면 먼저 취해버릴 것 같았다. 게임의 흐름상 작전타임을 불러야 했다. 그래서 그녀에게 물었다. '클럽'에는 어떻게 들어오게 됐냐고. 그녀는 먼저 담배를 피워도 되겠냐고 물었고, 조식은 그렇게 하라고 했다. 그녀는 핸드백에서 루이비통 로고가 새겨진 담배케이스를 꺼내 '클럽'과 '회사'의 공식 담배와도 같은 블랙스톤을 한 개비 집었다. 체리향과 함께 은회색의 연기가 은막처럼 피어올랐다.

이지는 어머니의 적극적인 후원을 받으며 연예기획사에 오디션을 봤던 고등학교 시절 얘기부터 시작했다. 초등학교 때는 키도 조그맣고 깡마른 아이였던 그녀는 중학교에 들어가면서 몸이 발달하기 시작해, 고등학교에 입학하면서는 거리에 나가면 남자들이 군침을 흘리는 키 백칠십 센티미터에 B컵 가슴의 미인이 됐다.

"대학생 오빠들이 많이 치근거리고 그랬어요."

고등학교에서 일 년을 보내자 키는 삼 센티미터가 더 크고 가슴은 C컵으로 커졌다. 교복 치마는 자연스레 미니스커트가 되어, 무릎 아래로 쭉 뻗은 종아리가 드러났다. 춤을 잘 추는 것도 아니고, 연기를 잘하는 것도 아니었지만 한국에선 보기 드문 몸매에 가중치가 주어져 왕년의 유명 가수가 설립한 대형 기획사의 오디션에 합격했다.

이지가 말을 끊고 담배를 재떨이에 비벼껐다. 두번째 담배에 불을 붙이고 뭔가 결심한 듯 막 입을 열려는데 종업원이 불판을 빼러 왔다.

"우리 딴 데 가요."

이지는 다시 코트를 걸쳐입었는데, 조식의 눈앞에선 여전히 그녀의 알몸이 아른거렸다.

이지는 '수 노래방' 쪽으로 내려가 바이더웨이 골목 안쪽에 새로 생긴 바로 조식을 안내했다. 피카소의 자화상이 입구에 걸려 있었다. 아직 실내에서 나무 냄새가 풍기는 것으로 보아 개업한 지 얼마 되지 않은 것 같았다.

벨벳 재킷을 입은 날씬한 남자가 그녀에게 아는 체를 했다. 가게 주인이었다. 그는 두 사람을 '예약석'이라는 팻말이 놓인 창가 테이블로 안내했다. 측면과 후면이 칸막이로 가로막혀 있어 다른 손님들의 시선으로부터 벗어난 곳이었다.

이지가 화장실에 간 사이에 종업원이 앱설루트 보드카와 크랜베리 주스를 담은 디캔터를 갖고 왔다. 이지는 돌아와서 말 한마디 없이 조식 옆에 앉았다. 귤냄새가 났다. 화장실에서 뿌리고 온 듯한 겔랑의 향수 냄새, 단둘이서 시골 언덕에서 노을을 바라보며 몸을 맞대고 앉아 있는 기분이었다. 불치병을 앓는 여주인공이 출연하는 멜로영화에나 등장하는, 사시사철 쾌적한 날씨에 날벌레가 없고 옷에 풀물도 들지 않는 환상의 시골 언덕.

이지가 주스에 보드카를 타서 줬다. 조식은 발기된 성기를 감추기 위해 한쪽 다리를 꼬았다. 이지는 조식의 어깨에 턱을 올리고 그의 겨드랑이 사이에 손을 넣었다. 피, 살, 근육, 살아 있는 여자. 그는 그녀가 편하게 기댈 수 있도록 눕듯이 앉았다. 천장에 그려진 드가의 그림에서, 어린 무희가 두 손을 날개처럼 벌리고 조식을 향해 도취한 표정을 짓고 있었다.

"내가 왜 그 광고에 나왔는지 알고 싶은 거죠?"

이지가 조심스럽게 물었다. 조식은 그렇지 않다고 대답했다.

"정말?"

조식은 그렇다고 말했다. 사소한 거짓말이 무슨 대수냐.

기획사에서는 가수를 지망하는 다른 유망주와 합숙하도록 그녀에게 오피스텔을 얻어주고 방과후에 연기와 발성, 춤 강습을 받게 했다. 평소 이십대 여자 탤런트들의 어설픈 연기와 혀 짧은 발음을 비웃던 그녀였지만 막상 카메라에 찍힌 자신의 꼬락서니를 보니 어지간한 탤런트는 모두 연기파 배우로 보였다. 영화와 CF의 공식 비공식 오디션에 나가봤지만 카메라가 잡은 화면에서 그녀는 표정이 너무 굳은 탓인지 촬영기사들이 '프로필처럼 보인다'고 표현하는 평평한 얼굴로 나왔다. 어쩌다 웃으면 신선하지도, 우아하지도 않았다.

그래도 저녁에는 룸메이트에게 이끌려 여기저기 놀러 다녔다. 유명한 탤런트나 가수가 낀 자리도 있었고 좀더 큰 기획사의 실장이나 그에 준하는 직급의 인사, 방송사 관계자 등등 연예계 네트워크의 중심축을 이루는 이들도 심심찮게 나타났다. 모두가 하나같이 손짓만으로도 그녀의 신분을 상승시킬 수 있다고 과시했지만, 진실은 시간 나면 연락하라며 은근한 눈빛으로 알려주는 휴대폰 번호 하나뿐이었다.

가족들은 그녀가 대형 기획사와 계약한 것만으로 톱스타가 된 것처럼 생각했다. 어머니는 돈 한푼 못 버는 그녀의 매니저를 자처하며 하루 걸러 한 번씩 오피스텔에 밑반찬을 한 짐 싸갖고 들르곤 했다. 직장에서 명퇴할 날이 얼마 남지 않은 아버지도 그녀의 성공을 기대했다. 그러나 그녀가 잘하는 것은 섹스밖에 없었다. 몸에 꽉 끼는 청바지를 입는 것만으로도 흥분하는 타고난 몸을 갖고 있었지만 그것만으로는 가공하기 전의 원석 신세에서 벗어날 수 없었다. 예쁜 여자는 방송국에 널려 있었다. 유명해진다는 것은 새로 태어난다는 것, 경제학적으로는 '부가가치'가 발생해 몸값이 달라짐을 뜻한다. 가족들의 기대치에 맞추기 위해서는 최소한 드라마 조연급─주인공의 동생, 직장 동료, 옛 애인 등등─으로는 성장해야 했다.

수능시험은 죽을 쒔고, 대학은 연극영화과를 지원했지만 떨어졌다. 오빠들은 텔레비전에 나오는 여자 연예인들은 하나같이 '얼큰이'에 '짜리몽땅'이거나 '요롱이'라며 동생이 스타가 되지 못하는 것은 무능한 기획사 탓이라고 비난했다. 전속 계약기간이 아직 삼 년이나 남은 가운데, 어머니는 훗날 어떻게 될지는 그때 가서 생각하자며 두 다리

건너 소개받았다는 한 드라마 외주제작사 겸 기획사로 그녀를 데리고 갔다.

방송계의 할리우드인 여의도와 가깝다는 지리적인 이점으로 마포구 상수동에 옹기종기 모인 제작사 중 한 곳으로, 드라마 출연료 '무등급'의 스타—방송사와의 협상에 따라 출연료가 정해지는—도 한 명 보유한, 나름으로 지명도 있는 곳이었다.

첫 방문은 실망스러웠다. 대부분의 연예기획사나 외주제작사의 수준이 그렇긴 했지만, 방 두 개짜리 오피스텔에 어중이떠중이 다 드나들 수 있게 출입문은 늘 열려 있었다. 그래도 그녀의 이전 기획사는 조그마한 빌딩이나마 사옥도 갖고 있었는데 말이다.

머리를 군인처럼 짧게 깎은 남자—로드매니저쯤 되겠다—가 그녀를 '지나가는 행인 #1' 보듯 했다. 기획사 실장은 그녀의 그런 마음을 아는지 모르는지, 드라마 포스터를 다닥다닥 붙인 사무실 벽을 배경으로 잔뜩 폼을 잡으며 명함을 건넸다.

칼을 대지 않은 그녀의 외모는 냉정히 평가하면 B급이었고, 몸매는 원본이 A⁺급이었지만 대입을 치르며 살이 쪄 B⁺등급으로 내려가 있었다. 블록버스터급 드라마 기획에 전력을 쏟고 있던 회사에서는 그녀에게 잘될 거라며 말의 성찬만 베풀었다. 그녀는 트렌디드라마, 정통 멜로물, 일일드라마 등 각종 드라마에서 주로 아르바이트생 역을 맡았다.

기획사로서도 다른 기획사의 스타들을 작품에 출연시키는 조건으로 그쪽의 무명 탤런트들과도 패키지로 출연 계약을 맺어야 했기 때문에 더 큰 배역은 줄 수 없었다. 이지는 길을 잘못 든 듯한 불길한 예감에 사로잡혔다. 결국 어머니는 성형수술 견적을 뽑으러 다녔고, 그녀도 저녁에는 성형외과의사들을 만나며 좀더 싸게 (혹은 공짜로) 수술할 길을 찾았다.

청담동의 한 와인 바에서 이지는 중견 여자 탤런트의 소개로 세련된 중년의 독신남 Y를 만났다. 선배 탤런트는 놀랍게도 연예계 생활 내내 눈에 띄지 않는 조연만 맡았는데도 골프장 회원권 세 개에 렉서스를 몰고 다녔다.

작지만 꽤 탄탄한 모바일 콘텐츠 업체의 사장인 Y는 버지니아 울프가 쓴 『자기만의 방』을 읽어봤냐고 물었다. 여성이 자유의 문을 열 수 있는 두 가지 열쇠는 고정적인 소득과 자기만의 방이라는 것이었다. 연기를 잘하든 못하든 늘 몸으로 주목받는 여배우 모니카 벨루치는 한 인터뷰에서 "사랑을 위해 옷을 벗는 따위의 일은 하지 않으며 오직 내 자신의 권력과 부를 위해서 누드가 된다"고 했다고 그는 말했다. 그러면서 벨루치처럼 강한 여자가 되라고 충고했다. 그녀는 이탈리아산 와인의 힘을 빌려 남자와 관계를 가졌다. 고정적인 소득과 자기만의 방을 얻기 위해.

Y는 그녀의 스폰서가 되었다. 성형 비용을 대주고, 함께 필드에 나갈 일이 있을 거라며 강남의 골프연습장에 등록을 시켰다. 산부인과에서 불임시술만큼이나 효과가 확실하다는 피임장치인 '미레나'를 자궁에 삽입하는 시술도 받게 했다. 시술의 부수적 효과로 생리를 거의 하지 않게 된 그녀는, Y가 원할 때면 언제든 섹스를 할 수 있었다.

TV드라마에서 카페 아르바이트생에 백화점 직원 등 단역만을 맡던 그녀가 그 유명한 소주 광고에 출연한 것도 Y를 통해서였다. 재벌 계열 광고기획사의 중견 간부인 그의 지인이 삼 개월 만에 몸을 만들어 오면 출연을 검토해보겠다고 약속했다. 그녀는 그렇게 했다.

텔레비전 드라마에서 주연급 조연을 맡은 뒤로는 휴대폰 두 개를 갖고 다니며 전화를 가려 받아야 할 정도로 찾는 사람이 많아졌다. 연말에는 한 업체에서 베스트드레서로 꼽혀서 샤넬 정장도 선물로 받았다. 유명 연예인들이 거절하고 고사해서 그녀에게까지 차례가 내려온 것이었지만 그래도 날아갈 것처럼 기뻤다. 한 공중파 방송에서는 새

드라마의 주연으로 톱스타와 그녀를 놓고 저울질하기 시작했다.

저울은 거의 이지 쪽으로 기울어진 것처럼 보였다. 톱스타 쪽에서 무리한 패키지 출연 계약—소속사의 다른 남자 탤런트를 상대역으로 삼으라는—을 걸었기 때문이었다. 그러나 하필 그때 그녀의 이전 기획사가 이중계약문제를 걸고 넘어졌다. 그래서 그녀는 법원에 전속 계약 부존재 확인 소송을 제기했는데, 상대는 손해배상청구로 맞받아치며 지루한 법정 공방이 시작됐다. 송사에 휘말리자 드라마 출연은 없던 얘기가 됐다.

광고 섭외도 끊겼다. 그래서 이지는 Y가 친한 형의 부탁이라면서 소개해준 대부업체 광고를 거부할 수가 없었다. 아버지는 상사와 사소한 이유로 다투고는 회사를 그만뒀으며, 오빠들도 취직할 생각을 하지 않았다. 그들은 그녀가 벌어다줄 돈다발을 기대하고 있었다. 대부업체는 실제의 두세 배씩 부풀려지는 대기업의 광고 출연료와는 비교할 수 없는 거액을 제시했다. 하지만 그 광고 한 편으로 그녀는 연예인으로서의 명성에 부도를 내고 말았다.

"이제 일어나요. 여긴 답답해요."

이지가 말했다. 조식은 흥미진진한 영화가 갑자기 끊긴 기분에 아주 잠깐 허탈했다. 그러나 더욱 흥분되고 짜릿한 액션 활극—남녀 혼성 레슬링?—이 기다리고 있었다. 엘리베이터 안에서 이지는 오래된 연인처럼 자연스레 그의 허리를 감았다. 그녀의 긴 팔은 조식의 36인치 허리를 충분히 둘렀다. 조식은 그녀를 껴안으며 입술을 격렬하게 비볐다. 그의 품안에서 그녀는 뜨거운 숨을 토하며 말했다.

"조식씨 집에서 한잔 더 하고 싶어요."

둘은 부둥켜안듯 서로의 몸에 팔을 감고 걸었다. 이지의 긴 다리에 보조를 맞춰 걷기는 쉽지가 않았다. 드디어 조식의 집에 도착하자 그녀는 신발도 벗지 않고 침대로 달려갔다. 신발을 한 짝씩 벗어던지고 무거운 옷을 내던진 다음 진팬츠를 무릎까지 내렸다. 현관 등의 불빛에 그녀의 엉덩이가 캘리포니아산 오렌지처럼 노란 빛깔을 띠었다.

조식은 서두르지 않았다. 그럴 필요가 없었다.

*

가연은 고민을 거듭한 끝에 결심했다. 형만을 통하지 않고 조식에게 직접 연락하기로. 수년간 그녀의 비서나 다름없는 형만과 '회사'의 임원 일부만이 알고 있는 자신의 휴대폰 번호가 노출되는 것이었다.

도영과의 연애가 끝나고 가연과 타인의 관계는 태양과 태양을 중심으로 공전하는 행성이었다. 쳇바퀴를 돌 뿐 거리는 좁혀지지 않았다. 조식의 존재는 굳이 비유한다면 2006년 8월 국제천문학회의에서 태양계 행성에서 퇴출된 명왕성쯤이었다.

그러나 그것은 어느 날 갑자기 혜성으로 변해 날아와 박혔다. 조식이 술에 취해 집으로 불쑥 찾아왔던 다음날, 형만을 집으로 불러서는 조식을 '클럽'에서 제명해버리고 '회사'의 주주로 추천한 것도 취소하겠노라고 길길이 날뛰었지만 말이다.

조식을 집으로 초대하고 나서 가연은 고민에 빠졌다. 그를 어떻게 대접하고, 어떤 코스를 거쳐 침대까지 갈 것인가? 언제가 좋겠냐고 묻지도 않고, 사흘 뒤에 오라고 사무적인 말투로 약속을 정해버린 그녀였지만 막상 전화를 끊고 나자 막막한 기분이었다.

조식은 만만한 상대였다. 그녀를 향한 그의 눈빛을 보면 바보라도 알 수 있는 사실이었다. 그런데 이상한 꿈을 꾼 뒤부터 상황이 역전됐다. 그의 존재에, 그를 향한 감정에 덫처럼 걸려든 지금으로선 그를 유혹하는 것이 성자를 타락시키는 것만큼이나 어려운 과제가 되었다.

가연은 우선 저녁 메뉴를 구상했다. 시간이 지날수록 요리의 종류는 크고 거창한 것에서 점차, 성욕을 촉진하는 실용적인 것으로 바뀌었다. 가연은 단골 식료품상에 전화를 걸어 이란산 캐비아를 주문했다. 로마의 황제들은 성욕을 증진하는 재료라며 카스피 해의 철갑상어를 즐겼다고 하니까.

조식이 오기로 한 시각이 가까워지면서 가연은 초조한 나머지 예전의 버릇대로 손마디를 물어뜯을 뻔했다. 가는 골격과 대조되는 굵은 손마디는 그녀가 버리지 못한 남성성의 일부였다. 그녀는 휴대폰을 쥐고 거실을 서성이다가, 랑방의 드레스를 입은 자신의 모습이 문득 초라해 보인다는 걱정에 사로잡혔다. 가슴의 컵 부분과 등뒤에 주름이 들어간 그 드레스는 그녀가 가장 아끼는 옷 중 하나였지만 이날만큼은 발톱으로 심장을 움켜쥐는 괴로움을 줬다. 빈약한 가슴 때문인지 어린 소년이 누나 옷을 훔쳐 입은 것 같았다. 무시하려고 해도 자꾸 이지의 길고 풍만한 몸매가 눈앞에 떠올랐다.

'클럽'과 '회사'에서 가연을 추종하는 이들은 조식이 이지에게 홀딱 반했다는 소문을 전해줬다. 가연은 괘념치 않았다. 선택받지 못한 비루한 운명의 소유자가 자신의 경쟁상대가 될 리 없다고 자신했기 때문이었다. 하지만 지금 그녀가 느끼고 있는 감정은……

'맙소사, 내가 질투하고 있는 거야?'

가연은 발륨을 반 알 삼키고 변기에 앉았다. 그녀는 물 없이도 약을 먹는 데 익숙했다. 비데를 틀어 항문과 직장 깊숙한 곳까지 세척했다. 벌어진 볼기 사이를 쑤셔대는 뜨겁고 날카로운 물줄기가 조식의 성기라고 생각하자 위안이 되었다. 거울을 보며, 그녀는 눈을 깜빡이며 눈빛을 몽롱하고 야릇하게 조절했다. 약기운이 퍼지자 원하는 정도에 도달했다.

조식은 약속시간에서 사십 분이나 늦게 도착했다. 회사일이 생각보다 늦게 끝났다며 그는 레드와인과 꽃다발을 내밀었다. 캐멀색 더블브

레스티드 코트는 그를 더욱 뚱뚱해 보이게 했다. 가연은 그가 옷 입는 법을 좀더 배워야겠다고 생각했다. 코트와 양복은 꽤 고급이었지만 구두코에는 주름이 자글자글 끓고 있었고, 벨트는 백화점 잡화매장에서 파는 싸구려였다. 그래도 그는 자신감이 넘치는 모습이었고, 코트를 벗자 지난번보다 꽤 날씬해 보이기도 했다.

가연은 조식을 데리고 식당으로 갔다. 테이블 위의 스테인리스스틸의 촛대에서 장미향이 나는 붉은 향초 아홉 개가 불타오르고 있었다. 일렁이는 불꽃이 펑퍼짐한 조식의 얼굴에 적잖은 입체감을 부여했다. 가연은 프라이팬에 버터를 두르고 저민 마늘로 향을 낸 다음 보드카를 자작하게 뿌렸다. 조식은 테이블 아래에서 쩍 벌린 다리를 불안하게 떨며 그녀가 요리하는 것을 흥미진진하게 구경하고 있었다.

가연은 '알 덴테' 상태로 삶은 스파게티를, 보드카에 마늘향이 더욱 물씬해진 프라이팬에 살짝 볶고, 접시 두 개에 나눠 봉분을 쌓고는 캐비아를 은수저로 올려서 첨단을 완성했다. 머릿속에 섹스밖에 없는 사람이라면 여성의 유방과 유두를 상상할 법도 했다. 그녀는 이어 삶은 오리알을 얇게 저며 접시에 빙 둘렀다.

가연이 정성을 기울여 만든 요리를, 조식은 도마뱀이 파리를 먹어치우듯 날름 먹어치웠다. 그래도 밉살스럽지 않았다. 그녀는 조니 뎁이 아니라 푸우를 사랑하고 있으니까.

가연은 오븐에서 그녀의 장기인 특제 초콜릿케이크를 꺼내 복숭아 셔벗을 한 스쿠프 곁들여 갖고 왔다. 포크로 찌르면 안에서 따뜻한 초콜릿 액이 주르륵 흐르는 케이크였다. 서로의 포크가 부딪히자 둘은 약속이라도 한 듯 깔깔대며 웃었다. 그리고 식당의 촛불을 끄고, 아직 샴페인이 남아 있는 잔을 들고 위층으로 올라갔다.

소파에 앉자마자 둘은 키스했다. 가연의 집에는 섹스를 하기 전에 뜸을 들일 장치가 없었다. 오디오 시설은 아래층에 있었고 텔레비전은

254

아예 없었다.

초콜릿의 냄새가 가시지 않은 달콤하고 끈적끈적한 입술 두 개가 상대를 힘차게 밀어냈다 당겼다 하는 동안 조식은 가연의 드레스 자락을 끌어올렸다. 조식의 손이 허벅지로 파고들기 전에 가연은 제지했다.

"당신을 만지게 해줘요."

가연은 조식의 허리띠를 끌러 바지를 발목까지 내렸다. 그리고 기도하는 자세로 무릎을 꿇고, 조식의 다리 사이에 얼굴을 묻었다. 살짝 깨물면서 오른손으로 쥐고, 왼손으로는 무릎 뒤쪽의 민감한 부분을 매만지며 위를 올려다봤다. 정성껏 다듬은 눈썹 사이로 살이 축 늘어진 조식의 턱이 보였다.

"내 눈을 봐요. 내 눈과 섹스한다고 생각해요."

가연은 그렇게 말하며 조식의 성기를 입에 물고 혀로 감싸듯 하며 천천히 오르내렸다. 조식은 물기 어린 눈으로 가연을 바라보며 그녀의 머리카락을 쓸어넘기고 귓불을 매만졌다. 가연은 자신의 방식에 따라 그가 흥분하고 있다는 사실에 흥분했다. 아리아를 부르는 소프라노 가수처럼 연구개를 활짝 열어 그의 성기를 목구멍 깊숙이 받아들였다. 입에 이물질이 없었더라면 멋들어진 노래가 나왔으리라.

조식은 그녀를 일으켜세우고 어깨끈을 벗겨냈다. 가연은 알몸이 되어 뒤돌아서는 다시 무릎을 꿇고 등을 구부렸다. 마른 몸 위로 등뼈의 마디가 봉제인형의 바느질 땀자국처럼 들고 일어났다. 가연은 자신이 완벽한 여자가 아니라는 사실이 부끄러웠다. 이전에는 느낀 적 없었던 생소한 수치심은 마음을 혼란스럽게 만들며 그녀를 더욱 흥분시켰다.

조식은 바지 주머니에서 윤활유를 바른 콘돔을 꺼냈다. 가연은 뒤로 손을 뻗어 조식의 성기를 자신의 항문에 조준했다. 그는 전날 인형에게 연습했던 그대로 움직였다. 가연은 주먹을 쥐고 바닥을 밀었다. 그녀의 꿈 그대로 엉덩이가 타올랐다. 우뚝 솟은 남근이 자취를 감춘 자리에서 긁힌 상처처럼 금 하나가 그어지더니 점점 벌어져 틈이 고랑을 이루고 피분수가 치솟는 장면이 눈앞에 떠올랐다. 자신이 그토록 갖기를 원했으나 가질 수 없었던 호리병이 아랫배에서 자라나는 것 같았다. 그녀의 상상이 얼마나 강력했던지, 조식이 사정할 때는 임신할지도 모른다는 착각까지 들었다.

*

　윤중로의 벚꽃이 봉우리에서 아직 깨어나지 않은 3월 첫째주 토요일 오전, 꽃샘추위로 몸이 움츠러드는 날씨가 계속되는 가운데 증권선물거래소가 주최하는 단축마라톤대회 '불 레이스(Bull Race)'가 여의도 63빌딩 앞에서 열렸다. 월 스트리트에서 매년 열리는 '랫 레이스(Rat Race)'를 본뜬 대회로, 주최측은 증시의 활황을 기원하는 취지에서 강세장을 뜻하는 황소(Bull)를 대회명에 넣었다.

　'건강 경영'을 강조하는 조식네 회사에서도 회사 로고가 새겨진 유니폼을 입고 단체로 참가했다. 대회 코스는 십 킬로미터와 오 킬로미터 두 가지가 있었다. 이 주 뒤 동아마라톤 풀코스에 출전하는 조식의 부장은 부서원들에게 사지가 멀쩡한 남자라면 십 킬로미터에 도전할 것을 강권했다.

　부장은 컨디션 조절차 참가하는 것이었지만 막상 레이스에 들어가자 경쟁심을 불태워 일등을 하고 말았다. "사자는 장난으로 사냥을 하는 법이 없어." 부장은 부서원들과 사우나에 가는 길에 애써 우승의 기쁨을 감추며 그렇게 말했다. 다 같이 씻고 난 뒤에는 행주산성으로 가서 오리고기로 회식을 할 예정이었다.

　부서원들이 휴게실에서 기다리고 있는데, 부장은 화장실에 가서는 돌아오지 않았다. 부서원 하나가 부장을 부르러 갔다. 좌변기 칸막이 하나가 잠겨 있었고 아무리 노크를 해도 대답이 없었다. 칸막이에 턱걸이로 매달려서 안을 들여다보니 부장은 무르익은 벼처럼 고개를 푹 숙이고 있었다. 불러도 들은 척하지 않았다. 그는 그렇게 영영 깨어나지 못했다.

부장의 급사는 조식이 '클럽'과 '회사'에서 슈퍼스타로 발돋움하는 계기가 됐다. 다들 그가 평소 사이가 좋지 않았던 부장을 죽인 거라고 확신했다. 상대를 살해하겠다는 순수한 의지만으로, 미군의 토마호크 미사일이 원격으로 조종돼 목표물을 산산조각내듯 손에는 피 한 방울 묻히지 않고 세련되고 깔끔하게.

소식이 널리 알려진 월요일 오후에는 그의 메신저로 축하와 존경의 메시지가 폭주했다. 메신저 친구 등록 신청도 백여 건이 넘었다. 이날 저녁, 가연과 침대에 누워 있는 조식에게 형만의 전화가 왔다. 그는 벌써 '클럽'에 조식의 팬클럽이 생겼다고 귀띔했다. 형만이 조식의 새로운 '업적'이라며 널리 홍보한 덕분이었다. 가연은 조식이 자랑-사랑스러웠다. 곧 열릴 '회사'의 주주총회에선 수백 개의 눈이 그를 우러러보리라.

"봐, 원하면 되잖아."

형만이 말했다.

*

가연이 찾아가는 사람이었다면 이지는 찾아오는 사람이었다.

'회사'에서 고용한 장님 가정부가 집 청소를 하는 동안 가연은 이층 드레스룸에서 납작한 가슴과 엉덩이를 감추는 동시에 늘씬한 팔과 다리를 강조할 수 있는 옷을 고르며 나 홀로 패션쇼를 벌였다. 그녀는 옷의 봉재선과 육체의 굴곡이 이루는 접선에 조울증 환자처럼 기분이 오락가락했다. 실망과 좌절에 빠져 침울해졌다가 VIP고객에게만 배송되는 명품 브랜드의 봄/여름 컬렉션 카탈로그를 미친 듯이 뒤적거렸다. 전화로 찾는 옷을 말하면 이틀 뒤에 직원 둘이 옷을 한가득 짊어지고 왔다.

조식은 불시에 찾아왔기 때문에 그녀는 늘 비상대기상태에 있어야 했다. 냉장고에는 마블링이 문신처럼 뚜렷한 소고기와 생허브가 준비돼 있었다. 가연은 요리책을 뒤지며 '오늘의 메뉴'부터 내일과 모레, 일주일에서 한 달치가량의 식단을 짰다. 그러나 그리운 임에게서 아무 연락도 없고 커튼 너머 바깥세상이 어두컴컴해지며 그가 오늘도 오지 않으리라는 사실이 확실해지면, 발륨에 의존하던 예전과는 달리 침대 위에서 무릎을 가슴에 붙이고 옆으로 누워, 매일 밤 골방에서 스스로를 채찍질하며 구원자의 고통을 대리 체험했다는 중세의 수녀들처럼, 버림받을지 모른다는 불안이 가시처럼 돋아나 영혼을 할퀴고 찌르는 고통을 즐겼다.

난생처음 열애에 빠지면서 이지는 변했다. 삼 년째 그녀와 화보 촬영을 해온 여자 사진작가가 가장 먼저 알아차렸다. 이지는 표준적인 아름다움을 가진 만인의 연인에서 단 한 사람을 위한 '맞춤형' 여인으로, 휴대폰이나 자동차처럼 조식의 취향에 맞게 얼굴과 몸매가 튜닝되고 있었다. 체지방이 늘어난 몸은(사진작가가 보기에 삼 퍼센트는 늘어난 것 같았다) 카메라의 예리한 시선으로 보면 허리와 엉덩이의 선이 특히 흐트러져 있었다. 가슴도 더 커지며 중력에 굴복해 조금 처졌다. 패션지에 가장 많이 등장하는 미의 형용사 중 하나인 '시크(Chic)'함이 사라지고 있었다. 모델의 포즈가 아닌 섹스를 위한 몸이었다. 사진작가는 연애를 하느냐고 묻고 싶었지만 축하해줘야 할 일인지 확신할 수가 없어 그냥 셔터만 연거푸 눌렀다. 속사정은 알 수 없었지만 이지의 일감이 머지않아 끊기리라는 것을 예감했기 때문이었다.

아니나 다를까, 이지를 찍은 사진은 현상해보니 대부분이 버려야 하는 B컷이었다.

조식은 두 사람에게 정액을 세심해야 분배해야 했다. 한 사람에게 너무 쏟아부어선 안 되었다. 즉 한정된 재화를 분배하는 경제적 의사 결정을 내리는 최고경영자가 된 것이었다. 섹스에서 느끼는 쾌감을 엄격하게 통제하면서 그는 결정적인 순간에 사정을 참는 도인의 경지에 도달하고 있었다. 조식의 사무실 동료들은 그가 어딘가 모르게 달라지고 있음을 무의식중에 느꼈다. 여직원들의 눈엔 조식이 매력남으로 보이기 시작했다.

인형에겐 돌아갈 정액이 없었다. 더이상 그것에게 볼일도 없었다. 조식은 인형을 옷장에서 꺼내 침대 밑으로 옮기기로 했다. 그의 의도를 알아차린 인형이 고래고래 소리쳤다.

네가 원하는 대로 다 해줬잖아. 네 삶에서 나를 그렇게 쉽게 지워버릴 수 있다고 생각해? 내 손만 더럽혀놓고, 너 혼자서만 아무 일도 없었던 것처럼 깨끗하게 살 수 있을 것 같아? 나를 다시 필요로 하게 될 날이 올 거야. 나는 다시 돌아올 거야.

조식은 이를 악물며 관처럼 비좁고 어두운 공간으로 인형을 쑤셔 넣었다. 머릿속에서 비명소리가 수십 갈래로 찢어져나왔지만 참을 만했다. 그렇게 인형은, 아무도 찾지 않는 외톨이가 되었다. 카사노바가 『회상록』에 기술한, 그가 정복한 백삼십이 명 중 한 사람처럼, 일본의 고전 『겐지모노가타리源氏物語』의 주인공 겐지가 이상형에게 흠뻑 빠진 동안 구중궁궐에서 외로이 늙어간 그의 두번째 부인 온나산노미야(女三の宮)처럼.

가연이 말하는 사람이었다면 이지는 듣는 사람이었다.

가연은 자신이 남자가 아니라 여자임을 처음으로 깨달았던 중학교 시절의 이야기부터 이를 고백한 뒤 아버지와 겪었던 불화, 에이즈가 두려웠지만 타고난 성이 여자임을 증명하고 싶다는 욕구에 더러운 늙은이도 마다하지 않고 남자라면 기꺼이 입을 벌리고 항문을 열어 환영해야 했던 어두운 과거사를 베갯머리에서 속삭였다. 이사회의 회장, '클럽'의 여왕이라는 고귀한 자리에서 그녀는 그렇게 평범한 인간의 자리로 하강했다.

"내 인생은 너를 만나기 전이랑 후로 구분되는 것 같아. 이런 말 어떻게 생각할진 모르지만, 너랑 있으면 진짜 여자가 된 것 같아."

이지는 조식이라는 사람을 한 권의 역사책 삼아 열심히 공부했다. 강사는 물론 조식이었다. 초등학교 때 똑똑하단 소릴 들었고 중학교 올라가서도 전교에서 열 손가락 안에 들어가는 성적을 냈던 조식은, 고등학교 때 불행히도 주춤하는 바람에—머리는 좋았으나 공부를 방해하는 사춘기의 사소한 방황들이 자질구레한 이유로 제시됐다—서울의 중상위권 대학밖에 들어가지 못했다. 군대 얘기만큼이나 상투적인, 불운한 수재의 이야기. 초등학교 때 같은 반 남자애와 싸우다가 이빨이 부러졌지만 울지 않은 것은 감동적인 영웅담이었으며, 오레오쿠키를 둘로 나누되 크림이 한쪽 면에만 묻게끔 하는 것은 그만의 특기였다.

사랑은 동정도 자비도 없는 가장 원시적인 형태의 전쟁이다. 일단 사랑받고자 하는 욕구가 다른 모든 욕구를 제압하는 전면전 단계에 들어서면—다르게 말해 눈에 '콩깍지'가 씌면, 상대에게 양보와 포용, 이해와 신뢰의 미덕을 모두 베풀고, 이성은 감정을 배신하고 감정은 이성을 배신하는 자기 모순의 행동을 무수히 저지르고, 몸도 마음도 다 주고 나면, 마지막으로 남는 것은 사랑받고자 하는 벌거벗은 갈망뿐이다.

지상전의 끝은 백병전이다. 결말은 참혹하고 비참하다. 헤어진 연인들은 자신이 받은 상처를 과장하고, 떠나간 사람이 사귀는 동안 보인 행동에 하나하나 주석을 붙이며 결별의 귀책사유를 상대에게 넘긴 뒤 자신은 어쩔 수 없었다고 강변하기 마련이다.

하지만 역사는 승리한 자의 전리품이다. 혜정은 악녀로 기록됐다. 조식은 세상에서 가장 아름다운 사랑을 만들기 위해 최선을 다했지만 열등감의 늪에서 헤어나지 못했던 그녀는 마지막 구원의 손길마저 거부했다. 혹자는 그가 그녀를 죽였다고 말하기도 하지만, 사실이 그렇다 해도 죽음은 그녀에게 줄 수 있는 최선의 선물이었으리라.

조식은 혜정을 때렸던 횟수를 두 번에서 한 번으로 줄였고, 심지어 혜정이 입버릇처럼 내놓았던 질문을 자신의 것으로 표절해 말하기도 했다.

"사랑이 뭔지 모르겠어."

"사랑을 모르는 사람이랑 사랑을 해서 사랑을 모르는 거지, 불쌍한 우리 자기."

이지가 조식의 뺨을 가볍게 꼬집으며 말했다.

"사랑이 뭐지?"

"이런 거."

이지가 이불 속으로 들어갔다. 조식의 바지가 벗겨졌다.

"그게 다야?"

조식이 말했다.

"더 있어. 많이, 아주 많이."

이지는 이불과 시트 사이의 답답한 공간에서 숨을 몰아쉬며 자맥질

했다.

　사랑은 빙산과도 같아서 직접 부딪치기 전에는 그 규모를 알 수가 없다. 두 여인의 애정공세를 받으면서 조식은 사랑의 증거를 끊임없이 요구했던 혜정의 심정을 이해할 수 있었고, 고인에게 동정심도 느끼게 되었다. 도미노 게임과 같은 충돌-무너짐-재생의 과정 속에서, 사랑의 행위는 순간순간 빛을 발하고 아직까지 발견되지 않은 미지의 영역을 비춰 호기심을 충동질하며, 관계를 지탱하는 매듭을 더욱 단단히 조이는 법이다.

　조식은 시기를 잘 만났더라면, 그가 사랑의 대가가 된 뒤에 만났더라면, 혜정도 그녀가 늘 입에 올렸던 옛 연인을 잊고 조식에게 매달렸을 것이라고 생각했다. 가연과 이지처럼 그녀도 조식만이 줄 수 있는 오르가슴을 갈구하며 그녀를 죽음의 구렁텅이로 끌어내렸던 열등감에서 벗어나 '조식의 여자'로 살아가는 데 만족했으리라.

*

　주주총회는 서울 시내 한 호텔의 행사용 볼룸에서 열렸다. 주총 규정에 따라 남자는 블랙의 슈트에 흰 셔츠와 폭이 좁은 까만 넥타이, 여자는 몸을 온통 가리는 블랙의 드레스 차림이었으나, 형만과 같은 사도들은 여느 때와 다름없는 화려한 무늬의 슈트를 입고 있었기 때문에 무채색의 군중 속에서 어릿광대처럼 눈에 띄었다.

　접이식 의자를 배치한 주주석 가운데 부근에서 꺽꺽거리는 웃음소리가 그치지 않았다. 목구멍에 손가락을 쑤셔넣으며 웃는 것 같았다. 이사회 감사에서 의결권을 갖는 이사로 곧 승진할 배남이 사도 한 사람을 옆에 앉혀놓고 유쾌하게 떠들고 있었다. 못 본 사이에 살이 더 쪘는지 동그랬던 눈은 눈두덩의 지방에 눌려 실처럼 가늘어졌다.

피어싱을 모두 빼고 단정하게 차려입고 온 BLACKBERRY와 리카짱은 배남의 뒤에 얌전하게 앉아 있었다. 최근 들어 조식에게 종종 '클럽'과 '회사'의 동향을 전해주고 있는 소식통인 사도 만영은 배남의 앞자리에서 블랙 슈트의 남자와 소곤거리고 있었다. 형만은 만영을 '가족주의파'로 분류했지만 조식은 그가 어느 파벌에도 소속되어 있지 않다고 봤다.

세 시간 전까지 조식의 품에서 알몸으로 바르르 떨고 있었던 가연은 주총이 시작되자 단상 뒤편에서 세상사와 인간사가 모두 지겹고 따분하다는 초월적인 권태의 표정을 짓고 오만하게 앉아 있었다. 의사진행을 맡은 형만이 단상에서 주총 개시를 선언했다.

주총이 시작되기 전 뷔페식으로 열린 연회에서 형만은 곧 '회사'의 정식 주주가 될 조식을 흐뭇하게 바라봤다. 조식은 그런 시선이 퍽이나 불편했다.

사이가 몹시 나쁜 직장 상사를 순수하게 의지만으로 제거했다는 소식이 무용담으로 퍼지면서, 조식은 가연만큼은 못 되도 상당한 추종자를 거느리게 됐다. 그를 따르는 사람들은 형만이 알려주지 않는 '클럽'과 '회사'의 이면을 가르쳐줬다. 특히 사도 만영의 입에서는 충격적인 말이 나왔다. 조식이 '형만의 작품'이라는 소문이 돌고 있다는 것이었다. 형만이 조식을 '클럽'에 끌어들인 것은 오로지 자신의 세를 넓히기 위해서이며, 그의 궁극적인 목표는 가연과 조식을 등에 업고 '회사'의 실세가 되는 것이라 만영은 주장했다.

역사를 되돌아보라. 왕에게 온갖 감언이설을 속삭이며 실권을 장악한 환관이나 추기경, 재상과 같은 이들이 언제 어느 나라에나 있지 않았던가.

주주총회에서 안건은 박수로 통과됐다. 우선 이사회 임원 구성에 변화가 있었다. 부회장인 도영이 이사회를 떠나면서 가영의 측근인 민철이 그 자리를 이어받았고, 배남이 새 이사로 선임됐다. 배남이 맡았던 이사회 감사는 그의 측근인 재영이 물려받았다.

배남이 신임 이사로서 소감과 포부를 짤막하게 밝히자 박수가 터졌다. 가연의 표정은 더욱 권태로워졌다. 그녀는 주주총회에 오기 직전에도 배남에 대한 혐오를 노골적으로 드러내면서, 내년에는 반드시 그를 축출하고 조식을 그 자리에 앉히겠다고 선언했다.

다음으로 회사의 지분 변동 ─ 새로운 주주 가입 ─ 을 승인하는 차례가 왔다. 형만은 가연의 지시에 따라 조식이 갖고 있는 삼성전자 등의 주식과 아파트를 '회사'가 비싼 값에 사들이게 해 조식의 지분을 최대한 늘렸다. 형만은 배남의 측근이 감사에 임명됐으므로 훗날 문제가 불거질 가능성이 없지 않다고 경고했지만, 조식을 향한 열렬한 박수는 그런 우려를 불식했다. 몇몇은 부흥회에서 흥분해 이성을 잃은 신도처럼 환호했다.

새로운 주주들이 회장에게서 비밀스러운 회사의 '법인명'을 전수받는 시간이 왔다. 좌중에 종교적인 엄숙한 분위기가 흘렀다. 조식과 또다른 주주 하나가 단상에 올라갔다. 가연이 더이상 우아할 수 없는 동작으로 일어났다. 옆 사람은 잔뜩 긴장한 표정이었지만 조식은 그렇지 않았다. 이미 일주일 전에 가연에게서 들었기 때문이었다. 들통이 나면 이사회가 '사형'까지 언도할 수 있는 심각한 정관 위반이었지만 조식이 알려달라고 조르자 가연은 항복하고 말았다. 회사의 비밀 이름은 '플라스틱 아일랜드(Plastic Island)'였다.

조식은 부장의 죽음으로 이주일가량 늦어진 봄 정기인사에서 고대하던 채권거래팀으로 옮기게 됐다. 모의투자대회에서의 성적은 그리 좋지 않았지만 승승장구하던 부장이 급사하면서 회사에 일어난 연쇄적인 인사이동 덕을 본 것이었다. 회사 사람들은 조식에게 운이 따랐다고 생각했다. 행운의 주인공은 물론 그렇게 생각하지 않았다.

인과응보 Poetic Justice

전통적인 타로에서 정의의 여신은 칼과 저울을 들고 있다.
여기서는 다만 칼이 권총으로 바뀌었다. 고대 신화에서 정의의 신―이집트의 신화에서는
진실의 여신 '마트', 수메르에서는 대기의 신인 '엔릴',
그리스에서는 '테시스' ―는 준 만큼 돌아온다는 인과응보의 법칙을 표상하고 있다.
포르투갈의 속담에 따르면 "모든 돼지에겐 그만의 성 마르틴 축일이 있다."
돼지는 언젠가 잡아먹히기 마련이다.

7

이지는 조식의 곁에 바짝 다가앉아 아양을 떨었다. 테이블 아래에서 맞닿은 두 다리는 설치하고 한 번도 정리하지 않은 오디오 뒤편 전선처럼 칭칭 얽혀 있었다. 종업원들과 다른 손님들은 얼굴을 찡그렸지만 아무도 뭐라 하지 못했다.

이지는 파충류의 혀처럼 끝이 갈라진 뾰족한 도구를 사용해 킹크랩의 다리에서 살을 발라내고 타르타르소스에 적셔 손으로 조식의 입에 넣어줬다. 두툼한 살은 희고 달았다. 두 사람 앞에 놓인 킹크랩은 가장 맛있는 무게라는 삼 킬로그램짜리, 산 채로 찜기에 들어가 이십 분가량 고압 사우나를 한 뒤 갈가리 해체돼 테이블에 놓이기 전까지는 캄차카 해에서 살던 놈으로, 킹크랩이 보통 십 년에 일 킬로그램씩 자란다는 사실을 감안하면 조식과 연배가 비슷했다. 어쩌면 동갑일지도 몰랐다.

조식은 막 떠오른 그 생각을 이지에게 말해줬다. 그녀는 깔깔거리며 웃고는, 술을 한잔 마시고 싶다는 조식의 생각을 정확히 읽고 도자기잔에 매실주를 따라 그의 입술에 가까이 댔다. 조식은 술을 후루룩 넘기고 잔을 돌려줬다.

만우절이 가까워지면서 날씨도 완연한 봄이 되자 조식은 옷장에 있는 옷가지들을 모조리 바꾸기로 했다. 점점 살이 빠지고 있었다. 한때 물보다 더 많이 마시던 맥주를 거의 입에 대지 않았기 때문일까? 스리섬(threesome)은 격렬한 스포츠이기도 했다. 가슴둘레는 1인치가 줄어 105사이즈의 와이셔츠가 헐렁해졌고, 허리둘레는 2인치가 준 34인치가 되어 한 끼만 걸러도 바지가 흘러내릴 지경이었다. 체지방에 화석마냥 묻혀 있던 얼굴선도 이십대 초반 때의 윤곽이 다시 드러났고 피부는 햇빛을 머금은 것처럼 빛났다.

두 사람과 마주한 의자에는 갤러리아 명품관에서 장장 세 시간 동안 진행된 쇼핑의 결과물이 재활용할 수 없는 비닐백과 코팅된 종이백에 담겨 쌓여 있었다. 그 안에 담긴 옷 중의 하나가 새 봄 정장으로, '회사' 주주들의 유니폼과 같은 아르마니의 블랙 슈트였다.

날씬해진 몸으로 으쓱하며 매장에 들어간 조식은 자신의 몸매가 48사이즈와 50사이즈 사이에 애매하게 놓여 있다는 사실에 조금 실망했다. 상의는 48사이즈가 맞았지만 상의와 일체로 나온 하의는 허벅지 안쪽 선이 깔끔하게 떨어지지 않았다.

결국 50사이즈를 사서 상의를 몸에 맞게 고치는 대공사를 벌여야 했다. 점원이 조식을 마네킹처럼 세워놓고 줄일 부분을 찾아 양복 여기저기에 핀을 꽂는 동안, 이지는 주위를 맴돌면서 연신 근사하다는 감탄사를 내뱉었다.

삼백만원에 가까운 옷값—화이트 셔츠는 별도였다—은 이지가 지불했다. 조식은 놀라지 않을 수 없었다. 게다가 그녀가 사용한 카드는 직불카드였다. 잡지 화보 촬영으로 교통비나 겨우 버는 그녀였다. 조식이 돈의 출처를 묻자 이지는 애인에게 옷 한 벌 사입히지 못하는 가

난뱅이처럼 보이냐며 언짢아했다.

조식은 배불리 먹었다. 나가기 전에 그가 허리띠를 느슨하게 풀며 미적거리는 사이에 이지는 계산서를 들고 일층 카운터로 내려갔다. 조식은 당황하며 쇼핑백을 챙겼다. 킬로그램당 십만원의 가격에 술값까지 합치면 꽤나 많은 금액이 나올 것이었다.

"너무 무리한 거 아니야?"

조식은 어색한 웃음을 지으며 말했다.

"맛없었어?"

이지는 조식의 왼손에 들린 쇼핑백을 건네받으며 되물었다.

"아니."

"자기한테 근사한 옷도 사주고, 맛있는 저녁도 사주고 싶었어. 난 늘 받기만 하잖아. 돈은 자기만 쓰란 법 있어?"

조식은 이지의 허리를 안으며 도로변으로 가서 택시를 잡았다. 조식이 택시기사에게 평창동을 말하자 이지가 코로 그의 귓불을 간질이며 속삭였다.

"그 집에서 나는 냄새가 싫어."

조식은 이지의 말에 의아해했다.

"담배에 찌들었잖아."

그랬던가? 가연은 담배를 줄이고 있었다. 식후에 샴페인과 한 대, 해가 지면 창문 커튼이 잘 쳐져 있는지 점검한 뒤 또 한 대, 그렇게 하루에 두어 대. 게다가 요즘은 맑은 정신으로 조식을 보고 싶다며 샴페인 대신 페리에를 마셨다.

"자기도 그 집의 보랏빛 점박이 소파가 좋아? 난 거기 앉지도 못하겠어. 송충이 같아. 꿈틀거리는 것 같다구."

그랬던가? 조식은 곰곰이 생각해봤다.

"난 자기 집이 포근하고 더 좋더라. 스페셜 서비스를 해주고 싶은

데, 자기 집으로 가면 안 될까?"

조식의 눈에 이지는 주머니 크기의 작은 장난감, 태어난 지 삼 개월이 채 안 된 귀여운 아기고양이였다. 조식은 집에 돌아가서 체온에 녹아내리는 보디버터로 그녀의 온몸을 문지르는 상상을 했다. 끈적끈적한 두 몸이 뒤엉킬 것이다. 이지의 입에선 프라이팬에 오른 팝콘처럼 신음소리가 튀어오르겠지. 무엇이든 간에 그녀의 스페셜 서비스도 받을 것이다.

그래, 오늘만은 너 혼자만 사랑해주도록 하지. 황제는 왕비에게 윤허했다. 마음대로 해보라고. 숨겨놓았던 모든 기술을 진상해보라고.

*

4월의 시작은 지독했다. 하늘은 황달이 들어 누렇게 떴고 태양은 흐리멍덩했다. 텔레비전에서는 중국 황하지방을 뒤덮은 모래먼지의 위성사진을 내보내며 2002년 3월 이래 최악의 황사라고 보도했다.

나무와 수풀이 없는 벌거벗은 콘크리트 섬인 여의도는 더했다. 국회의사당의 돔형 지붕은 모래먼지로 뒤덮였다. 벚꽃이 피기 시작하는 이맘때면 여의도공원과 윤중로는 봄의 정취에 취한 사람들로 활기를 띠곤 했지만 올해는 달랐다. 사람들은 도둑처럼 마스크를 쓰고 먼지 때문에 시뻘게진 눈동자를 가리며 발걸음을 빨리했다.

외출에서 돌아온 조식의 사무실 직원들은 하나같이 불쾌한 표정이었다. 내근도 즐거운 일은 아니었다. 모니터를 바라보는 얼굴에서 웃음을 찾기는 어려웠다. 4월은 잔인한 달이었다. 주가지수는 오르고 있었지만 돈을 버는 건 외국인과 기관투자가뿐이었다. 사무실을 벗어나 학교 동창, 다른 회사의 딜러와 브로커들도 개인 투자에서는 손해를 보고 있었다.

'회사'는 국내 증시에는 외국인 투자자들과 마찬가지로 MSCI지수에 편입된 삼성전자, 포스코와 같은 대형 우량주에만 투자했다. 회사의

270

젖줄은 신흥 경제대국인 BRICs의 증시와 떠오르는 샛별인 아프리카 증시였다.

회사의 수익은 늘고 있었고 조식의 재산도 불어났다. 그는 세계 증시가 내려다보이는 저 높은 투자 포트폴리오의 옥좌에 앉아 숫자의 오르내림에 사람들의 희비가 엇갈리는 것을 감상했다. 그는 삶의 참맛을 느끼고 있었다. 부(富)란 나와 남을 다르게 만들어주는 가치이며 그가 성취한 부가 진정한 가치를 가지려면 절대다수가 가난해져야 했다.

사도 만영과 같은 추종자들은 조식에게 '클럽'과 '회사' 내에 독자적인 파벌을 형성해야 한다고 부추겼다. 새로운 측근들의 조언을 종합해보면, 강태공이 때를 기다리며 낚시로 소일했듯 최소한 내년 주주총회까지 기다리는 것이 좋았다. 중립적인 위치에서 존경과 신망을 쌓고 있다가 적당한 시기에 '제3의 길'을 선언하며 가연과 배남의 파벌싸움에 염증이 난 사람들을 끌어들이자는 것이었다. 형만은 빚쟁이라도 되는 것처럼 인형을 받은 대가로 기조실장을 맡아달라고 집요하게 요구했지만, 조식은 이런저런 이유를 들며 빠져나갔다.

조식은 침대 아래에 고장난 태엽시계처럼 잠들어 있는 인형을 돌려줄 준비가 되어 있었다. 형만이 인형의 '인'자라도 언급하면 당장 가져가라고 했을 것이었다. 하지만 형만은 그러지 않았다 — 조식이 가연과 이지의 마음을 사로잡은 것이 오로지 인형 덕분이었다면, 회수하겠다며 협박하고 나서야 하는 것 아닐까? 조식은 형만이 잔꾀로 자신을 속이려 들었던 것이라고 확신했다. 인형은 인형일 뿐이다. 그가 들은 인형의 목소리는 죽은 가족의 꿈처럼 그의 두려움과 상상력이 만들어낸 환청일 뿐이다. 혜정의 죽음, 가연과 이지의 애정은 가족의 죽음, 부장의 죽음과 아울러 그가 능력껏 성취한 업적인 것이다.

인형을 버리려고 했던 적도 있었다. 그러나 들어올린 침대 아래 비좁고 어두운 공간에 머리를 들이밀었을 때 고압선 가까이에서 나는 것처럼 무겁고 불쾌한 냄새에 조식은 저도 모르게 움찔 물러났다. 침대 밖으로는 퍼지지 않았기에 그 밑으로 코를 바싹 가져다대지 않는 한은 맡을 수 없는 냄새였다. 가연의 저택에서 담배 냄새가 지독하다고 불평하는 이지도 그의 원룸에서는 아무 냄새도 맡지 못했다. 그는 언젠가 사도 만영을 불러 인형을 치워야겠다고 생각했다. 세면대 배관이 막힌 것처럼 손수 해결할 필요가 없는 허드렛일이라 생각했다.

*

조식은 내년 주주총회에서 자신이 임원에 오를 때까지는 형만과 원만하게 지내기로 했다. 이사회 회장 가연의 최측근인 형만은 사도 중에서 서열이 가장 높았다. 실무적인 문제들, 예를 들면 조식이 가연의 저택으로 이사하는 것은 형만과 먼저 논의하는 것이 좋았다.

전직 부회장 도영이 제주도로 이사를 가게 되면서 도영이 거주하던 평창동 저택의 일층은 곧 비게 됐다. 조식은 가연이 도영과 한 지붕 아래에 산다는 사실이 달갑지 않던 터였다. 집에서는 마주치는 것을 피하며 '클럽'과 '회사'의 공식 행사에서만 봐왔다고 해도 말이다.

5월 들어 조식은 형만과 약속을 잡았다. 삼 주 전 언쟁을 크게 벌인 뒤로 전화조차 없던 두 사람이었다. 장소는 이태원 해밀턴 호텔 뒤쪽의 프렌치 레스토랑으로, '아지트'를 피해서 형만이 잡은 곳이었다. 적잖은 외국인 손님들이 있는, 영어와 프랑스어와 한국어가 스튜처럼 뒤섞여 흘러다니는 곳이었다.

약속시간이 십 분가량 지나서 형만이 나타났다. 가연과 함께였다. 실루엣이 고스란히 드러나는 반투명의 짧은 원피스에 블랙의 캐미솔을 받쳐입은 그녀는 실내의 시간을 한순간 멎게 하기에 충분히 아름다웠다. 사람들의 눈동자는 거울이 되어 막 입장한 아름다운 여인을 비

272

췄다. 가연은 그녀가 꿈꿔온 '여자'에 가까워지고 있었다. 호르몬제를 먹지 않는데도 가슴과 엉덩이가 커지며 이지가 한때 갖고 있었으나 살이 찌며 잃어버린 곡선을 앞뒤로 그리고 있었다.

"근사한데? 나 놀래려고 몰래 산 거야?"

가연이 감탄조로 말했다. 조식은 이지가 사준 새 정장을 입고 있었다.

형만은 그답지 않게 구구절절 말을 늘어놓았다. 마치 조식이 홍대의 원룸에 처박혀 있기를 바라는 듯. 까다롭다, 비(非)임원이 거주한 적은 없다, 정관에 관련 항목이 있는지 아니면 새로이 정관을 만들어야 하는지 판단해야 한다, 정관을 신설해야 한다면 '클럽'의 이사회와 '회사' 이사회를 통과해야 하므로 시간이 꽤나 걸리게 된다, 등등. 어쩌면 인테리어를 새로 하는 것조차 '회사' 이사회의 승인을 받아야 하는 사태가 발생할지도 모른다. 또 비용도 문제인데, 평창동 저택은 임원의 거주지인데다 '회사' 소유의 값비싼 미술품과 골동품을 보관하는 금고이므로, 원칙적으로 적어도 회계상으로는 조식과 회사는 관리비를 적정하게 나눠 부담해야 한다.

"뭐가 이렇게 복잡해, 알아서 해."

가연이 조식보다 먼저 짜증을 부렸다.

"알아서 하라구요?"

형만은 가연에게 대답하면서도 조식을 쳐다봤다.

"알아서 할 수 있잖아."

조식은 형만이 보란 듯 테이블 위에 올라온 가연의 손을 쓰다듬으며 말했다.

디저트가 나왔을 때, 형만은 캐러멜푸딩의 딱딱한 윗부분을 스푼으로 두들겨 잘게 부수며 느릿느릿 말을 꺼냈다. '회사'에 대한 또다른 이야기였다.

'나쁜 버릇이 발동했군.'

조식은 생각했다. 기브 앤 테이크, 출처불명의 인형을 준 대가로 허수아비 노릇을 요구했던 것처럼.

삼 주 전 조식과 형만이 싸웠던 이유는 '회사'의 새로운 사업에 관한 이견 때문이었다. 배남은 '회사'와는 별개로 자신의 재산으로 강남과 강북에 안마시술소를 한 곳씩 인수해 경영하고 있었는데, 일하는 아가씨들의 엄선된 미모와 특화한 서비스 때문에 각 업소마다 매일 이백 탕 ─ 업계 용어로 일 탕은 일 회의 서비스를 뜻한다 ─ 이상 매출을 올렸다.

주주가 개별적인 사업을 벌이는 것을 금지하는 규정은 없었다. 그러나 안마시술소에서 벌어지는 성행위는 명백한 매춘이며, 경찰의 단속 대상이 된다. '클럽'과 '회사'의 정관은 회원과 주주의 불법적인 활동을 일절 금지하며, 적발시 엄격한 처벌 ─ 이사회는 대단히 드물게 '사형'을 판결했으며 사도들이 이를 집행했다 ─ 을 내리도록 되어 있었다.

형만은 배남의 명백한 정관 위반 사실을 '회사' 주주들에게 알리고 비판여론을 형성해달라고 조식을 종용했다. 사도들은 주주들의 의사 결정에 영향을 미치는 행동은 할 수 없게 되어 있기에 형만이 직접 나설 수는 없었다. 그는 배남이 남몰래 벌어들인 자금으로 '회사'의 경영권을 차지하려 들 것이라고 의심했다.

조식은 배남의 새 사업을 괜찮게 평가했다. 사도 만영에게 그런 의견을 밝히자 우연인지 필연인지 며칠 뒤에 열린 이사회에서 배남이 신규 사업을 제안했다. 자신이 소유한 두 업소에서는 총 육십 명의 맹인 안마사를 고용하고 있는데, 서울에서 이렇게 많은 장애인을 고용한 업소는 없으며, 장애인 고용 창출이라는 측면에서 명백히 합법적인 사업이라고 그는 주장했다.

이사회 임원들이 전부 남자로 구성된 것도 배남에게는 유리하게 작용했다. 배남은 임원들을 포함해 주요 주주들에게 업소 ─ '공장'보다는 '테마파크'에 가까운 ─ 를 견학시켰다. 그리고 서투르지만 풋풋한 새내기부터 다른 업소에서 스카우트해온 노련하고 나긋나긋한 고참까지 심사하고 평가하는 일도 맡겼다. 돈을 주고 사는 것과는 전혀 다른, 참신한 경험이었다.

형만은 조식이 비밀을 누설했다며 분개했다. 얼마나 분했는지, 한밤중에 조식의 집 앞까지 와서는 전화를 걸어 당장 나오라고 고래고래 소리쳤다. 하지만 이지가 와 있었기에 조식은 냉수 먹고 속 차리라는 충고를 점잖게 하고는 통화를 끝냈다.

일련의 시찰 뒤 대부분의 주요 주주들은 '회사'가 배남의 업소를 인수해 사업을 벌이는 데 찬성한다고 공개적으로 밝혔다.

상황이 종료됐는데도 형만은 미련을 버리지 못하고 가연과 조식을 앞에 두고 또다시 얘기를 꺼내고 있었다. 적어도 '회사'가 배남의 업소를 인수하는 것은 저지해야 한다는 강력한 '의견 제시'였는데, 배남을 혐오하는 가연마저도 듣기가 지루해졌는지 꼬아서 올린 오른쪽 다리의 뾰족한 힐의 굽을 장난치듯 좌우로 흔들었다.

"내 머리카락 갈라졌어!"

가연이 그렇게 외치며 조식에게 몸을 돌렸다. 조식이 미간을 좁히며 가연의 머리카락을 살피는 동안 형만의 얼굴이 붉으락푸르락해졌다.

"좀 진지해질 수 없어요?"

"너, 내 머리카락이 갈라진 게 몇 년 만인지 알잖아?"

가연의 표정은 진지했다. 이지와 비교되면서 얼굴과 몸에 유난히 더 신경을 쓰는 그녀였다. 가슴과 엉덩이가 커지는 것의 반대급부인지 얼굴과 등에 이따금 뾰루지가 돋아났다.

"지금이 어떤 때인지 알아요? 둘, 아니 셋이라고 해야겠군. 셋이서 도끼 자루 썩는 놀음을 하는 동안에 '회사'에서는 전쟁이 벌어지고 있다구요. 어떤 전쟁인지 알기나 해요?"

"내가 그 돼지새끼 싫어하는 거 몰라? 요즘 왜 그렇게 성질을 버럭 버럭 내고 그래?"

"우리가 영토를 빼앗기고 있다는 사실은 전혀 모르나보죠?"

둘의 언성이 높아지자 레스토랑 분위기가 착 가라앉았다.

"다 먹었으면 나가지."

조식이 말했다.

형만은 인사도 없이 씩씩거리며 일어섰다. 조식은 가연과 함께 거리를 걸었다. 오랜만에 보도블록 위를 걷는 것인데도 그녀는 비틀거리지 않고 꽤 잘 걸었다.

"우리집으로 갈 거지?"

가연의 말에 조식은 그러겠다고 했다. 휴대폰이 울렸다. 이지에게서 온 것이라고 하자 가연은 콧소리를 내며 받지 말라고 애교를 떨었다.

평창동에 도착해 가연이 씻는 동안 형만에게 전화가 왔다. 화를 내 미안하다는 것이었다. 조식은 괜찮다며, 가연이 난데없이 머리카락 얘기를 꺼낸 것에 유감을 표시했다. 형만은 자신의 행동이 무례했다며 거듭 사과한 뒤 전화를 끊었다.

가연은 형만에게서 온 전화 내용을 듣더니, 입술을 삐죽이며 말했다.

"그럼 그렇지."

'하지만 이건 네가 아니라 나한테 사과한 거라고.'

조식은 속으로 가연을 비웃었다. 착한 남자답게 적당한 수준의 비웃음이었다. 그리고 그는 침대에서 그녀가 혼을 빼앗기고 있다고 느낄 정도로 정성껏 애무해줬다.

*

오후 한시 삼십분, 커피와 쿠키를 즐기는 시간. 조식은 오레오쿠키의 분해작업에 몰두했다. 크림으로 단단히 붙은 과자의 양면을 부스러뜨리지 않으려면 여드름을 짜듯 결정적 순간에 짧게 힘을 넣는 것이 중요했다. 그러나 과자가 막 둘로 나뉘려는데 오른손 검지에 평소보다 힘이 더 들어갔다. 짜는 것이 아니라 꼬집고 쥐어뜯는 세기였다.

휴대폰 벨소리가 고함을 지르는 것처럼 크게 울리는 바람에 생긴 실수였다. 벨소리로 설정한 〈To Fall In Love Again〉을 부르는 제시카 심슨은 인류 전체에 저주와 악담을 퍼붓는 것 같았다.

쇼트닝으로 단단하게 굳힌 밀가루덩어리의 형태는 멀쩡했지만 한쪽 면에 보름달처럼 떠올라야 할 크림은 한쪽 귀퉁이가 떨어져나가 있었다.

조식은 낭패한 표정으로 아랫입술을 깨물며 휴대폰의 슬라이드를 올리고 무미건조한 사무용 말투로 전화를 받았다. 대체 어떤 놈인지 보자. 가연이나 혜정은 조식의 목소리를 아무리 듣고 싶어도 근무시간에는 전화하지 않았다.

송화부에서는 아무 소리도 들리지 않았다.

"장난하는 거야 뭐야."

조식은 휴대폰의 액정을 노려보다가 통화버튼을 눌러 방금 온 전화번호를 확인한 뒤 한번 더 버튼을 눌러 전화를 걸었다. 평소에 시끄럽다고 생각했던 주다스 프리스트의 〈Painkiller〉가 컬러링으로 나왔지만 조식을 놀라게 한 벨소리에 비할 바는 못 되었다. 상대방은 노래가 한번 끝나고 다시 되풀이될 때에야 전화를 받았다.

"무슨 일이야? 이 시간에."

역시 여의도 바닥에서 근무하는 선호의 목소리였다.

"방금 전화했었잖아."

"우리 삼십 분 전에 통화하지 않았어?"

"방금 또 전화했잖아."

"아냐."

"전화기에 번호가 찍혀 있는데 무슨 헛소리야."

"내 핸드폰은 지금 바지 주머니에 있어. 바쁘니까 이만 끊자."

〈두시의 데이트〉가 가까워지고 있었다. 선호와 점심시간에 통화한 것은 분명한 사실이었다. 그리고 받은 전화 목록을 살핀 결과 방금 전에는 어디에서도 전화가 걸려오지 않은 것도 사실이었다. 조식에게는 여전히 허공에 음표가 떠다니고 있는 것 같은데도.

딜러가 되면서 하나 더 늘어나 석 대가 된 컴퓨터 모니터는 금융뉴스를 쏟아내며 빨리 일터로 돌아오라고 조식을 재촉하고 있었다.

조식이 모니터에 흐르는 숫자와 글자에 집중하고 있는데 또다시 벨소리가 들렸다. 이번에는 전화번호부터 확인했다. 액정에는 현재시각만이 표시돼 있었다. 전화가 걸려온 것이 아니었다. 그러나 노래는 계속됐다.

'당신이 이전에는 몰랐던 느낌을 향해 당신의 가슴이 활짝 열렸을 때―'

어쩌면 전화가 아닐지도. 조식은 옆자리 선배가 음악을 틀어놓은 것이 아닌지 흘깃 보았다. 선배는 무슨 일이냐고 묻는 표정으로 조식을 쳐다봤다.

"무슨 소리 안 들려요?"

"민노총 시위한대."

선배는 모니터에서 눈을 떼지 않고 무심하게 말했다. 하지만 조식의 귀에 노래는 그치지 않고 계속됐다.

내가 당신을 끌어낼 수 있다면 내 심장도, 내 영혼도 모든 것을 다 주겠어요―

*

아침 출근길, 사무실, 점심시간의 식당, 동료들과 복도에서 커피를 마시며 수다를 떨 때, 메신저로 사고팔자는 주문을 넣고 있을 때, 무릎 위 이십오 센티미터의 미니스커트 아래로 쭉 뻗은 처녀들의 다리를 감상하며 퇴근길을 걷고 있을 때, 휴대폰에서 신경을 끊고 있을라치면 어김없이 벨소리가 울려 조식을 차렷 자세로 만들었다.

어떤 전화는 친구에게서, 또 어떤 전화는 가연과 이지 그리고 사도 만영을 비롯한 측근들에게서 온 것이었다. 만영은 형만이 곧 유럽으로 이 주가량 출장을 떠날 것이라고 보고했다. 유럽의 헤지펀드 관계자들과 투자 협상을 하기 위해서라고 목적까지 상세히 알려줬다. 형만은 출장 건에 대해 귀띔조차 하지 않은 터였다.

그러나 때때로 벨소리만 들리는 경우가 있었다. 액정에는 아무 기록도 남기지 않고.

조식은 자신이 일종의 이명현상에 시달리고 있으며, 이비인후과에 가봐야 하는 것이 아닐까 의심하기 시작했다. 오지도 않은 전화벨 소리가 들린다며 부서원들과 점심을 먹는 자리에서 농담처럼 흘려보기도 했다.

'작은 영선'이 그와 같은 증상은 삐삐가 나온 뒤부터 시작된 것이라고 주장했다. 호출기든 휴대폰이든 며칠째 울리지 않으면 나지 않은 소리가 들리는 것 같고 받지 않은 연락을 받은 것 같게 된다는 말이었다.

하지만 그것은 따돌림당하는 자, 원치 않는 고독에 시달리는 외톨이나 걸리는 질병이 아니겠는가? 조식은 언성을 높여 그에겐 전혀 해당되지 않는 얘기라고 반박했다. 가연과 이지에 비하면 한없이 천하고 비루한 존재의 얼토당토 않는 소리를 진지하게 받아들일 필요는 없었지만 화가 치밀었다. 예전 같았으면 최소한 귀양을 보내야 할 죄렷다. 조식은 그녀 쪽에서 들리는 말에 더이상 귀를 기울이지 않는 것으로, 중벌을 내렸다.

"어머, 얼굴이 반쪽이 되어버렸어."

가연은 조식의 핼쑥한 얼굴에 놀라며 안쓰러워하는 표정을 지었다. 조식의 얼굴은 부스러져 시커멓게 죽은 신경을 드러낸 충치처럼 초라하고 우중충했다.

조식은 소파에 앉아 이마에 손을 얹었다. 가연이 럼주에 단풍나무 시럽을 타서 갖고 왔다. 조식의 새 집을 어떻게 꾸밀지 구상한 서류 한 뭉치도 준비되어 있었지만, 도저히 들여다볼 기분이 아니었다.

가연은 낮 동안 공들여 다듬은 손톱을 물어뜯으며 소파 뒤쪽에 섰다. 조식의 어깨는 축 처져 있었다. 어깨와 목 사이의 근육은 곁눈으로 봐도 알 수 있을 정도로 딱딱하게 굳어 있었다. 회사에서 힘든 일이 있었던 것일까? 정글 속을 헤매며 상처투성이가 되어 돌아온 남자, 누구를 위해서? 물론 나, 가연을 위해서. 가연은 조식에게 아무것도 묻지 않고 무조건적인 사랑을 베풀어주고 싶었다. 가정을 훈련소 삼아 어렸을 때부터 남편을 공경하고 자식을 어질게 대하며 가사노동에서 삶의 기쁨을 누리도록 교육받은 여자들이 훗날 결혼해 가장에게 느끼게 되는 이 감정은, 그런 훈련을 받은 적 없는 가연에게는 여태껏 경험해보지 못한 신선한 것이었다.

조식이 레몬셔벗을 먹는 동안 가연은 조식의 넥타이를 느슨하게 풀고 와이셔츠 단추를 하나씩 끌렀다. 조식은 그릇 속 얼음 덩어리를 스푼으로 삽질하듯 퍼내 입안에 넣는 동작을 무덤덤하게 반복했다. 애인이 냉담하면 냉담할수록 가연의 애정은 뜨거워졌다. 그의 굳어버린 감각을 일깨우고, 방관자의 자리에서 끌어내리고 싶은 충동이 일었다. 가연은 조식을 침실로 데려갔다. 그는 울음보를 터뜨리기 직전의, 혹은 쏟아지는 졸음을 견디지 못하는 아기처럼 눈을 가늘게 뜨고 입술을 오므린 채 끌려갔다.

*

휴대폰 벨소리를 바꿔보지 않은 것은 아니었다. 가요나 팝/재즈, 클래식을 다운로드받아보기도 했고, 휴대폰에 내장된 '맑은 빛깔' '사랑 느낌' 등의 항목으로 분류된 음악에서 곡을 골라보기도 했다. 누가 거는지, 아니 어디서 들려오는지조차 알 수 없는 그 소리는, 하지만 새로운 벨소리에 따라 바뀌었다.

가장 끔찍했던 것은 진동으로 설정해두었을 때였다. 머릿속에서 지진이라도 일어나는 것 같았다. 시신경이 충격을 받았는지 시야의 원근감이 순간적으로 사라져 발을 내디딜 수가 없었다. 모근에서 솟아나는 땀방울에 머리카락은 미역을 감고 온 것처럼 축축해졌다.

잠을 이루지 못하는 밤, 조식은 꾀를 냈다. 휴대폰 벨소리를 '무음'으로 설정해보기도 했지만, 벨소리는 그래도 계속 찾아왔다. 휴대폰의 전원을 끄자 소리는 더이상 들리지 않았다. 그렇게 이틀을 고요하게 보내고 사무실에서 휴대폰을 다시 켰을 때, 조식은 창밖으로 뛰어내리고 싶었다. 그 동안 쌓인 문자메시지와 부재중 전화 알림 메시지 등의 도착 신호가 수천 마리의 벌떼처럼 그의 이마와 귓가와 눈앞과 코끝과 입술 위를 날아다니며 의식을 잘게 썰고 부수었다. 정신을 차려보니 코에서 피가 줄줄 흐르고 있었다.

혼자서는 도저히 잠들 수 없었던 어느 날 밤, 조식은 그의 욕망과 욕구에 완벽하게 튜닝된 이지의 몸이 그리워졌다. 한때 그의 다정한 벗이었던 한잔의 술처럼. 그러나 이지는 전화를 받지 않았다. 요즘 들어 낮이고 밤이고 거의 통화를 할 수가 없었다. 그녀는 일거리가 갑자기 몰려들어 스튜디오에서 살다시피 한다면서도 어떤 촬영인지에 대해서는 말하지 않았다. 잡지 화보인지, 지면 광고인지, 아니면 뮤직비디오에서 춤을 추는 한 무리의 여자들 속에 끼는 것인지.

조식은 상상했다. 가슴을 거의 드러내고 골반에 아슬아슬하게 진을 걸친 그녀의 사진이 신문과 잡지에 전면으로 실리고 포스터로 제작돼 건물 벽과 옥외 광고판에 도배되는 것을. 그녀가 지젤 번천처럼 슈퍼스타가 되어 수십 수백만 남자들의 자위 대상으로 추앙받게 된다면, 그래도 조식의 연인으로 남아 있으려고 할까?

곁에 있으면 그녀의 감정은 은행의 안전금고에 보관한 보석만큼이나 확실했다. 그러나 떨어져 있는 시간이 길어진다면 언제 값어치가 폭락할지 누가 알겠는가.

조식은 가연에게 가보기로 했다. 옷장에서 바지를 꺼내 입다 말고 그는 자신이 원하는 바가 무엇인지 자문하고 답을 찾아봤다. 그는 초조했다. 가연은 자신의 초조함을 결코 이해하지 못할 것이라는 생각도 들었다. 대신 그녀는 모든 근심을 그보다 더 큰 사랑으로 감싸 없애주겠다며 요리를 만들고 마사지를 해주고 조식을 애무하리라.

사랑이 강할수록 둘의 행위는 격렬해져서 제3자가 보기에는 우스꽝스러운 형태로 왜곡될 것이다. 나팔 불기, 접시 핥기, 엉덩이로 이름 쓰기, 훌라후프 돌리기. 절정에 가까워지면 무표정과 화장으로 숨기는 그녀의 얼굴 주름들이 하나 둘 튀어나왔다. 눈가와 볼과 입가에서 바이러스처럼 증식하는 주름의 갈라진 틈에서는 무미한 중성의 땀이 배어나왔다.

'모든 짐승은 성교 후에 슬픔을 느낀다(Omne animal triste post coitum)'라는 라틴어 속담대로, 섹스가 끝난 뒤 단내 나는 공기와 땀에 젖은 시트 속에서 엄습해올 싸늘한 기운을 생각하자 몸이 오싹해졌다. 관객 없는 광대가 홀로 공연을 마치고 텅 빈 무대를 바라보며 느낄 법한 혐오와 슬픔이 그를 휩쓸고 지나갔다. 상념 속에서, 한때 아름답고 조화로웠던 둘의 섹스는 브라운관 텔레비전을 끌 때 화면에 마지막으로 남는 빛의 반점처럼 차갑게 응축하고 있었다. 그는 맹목적인 애정의 텅 빈 뒷면 속에서 더욱 뚜렷하게 느껴질 이지의 부재, 삼각관계의 한 축이 무너지는 위험과 마주하고 싶지 않았다. 그만이 들을 수 있는 휴대폰 벨소리처럼, 그것은 누구와도 공유할 수 없는 두려움이었다. 그는 한겨울에 보육원에서 쫓겨난 고아처럼 벌벌 떨었다. 동이 트기까지 얼마 남지 않았다고 스스로를 달래며 뜬눈으로 밤을 새웠다. 시험에 든 베드로처럼, 자신이 느끼는 모든 감정을 연거푸, 단호히 부인했다.

*

사방으로 무한정 뻗어나가는 텅 빈 공간이 있다. 중심에는 팔을 걷어올린 드레스셔츠에 실크 넥타이를 맨 조식이 서 있다. 그는 구획을 지어 줄을 친다. 콘크리트 벽과 파티션이 그에 따라 성장촉진제를 맞은 식물처럼 쑥쑥 자라 햇볕도 없는 공간에 그늘과 그림자를 만든다. 대량 구매한 사무용 책상은 구입 시기에 따라 색과 모양이 뒤죽박죽이라 완벽하게 재현하기가 힘들지만 그는 어떻게든 해보기로 한다. 집기를 배치하고, 벽과 바닥에 연륜을 입히는 웨더링 작업을 마치니 실물과 퍽 비슷해진다.

마지막으로 그는 책상 위에 그의 것과 똑같은 모델의 휴대폰을 세워놓고 그것이 어서 받아달라고 보챌 때까지 기다린다. 상상 속 조식은, 실로 조종되는 인형처럼 어색한 동작으로 휴대폰 슬라이드를 열어 전화를 받는다.

자장가가 멈춘다. 조식은 자신이 놀라지 않는 데 스스로 놀란다.

왜 이제야 받아?

"무슨 일이지?"

조식의 목소리는 성웅 이순신 역에 어울릴 법하게 근엄하다.

기가 막혀서, 너 정말 뻔뻔스럽구나?

말끝이 날카롭게 올라가는 소프라노의 목소리, 상상 속 사무실의 한복판에 혜정의 머리통이 솟아오른다. 최악의 기억만을 모아 만든 것이라 섬뜩할 정도로 선명한 상이다. 눈과 코와 입이 한데 쏠리고 있다. 그를 곤란하게 만들던 자학의 눈물도 곧 쏟아질 것 같다.

어디야?

"사무실, 잘 알잖아."

그 동안 내 생각은 한 번도 안 했지? 날 이렇게 버려놓고서 말이야.

혜정의 목소리는 조식의 기억에 저장된 것과는 조금 다르다. 향수를 뿌려도 감출 수 없는 악취처럼 짙은 악의가 배어들어 있다.

누군지 알겠어? 나야, 지옥에서 널 구원할 유일한 존재 말이야.

혜정의 목소리가 그렇게 말하고는 깔깔 웃는다.

"뭘 원해."

애인, 아니 애인들이지, 그애들에게도 그딴 식으로 말하니? 정말 싸가지가 없구나. 넌 원래 매너가 더러웠어. 특히 침대에선 더 그랬지. 기억나? 나랑 첫번째 섹스를 했을 때.

"좋아, 무엇을 원하세요? 이제 만족해?"

그는 언성을 높이지 않는다. 그의 목소리는 하드보일드 영화의 탐정처럼 쿨—하다.

조금 낫네. 그럼 본론을 얘기하지. 내 권리를 요구해.

"무슨 말인지 잘 모르겠어."

바보 아냐? 네가 잘난 줄 착각하고 있는 거 아냐? 내가 없었다면 네 여자들은 너를 거들떠보지도 않았을 거야. 앞으로 그렇게 될 거라고 장담해. 이지는 스타가 될 거야. 걔를 자빠뜨렸던 남자들이 다 그랬던 것처럼 남자라면 누

284

구나 그 커다란 가슴이랑 엉덩이에 홀딱 빠져들겠지. 재벌 2, 3세들이 하룻밤의 대가로 백지수표를 내미는 날도 머지않았어. 가연? 아래층에 내려가서 한번 보라구. 옛날 애인이 어땠는지 좀 봐. 잘생겼지, 그 호리호리한 몸매! 마른 것 같지만 너보다 근육은 더 많을걸. 물건도 튼튼하겠지. 넌 그 앞에 서면 찬물을 뒤집어쓴 자지처럼 움츠러들 거야. 가연이 그를 많이 사랑했었다고 말했던 거 잊지 않았지?

"그렇게 말한 적 없어."

우리 사이에 거짓말은 말자고. 어차피 엿듣는 사람도 없어. 세상엔 우리 단둘 뿐이야. 넌 곧 차일 거야, 두 사람에게서. 그리고 고통스러워하겠지. 사랑의 금단증상! 방황하겠지.

웅성거림과 함께 발소리가 다가온다. 조식보다 전화기 너머의 존재가 먼저 그 소리를 감지한다.

운이 좋네. 자기야, 이따 집에서 봐—

조식은 눈을 떴다. 부서원들이 돌아와 칫솔과 치약을 챙겨 하나 둘 화장실로 가고 있었다. 옆자리 선배가 그에게 명상이라도 하고 있었냐고 물었다. 조식은 그 말을 제대로 알아듣지 못해 뭐라고 했느냐고 되물었는데, 의도하지 않게 신경질적인 목소리가 나왔다.

조식은 서랍에서 오레오쿠키를 찾았다. 허겁지겁 포장을 뜯어 손에 집히는 대로 입안에 쑤셔넣었다. 이지에게서 문자메시지가 하나 왔고('자기야'로 시작해서 오늘도 바빠서 밤에 들르지 못하겠다는 내용), 가연에게서는 메신저로 아침식사는 마음에 들었냐는(급히 만들어 맛이 없었을 것 같다면서 맛이 어땠냐고 묻는 모순어법적인 물음) 메시지가 왔다.

조식은 거래를 처리하면서 책상 서랍에서 오레오쿠키를 한 봉지 또 꺼냈다.

"그러게 점심 먹으러 같이 가자고 했잖아."

옆자리 선배가 핀잔을 줬다.

조식은 멍하니 그를 쳐다봤다. 선배는 입술을 훔치라는 시늉을 했다. 조식은 클리넥스를 뽑아 입가를 닦았다. 휴지에 초콜릿과 크림 녹은 것이 코피 자국처럼 엉겨붙었다.

조식은 사무실에서 가장 먼저 퇴근했다. 집에 가까워질수록 걸음이 느려졌다. 계단을 오를 때에는 관절염을 앓는 늙은이처럼 힘겨웠다. 현관 도어록의 비밀번호를 누를 때에는 손이 다 떨렸다. 혜정이 로프를 칭칭 동여맨 채 그를 맞이해도 이상할 것이 없다는 생각이 들었다. 그리고 심장이 철커덕 멎을 것이다. 차라리 그게 나을지도 몰라, 그는 중얼거렸다.

문을 열었다.

자기야, 어서 와.

혜정의 목소리, 혹은 그것을 흉내내려는 것.

자기야, 어서 와.

이지의 목소리, 혹은 그것을 흉내내려는 것.

조식은 서류가방을 내던지고 침대로 갔다.

자기야, 어서 와.

가연의 목소리, 혹은 그것을 흉내내려는 것.

조식은 재킷을 침대 위에 던져두고 다락에서 두꺼운 책을 네 권 골라서 갖고 내려왔다. 침대 머리의 모서리를 들어 책을 두 권 끼우고, 발치 쪽 모서리에도 높이를 맞춰 책을 끼웠다. 기울어진 침대가 떡 벌린 입처럼 어두운 속을 내보였다. 이전에는 맡지 못했던, 오래된 하수구에서 나는 음산한 냄새가 천천히 방 안 공기를 물들였다. 일단 와이셔츠 소매를 걷었지만 팔을 그 안으로 집어넣기는 주저되었다. 실리콘으로 빚은 인공의 고깃덩어리가 아닌, 눈과 귀와 코에서 썩은 물이 졸졸 흘러나오고 배에는 가스가 차 부풀어오른, 부패한 육체가 납작 도

사리고 있을 것 같았다. 눈동자에서는 구더기가 기어나오고 몸을 뒤집으면 송장벌레와 딱정벌레가 태양빛을 피해 지하로 숨기 위해 분주히 움직이리라.

한 팔로 인형을 끌어내리려고 했지만 생각보다 무거웠다. 그는 배를 바닥에 붙이고 다른 팔을 마저 집어넣었다. 요가를 배우는 사람들이 흔히 '슈퍼맨'이라고 부르는 자세로 조식은 낑낑거리며 인형을 끄집어내리려 했다. 상처의 고름 냄새가 나는 것 같았다. 오 맙소사, 정말 썩어가는 것이란 말입니까. 그는 고름 빛깔의 구더기들이 손등을 타고 오르는 것을 상상했다. 하마터면 다 포기하고 가연의 집으로 달아날 뻔했다.

인형은 피부가 누렇게 떠 있었다. 새하얗던 흰자위도 육식동물의 눈동자처럼 노르스름한 빛깔이었다.

상쾌해! 환상적이야! 오늘 날씨는 어때?

"좋아."

하늘이 시커멓게 변하고, 눈이 내려 보도가 질척해지진 않았어?

"5월이야."

난 아직도 겨울 같은걸. 네가 언제부터 날 내버려뒀는지 생각해보렴. 네가 내버려둔 동안 나는 가만히 충전을 했지. 힘이 넘치는데?

인형은 머리부터 발끝까지 온통 먼지투성이였다. 게다가 썩은 냄새가 진동했다. 후각이 거의 마비될 정도였다. 입안에 침이 가득 찼다. 상한 고기를 삼킨 듯한 불쾌감에 욕지기가 치밀어올랐다.

이봐, 이건 네 몸에서 나는 냄새야.

조식의 목소리가 조식에게 말했다.

*

조식은 가연이 요리하는 것을 지켜보다가 거실로 왔다. 자기도 모르게 주머니에서 흘린 것처럼 휴대폰을 식탁 의자에 슬며시 두고서. 그의 계산은 다음과 같았다 : 전화가 울리면 가연이 받을 것이다. 가연이 받지 않는다면 전화는 울릴지언정 울리는 것이 아니다.

후자의 경우에 대비해 조식은 전화벨을 모차르트의 자장가로 설정해놓았다. 어금니를 꽉 깨물지 않아도 버틸 수 있는 음악이었다. 피곤이 몰려 뒤통수가 묵직할 때에는 졸음에 가까이 가기도 했다. 자장가는 '미' 음으로 시작한다. 미파미 레도레도, 도파파 파솔라솔.

조식은 귀로 가연의 움직임을 살폈다. 야채칼이 도마를 두들기는 소리가 들렸다. 그녀는 이태원의 레스토랑에서 조식이 맛있다고 칭찬했던 홍피망찜을 재현한다며 가지와 안초비를 다듬고 있었다. 가연은 요리 도중에 방해받는 것을 싫어하지만 부주의한 조식을 위해 전화를 받아줄 것이다. 그녀는 어떤 일이 있어도 조식에게 화를 내지 않았다.

칼날이 도마 위에 떨어질 때의 똑똑 소리는 멈추지 않았다. 샴페인이라도 마시며 기다리자. 조식이 그렇게 생각하며 자리에서 일어나려던 차에 피망을 써는 소리가 뚝 그쳤다. 미파미 레도레도. 슬리퍼 밑창이 대리석 위를 긁었다. 그리고 가연의 퉁명스러운 목소리.

"전화야."

조식은 가연의 언짢은 얼굴을 보고는 이지에게서 온 전화라고 짐작했다. 이지가 요즘 바빠서 모습을 통 보이지 않자 내심 기뻐하는 기색을 보였던 그녀였다.

하지만 전화기에서는 낮고 조심스러운 목소리가 들려왔다. 징검다리를 건너듯 단어 하나하나를 신중하게 발음했다. 가연의 옛 애인 도영이었다. 자긴 일주일 뒤에 떠나니 이사오기 전에 집 안을 미리 봐둬야 하지 않겠냐는 것이었다.

"어디 가려구? 저녁 다 됐는데."

조식이 재킷을 입는 것을 보고 가연이 물었다.

"잠깐 아래층에 다녀올게."

엘리베이터 문이 열렸다. 조식은 두 발짝 안으로 들어갔다. 문이 닫혔다. 도영에게 물어보고 싶은 것이 있었다. 형만의 말에 따르면 그도 한때 인형을 가진 적이 있었다. 조식의 것보다는 훨씬 '성능'이 떨어지는 프로토타입의. 인형의 존재를 넌지시 암시만 하면서 눈동자와 안면근육의 움직임을 주시한다면 상대의 마음을 어느 정도 읽어낼 수 있을 것이다. 단둘이 있는 자리라면 대놓고 물어보지 못하리라는 법도 없었다.

엘리베이터가 일층에 도착했다. 문이 열렸다.

도영이 기다리고 있었다. 그는 환하게 조식을 맞으며 집 안으로 안내했다.

조식은 그 앞에 펼쳐진 풍경에 놀라 묻고 싶었던 말들도 잠시 잊었다. 가연의 집이 결벽증에 걸린 깡마른 십대 소녀라면 도영의 집은 풍만한 몸매의 성숙한 여인이었다.

호두나무 바닥에 크림색 벽지, 밤색 스웨이드 소파와 고풍스러운 직사각형의 앉은뱅이 테이블은 한데 잘 어우러져 햇볕에 적당히 그을린 건강한 피부의 느낌을 줬다. 베란다를 가리는 커튼은 실크와 벨벳을 겹쳐 만들어 은은한 빛깔을 띠었는데, 열린 창문으로 바람이 들어올 때마다 구름처럼 부풀어올랐다. 현관에서 거실로 이어지는 짧은 벽에 붙어 있는, 나비를 자개로 장식해넣은 노란색 장이 분위기를 산뜻하게 강조했다.

가연의 집과 가장 큰 차이점은 집 안 곳곳이 난과 화초로 꾸며져 있다는 사실이었다. 나비장 위에는 선이 우아한 난초가 놓여 있었다. 가연의 집에 설치된 공기청정기를 그는 산세비에리아, 왁스 베고니아, 아이비, 앤슈리엄 등등 공기정화식물로 대신하고 있었다.

그가 청나라 시대의 것이라고 소개한 거실의 앉은뱅이 테이블에는 여섯 명의 남자가 엉덩이를 깔고 앉아 피자를 안주로 버드와이저를 마시고 있었다. 노랗게 물들인 머리카락을 삐죽 세운, 아무리 많게 봐도 이십대 중반인 젊은 남자는 낯설었지만, 나머지는 모두 배남과 가까운 '클럽' 회원과 '회사'의 주주들이었다. 한가운데에는 배남이 있었다.

화장실에서 한 남자가 나오다가 조식을 보고는 안색이 새파랗게 질렸다. 조식이나 가연이 주최한 모임에 통 모습을 보이지 않아 이상하게 여기고 있었던 민철이었다.

'그럼 그렇지.'

조식은 태연한 표정을 지켰다. 배남도 태연하게 조식을 바라보았다. 민철은 제자리로 돌아가서 엉거주춤하게 선 채 조식과 배남을 번갈아 쳐다봤다. 도영이 안방을 구경시켜주겠다며 조식을 데리고 가자 민철의 표정에 '살았다'는 문장이 슥 지나갔다.

안방의 천장에 매달린 호박색 크리스털의 샹들리에, 18세기 네덜란드산이라는 서랍 달린 책상, 중국풍의 둥그런 의자는 모두 조식의 마음에 쏙 들었다. 도영은 책상과 의자를 가리키며 '수년 전' 런던의 크리스티 경매에서 산 것으로 대단히 아끼는 물건이라고 소개했다.

'가연과 함께 산 것이로군.'

조식은 짐작했다.

"집이 마음에 드나요? 가구들도 마음에 든다면 놔두고 갈 수도 있어요. 모두 '회사'의 재산이니까. 하지만 가연씨가 다 치워버릴 것이 분명해요. 그래서 내가 전부 사갖고 가기로 했죠."

도영은 냉장고에서 꺼낸 버드와이저 캔을 건네며 말했다.

예상보다 오래 앉아 있어야 할 것 같은 예감이 들었다. 거실 테이블에 그를 위해 마련된 자리는 현관에서 가장 멀찍이 떨어진 곳이었다. 조식이 엉덩이를 내려놓자 민철은 꼿꼿하게 일어났다. 배남이 그냥 앉아 있으라고 하자 민철은 볼일이 있다며 나가려고 했다.

"손님이 왔는데 금방 가면 예의가 아니지."

조식이 자애로운 미소로 위협했다. 민철은 안절부절못하며 도로 앉았다.

"피자 좀 들죠?"

배남이 말했다.

"이거면 충분."

조식이 맥주캔을 들어 보였다.

"다이어트해요? 여기 절제의 악덕을 신봉하는 분이 또 계시는군."

"살이 쪄서 그럽니다."

조식은 배남의 턱과 가슴과 배의 살을 훑어보며 비웃듯 말했다.

"비만은 우리 유전자의 우수성을 돋보이게 하는 자질이라는 걸 아직도 모르는군요. 특히 이 자리에 모인 우리는 절제와 금욕이 아니라 갈망과 방사를 통해서 지금까지 오게 된 거예요. 삶에서 원하는 게 뭐죠? 먹고 싸고, 더 많은 여자를 갖는 거 아니에요? 여자가 되다 만 남자도 하나 있겠지만."

배남은 킬킬대며 계속 말했다.

"참는 게 미덕이라면, '클럽'은 애초부터 존재할 수 없었어요. 더 많이 갖고 싶어하는 욕망이 우릴 창조한 거고, 우린 창조주가 부여한 소명에 따를 의무가 있지. 살을 뺀다고? 우린 모두 신이 부여한 형상을 이루고 있을 뿐이에요. 마른 사람은 원래부터 마르게, 뚱뚱한 사람은 원래부터 뚱뚱하게. 오히려 예전보다 말랐고, 또 더 마르게 되려는 당신이 이상하고 부자연스러운 거지."

노란 머리의 남자가 흥미롭게 귀를 기울이고 있다는 것이 조식은 못마땅했다. 배남에게 쏘아붙일 말을 찾다가…… 일단 지켜보기로 했다.

도영은 조식에게 노란 머리 청년을 소개했다. 그의 이름—아이디—는 'DSLR'이고 줄여서 '디스'라고 했다. '클럽'을 알게 된 지는 한 달이 채 안 된다고 했으며, 도영의 말을 들으니 그에게도 주주가 될 자격이 있는 것 같았다. 누군가 그를 위해 죽었다. 그의 남은 인생을 더욱 풍요롭게 만들기 위해.

(나중에 들은 바론 그의 부모는 사고나 재해 때문에 사망한 것이 아니었다. 어머니는 미국에 조기 유학을 간 외동아들을 현지에서 뒷바라지하다가 백인 남자와 눈이 맞았고, 아들이 주립대학에 합격하자 한국에 홀로 남은 '기러기 아빠'에게 이혼을 요구했다. 아버지는 고민 끝에 태평양을 건너 어머니를 찔러 죽이고 자신도 목을 매달았다. 부모의 재산과 보험금은 유일하게 남은 피붙이에게 돌아갔다.)

"조식씨가 온 지 반년밖에 안 됐는데 또 한 분이 들어왔군요. 이런 추세라면 올해에 두어 분은 더 들어오실 것 같아요."

도영은 수확을 앞두고 밭을 떠나는 농부처럼 못내 아쉬운 표정이었다.

"외람된 질문입니다만, 왜 떠나시는 건가요?"

신참 디스가 물었다.

"다음달에 결혼하거든요."

"결혼하면 나가야 돼요?"

디스는 좌중을 둘러보며 물었다.

"우린 근친상간을 장려하죠."

배남은 그 말을 하고 음탕하게 킬킬거렸다.

"조용히 살고 싶은 겁니다."

도영이 부드럽게 웃으며 말했다.

"이곳이 조용한 곳 아닌가요?"

"제주도로 내려갈 겁니다."

"어떤 분과 결혼하시는데요?"

도영과 디스 두 사람의 대화가 계속 이어졌다.

"사랑하는 사람이랑 하죠."

"모든 것을 포기할 만큼 사랑하는 분인가보죠?"

"세상에서 가장 아름다운 사람이라고 해두죠."

"난 그렇게 생각하지는 않아."

배남이 끼어들었다.

"결혼할 사람을 본 적이 있어요?"

디스는 배남을 쳐다보며 물었다.

"그럼요."

모두의 시선이 배남에게 집중됐다.

"예쁜 사람은 널리지 않았어요?(여기서 조식은 가연도 '그 예쁜 여자들'의 범주에 드는지 궁금해졌다) 내가 그 사람을 얼마나 좋아하느냐가 중요한 거지."

"고등학생과 결혼한다는 게 사실인가요?"

"법적인 구속력이 있는 결혼인가 묻는다면, 아닙니다."

"너무 어리지 않아요?"

"사랑이 뭐라고 생각합니까?"

도영이 반문했다. 자리에 앉은 모두는 숙연해졌다. 디스가 먼저 말했다.

"가슴이 뛰는 것."

"잘 알고 있군요."

도영은 일어나면서 맥주를 더 마실 사람이 있냐고 물었다. 조식과 다른 몇몇의 손이 올라갔다. 그는 냉장고에서 여섯 개들이 맥주 두 팩을 갖고 돌아왔다.

조식은 맥주를 들이켰다. 배남이 디스의 무릎에 손바닥을 올려놓고 자신의 가게에 '시찰'을 가자고 꼬드기고 있었다. 그리고 자기 집에 가서 여자들과 한잔하면서…… 조식은 현관까지 배웅을 나온 도영에게, 집 구경 잘했다며 몸을 돌려 인사하다가 배남과 눈이 마주쳤다. 배남의 손은 조식에게 그랬던 것처럼 청년의 허벅지를 슬슬 쓰다듬고 있었다.

가연은 소파에 드러누워 조식을 기다리고 있었다. 엘리베이터가 열리는 소리에 종종걸음으로 달려왔지만 기다림에 지친 탓인지 폭삭 늙어버린 것 같았다.

"나빠, 이렇게 늦고. 배고프지? 이십 분만 기다려."

조식은 입맛이 없었지만 구운 대하를 두 마리 먹고 피망찜도 하나 먹었다. 배가 부르자 졸음이 왔다. 가연과 침대에 가 누웠다. 섹스는 없었다. 새벽에는 모차르트의 자장가 소리에 잠이 깼다. 아무도 걸지 않은 전화였다.

조식은 부엌에서 물을 한 잔 마셨다. 화장실에서 소변을 보다가 갑자기 뱃속에서 뭔가 울컥 치솟아, 변기에 대고 위장이 꽉 쥔 주먹처럼 쪼그라들 때까지 토했다. 세면대에서 입을 헹구고 세수를 했다. 거울 속 얼굴은 다크서클이 약간 짙어져 있었다.

방에 돌아올 때까지 모차르트의 자장가는 계속됐다. 가연의 평화로운 잠을 위해 일부러 멈추지 않는 것 같았다. 그녀는 얕게 코까지 골고 있었다. 조식은 침대를 슬쩍 빠져나와서 전화를 받았다.

오늘도 외박이야?

인형이 따지고 들었다.

*

인형은 자신을 늘 침대에 눕혀둘 것을 요구했다. 딱딱한 바닥에 오랫동안 누워 있었던 탓에 옷장 속에 서 있으면 허리가 아프다는 것이었다. 조식은 이지의 눈도 있으니 그럴 수 없다고 거절했다. 타협이 이뤄질 때까지 둘은 밀고 당기기를 계속했다. 인형은 고함쳤고, 조식은 인형을 침대 밑에 쑤셔박고 타이레놀을 먹으며 버텼다.

이틀간의 공방 끝에 인형은 옷장을 자신의 거처로 받아들였다. 하나를 양보한 대신 열을 요구했다. 씻기고 온몸에 로션을 발라달라. 그리고 섹스. 처음엔 혜정의 목소리로 시작하다가 신음을 높일 때에는 가연과 비슷하게 콧소리를 냈고 마지막에는 이지가 절정에 달했을 때 내곤 하는 꺾어지는 목소리를 우렁차게 터뜨리면서, 한 막(幕)이 끝날 때마다 인형은 새로운 사람(혹은 사랑?)의 가면을 썼다.

사정하기 전에는 인형의 몸에서 내려올 수가 없었다. 그의 움직임이 느려질 기미를 보이면 인형은 초등학교 육학년 시절의 '캡짱'이 조식을 괴롭히던 때의 말투를 빌려 빈정거렸다. 하기 싫으면 딸딸이라도 치든가. 사랑의 주스를 내놔봐!

인형은 조식에게 성실한 배우자가 되어줄 것을 원했다. 많은 여자들이 원하면서도 막상 가지게 되면 지겨워하고 권태로워하는, 그래서 일탈을 꿈꾸게끔 하는.

오늘 집에 일찍 들어올 거지?

"저녁에 약속이 있어."

몇시에 들어올 건데?

"자고 들어올 것 같아."

어디 가려는지 알고 있어. 이미 늦었다고. 한번 돌아선 여자의 마음을 다시 붙잡을 수 없다는 거, 너도 이제 알 때가 됐잖아? 혜정이 어땠는지 더듬어보라고. 네가 때렸을 때, 너에 대한 마음도 산산이 부서져버렸다고 했잖아.

인형은 조식을 윽박지르고 얼렀다. 이지가 요즘 너를 뜸하게 찾는 이유가 무엇인지 아느냐, 가연이 너에게 피곤한 표정을 보이는 일이 잦아지는 이유를 생각해본 적이 있느냐. 인형은 연인들의 행동과 말투의 미세한 틈새를 헤집으면서 흘려넘길 수 있는 요소 하나하나의 의미를 파고들어 확대해 보였다. 조식이 가연이나 이지가 침대에서 보인

사랑의 몸짓을 떠올리는 것으로 응수하면, 인형은 키득거리며 그것은 이미 지나간 일이고, 흘러간 강물은 되돌릴 수 없다면서 당장 증명해 보이라고 했다.

이지를 불러봐. 네 존재가 하루 종일 머릿속을 돌아다닌다고 했던가? 네 마음으로 가는 길을 찾아 언제나 헤매고 있다면, 네 손이 진정으로 자신의 마음을 움직이는 리모컨이라 생각한다면, 늘 네 생각에 이따금 딴생각을 한다면, 네가 부르면 무슨 일이 있어도 당장 달려오지 않겠어? 너희들이 나눴던 그 유치하고 느끼한 대사에 따르면 그래야 옳지.

"원하는 게 뭐야."

푸하하. 너 설마 섹스를 말하는 거야? 네가 정말 잘한다고 생각해? 혜정인 제발 흥분해보는 게 소원이라고 했었잖아. 섹스를 좋아하는 것과 잘하는 건 전혀 다른 문제야.

조식은 반박할 수 있었다. 가연만 해도 조식에게 분명히 말했다. 당신과 함께 있으면 진짜 여자가 된 것 같다고. 하지만 그건 과거에 들은 얘기였다. 지금은? 조식은 자신감이 꺾였다. 입안이 톱밥으로 가득 찬 것처럼 텁텁했다.

의심해본 적은 없어? 두 사람이 짜고 널 놀림감으로 만들려고 한다고 말야. 너 초등학교 때 가짜 연애편지 받고 답장 보냈다가 개망신을 당한 적도 있었잖아. 벌써 다 잊어버린 거야?

현실 속의 조식과 상상 속의 조식이 동시에 주먹을 불끈 쥐었다.

날 때려서 네 기분이 좋아진다면 그렇게 해봐. 난 실리콘덩어리일 뿐이야. 돈만 있으면 애새끼든 늙은이든 누구나 살 수 있는 흔한 인형이라고. 네가 원한다면 아프다고 비명도 지르고 때리지 말아달라고 빌 수도 있지만, 고통을 느끼진 않아. 내가 보기 싫으면 먼 곳에, 어디, 쓰레기장 같은 데도 아니고 바다에 멀리 던져봐. 날 죽이면 죽일수록 계속 업그레이드돼 돌아올 테니까. 네가 어딜 가든지 속삭여주고 외롭지 않게 해줄 테니까. 넌 날 영원한 사랑으로 받아들여야 할 거야. 언제나 내 생각을 하게 되겠지.

조식은 전화를 끊었다. 심장이 격렬하게 떨렸다. 그는 전화가 다시 와도 절대로 받지 않겠다고, 믿지도 않는 신의 이름을 들먹이며 맹세했다. 어떤 전화도. 하지만 통화가 끝나기 직전, 인형이 재빨리 끼워넣은 한마디는 귓가에 여진(餘震)을 울리고 있었다.

다시 말해 넌 미친 거야.

*

초인종을 눌러도 응답이 없었다. 삼십 초간 기다린 뒤 다시 눌러봤지만 마찬가지였다. 뭔가 깜짝 놀랄 이벤트를 준비하고 있는지 모른다고 생각하며 조식은 대문의 지문인식기에 엄지손가락을 댔다. 출입이 허가된 사람임이 확인되자 문이 열렸다.

엘리베이터가 열릴 때의 '딩동' 소리에는 가연이 나와야 했다. 그러나 팔려고 내놓은 별장처럼 인기척 없는 썰렁한 분위기가 그를 맞았다. 불안감이 엄습했다. 그는 실내화로 갈아신은 뒤 거실과 방을 돌아다녀봤다.

이층으로 올라가려는데 희멀건 그림자가 계단을 내려왔다. 가연이었다. 두꺼운 목욕 가운에 슬리퍼를 짝짝이로 신고 있었다. 몸은 한쪽으로 기우뚱했다. 줄이 하나 끊긴 모빌 장식. 얼굴은 짙은 화장 위로 파란 혈관이 보일 정도로 하얗게 질려 있었다. 죽어가는 자.

가연은 조식의 품에 넘어지듯 안기며 잠을 통 이루지 못했다고 힘없이 말했다. 그녀는 입술을 웃는 모양으로 둥글게 구부렸는데, 침몰하는 배 안에서의 마지막 인사처럼 섬뜩해 보이기만 했다.

"무슨 일이 있었어?"

조식의 말에 가연은 시선을 떨어뜨렸다.

"좀 아팠어."

가연은 조식의 두 팔에서 몸을 빼내 소파에 털썩 앉았다. 그 바람에 가연의 오른발에서 슬리퍼가 힘없이 툭 떨어졌다. 조식은 외투를 벗고 가연의 옆에 앉아 그녀의 등을 토닥였다.

"자세히 얘기해봐."

그러나 종잡을 수 없는 대답이 돌아왔다. 배탈이 난 것 같다, 열이 나는 것을 보니 감기에 걸린 것 같다, 감기에 걸려 먹은 것이 소화가 제대로 안 되는 것일지도 모른다, 수년 전에 앓았던 편두통이 재발한 것일 수도 있다.

조식이 침대로 부축해 가는 동안에도 가연은 이제는 괜찮다고 거듭 말했다. 낮에는 허리가 끊어지게 아플 만큼 심하게 구토를 했고 눈앞이 캄캄해지며 주저앉기도 했지만 지금은 어지러울 뿐이라고 주석을 달기는 했다. 생전에 어머니와 아버지도 그랬다. 온갖 아픔을 호소하면서 괜찮다고 하고, 그래서 마음을 놓을라치면 또다시 통증을 호소했다. 외출하기 전 부모님께 인사할 때마다 그는 죄책감과 부담감으로 가슴이 조여드는 것 같았다. 그는 병자의 애처로운 눈빛이 등에 박히는 것을 느끼며 속으로 외쳤더랬다. 죽어버려!

죽어버려! 죽어버려! 죽어버려! 죽어버려!

계단을 굽이굽이 내려가야 하는 지하창고에 봉인해뒀던, 병자에 대한 오랜 증오와 혐오가 자물쇠를 부수고 의식의 통로를 지나 메아리치며 귀와 코로 튀어나왔다. 가연을 부축해 침대로 가던 조식은 순간 중심을 잃고 비틀거리다 가까스로 다시 중심을 잡았다. 방 안의 공기가 순식간에 짙고 무겁게 변했다. 숨쉬기가 힘들었다.

아무것도 모르는 가연은 침대에 가만히 누웠다. 거위털 베개에 파묻힌 얼굴이 흰 리넨에 녹아드는 것 같았다. 그녀의 손가락이 조식의 뺨을 힘없이 찔렀다. 냉동실에 넣어뒀던 것처럼 차갑고 건조했다. 푹

298

파인 그녀의 눈동자에서 눈물이 출렁였다.

"오늘밤 같이 있어줄 거지?"

조식은 와이셔츠와 양복 바지를 벗고, 속옷 차림으로 침대의 빈자리에 들어가 누웠다. 태아처럼 웅크린 가연의 몸을 따라 등에 가슴을, 뒷무릎에 무릎을 붙였다. 품안에서 잠든 가연의 몸이 새삼스럽게 앙상하게 느껴졌다. 그녀의 숨소리는 점점 잦아들고 있었지만 이마에서는 식은땀이 계속 흘렀다. 조식은 축축한 이마를 클리넥스로 닦아줬다.

요기를 느낀 그는 가연이 깨지 않도록 몸을 살살 빼낸 뒤 화장실에 갔다. 세면대에 뜨거운 물을 틀어 손가락의 소금기를 닦아냈다.

오줌줄기가 변기물 속으로 철철 내려갔다. 모나미 볼펜처럼 조그마한 성기가 요도를 아래로 향한 채 늘어져 있었다. 좀 작은 거 아냐? 조식과 섹스를 한 뒤 혜정이 그렇게 말한 적 있었다. 너, 네가 잘한다고 생각했지? 혜정의 말인지, 혜정의 목소리를 빌린 인형의 말인지 구분이 가지 않았다. 피라니아처럼 날카로운 이빨을 가진 언어가 유유한 기억의 강물을 진흙탕으로 만들며 튀어올라 심장보다 더 여린 조식의 자존심을 물어뜯었다. 조식은 중상을 입기 전에 화장실을 빠져나왔다.

조식은 거실 소파에 털썩 앉았다. 물로는 해결할 수 없는 갈증이 치밀었다. 냉장고에서 맥주를 찾았지만 페리에밖에 없었다. 탄산수를 마시느니 샴페인이 나을 것 같았다. 조식은 와인셀러에서 볼린저를 꺼내 이층으로 돌아왔다.

모차르트의 자장가가 들리기 시작했다. 조식은 멜로디를 안주 삼아 병째로 샴페인을 마셨다. 기포와 알코올에 신경이 쭈뼛 서는 느낌이었다. 그러나 그것도 잠시, 급히 마시느라 사레가 들려 그의 눈과 코와 입에선 시체처럼 액체가 줄줄 흘렀다. 왼쪽 손등의 상처가 스멀스멀 부풀었다. 조식의 눈에는 아주 조금, 그러나 분명히 형태가 바뀐 것으로 보였다. 동전처럼 둥그런 모양에서 게의 등딱지처럼 타원형으로.

상처의 양끝에는 집게발 모양으로 돌기가 삐죽 돋아나고 있었다. 동시에 그가 앉아 있는 구사마 야요이(草間彌生)의 소파에서도 보랏빛 무늬들이 오랜 잠에서 깨어난 듯 꿈틀거리며 조식에게 기어왔다.

조식은 벌떡 일어났다. 신선한 공기를 마시기 위해 베란다로 갔다. 눈물로 굴절된 시야에 불빛 하나가 반짝이며 창밖의 어둠을 가로질렀다. UFO일지도 모른다. 곧 접시만한 눈에 키가 조식의 무릎 높이밖에 안 되는 난쟁이 외계인이 나타난다고 해도 이상할 것이 없다고 그는 생각했다. 모차르트의 자장가는 웅장한 장엄미사곡으로 변했고, 조식은 콧물을 턱밑까지 흘리며 자신이 아직 살아 있는 인간의 몸으로 그 소리를 견디고 있다는 사실에 기뻐했다. 이제 당당하게 전화를 받을 차례였다. 연극의 막을 올리듯 상상 속에 가연의 거실과 똑같은 공간을 재현했다. 상상 속 조식은 우두커니 서 있었다. 휴대폰은 손에 쥐고 있었다. 상상 속의 조식은 뜸 들이지 않고 슬라이드를 열었다.

하지만 벨소리는 계속됐다. 현실의 조식이 눈을 떴다. 그는 주머니를 뒤져 휴대폰을 꺼냈다. 이지였다.

"자기 지금 어디야? 혹시 집이야?"

"아니, 평창동."

"그리로 가도 돼?"

이지가 자발적으로 평창동에 오겠다고 한 적은 없었다. 가연이 쓰러져 누운 상황에서 또다른 연인을 맞아야 한다는 것은 조식에겐 부담스러웠다. 그렇다고 홍대 집에 가서 기다리라고 할 수도 없었다. 가연에겐 하룻밤을 같이 보내겠다고 약속했으므로.

"자기한테 보여줄 게 있단 말야."

코미디 프로그램에나 어울릴 법한 과장된 — 혹은 서투른 — 애교. 그녀는 새로 산 속옷 — '빅토리아스 시크릿'의 카탈로그에 나오는 핑크빛 리본 달린 망사 캐미솔 등 — 으로 갈아입고 나오기 전에 그런 말투

300

를 쓰곤 했다. 또는 엑스터시를 먹은 듯 지칠 줄도 모르고 조식의 몸 위에서 생난리를 떠는 '특별 서비스'를 해줄 때라든가…… 조식은 침실을 들여다봤다. 가연은 굳어버린 촛농처럼 꼼짝 않고 누워 있었다.

"그래, 어서 와."

"근데, 자기 집에서 거기까지 가려면 어떻게 가야 해?"

이지는 조식의 집 근처에 있었다. 왠지 속은 기분이었다.

"택시 타고 와."

전화기 너머로 망설이는 기색이 느껴졌다. 이지는 알겠다며 전화를 끊었다. 조식은 가연의 방에서 셔츠와 바지를 갖고 돌아와 상의부터 차례대로 입었다.

그는 샴페인을 마저 마시며 이지를 기다렸다. 고즈넉한 분위기는 가연의 존재를 지우고, 창밖의 세계도 삼켜버리고, 조식이 샴페인을 꿀꺽거리는 소리만을 남겨놓았다. 태초에 볼린저 한 병을 들고 탄생한 조식은 우주의 본질인 고독 속에서 살아야 하는 운명을 부여받았으며…… 그는 중학교 시절 유행했던 광고 카피를 패러디해 '난 자유인이다—'라고 지껄여봤다.

이지에게서, 숨이 찬 목소리로 막 도착했다는 연락이 왔다. 그녀의 자랑거리는 담장의 차고 앞에 세워져 있었다. 진주색 SM5.

조식은 조수석에 앉아 안전벨트를 매면서, 언제 산 것이냐고 물었다.

"아는 언니가 타던 건데 싸게 줬어."

조식은 머릿속에서 계산기를 돌렸다. 출고된 지 이 년밖에 되지 않았다면 적어도 천만원은 넘을 것이었다. 수백만원짜리 정장을 선뜻 사준 것을 보면 중형차를 중고로 산 것도 놀랄 일은 아니다. 사실 둘 다 놀랄 일이었다.

이지는 평창동까지 오는 길을 몰라서, 택시 한 대를 붙잡아 만원을 주고서 길 안내를 부탁했다고 했다. 운전이 서투른지라 택시의 선도를 쫓아가다가 몇 번 사고 위기를 겨우 넘겼다고, 마치 남의 일인 양 태연하게 이야기했다.

조식은 화를 내려다가, 이지가 천진하게 재잘거리는 모습에 입술을 부비고 싶은 충동을 느꼈다. 분노의 스킨십이었다. 이지는 입술이 다 망가지잖아—라고 투정을 부리면서도 몸의 힘을 빼 조식이 마음껏 만질 수 있도록 했다.

"어디로 모실까요?"

이지가 룸미러를 보며 입술을 다시 그리고 나서 물었다.

"너 길 잘 모르잖아."

"그럼 그냥 달리지 뭐."

이지는 유쾌하게 말하며 핸드브레이크를 풀고 핸들을 오른쪽으로 돌리며 액셀러레이터를 밟았다. 가로등의 숲을 지나 나트륨등이 노랗게 빛나는 터널 안을 지나쳤다. 그녀는 북악터널을 지나 정릉으로 가고 있는 줄 알았지만 그들의 눈앞에 나타난 것은 불광역이었다. 그들이 지나온 것은 북악터널과는 정반대에 있는 구기터널이었다. 조식은 껄껄 웃었고, 운전대를 잡은 이지는 울상이 되었다.

"그냥 달린다면서."

조식이 너털웃음을 지으며 말했다. 이지는 정말로 그렇게 했다. 도로가 막힐 낌새가 보일라치면 자동차가 보이지 않는 다른 길로 빠져나가며 그저 달렸다. 조식은 창문을 내려 숨을 내뱉었다. 가연에 대한 근심은 밤공기에 휘말려 날아가버렸다.

"휴대폰은 서로 받지 말기다. 알았지?"

조식이 좌석 등받이를 뒤로 활짝 젖히며 말했다.

재난 Disaster

전통적인 타로에서 이 카드는 벼락을 맞아 붕괴되는 탑의 그림으로 표현된다.
카드에 따라서는 탑에서 추락하는 인물도 한두 명 출연한다.
우리가 9·11 테러 현장을 담은 비디오에서 모두 본 장면들이다.
갑작스러운 변화, 난관과 문제의 봉착, 홍수와 지진과 같은 재난, 주가 급락, 유혈…
카드가 뒤집혀 나올 때에는 공허한 위협,
소리만 요란했지 해가 없는 천둥, 유리병에 갇힌 뱀.

8

한국은행의 금융통화위원회는 매달 둘째주 목요일 오전마다 회의를 열어 시중금리의 지표이자 기준점이 되는 콜금리의 수준을 결정한다. 회의가 끝나면 한은 총재가 카메라 생중계로 콜금리를 어떻게 — 인상, 인하, 동결 — 할 것인지 발표하고 그 이유를 설명한다. 증권사 사람들은 금통위 회의 결과 발표만큼은 텔레비전 앞에 모여서, 국가대표 축구경기 보듯 진지하게 시청한다.

5월 금통위 회의에서는 금리를 동결할 것이 확실해 보였다. 한은에 앞서 매달 말 금리 인상 여부를 결정하는 미국 연방준비위원회는 경기가 둔화될 것을 염려해 4월 말에 금리를 동결했다. 한은도 정권 말기, 경제성장률에 가뜩이나 신경써야 하는 시기에 괜히 금리를 높여 재계와 언론의 뭇매를 맞을 일은 없으리라는 예상이 절대적이었다.

조식네 회사에서 나와 황소 동상을 지나 사거리에서 왼쪽으로 꺾고 또 왼쪽으로 꺾으면 나오는 증권사에서 일하는 브로커 황은, 예상대로 한은 총재가 금리 동결을 밝히자 하품을 길게 하며 자리로 돌아와 콧구멍 언저리를 더듬어 코털을 뽑았다. 검지 끝에 달라붙은 긴 털과 그 끝의 허연 모근에 그는 경악했다. 그 바람에 직원들의 점심 메뉴를 묻는 설문에 끼지 못했다. 그는 삼계탕을 먹고 싶었다.

낙점된 것은 대구탕이었다. 오래 푹 삶은 육수에 커다란 대구 토막을 넣어서 파는, 여의도에서 가장 인기 좋은 대구탕집은 열두시가 되면 월급날 은행창구마냥 이미 줄이 길게 늘어서 있기 때문에 다들 서둘러 나가려 했다. 황이 재킷을 걸칠까 말까 아주 잠깐 고민하는 사이에 메신저로 매도 주문이 들어왔다. 현재시각 열한시 삼십분. 국고 십 년물 4-6호. 시가로 나왔는데 앞으로 금리가 더 낮아질 것이라는 예상이 대세기 때문에 ― 금리가 낮아지면 채권가격은 오른다 ― 금방 팔릴 것이었다. 실제로도 그랬다.

이제 일어나려는데 또다시 매도 주문이 왔다. 국고 십 년물과 이십 년물이 시가보다 조금 낮게 나왔다. 좋은 조건이었다. 황은 빨리 나가자고 채근하는 동료들 때문에 막 들어온 주문에 어떤 의미가 있는지 생각해볼 틈이 없었다. 그는 재빠르게 메신저의 주문을 마우스로 드래그해 딜러들에게 보냈다. 메시지가 오고갈 때의 딩동 소리가 여러 번 울렸다.

거래를 모두 마친 뒤 손을 털고 일어나려는데 마지막으로 한 건의 매도 주문이 더 왔다. 사무실은 텅 비어 황 혼자밖에 남아 있지 않았다. 그는 그제야 네 건의 매물이 조식에게서 왔다는 사실을 깨달았다. 조식은 마치 한은이 금리 인상을 발표한 것처럼 행동하고 있었다. 황은 마지막 거래가 체결된 뒤 오 분여를 더 앉아서 기다렸다. 상대는 잠잠했다.

그는 손목시계를 보며 급하게 일어났다.

*

　금통위가 열린 그 주에 조식은 누적된 수면 부족에 시달리고 있었다. 몸은 탈진상태로, 컴퓨터 전원 스위치를 누르는 것조차 힘겨웠고 때때로 두통이 찾아왔다. 이마와 관자놀이는 바싹 조여들었고 뇌동맥은 벌떡벌떡 뛰었으며 눈알은 튀어나올 것처럼 아팠다.

　인형은 때와 장소를 가리지 않고 그의 머릿속에서 전화를 걸어대며 지금 뭐 해? 요즘 너무 소홀한 거 아냐? 집에 언제 들어와? 라고 물어왔다. 직장인 사이에서 '돈텔마마' 같은 카바레 급 나이트클럽에서 만날 수 있다고 소문난, 섹스에 굶주린 삼십대 미시족처럼, 인형은 그에게 몸이 부서져라 껴안고 줄기차게 움직여줄 것을 요구했다.

　쑤셔! 쑤셔! 쑤셔! 조져! 조져! 짓이기라고! 허벌창을 내!

　가연은 매일 쇠약해져갔다. 복통과 소화불량 때문에 허리가 끊어질 것 같다고 고통을 호소하면서도, 병원에 데려가겠다는 말에는 화를 내지 않는 그녀도 화를 냈다. 조식이 아무리 사랑을 들먹여도 소용이 없었다. 고등학교를 막 졸업하고 정신과에서 여자가 아닌 '여자가 되고픈 남자'라는 판정을 받아 성전환 치료를 거부당한 이후로 가연에게 병원은 오욕의 전당이었다.

　그녀는 낮에는 타이레놀과 아스피린을 밥처럼 먹었고, 밤에는 발륨을 한 알 삼키고서야 잠들었다. 그러면서 조식이 유일한 치료제라도 되는 양, 그의 사랑이 고파서 그 지경이 된 것인 양, 연신 미안하다고 하면서도 눈을 뜨면 옆에 있어주길 바랐다. 심지어 그녀는 섹스해달라는 부탁도 꺼냈는데, 그는 피아노 건반처럼 앙상하게 드러난 갈비뼈에 질려 도저히 그럴 수가 없었다. 거칠게 쉰 그녀의 목소리는 때때로 멀리서 울리는 메아리처럼 들렸다.

　이지는 조식의 유일한 버팀목이었다. 그녀는 사나흘에 한 번씩 한

밤중에 찾아와 밤거리를 정처없이 질주했다. 한 곳에 멈추지 않고 계속 움직여 서울을 탈출하는 것은 그를 잠시나마 번뇌에서 해방시켰다. 차 안에서는 인형의 전화가 오지 않았다. 인형이 사용하는 특수한 전파는 자동차 속도를 쫓지 못하는 것 같았다.

그러나 이지는 특별한 이유 없이 부쩍 피곤해 보였다. 조식이 '비단결' 같다는 상투적인 표현으로 칭찬하던 피부도 거칠어졌다. 눈썰미가 없는 조식도 조수석에 앉아 있으면 오래된 아파트의 칠이 벗겨져 나간듯 이지의 화장이 들뜬 것을 알아차릴 수 있었다. 글로시하게 빛나던 입술도 유통기간이 오래된 과일처럼 윤기를 잃었다. 조식은 진심으로 걱정이 됐다. 그녀가 야간 드라이브를 위해 잠을 쫓으려고 스타벅스에서 아메리카노를 두 잔이나 마시는 것을 보자 불안해졌다. 그녀는 괜찮다면서 "그래도 난 네 거잖아"라고 대답했는데, 조식이 아니라 유령에게 말을 거는 것 같았다.

가연도 회반죽 빛깔의 얼굴을 하고 기어들어가는 목소리로 그렇게 말했다. 그녀는 자신의 손가락을 반지처럼 고리를 만들어 조식의 손가락에 끼우면서, "그래도 난 네 거잖아"라고 말했는데, 조식은 그녀가 왜 갑자기 그런 말을 하는지 종잡을 수 없었다. 자신은 그가 절대로 버릴 수 없는 짐이라고 주장하고 싶은 것일까? 부모님 역시 그가 취직한 뒤부터 "그래도 너만 믿는다"고 입버릇처럼 말했다. 재정상황은 점점 최악으로 치닫고 뾰족한 대책은 없는데, 부모님은 우리 장남을 전적으로 신뢰한다는 말만 했다. 가족의 생계비, 남동생의 병원비, 여동생의 취직 준비에 들어가는 비용……

그래도 그때와는 상황이 달랐다. 조식은 낙관을 버리지 않았다. 하나씩 차근차근 처리하면 된다. 인형은 곧 처리할 것이다. 조식은 사도 만영에게 인형과 인형의 소유자—혹은 제작자—에 대해 조사해볼 것을 지시했다. 물론 그가 인형을 보관하고 있다는 사실은 숨겼다. 형만에게는 더이상 도움을 기대할 수 없었다. 인형을 회수해가라면 분명 또 '기브 앤 테이크'의 나쁜 버릇을 들이대리라. 어쩌면 이런 사태를 예견하고 인형을 줬던 것인지도 모른다(나쁜 놈!). 만영은 자신감 부족한 말투로 인형에 대해서는 전혀 모르는 것이나 다름없지만 최선을 다해보겠다고 약속했다.

조식은 인형의 처리방안에 대해서는, 그의 사고(思考)를 도청당할 염려가 있었기 때문에 그리 구체적으로 생각하지 않았다. 가연에 대해서는, 상태가 호전되지 않으면 병원으로 끌고 가기로 결심했다. 간병인을 사면 그도 환자에게 묶인 죄수 신세에서 조금 자유로워지리라.

사실 가연의 병은 암이나 그 밖의 위중한 질환과는 관계가 없어 보였다. 동네 의원에서는 생리통 진단을 내렸다. 조식은 말도 안 되는 헛소리라고 생각했지만 생리통의 증상을 조사해보니 과연 그럴듯했다. 가연이 진짜 '여자'가 아니라는 사실만 빼면 말이다. 조식이 생리통을 묘사한 글을 구해다 읽어주자 가연은 기뻐하며, 대체 어떤 병이냐고 물었다. 조식은 대답하기가 난처했다. 생리통이라고 말해주면 기뻐할까? 네가 날 여자로 만들어줬어, 마술처럼.

금통위가 열리는 목요일 전날, 그러니까 수요일 밤, 조식은 두 번이나 사정했다.

이지는 새로운 '특별 서비스'라며 침대에 누운 조식의 몸에 인터넷 쇼핑몰에서 '아봄'이라는 상품명으로 판매되는 우윳빛 액체를 고루 발랐다. 혜정과 사귈 당시에도 안마시술소에 수십 차례 드나든 바 있으며, 잠깐이면 된다는 사도 만영의 꾀임에 가연이 잠든 사이 배남의 안마시술소 두 곳에 '시찰'을 나가본 적도 있는 조식에게는 익숙한 냄새와 감촉이었다. 조식은 세 차례의 '시찰'에서 두 업소의 백반과 라면 맛부터 신입으로 들어온 아가씨들의 교육과 최고참 아가씨─이 업계에서는 '반장'이라 불리는─까지 그 모든 것을 두루 살폈다. 조식은 가게를 운영하는 배남의 수완에 감탄하면서, 두 업소의 경영에 백이십점(백점 만점)을 줬다.

안마시술소의 여인처럼 행동하는 이지는, 이지가 아닌 '이지+'나 '이지 Vol.2'로 불러야 마땅했다. 그녀는 조식을 돌려눕히고 그의 발바닥부터 무릎 뒤까지 핥아올라갔다. 익숙한 상대의 신선한 행동에 조식은 곧 발기했다. 그러나 따뜻하고 말랑말랑한 혀는 등뼈를 타고 오르던 중 멈췄다. 이지의 몸이 납으로 된 이불처럼 조식의 몸 위로 묵직이 내려앉았다.

그녀는 졸고 있었다. 조식은 몸을 빼냈다. 그녀가 침대 시트 위로 엎어지는 바람에 시트는 온통 불량식품의 달콤한 냄새로 젖어들었다. 이지는 엎드린 채 미안하다고 중얼거렸다. 대신 입으로라도 해주겠다며, 기운을 짜내어 추라스코처럼 길게 늘어난 조식의 성기를 덥석 물었다. 그녀는 목구멍 안으로 뜻을 알 수 없는 소리를 중얼거리며 고개를 앞뒤로 까닥였다. 조식은 그만 해도 좋다고 말하려다가 그만 사정해버렸다. 그는 허탈해졌지만, 이지는 정액을 입가에 흘리며 만족한 표정으로 쓰러져 잠들었다.

다음날 출근을 하려면 거기까지가 적당할 것 같았다. 조식이 샤워를 하며 몸에서 아봄을 닦아내고 있는데―한편에선 미련처럼 남은 성욕을 해소하기 위해 다시 배남의 안마시술소에 가보고 싶다는 생각마저 들었다―인형의 목소리가 들렸다.

"안 돼, 할 수 없어."

조식은 이지가 들을지도 모르는데도 그렇게 입 밖으로 소리내어 말했다. 하지만 인형은 믿지 않았다. 마치 조식의 정액저장고의 눈금을 꿰뚫어보고 있는 것처럼, 명령조로, 어서 자신을 옷장에서 꺼내라고 말했다. 이지가 본다면? 그러자 인형은 우는 아이처럼 보챘다. 울음소리는 점점 커졌다. 달래려면 고무젖을 입에 물려주는 수밖에 없었다.

그는 정액을 쏟아낼 때 비참함을 느꼈다. 이지의 오럴섹스보다 훨씬 더 좋았다.

마침내 이튿날, 한국은행 금융통화위원회가 열리는 날. 조식은 점심시간에 사우나에서 자고 와야겠다는 생각만을 하면서 아침부터 커피와 오레오쿠키를 먹으며 졸음을 쫓았다. 조간신문과 인터넷 매체의 한은발(發) 기사에서는 부동산가격 상승으로 인해 물가상승률이 높게 나타나며 인플레 조짐이 보인다면서, 금통위가 금리를 인상할 것이 확실시되고 있다고 보도했다. 재정경제부발 기사에서는 이미 재경부도 그와 같은 취지에 공감하고 있다고 했으며, 청와대발 기사에서는 부동산 때려잡기에 정권 후반기를 내내 소비한 청와대는 임기가 끝나기 전에 부동산 부자들을 확실히 죽이기로 결심한 것으로 보인다고 전했다.

오전 아홉시가 넘어서자 인터넷 매체에서는 '금리 인상 확실시' 류의 제목이 달린 뉴스가 뜨기 시작했다. 열시가 넘어서 금통위 회의가 시작되었을 때에는 재경부 쪽에서 금리 인상이 앞으로 한두 차례 더 있을 수 있다는 얘기가 나왔다. 어제까지 전혀 예상할 수 없었던, 시장에 대한 선전포고였다. 조식은 그래서 갖고 있는 일 년과 삼 년 만기 채권 중 일부를 팔고 증권예탁원과 '대차거래'를 했다—수중에 남아 있는 일 년과 삼 년 만기 채권을 담보로 십 년 만기와 이십 년 만기 채권을 빌렸다. 채권의 경우 만기가 길어질수록 금리에 따른 가격변동폭이 더 크므로, 금리가 올라갈 조짐이면 장기채를 빌려서 판 뒤 나중에 싸게 사서 갚으면 된다.

금통위 발표 전후에 조식은 깜빡 졸았다. 그 다음에는 오로지 모니터만 바라보며 발표 전에 사둔 물건을 팔았다. 부서 직원들은 그날따라 굼뜨게 움직였다. 뭐가 그리 즐거운지 서로 껄껄대며 시답잖은 농담도 나눴다. 조식은 점심을 먹으러 가자는 말도 뿌리치고, 갖고 있는 것을 다 팔 때까지 꼼짝하지 않았다.

사무실을 나오면서는 토익시험에서 혼자서만 리스닝 문제를 잘 풀고 나온 것처럼 후련한 기분이었다. 조식은 순두부찌개를 먹고는, 이빨에 긴 것도 없는데 이쑤시개로 이를 쑤시며 돌아와 자리에 앉았다. 그는 오레오쿠키를 먹으며 오후 뉴스를 점검했다. 시중금리가 가파르게 올랐고, 특히 은행 대출로 아파트를 사놓은 부동산 부자들의 울부짖음이 기사에서 실감나게 묘사됐다. 노무현 정권 부동산 정책의 결정타! 시장에 충격 확산! 파장! 또 파장!

조식은 시트지에 거래내역을 정리해 '작은 영선'에게 넘기고 퇴근시간을 기다렸다. 눈앞에 아지랑이가 피면서 그는 꾸벅 졸았다. 눈꺼풀을 힘겹게 열자 인형이 조식 앞에 서 있었다. 다른 사람들은 용암에 덮여 화석이 된 폼페이 시민들처럼 동작을 멈추고 있었다. 인형만이 유일하게 살아 있는 사람 같았다. 그것이 손을 내밀었다. 집에 안 가?

이에 대한 대답은 "미쳤어? 아직 근무시간이야"였다. 조식이 그 말을 막 하려고 할 때 인형과 조식을 둘러싼 뿌연 장막을 벼락처럼 찢고 들어오는 목소리가 있었다. 인형은 사라지고, 블라인드 틈으로 비스듬한 오후의 햇빛을 받으며 거대한 기둥이 서 있었다. 조식은 재난을 몰고 다니는 거대한 날개가 달린 천사의 형상을 보았다. 지진이 일어났다. 억센 손아귀가 그의 어깨를 움켜쥐었다. 그는 고통의 비명을 질렀다. 그리고 홍수가 쏟아졌다.

사람들이 그를 에워싸고 있었다. '작은 수연'은 티백 홍차를 우려내 마시곤 하는 민들레 그림의 머그컵 주둥이를 조식에게 향하고 있었다. 물을 끼얹은 것은 그녀였다. 조식 앞에 서 있는 거대한 기둥은 부장이었다. 양옆에는 채권거래팀장과 채권운용팀장이 서 있었다.

"삼십 분이나 계속 꼼짝 않고 계셨어요."

'작은 수연'이 말했다.

졸고 있었다고? 조식은 어이가 없었다. 사무실에서 잠이 든 것이 그렇게 대단한 일인 줄은 몰랐다. 게다가 부장은 도대체 무슨 짓을 한 것이냐며 게거품을 물었다. 그가 언성을 높이는 모습은 처음이었다. 다른 사람들은 안쓰러워하면서도 자기 일은 아니라 다행이라는 듯, 만감이 교차하는 표정을 짓고 있었다.

조식은 곧 깨달았다. 콜금리는 인상이 아니라 동결이었으며, 자신이 시장과 거꾸로 행동하는 바람에 회사에 사십억원가량 손해를 입혔다는 사실을. 직원들의 거래를 감독하는 리스크관리팀에서는 어떻게 된 일이냐며 오 분 전부터 조식에게 전화를 걸었고, 그가 받지 않자 부장에게 연락해 부하직원의 납득할 수도 없고 용인할 수도 없는 투자경위에 대해 추궁했던 것이다.

조식이 오전과 오후에 보았던 뉴스들은 기자의 이름은 같았으나 제목과 내용은 모조리 바뀌어 있었다. 그는 억울하다며, 뭔가 잘못된 것이 분명하다고 호소했지만 아무도 그의 말을 듣지 않았다. 다들 발소리를 내지 않고 자리로 흩어졌다. 키보드 두드리는 소리조차 들리지 않는 정적이 이어졌다. 그래서 조식이 리스크관리팀에서 온 전화에 대고 억울하다며, 뭔가 잘못된 것이 분명하다며 횡설수설하는 것을 모두가 잘 들을 수 있었다.

다들 유령처럼 소리없이 퇴근했다. 사무실에는 그 흔한 인사말조차 들리지 않았다. 조식도 그 유령집단의 일원이 되고 싶었지만 그럴 수 없었다. 혼자만 살아 숨쉬는 것 같았다. 아무도 그에게 말을 걸지 않았다. 듣는 사람도 없었다.

*

이튿날, 조식은 제일 먼저 출근했다. 이십 분 뒤부터 부서원들이 속속 들어오면서 그를 애써 외면하고 지나갔다. 조식이 우렁차게 아침

인사를 하자 불편하게 받아들였다. 첫 손님을 여자로 받았을 때 택시기사들이 재수가 없다며 투덜거리듯, 그는 아침의 불길한 징조였다.

부장은 자리에 앉자마자 채권본부장에게 호출을 받아서 임원실로 올라갔다. 그는 굳은 표정으로 돌아와 조식을 부르더니, 시말서를 쓴 뒤 며칠 휴가를 다녀올 것을 제안했다.

조식은 가방을 챙겼다. 서랍에 남은 오레오쿠키 한 봉지를 챙길까 말까 고민하다가 갖고 가기로 했다. 그가 짐을 싸는 동안 나머지 부서원들은 어려운 시험이라도 치르는 것처럼 눈을 깔고 잠자코 있었다. 무관심은, 조식의 가슴에 아주 잠시 통증처럼 아린 느낌을 줬다.

조식은 어쩌면 마지막이 될 휴가를 떠나기 전에 부장의 자리 앞으로 가서 섰다. 부장은 달걀처럼 연약한 머리를 살짝 들어 부하직원에게 인사를 받을 때의 의례적인 자세를 취했다. 순간 조식의 입가에 야릇한 미소가 떠올랐다.

그 자신도, 부장도, 그 누구도 예상치 못한 행동을 감행했다. 카악 소리를 내며 입안 가득 가래를 끌어모은 뒤 그는 부장의 키보드에 퉤하고 뱉었다.

그 모독적인 행위에 —대표이사나 그룹 회장에게 했다면 '신성모독'이었을 텐데— 모두가 경악했다. 가장 놀란 것은 부장이었다. 그는 벌벌 떨고 있었다. 다음 순서로 조식의 주먹이 날아올까 두려워하는 것이었다. 조식은 차가운 눈빛으로 한참을 쏘아보며 무력시위의 여운을 즐기고는, 다시 야릇한 미소를 띠고 출입문을 성큼 나섰다.

정문 로비의 경비원은 조식이 외근을 나가는 줄 알고 실실거리며 인사했다. 초여름을 향해 고도를 높이고 있는 태양 아래에서 조식의 머리와 얼굴은 우체통처럼 벌겋게 변했다. 햇볕에 찔린 땀구멍들은 입을 활짝 벌리고 혹혹 숨을 내쉬었다.

어쩌면 이것도 운명이리라. 가연이 건강을 회복하고, 그녀의 저택으로 이사를 가고, 다음해 주주총회에서 이사로 선임되며, 어쩌면 그 다음해에는 가연의 자리를 이어받아 '회사'를 지배하는 회장직에 오르는, 거대한 과정의 일부일지도 몰랐다.

조식은 홍대 앞 커피빈의 테라스에 앉아서 사도 만영을 비롯한 그의 추종자 몇몇에게 전화를 걸어 회사를 그만뒀다는 소식을 전했다. 놀랍게도 만영은 이미 알고 있었다. 그리고 앞으로 '클럽'과 '회사'의 활동에 전념할 수 있겠다며 축하했다. 조식이 듣고 싶었던 말이었다.

이지는 역시 전화를 받지 않았다. 마지막으로 영국 출장중인 형만에게 전화를 했다. 로밍으로 연결되는 것이라 그런지 통화가 연결되기까지 시간이 꽤 걸렸다.

형만은 심드렁한 말투로 축하한다고 했다.

"그건 그렇고, 회장이 아프다면서? 왜 진작 알려주지 않은 거야?"

"어떻게 알았어?"

"내가 모르는 게 있을 거라고 생각했다면 그건 네 착각이야."

다들 그렇게 주장하지. 조식은 속으로 코웃음쳤다.

"왜 재섭이한테 얘기해주지 않았어?"

"이래라 저래라 하지 마. 왜 그래야 하는데?"

"주치의니까."

그랬군. 조식은 생각했다. 가연이 그런 얘기를 꺼내지 않은 것을 보면 의사에게 보이기가 싫긴 했던 모양이었다. 어쨌거나 형만의 따지듯 묻는 태도는 몹시 거슬렸다.

"내가 너한테 하나하나 보고해야 하나? 내가 네 꼬붕이야? 한번 따져볼까? 넌 내게 아무 말 없이 런던에 출장간 거 아니야?"

"일개 주주에게 보고할 의무는 없어."

무미건조하고 차가운 목소리가 돌아왔다. 휴대폰을 든 조식의 손이 부들부들 떨렸다. 설마 어제 본 헛것의 연장선에 있는 것은 아니겠지.

형만은 그에게 건방지게 굴 자격이 없었다.

조식은 스스로 생각해봐도 치사할 만큼 협박조로 으르렁거리고선 전화를 끊었다.

"맘대로 해봐. 한국에 돌아오면 두고 보자고."

*

가연의 집에 손님이 와 있었다. 현관에 남자 구두가 한 켤레 있었다. 발리의 삼선 로고가 들어간 갈색 소가죽 로퍼였는데, 어디선가 본 적이 있었다. 조식은 일층의 집주인 도영이라고 지레짐작했는데, 어떤 이유에선지는 몰라도 그런 생각이 들자 화가 치밀었다.

조식은 발소리를 죽이고 계단을 올라 침실까지 살금살금 다가갔다. 열린 문틈으로 남자의 목소리가 새어나왔는데, 워낙 소리가 낮아 누구의 것인지 분간하기 어려웠다. 그는 문 앞까지 바싹 다가가서 방 안을 훔쳐보듯 들여다봤다.

"우리 자기 왔어?"

침대에 누운 사람이 인기척을 감지하고 몸을 일으켰다. 익숙하면서도 낯선 얼굴이 조식을 바라보았다. 데스마스크를 쓴 것처럼 창백한 얼굴에, 코와 입술 사이에는 이전엔 보지 못했던 파르스름한 기운이 서려 있었다. 가연에게 쌍둥이 남동생이 있다면 꼭 저렇게 생겼을 것 같았다. 그는 새삼, 가연이 신체적으로는 여전히 남자라는 사실을 깨달았다.

가연의 옆에는 재섭이 서 있었다. 우리의 주치의 선생은 입 모양으로 쉿, 이라고 말했다. 가연은 조식에게 들어오라고 했지만, 그 목소리는 수년에 한 번씩 찾아오는 유성우에 기원하는 것처럼 멀게만 들렸다.

"진정제를 맞았어요. 곧 잠들 겁니다."

재섭은 그렇게 말하며 조식을 발코니로 데리고 나갔다. 밤공기는 미지근하면서도 어둠에 싸인 숲에서 흘러들어온 신선한 나무 냄새로 생동감이 넘쳤다. 최신형 공기정화기로 실내 공기를 걸러내는 가연의 집에 오랜 시간 있다보면 통조림이 되어 캔 속에 갇힌 듯한 기분이 들곤 했다.

　재섭은 담배를 꺼냈다. 가연이 즐겨 피우는 블랙스톤 체리향이었다. 하지만 방금 본 가연의 얼굴만큼이나 낯선 냄새가 났다.

　"오늘 종합병원에 데리고 갔습니다. 검사를 받고 왔죠."

　"어떤가요?"

　"수염이 자란 거 봤죠? 저도 오늘 처음 봤지만, 조식씨도 그런 것 같은데요."

　"그 동안 바빴어요. 회사에서 잘리게 생겼고……"

　"그렇겠죠."

　"병원에 가려고 하질 않더군요."

　조식은 마치 자신이 죄인으로 몰리는 것 같아 최대한 무뚝뚝하게 대꾸했다.

　"검사를 더 받아야 해요. 병원에 입원시키고 싶지만 듣질 않으니, 몇 번 더 데리고 갔다 와야 합니다."

　"짐작가는…… 있나요?"

　"가장 먼저 생각할 수 있는 건 호르몬 불균형이죠. 약에 대해선 누차 경고했지만……"

　"약은 끊었어요."

　"알고 있습니다."

　재섭은 흩어지는 담배연기를 보면서 혼잣말처럼 중얼거렸다.

　"오해하지 마시고 들으세요. 수술받은 곳들이 아프대요. 성형수술 말이에요. 회장은 원래 여성스러운 골격을 갖고 있었지만 가슴은 그냥 나눌 수 없었죠. 얼굴 윤곽과 종아리 부분도 그랬고. 포토샵으로 사진을 보정하듯이, 손을 좀 봐야 했어요. 제가 '손을 봤다'고 표현했죠? 큰 수술이 아니었어요. 부작용도 사실 없는 거나 다름없었고. 하지만 다 아프다는 겁니다. 뼈와 살이 분리되는 것 같다고······"

재섭은 고개를 저으며 담뱃재를 발코니 난간에 툭툭 떨었다. 반짝이는 가루가 허공에 뜻 모를 글자를 그렸다가 부서졌다. 재섭이 물었다.

"고통이 뭐라고 생각하십니까?"

조식은 말없이 재섭을 물끄러미 쳐다보았다.

"비상신호입니다. 무의식으로라도 위험을 감지했을 때 두뇌가 신체를 통해 경보를 울리는 거죠. 신체기관에 아무 이상이 없는데도 몸이 통증을 느낄 때가 있는 건 그런 까닭이에요. 월요일 아침에는 잠이 잘 깨지 않고, 어딘가 찌뿌듯한 것처럼 말이죠."

"우리 사이는 아무런 문제가 없어요."

"조식씨가 모르는 사이에 무슨 일이 있었던 건 아닐까요?"

"내가 모르는 일을 내가 어떻게 알겠습니까?"

"정말 이상한 게 뭔지 아십니까?"

재섭은 담배를 들지 않은 손으로 뒷머리를 긁적였다. 잠시 후 다시 입이 떨어질 때까지 계속.

"수염이에요. 분명히 제가 레이저로 완전제모수술을 했는데 말입니다."

"미안한 얘기지만, 수술이 잘못 되었을 가능성은 없나요?"

"일 년에 걸쳐서 한 거예요. 아무리 그래도 저렇게 다시 돋아난 경우는 본 적이 없어요."

재섭은 잠시 사이를 두고 말했다.

"그보다 더 말이 되는 설명이 하나 있군요."

"뭔데요?"

"우리 둘 다 돌아버려서 잘못 본 거죠."

재섭은 그렇게 말을 꺼내놓고는 얼굴이 굳어버렸다. 조식의 표정이 무섭게 일그러졌기 때문이었다. 당황한 재섭은 담배연기를 잘못 들이마시고는 콜록거렸다. 그가 손수건을 꺼내 눈가를 닦고 나서 안경을 다시 쓸 때까지. 조식은 말없이 기다렸다.

"그래도 회장이 많이 좋아하는 것 같던데요. 저런 모습은 처음 봤어요."

재섭이 겸연쩍어하며 말했다.

"왜?"

"내내 찾더라고요."

내 거니까. 조식은 생각했다.

자동차 소리가 멀지 않은 곳에서 들렸다. 늦은 밤에 이 근방까지 자동차가 올라오는 일은 흔치 않았다. 북한산을 향해 뚫린 발코니에서는 골목이 보이지 않았다. 가연의 저택 차고가 열리는 소리가 들렸다. 둘은 잠시 말을 멈췄다.

재섭은 이만 가봐야겠다며 그는 손에 들고 있던 꽁초를 거실 휴지통에 버렸다. 문득 조식은 궁금증이 생겼다.

"형만이 불렀나요?"

"아뇨."

재섭은 아무렇지도 않다는 듯 대답했다.

"그럼 누가?"

"이사회의 지시예요. 임원들은 '회사'의 재산이니까 건강도 '회사'가 챙기죠."

"부탁 하나 해도 될까요?"

"얼마든지요."

"가연일 데려다둘 데가 없을까요? '아지트'에서 벗어난 곳. '아지트'가 뭔지는 알죠?"

재섭은 잠시 조식을 바라보다가 이내 눈을 피하며 망설이는 표정을 지었다.

"제 진료실 가까이에 원룸이 있어요. 십 미터밖에 떨어져 있지 않아요. 가벼운 수술을 받은 사람들이 사나흘 머무는 곳이죠. 간병인도 매일 오고, 제 간호사들도 돌발상황이 발생하면 곧장 달려갈 수 있어요. '회사'가 사람을 보내서 감시라도 하지 않는 한 무엇을 하는지 알 수 없는 곳이에요. 그런 곳을 원하시는 거죠?"

조식은 고개를 무겁게 끄덕였다.

"제게도 위험부담이 있어요. 아시죠?"

굳이 대답할 필요가 없는 물음이었다.

"오늘은 너무 늦었군요. 내일 낮에 와서 데리고 가겠습니다. 회장이 머무를 방을 깨끗이 치워놓죠. 오늘밤에는 여기 계실 거죠?"

재섭은 엘리베이터를 타기 전에 당부했다.

"회장이 거울을 못 보게 하세요. 지금 모습을 보면 미쳐버릴지도 모르니까. 자살기도를 두 번이나 했던 것은 알고 계시죠?"

그는 그렇게 말하며 손가락으로 왼쪽 손목을 슥슥 베는 흉내를 냈다.

조식은 길가가 내려다보이는 이층 창에서 재섭이 렉서스를 몰고 나가는 것을 지켜봤다.

혼자 남은 조식은 이지를 부르고 싶었다. 잠들어 있는 가연을 볼 자신이 없었다. 여태껏 그녀를 남자로 생각한 적은 없었다. 조식에게 그녀의 콩알만한 성기는 완전한 알몸이 되었을 때에나 보게 되는 불필요한 부속물에 불과했다. 하지만 아까 본 가연의 모습은 달랐다.

그는 용기를 내어 침대로 갔다. 거칠게 돋아난 수염, 날카로운 능선의 코에 선명한 광대뼈의 윤곽, 창백하고 부석한 피부에서 여성스러움

320

은 찾아볼 수 없었다.

조식은 가연의 얼굴을 만지려다가, 불현듯 배남이 자신의 허벅지를 만졌던 기억이 떠올라 손길을 멈췄다. 그녀의 미래가 눈앞에 보이는 것 같았다. 수염이 텁수룩하게 난 중년 남자. 그는 자신이 보는 앞에서 그녀의 얼굴이 마흔 줄에 들어 큼직하고 거칠어진 보이 조지의 얼굴처럼 변할까 두려웠고, 가연이 눈을 떠 자신이 두려워하는 모습을 볼까 두려웠다.

잠든 환자의 곁을 지킨다는 것은 혼자 고속도로를 운전하는 일과 비슷하다. 앞을 똑바로 바라보면서 핸들에서 손을 떼지 못한 채 시간이 지나가기만을 기다리는 것이다. 조식은 거실로 나와 깍지긴 손으로 머리를 받치고 앉아서, 가연이 언제 깨어날지 계산해봤다.

냉장고에는 술꾼 간병인을 위해 하이네켄도 한 병 준비되어 있었다. 오로지 한 병. 조식은 그것을 갖고 소파로 돌아왔다. 침묵은 견딜 수 없는 고통이었다. 시간은 아무것도 적지 않은 다이어리처럼 텅 비어 있었다. 조식은 언젠가 결혼한 친구가 했던 말을 떠올렸다. 연인과 헤어졌을 때 정말로 참기 힘든 것은 사람 하나를 잃었다는 상실감보다도 주말을 이제 혼자 보내야 한다는 허탈감, 시간 속에서 존재가 지워지는 듯한 공허한 느낌이라고. 조식이 혜정을 떨쳐내기 어려웠던 것도 고독을 똑바로 마주할 방법을 찾지 못해서였다. 혜정과 치고받고 부딪치다보면 가족의 죽음 이후 그가 얻은 깨달음, 즉 인간은 언젠가는 고독해지며, 고독은 공유할 수 없기에 고독이며, 그래서 인간은 고독하다는 명제를 망각할 수 있었다.

술은 금방 떨어졌다. 이지는 전화를 받지 않았다. 인형도 잠을 자는지 오랜만에 잠잠했다.

얘기할 사람이 필요했다. 공통의 화제가 있으면 더욱더 좋았다. 조식은 엘리베이터를 타고 일층으로 내려갔다. 도영이 아직 떠나지 않았기를 기대하면서.

하지만 도영은 가고 배남이 있었다. 가구는 일부 남아 있었지만 집 안의 화분들은 모두 치워져서, 포근하고 넉넉한 분위기는 사라지고 없었다.

배남은 소파에 앉아서 아무 짓도 하지 않고 있었다. 어린아이 두서 넛은 잡아먹은 보아뱀처럼 거대하게 부푼 배 때문에 가만히 앉아서 숨을 쉬는 것만으로도 대단한 운동을 하고 있는 것 같았다. 조식을 보자 그는 얼굴이 터질 듯한 웃음으로 반겼다. 날개를 떼어낸 잠자리를 구정물에 떠내려보내며, 땅바닥에 쭈그리고 앉아 개미를 삼등분하며 즐거워하는 어린아이처럼 천진하고 잔인한 웃음이었다.

"우리 여왕님은 어때요? 많이 아프다던데."

"큰 이상은 없답니다."

"다행이로군요."

배남은 조식의 말을 믿는 것 같지는 않았다.

"여긴 무슨 일이죠?"

"내가 못 가는 곳이 있는 게 이상하지. 와서 앉죠? 마침 꼭 알려줘야 하는 빅뉴스가 있는데, 잘 왔네. 어쩐지 여기 오고 싶더라니. 정말이지 굿 타이밍이야."

운명의 룰렛Roulette of Fortune

전통적인 타로에서는 '운명의 수레바퀴(Wheel of Fortune)' 이다.
운명의 여신과 그녀가 돌리는 룰렛은 우리가 통제할 수 없거나
예측하기 어려운 사건의 도래를 뜻한다.
예측불허인 운명의 여신은 때때로 우리가 힘들여 일궈놓은 운을 거꾸로 돌려놓는다.
아무 유감 없이.

9

    이지는 전화로 곧 도착한다고 알려왔다. 조식은 응, 하고 짧게 대답하고는 휴대폰을 내려놓고 하던 일을 계속했다. 그는 식칼 손잡이의 뭉툭한 끝으로 흰 알약을 빻아 가루로 만들고 있었다. 베나드릴(benadryl), 알레르기 환자들이 복용하는 항히스타민제이자 데이트 강간용으로 유명한 수면제. 배남의 말에 따르면 두 알이면 충분했다. 기절한 듯 잠들거야. 인형이 배남의 목소리를 빌려 속삭였다. 알약이 도정한 밀가루처럼 미세한 가루가 되자 조식은 바닥에 흘리지 않게 조심하며 종이에 옮겨담았다.

    이지가 올 때까지 조식은 한게임 라스베가스포커를 하며 기다렸다. 잃거나 따거나 하고 있는데 가벼운 티셔츠에 로라이즈진을 입은 이지가 왔다. 실룩이는 가슴과 엉덩이가 터질 것 같았다. 그녀는 조식의 허리를 끌어안고 몸을 기대면서 그의 입술을 찾았다.

    조식은 그녀를 떼어내고, 목이 마르지 않는지 물었다. 이지는 침대 모서리에 걸터앉아 다리를 벌리고 물장구를 치듯 무릎 아래를 위아래로 흔들었다.

"그냥 물."

조식은 알겠다고 건성으로 대답하면서, 냉장실에서 레몬주스를, 냉동실에서는 가연의 집에서 가져온 스톨리치나야를 꺼내 커다란 유리잔에 각각 삼분의 이, 삼분의 일씩 붓고 베나드릴 가루를 털어넣었다. 그는 긴 스푼으로 휘휘 저으며 혀를 살짝 댔다. 알코올이 좀 부족한 것 같아 스톨리치나야를 조금 더 붓고 다시 저어 맛을 봤다. 훌륭했다.

"웅? 이게 뭐야?"

"특별히 제조한 거야."

"웅, 마딘을 꺼 가타."

이지는 혀 짧은 소리를 내며 조식이 내민 잔을 받았다. 하지만 겨우 한 모금을 마시고 침대 옆 테이블에 내려놓았다.

"자기야, 이리 좀 와봐."

그녀는 두 팔을 길게 뻗으며 조식을 불렀다. 라이브 콘서트에서 좋아하는 가수에게 조금이라도 더 가까이 가려고 애쓰는 열성팬처럼 간절한 몸짓이었다. 조식은 그녀에게 끌려가듯 가면서도 테이블 위의 잔을 턱으로 가리키며 묻는 것을 잊지 않았다.

"안 마실 거야?"

"난 자기가 더 급해."

이지는 조식을 눕히고, 그가 입고 있는 트레이닝복을 무릎 아래까지 쓱 내린 뒤 아직 물렁한 그의 성기를 쥐고 물었다.

"나 많이 보고 싶었어?"

"웅."

"마니마니?"

"많이많이."

조식은 발기하지 못할까봐 조바심이 났다.

"배는 안 고파?"

"점심 먹고 왔어."

이지는 조식의 성기를 입에 넣었다. 혀 전체를 써서 소프트아이스크림의 회오리 모양으로 선을 그리며 빙빙 돌렸다. 조식은 잡념을 지우고 감각에 집중했다. 이지는 핸드백에서 로션을 꺼내왔다. 우윳빛이 나는 불량식품 맛의 액체. 그녀는 조식의 몸에 그것을 뿌리고, 털끝을 하나하나 세우는 자극적인 손길로 조식의 굴곡진 부위와 평평한 부위, 딱딱한 부위와 말랑한 부위를 고루 어루만졌다. 조식은 그녀 손끝의 지문 융기까지 느낄 수 있었다.

이지는 가랑이 사이로 조식의 무릎과 허벅지를 문지르며 올라왔다. 매뉴얼에 따른 동작이라는 생각을 조식은 떨칠 수가 없었다. 그녀는 몸을 거꾸로 해서 로션과 음액으로 축축해진 자신의 성기를 조식에게 들이대며 나무토막처럼 뻣뻣해진 조식의 아랫도리를 덥석 물었다. 크루아상의 속처럼 섬세한 여체의 결이 그의 얼굴 가까이 다가왔다.

그녀는 등을 돌린 채 조식의 것을 받아들였다. 그녀의 잘 발달한 엉덩이 틈으로 자신의 성기가 사라졌다가 나타나는 것을 조식은 지켜봤다. 깊게 갈라진 척추기립근의 선이 더욱 뚜렷해지면서 그녀의 신음소리도 높아졌다. 진짜일까 가짜일까. 그녀의 그런 반응이 조식을 만족시키고 속이기 위해 꾸며낸 것은 아닐지 의심스러웠다.

조식은 이지를 눕히고 다리를 들어올리게 했다. 그녀는 여느 때와 다름없이 그를 온몸으로 받아들이며 수차례 절정에 이르렀지만 조식은 평소와 달리 사정하지 못했다. 조식이 지친 기색을 보이자 이지는 그를 눕히고는 눈을 맞추며 조식의 성기를 손으로 쥐었다. 그러곤 그의 구멍에서 나오는 것을 입으로 모두 빨아들였다.

욕실로 가서 이지는 조식의 몸을 씻겨줬다. 그녀가 성기와 엉덩이

부분을 팔뚝으로 문지르자 기분이 좋아졌다. 조식은 이지가 씻는 동안 먼저 침대로 돌아와 근심스러운 눈길로 사이드 테이블의 수면제 칵테일을 바라봤다. 유리잔도 긴장했는지 표면에 물방울이 맺혀 있었다.

이지는 물기를 뚝뚝 떨어뜨리며 욕실에서 나왔다. 그녀는 조식의 볼에 뽀뽀를 하고 그 옆에 털썩 앉았다. 다음 차례는, 한 대 피워도 돼, 오빠? 그녀의 입에서 그런 말이 나올 것만 같았다. 음료수 줄까, 오빠? 뭐 하는 사람이야, 오빠? 집은 어디야, 오빠?

음료수 줄까, 오빠? 뭐 하는 사람이야, 오빠? 집은 어디야, 오빠?

인형이 조식의 생각을 따라서 종알거렸다. 귓속에 찬물을 들이붓는 느낌에 조식은 얼굴을 찡그렸다. 이지는 그의 어깨에 볼을 부비며 많이 보고 싶었다고 칭얼거렸다.

"많이많이?"

"웅, 마니마니."

"목 안 말라?"

"알았어, 마실게."

이지는 조식에게 잔을 받아 안에 든 것을 꿀꺽꿀꺽 마셨다. 조식은 그녀의 목울대가 움직이는 것을 가만히 지켜보았다.

둘은 누웠다. 이지는 조식의 손을 끌어다 자신의 가슴 위에 올려놓았다.

"나 기다리는 동안 모 하고 있었어?"

"네 생각."

"거짓말."

"참말."

"회사일 때문에 기분 많이 상했지?"

"아니, 어차피 그만두려고 했어."

"걱정 많이 했어."

"고마워."

"자기 아까부터 계속 딴생각하는 얼굴이었던 거 알아? 그래서 걱정 더 많이 했어."

"좀 피곤해서 그래."

"졸려?"

"안 졸렸는데, 네가 졸리게 해서 졸려."

조식은 눈을 감으며 말했다. 어째 내가 약을 먹은 것 같군. 이지가 뭐라고 말했지만 후렴구를 반복하며 끝나는 가요처럼 점점 조그맣게 들렸다. 그는 깜빡 잠들었다.

눈을 뜨니 이지가 그의 품안에서 잠들어 있었다. 표정만 봐도 쉽게 깨어나지 못할 것임을 짐작할 수 있었다. 조식은 그녀의 가슴과 어깨를 감싸고 있던 자신의 오른팔을 천천히 들어올렸다. 옆으로 누워 있던 그녀의 몸이 힘없이 침대 위로 펼쳐졌다. 최근 들어 살이 붙으며 더욱 육감적으로 변한 몸이었다. 뭇 남자들의 쾌락을 위해 봉사하는 매춘부의 몸뚱이였다.

조식은 그녀를 몰래 재운 것에 조금은 미안함을 느꼈다. 그러나 진실을 열망하는 욕구에 비하면 그것은 싸구려 감상이었다. 이지가 제 입으로는 절대로 실토하지 않을 비밀을 캐내기 위해서는 이렇게 하는 수밖에 없었다고 그는 스스로를 정당화했다. 아주 잠시, 배남에게 놀아나고 있다는 느낌이 들어 찜찜하긴 했지만, 조식은 이해관계를 초월해 사실 보도에만 충실하려는 기자가 된 것처럼 굴었다. 침대에서 나와 테이블 의자에 놓인 커다란 토트백을 뒤졌다.

잘 빨던데. 천부적인 재능이야. 내추럴 본 써커(Natural Born Sucker)더군.

배남이 해줬던 말을 인형이 따라서 했다.

질투와 의심은 연인관계를 해치는 독, 하지만 그는 상관하지 않았다. 우선 다이어리부터 살폈다. 1월에는 조식도 함께 있었던 하얏트에서의 브런치, 광고 촬영, 모 에이전시 실장과의 만남, '클럽'의 파티 참석 등의 스케줄이 기록돼 있었다. 그렇게 4월 중순까지는 일주일에 최소한 서너 건의 일정이 잡혀 있었다. 빨간 사인펜으로 가운데 한 줄이 그어진 것은 약속이 취소된 것으로 보였다. 그러나 4월 중순 이후부터 조식을 만난 날만 제외하고는 공란의 연속이었다.

조식은 메이크업 세트, 머리끈, 빗, 립밤, 그밖에 잡동사니를 탈탈 털어내며 이지의 또다른 휴대폰을 찾았다. 그가 한 번도 본 적 없는 휴대폰이 분명 존재할 것이었다. 그는 토트백의 포켓 하나하나를 샅샅이 뒤지고, 비밀 주머니가 있는 것이 아닌지 이중으로 된 겉면 천을 구석까지 조몰락거리며 확인했다.

그가 찾는 휴대폰은 그녀의 바지 뒷주머니에 있었다. 살갗처럼 얇은 초박형 휴대폰이었다. 조식이 사준 것은 아니었다. 휴대폰에는 암호가 걸려 있었다. 배남은 그 암호도 알려줬다. 잠긴 문을 열고 들어가자 끔찍하고 혐오스러운 정보의 보물단지가 나타났다. 전화번호, 메시지, 전화번호, 메시지. 그중에서 휴대폰 번호가 아닌 유선 번호로 전화를 걸어봤다. 오, 맙소사. 강남에 위치한 배남의 가게. 조식이 백점 만점에 백이십점의 평점을 준 곳. 믿을 수 없었지만 63빌딩만큼 확고부동한 진실이어서, 왜? 라고 물을 수조차 없었다.

하지만 그는 해명을 듣고 싶었다. 들어야 했다. 상식적으로 납득할 수 없었다. 돈을 버는 길은 많이 있다. 이지 정도라면 고작 여자 손 잡고 술 몇 잔 마시며 두어 시간 이야기하는 데에만 수십만원을 쓰게 만드는 텐프로 급 룸살롱에서도 대형 스타로 모실 것이다. 사실 룸살롱은 우습다. 선배 연예인 '언니'들이 운영하는 와인 바에서 샤넬 재킷으로 감싼 가슴을 내밀며 고상함을 떠는 것만으로도 충분히 남자들을 끌어모을 수 있다. 조식의 힘을 동원하면 '회사'가 운영하는 가게 하나

330

쯤은 그녀에게 맡길 수도 있었다. 맡길 가게가 없다면 하나 만들면 된다. 돈을 버는 길은 시골 하늘의 별만큼이나 많은데 하필 그녀가 택한 것은 매시간 낯선 남자들의 항문을 빨아야 하는 가장 천하고 고된 일이었다.

조식은 이지가 깨어날 때까지 의자에 앉아서 기다리고 또 기다렸다. 그녀는 늦은 오후가 되어서야 눈을 비비며 일어났다. 베나드릴의 약효 때문에 개운치 않은 잠을 자서인지 얼굴이 푸석해 보였다.

"자기 거기서 뭐 해?"

"앉아 있어."

"이리 와, 어서."

"나한테 할 말 없어?"

조식이 싸늘한 목소리로 말했다. 이지와 헤어질 생각은 없었지만 그렇다고 그가 찾아낸 진실을 숨기고 싶지도 않았다. 진실 폭로에 뒤따를 후폭풍에 대해서는 아직 아무런 생각이 없었다. 언론의 의무는 가치판단이 아니라 사실 보도이듯이.

이지는 조식과 그 옆에 입을 벌리고 있는 자신의 토트백을 번갈아 쳐다봤다. 그녀도 그제야 돌아가는 상황을 깨달은 듯했다.

"정말 촬영 때문에 바쁜 거였어?"

"어떻게 알았어?"

"휴대폰에 찍힌 전화번호 때문에."

"자는 동안 뒤져본 거였어?"

조식은 대답하지 않았다. 기자는 목에 칼이 들어와도 취재원에 대해서는 밝히지 말아야 한다. 이지는 굳은 얼굴로 일어나 팬티를 입고 셔츠를 걸친 뒤 다시 침대에 앉았다.

"사실을 인정하는 거야?"

"왜 내 가방을 뒤져볼 생각을 다 했어?"

"네 행동이 워낙 이상했으니까."

"자기가 거는 전화 안 받고, 불러도 오지 않아서?"

"남자의 직감이야."

"나 그런 짓 한 거는 아니야. 실장 밑에서 스태프 일 했어. 알잖아, 손님 안내하고, 손님이 어떤 아가씨 원하는지 맞춰주는 일만 했어."

"그럼 가방에 갖고 다니는 로션, 나한테 쓴 로션은 다 뭐야?"

"자기 그런 거 좋아하잖아. 나도 자기가 하는 거 다 봤어."

조식은 한순간 말문이 막혔다.

"CCTV로 다 봤다구. 세 번이나 우리 가게에 왔었잖아. 나랑 닮은 키 크고 가슴 큰 애는 내가 자길 위해 고르고 고른 거였어. 마음에 들어했잖아."

조식의 배가 꾸르륵거렸다. 그는 점심도 거르고 이지가 깨기를 기다렸다. 이제 태양은 뉘엿뉘엿 지고 있었다. 그사이에 그는 아무것도 먹지 못했다. 고기를 산더미처럼 쌓아두고 입안에 마구 쑤셔넣고 싶었다.

"난 네가 다른 남자랑 하는 거 보고 싶지 않아. 그런 걸 바라지도 않고. 하필 왜 그런 데야? 도저히 이해할 수가 없어. 돈이 필요했다면 나랑 상의했어야지."

"자기한테 잘해주고 싶어서 그랬어. 근사한 옷도 사주고, 같이 드라이브도 다니고, 분위기 좋은 데서 식사도 하고. 나도 사랑하는 남자에게 내 힘으로 뭔가 해주고 싶었단 말이야."

"내가 그런 걸 바랐어? 왜 시키지도 않은 일을 하는 거야?"

조식이 다시 언성을 높였다.

"내가 인형이야? 남자들이 사주는 것만 먹고 입고, 마냥 그렇게만 살아야 해? 내가 그런 걸 바란 줄 알아? 내게도 삶이 있고, 생각이 있고, 감정이란 게 있다고. 내가 원하는 게 뭔지 물어는 봤어? 자긴 내가 원하는 게 자기뿐이라는 거 이해하지 못하지? 자긴 자기밖에 모르잖

아. 자기에 대한 내 감정은 하나도 모르는데 대체 어떻게 이해하겠어!"

이지가 눈을 치켜뜨며 말했다.

"그럼 다른 남자랑 아무 짓도 안 했다는 걸 증명할 수 있어?"

"날 못 믿어?"

"난 아무도 믿지 않아."

조식의 말에 이지가 눈을 부릅떴다.

"그 말 진짜야?"

"내가 지금 헛소리 하는 걸로 보여?"

조식은 언성을 높이면서도 자신이 실수했음을 깨달았다. 말을 잘못 꺼냈다.

"그럼 자기는 지금까지 내가 한 말들, 다 거짓말로 생각한단 거야? 내가 자기 사랑하고, 하루 종일 자기 생각만 한다는 거, 자기가 내 인생에서 만난 가장 끝내주는 남자라는 거, 그런 말들이 전부 가짜고 헛소리라고 생각한단 뜻이야?"

"거짓말이라고 생각하는 건 아니야."

"그럼 뭐야? 참말도 아니고 거짓말도 아니라는 거야?"

"살다보면 참말과 거짓말을 구분하기 어려울 때가 더 많아."

"내가 자길 사랑한다는 말도 믿지 않아?"

"이지야, 살다보면 그렇게 하나하나 전부 따지고 들어서……"

조식에겐 그러나 문장을 이어갈 뾰족한 말이 없었다.

"따질 수 없어? 없다고? 그럼 자기가 나한테 한 말은 다 뭐야?"

이지가 벌떡 일어났다. 조식은 그녀의 눈동자에서 살의가 휙 스쳐가는 것을 봤다. 모든 것이 다 끝났다고 생각하고 함께 죽으려는 것일지도 몰랐다. 부엌에는 날카로운 칼이 있었다. 한때 그것으로 혜정을 토막내려 했었다.

"내가 자길 사랑하니까 자기도 날 사랑하는 거라며. 내가 자길 사랑하는 게 참말인지 거짓말인지 모르니까 자기는 날 사랑하는지 아닌지도 모르겠네. 그렇담 자기 감정이란 대체 뭐야? 난 내가 자길 사랑한다는 걸 믿어, 확신해. 내 목숨까지 걸고 맹세할 수 있다고. 그런데 자긴, 도대체 무슨 생각을 하고 있는 거야? 자기한테 나는 대체 뭐야?"

이지는 맨주먹을 불끈 쥐고 조식 앞에 우뚝 섰다. 때리려는 것일까? 조식은 어금니를 앙다물었다. 그 바람에 그의 얼굴은 화가 난 것처럼 더욱 굳어졌다. 속마음은 그렇지 않았다. 그는 어떻게 행동해야 할지 갈피를 잡지 못하고 있었다. 그녀는 왜 울면서 용서해달라고 빌지 않는 것일까. 착한 여자라면 응당 그래야 하는데. 품안에서 이지는 토끼같이 말 잘 듣는 여자였다. 아버지 조식이 시키면 시키는 대로 다리를 벌리고 음란한 포즈를 취하는…… 눈앞의 그녀는 그가 알던 이지가 아니었다. 말꼬리를 붙잡고 법조문 해석하듯 하나하나 의미를 따지며 남자의 머리끝에 올라서 쿵쿵 뛰어다니려 하고 있었다. 죽은 혜정의 영혼이 빙의한 것 같았다. 내가 돌아올 거라고 했잖아. 인형의 아련한 속삭임.

"그래, 좋아. 네가 날 사랑한다고 믿는 걸 믿어. 네가 날 사랑한다고 믿는다고. 이걸로 정리됐어? 이제 나가줘, 혼자 있고 싶어."

"사랑한다고 믿는다고? 그럼 내 말을 어디까지 믿을 수 있어?"

"명제에는 두 종류가 있어. 참과 거짓을 판단할 수 있는 사실명제, 그리고 진위 여부를 판단할 수 없는 가치명제. '부모님에게 효도해야 한다'라는 말을 예로 들어보자. 참과 거짓을 따질 수 있겠어? 네가 하는 말 모든 것을 다 믿을 수도 없고, 믿지 않을 수도 없다고."

조식은 대학 사학년 일학기에 교양논리학 강좌를 들었다. 중간과 기말시험 결과만으로는 C⁺를 받아야 했지만 취업이 급한 졸업학년이었기에 최종 성적은 A⁻였다.

"그럼 내가 다른 남자랑 잔 적 없다는 말은 왜 못 믿어?"

이지가 비웃듯 말했다.

조식은 울컥 화가 치밀었다. 그녀에게 성큼 다가가 따귀를 때렸다. 손바닥이 불에 덴 것처럼 뜨거워졌다. 그녀는 일격에 무너졌다. 무릎을 꿇고 조식의 두 다리를 껴안으며 참회하는 목소리로 울먹였다. 염도 높은 뜨뜻한 물방울이 그의 맨발에 뚝뚝 떨어졌다.

"난 자기가 그런 가짜한테 푹 빠진 게 정말 싫었어. 내가 그년이랑 똑같은 취급을 받아야 한다는 걸 참을 수 없었어. 걔한테 돈이 없다면, '회사'에서 그렇게 높은 자리에 있지 않았다면 자기가 눈길조차 줬을 리가 없잖아. 자긴 나처럼 진짜 여자를 좋아하는 사람이라고. 난 알 수 있어. 자기가 내 가슴을 만지고, 내 몸에 들어왔을 때 표정만 봐도 알 수 있다고. 나도 돈을 벌고 싶었어. 내 힘으로 벌어서 자기에게 떳떳하게 뭔가를 해주고 싶었어."

그녀는 엉엉 울면서 겨우 말을 이어나갔다. 눈가에서 눈물이 넘쳐흘렀다.

"그만두라면 그만둘게. 내가 잘못 생각했어. 잠시 미쳤던 거야."

조식은 이지가 용서를 비는 것이 그의 승리인 양 기뻤다.

"지금은 가, 나중에 얘기하자."

조식이 그녀의 팔을 다리에서 억지로 떼어내며 일어서자 이지는 다시 달려들었다. 조식은 하마터면 넘어질 뻔했다. 화가 났다. 그녀가 물건으로 보이기 시작했다. 옷장 속 인형처럼 누구나 원하면 올라탈 수 있는, 한 시간 삼십 분에 십팔만원짜리 섹스머신. 그녀는 목이 메어 꺽꺽거리며 언청이처럼 단어 하나 제대로 발음하지 못했다. 품위를 잃고 엉엉 우는 여자만큼 밉살스러운 것이 또 없다.

"당장 나가, 안 그럼 우린 끝이야."

그녀는 눈물을 흘리며 느릿느릿 옷을 챙겨입고 나갔다. 스니커즈의 고무창이 돌바닥을 두들기는 소리가 그치고서야 조식은 그녀가 가방을 놓고 갔음을 알아차렸다.

다시 돌아올게.

이지의 목소리가 조식의 머릿속에 쩌렁쩌렁 울렸다. 그는 눈동자 뒤쪽을 대바늘로 찔리는 듯한 통증에 뒤통수를 감싸쥐었다.

YOU WIN! 자기 정말 남자다웠어. 그렇게 화내는 거 말야. 화내지 못하는 남자는 남자도 아니지. 얼레? 나 그만 꼴려버렸네. 자기 아기를 낳고 싶어졌어. 자기를 닮아서 튼튼하고 살진 푸우 말야. 날 닮아서 썩지도 않고 늙지도 않겠지. 딸을 낳으면 너도 하게 해줄게. 근친상간은 아름다운 풍속이지. 자, 꺼내줘, 침대에 눕혀줘, 화끈하게 사랑해줘. 솔직히 말해봐. 나랑 하는 게 가장 좋지 않아? 자, 넣기만 해줘. 내가 알아서 끝낼게. 솔직히 말해봐. 지금까지 애새끼 하나 낳아주겠다고 한 여자 있었어? 진짜 여자는 바로 나야, 나.

조식은 남은 베나드릴을 찾았다. 머릿속에서는 계속 인형의 목소리가 울려퍼졌다.

치사한 자식, 그렇게 달아나면 넌 남자도 아냐! 당당하게 맞서야지!

빨리 잠이 들길 기도하며 조식은 물도 마시지 않고 두 알을 털어넣었다. 사레가 들어 뱉어낼 뻔했지만 코와 입을 막고 꾹 참았다. 눈이 튀어나올 것 같았다. 기침이 나지 않을 것을 확신하고서야 조식은 얼굴을 감싸쥔 손을 떼고 물을 마셨다.

그는 발을 질질 끌며 침대로 갔다. 잠이 필요했다. 셰익스피어가 『맥베스』에서 '죄 없는 잠'이라 일컬었던 잠. 근심의 엉클어진 실타래를 풀어 곱게 짜주고, 매일의 삶에 대한 죽음을 주고, 노고를 씻어주는 잠. 상처받은 마음에 발라주는 고약이자 대자연의 최고의 요리, 인생의 향연에서 최고 강장제인 잠.

베개에 얼굴을 묻자 두통이 줄어들었다. 인형의 종알거림은 계속됐지만 졸음에 묻혀 점점 희미하게 들렸다.

네가 나에게 잘해줬다면 아무 일도 없었을 거야. 다 네 잘못이야.

'너나 잘 하세요.'

조식은 잠들었다.

*

억센 두 손이 턱을 쥐고 흔드는 느낌이었다. 베나드릴은 휴식을 주지 않았다. 단지 시간을 자르고 당겨서 이어붙일 뿐이었다. 조식은 머리를 흔들었다. 희뿌연 앙금이 그 속을 떠다니는 것 같았다. 십 년 전에 뽑았던 사랑니 부위가 욱신거렸다.

'수면제 한 알에 백만원이라도 내겠다.'

입가는 침투성이였다. 베개는 축축했다. 혀가 까칠했다. 뱃속은 바늘이라도 한줌 삼킨 것처럼 따끔거렸다. 더럽고 냄새나는 어둠이 어느새 창문을 비집고 들어와 조식을 누르고 있었다.

자기야, 일어났어?

조식은 비틀거리며 일어났다. 그리고 자신을 다시 재워줄 것을 찾아 집 안을 헤맸다. 뱃속의 날카로운 통증은 묵직하게 바뀌고 있었다. 그에 따라 몸의 움직임도 점차 둔해졌다. 그는 개수대 서랍 속에 있는 것을 모두 꺼내 내팽개쳤고, 냉장고 속 음식물을 전부 바깥으로 쏟아냈다. 오 분 만에 집 안은 난장판이 됐다.

그런다고 도망칠 수 있을 것 같아? 나한테는 어림도 없지. 자, 어서 네 의무를 이행해. 네 피로 쓴 계약을 지키라고. 그럼 모든 것이 다 잘될 거야. 내가 약속을 어겼던 적 있어? 전부 네가 원하는 대로 됐잖아. 앞으로도 계속 그럴 거야.

바닥에 널브러진 물건 중에서 날카로운 고기용 칼이 눈에 띄었다.

"죽여버리겠어."

조식은 중얼거렸다. 어머니는 생전에 칼이나 가위 같은 날카로운 물건은 사람을 다치게 하는 속성을 갖고 있기 때문에 선물로 받는 것이 아니라고 말한 바 있었다. 조식은 칼날이 잘 드는지 시험하기 위해 칼로 왼쪽 팔뚝을 죽 그어봤다. 날카로운 통증과 함께 붉은 선상에서 피가 배어나왔다. 손등의 상처도 피를 보고 흥분했는지 시뻘겋게 달아올랐다.

뭐 하려는 거야?

인형의 목소리가 불안하게 떨렸다. 조식은 칼을 오른손에 쥐고 다락으로 향하는 사다리를 한 단씩 올라갔다. 모노륨 바닥에 핏방울이 하나 둘 떨어졌다. 맨 윗단까지 오르자 핏방울은 바닥에 부딪힐 때마다 사방으로 새끼 방울을 튀기며 별 모양을 이루었다.

조식은 옷장을 열었다. 인형의 눈이 놀라움과 두려움으로 접시만큼 커졌다. 그는 그것의 머리채를 붙잡아 아래로 끌고 내려왔다. 인형은 비명을 질렀다. 한마디 한마디가 정월 초하루 보신각의 타종식 종소리처럼 조식의 머리를 뎅뎅 울렸다. 그는 이를 악물고 팔뚝에 또하나의 선을 그었다. 이번 것은 처음 것보다 더 깊고 넓었다.

날 죽이면 다들 죽을 거야. 나랑 네 여자들은 다 하나로 연결돼 있다고.

인형은 바야흐로 발악의 단계에 들어섰다. 조식은 아주 잠깐 멈칫했다. 인형의 비명과 고함으로 귀가 멍멍했지만, 그것을 바닥에 눕혀놓고 오른쪽 어깨 부분을 손바닥으로 꾹 눌렀다. 우선 팔을 하나씩 떼어낼 요량이었다.

모르겠어? 난 네 머릿속에 살고 있는 거야. 실리콘덩어리에 칼질을 한다고 날 죽일 수 있을 것 같아? 육신이 사라지면 난 영원히 네 머릿속에 살게 될 거야. 넌 죽을 때까지 두통에 시달리게 될 거라고. 너 편두통이 얼마나 무서운 병인지 알아?

조식은 칼을 들었다. 날이 잔뜩 선 칼날이 형광등 불빛에 담담하게 빛났다.

"실리콘덩어리라면서."

조식은 껄껄 웃었다. 칼날이 인형의 어깻죽지를 파고들자 지옥의 나팔소리 같은 절규가 울려퍼졌다. 정말로 소리가 나는 것이라면 이웃들이 달려나왔겠지만 그런 일은 없었다. 실리콘 피부 속의 금속 골격은 칼로는 잘라낼 수 없었기 때문에, 조식은 인형의 어깨를 발로 누르고 덜렁거리는 팔을 뜯어냈다. 조식의 환상 속에서, 팔이 뜯겨나간 자리에서 핏물이 솟구쳐 조식의 발을 적시고 거실을 피바다로 만들었다. 인형은 쿨럭쿨럭 기침소리를 냈다.

조식은 나머지 팔을 잘라내려던 계획을 바꿔 이번에는 왼쪽 다리를 겨냥했다. 무릎 위쪽이 적당해 보였다. 그는 목표한 부위에 눈으로 선을 긋고 광기 어린 미소를 지으며 칼날에 묻은 상상 속의 피를 바지춤에 닦아냈다.

그 남자를 불러. 내가 아니야. 잘못 생각하는 거라고.

지금까지 들어보지 못한 목소리가 헐떡였다. 인형 속에 숨어 있던 미지의 존재가 생명의 위협을 느끼고 드디어 정체를 드러낸 것 같았다.

네가 원하는 바가 법칙의 모든 것이 되도록 하라. 기억 안 나? 네가 원하면 부를 수 있어. 내 주인이랑 직접 해결해. 나한테 이렇게 해봤자 너한테 득 되는 건 아무것도 없어.

그 동안 열지 못했던, 망각의 먼지로 뒤덮인 기억의 문이 조금 열렸다. 지난해 크리스마스, 침대에 누워 있는 인형을 보고 놀랐던 날, 술기운에 편집돼 잘려나간 장면들. 기억은 종이 위에 떨어진 잉크의 얼룩처럼 조금씩 퍼져나갔다. 죽지 않았으되 꿈꾸고 있는 것. 남자는 인형을 가리키며 설명했다. 현실과 꿈의 경계선에 놓인 물건, 흔히 부적이라고 일컫는 정교한 의식의 창조물, 의지를 더욱 강력하게 만들어주는 프리즘.

크리스마스 이브에 그 남자는 바의 가장 어두운 구석에서 꼬아놓은 밧줄처럼 도사리고 앉아 있었다. 형만은 조식과 골목에서 찬바람을 쏘이며 한참을 이야기한 뒤 그 남자를 소개해줬다. 음침한 바의 구석에서, 조식은 혜정을 자신의 삶에서 떼어낼 수 있다면 어떤 대가라도 치를 수 있다고 맹세했다. 남자는 집에 먼저 가 기다리라고 말했다.

남자는 조식의 집에 신발도 벗지 않고 들어왔다. 형만이 인형을 갖고 올 때까지 남자는 한쪽 다리를 테이블에 올려놓고 지구상에는 존재하지 않을 것 같은 묘한 향기의 담배를 피웠다. 형만은 인형을 남자에게 건네고는, 조식에게 손을 흔들며 건투를 빌고 사라졌다.

인형에 대한 또다른 설명이 이어졌다.

"이론적으로는 복권 일등 당첨, 주가 폭등도 가능하지. 아주 강력한 프리즘이 있다면 말이야. 하지만 자네 소원은 그보다 훨씬 작은 거지. 여자친구가 사라지길 빌었나? 그건 아주 쉬운 소원이야. 갖고 싶은 여자가 생겼다고 그랬나? 그것은 꽤 쉬운 소원이야. 혹시 불치병에 걸렸다면 그걸 치료하는 것도 어렵지 않은 소원이야. 가장 이루기 힘든 건 돈을 버는 거지. 하나 둘이 아니라 수백만, 수천만, 수억, 수십억 명의 사람들이 공통적으로 원하는 거니까 경쟁이 그만큼 치열하지. 여성에 대한 취향에는 개인차가 있지만 돈은 그렇지 않다고. 돈을 벌고 싶다는 소원 중에서도 원화보다는 엔화, 엔화보다는 달러화를 벌고자 하는 소원이 훨씬 더 이루기 어렵다는 사실을 알아주길 바라네."

남자는 계약의 증표를 어디에 새길 것인지 물었다. 보통은 팔이나 가슴 같은 부위에 한다고 했다. 조식은 손사래를 치며 가급적 눈에 잘 띄지 않는 곳에 해달라고 부탁했다. 전 직장인이거든요. 그러자 남자는 재킷 안주머니에서 날카로운 송곳을 꺼내 조식의 허벅지를 한참 긁어댄 뒤 상처에서 나온 피를 인형의 입에 넣었다. 이로써 계약이 성립됐다.

"밥은 제때에 줘."

340

조식은 무슨 뜻인지 되물었다.

"인형이 원하는 것을 줘. 여자를 원한다고? 그럼 인형도 한 사람의 여자로 대해줘야지. 내가 불러낸 정령은 강력하지만 그만큼 다루기가 까다로운 존재임을 명심하도록."

기억의 문이 닫혔다.

인형은 한쪽 팔이 떨어져나간 채 과다출혈로 의식을 잃은 것처럼 가만히 누워 있었다. 거실 바닥에는 조식이 흘린 핏방울 외에는 붉은색 실오라기 하나 떨어져 있지 않았다.

상처와 피가 문신처럼 휘감긴 왼쪽 팔뚝이 따끔거렸다. 조식은 피곤했다. 취하고 싶었다. 취하고 싶다고 강렬하게 원하자 술냄새가 맡아졌다. 그의 위장과 융털과 모세혈관과 땀구멍을 통해 증류된, 그의 첫 음주부터 최근의 음주까지 그가 마신 모든 종류의 술이 섞인 냄새였다. 그만을 위한 환상적인 칵테일 파티가 절정을 이루기도 전에 그는 까무룩 정신을 잃었다.

*

꿈인지 생시인지를 판별하기 위해 조식은 습관적인 동작으로 왼쪽 손등을 살폈다. 상처 없이 매끈했다. 그는 안심하고 낯선 집 안을 기웃거렸다. 한 번도 와보지 않은 집이었으나 재섭이 가연을 데려다놓은 곳임을 직감했다. 거실에 방 하나가 딸린 투룸에 세간은 텔레비전과 옷걸이뿐이었다. 성형수술을 받은 환자들이 하루 이틀 머물다 가는 곳으로 보였다.

가연은 방 안 침대에 잠들어 있었다. 조식은 그녀 얼굴을 툭 건드려보았다. 공기중에 떠다니는 먼지처럼 아무런 감촉이 없었다. 역시 꿈이었다.

이지가 인기척도 내지 않고 뒤에 서 있었다. 조식은 눈을 돌리지 않아도 등뒤로 볼 수 있었다. 이지는 조식이 그림자라도 되는 양 꿰뚫고 지나갔다. 가연 앞에 우뚝 선 그녀가 조식을 돌아보며 섬뜩하게 웃었다.

내가 자길 얼마나 사랑하는지 이제 보여줄 거야.

이지의 손에는 조식이 인형을 해체하는 데 썼던 날카로운 칼이 들려 있었다. 이지는 베개를 가연의 얼굴에 덮고 온몸의 체중을 실어 꾹 눌렀다.

조식은 안 돼—라고 외치고 싶었지만 목구멍과 혀뿌리가 마비된 것처럼 뻣뻣했다. 그는 가연이 팔을 파닥거리다 다리를 쭉 펴 부르르 떨고, 마침내 부들거림을 멈추고 축 늘어지는 것을 낱낱이 지켜보고만 있어야 했다.

이지는 칼끝을 가연의 오른쪽 갈비뼈 밑으로 밀어넣어 수직으로 내리긋고, 골반 언저리에서 다시 수평으로 베면서 'L' 자를 그렸다. 그러고는 너덜너덜한 뱃가죽을 책장처럼 넘겨서 안에 든 것을 하나하나 꺼냈다. 간장, 위장, 소장 등등. 그는 이지가 무엇을 하는 것인지 알고 있었다. 의식(儀式), 죽은 자의 영혼이 이승으로 돌아와 해코지를 하지 못하도록 마무리를 하는 것이었다.

이지는 가연의 내용물을 침대 머리맡과 발치에, 그리고 거실에 두고 와서는 조식 앞에 무릎을 꿇었다. 그녀는 피 묻은 손을 내밀어 조식의 엉덩이를 꼭 껴안았다. 그녀의 눈은 맹렬히 불타올랐다.

이제 자기에겐 나뿐이야.

이지는 조식의 바지를 벗기고 뾰족하게 굳은 그의 성기를 입안에 넣었다. 조식은 길고 깊은 한숨을 내쉬며 이지의 머리카락에 손을 넣고 리듬감 있게 허리를 움직였다. 귀두가 혀끝에서 이리 굴려지고 저리 굴려지자 기분이 좋아진 조식은 시선을 아래로 내렸다. 왼쪽 손등의 상처가 어느새 돌아와 있었다. 굳은 피처럼 시커먼 색이었다.

그가 눈으로 본 것의 의미를 이해하기까지는 조금 시간이 걸렸다. 상처를 꼬집자 아팠다. 이지의 머리카락은 감미롭도록 간질거렸으며 살갗에선 우유 냄새가 났다.

조식은 이지를 세차게 밀어냈다.

자기 이거 좋아했잖아.

이지는 로히프놀(Rohypnol)에 취한 듯 멍한 눈으로 느릿느릿 말했다. 늘 그런 것은 아니라고 조식이 대답하려는 순간, 이지와 그녀 주위의 풍경이 뒤로 밀려났다. 모든 것이 사라지고 텅 빈 공간 속에 조식만 남았다. 이윽고 모노크롬의 공허가 조식이라는 존재를 집어삼키며 마지막으로 손등의 상처만을 유일하게 점으로 남겼다. 우주는 곧 신이 붓을 대기 전의 새카만 캔버스가 되었다.

*

조식은 눈을 뜨기 전에 낙엽 밟는 소리를 들었다. 저벅저벅, 자박자박? 가만히 들어보니 발소리에 무게가 실려 있지 않았다. 낙엽을 손안에서 부수는 것일지도 모른다. 하지만 지금은 5월. 장식용으로 책갈피에 넣어 말린 장미를 가루로 만드는 것일까.

혜정이 빌려준 책 — 샐린저의 『호밀밭의 파수꾼』이었다 — 에도 말린 장미가 한 송이 있었더랬다. 그 소설에는 이런 구절이 있었다. '나는 섹스의 규칙을 정해놓으면서도 이내 어기고 만다.' 조식에게도 한때 삶과 섹스에 대한 규칙이 있었고 나름의 변천사를 쓸 수도 있었지만 이젠 화성의 지표면에 새겨진 물의 흔적처럼, 붉게 물든 자국만이 남아 있었다. 어떤 이는 그걸 상처라고 주장하지만 실상은 오래된 나무의 옹이와 비슷한 것일 뿐이다.

자갈더미 위에서 한바탕 구른 것처럼 온몸의 근육이 저릿저릿했다.

등과 맞닿은 모노륨 바닥에서 싸늘한 냉기가 올라오며 코를 간질였다. 그는 크게 재채기를 하고 코를 훌쩍였다. 머리는 수분 부족으로 바싹 오그라든 느낌이었고 배는 굶주림으로 쪼그라들어 있었다. 여느 때 같았으면 숙취에 따르는 패배감으로 비참한 심정이었겠지만 지금의 조식에게 그런 감정은 사치에 불과했다. 뭔가 먹어야 한다. 라면이 좋겠다. 계란도 하나 풀어 넣고.

다시 낙엽 밟는 소리가 들렸다. 아니, 착각이었다. 백화점 슈퍼마켓 카운터에서 들을 수 있는 비닐봉지 매만지는 소리. 누군가 방 안에 있었다. 이지가 돌아왔나? 가방을 놔두고 갔으니까. 어쨌든 좋다. 조식은 그녀가 자신을 일으켜 침대로 데려가주길 바랐다. 그럼 모든 걸 용서해주지. 라면을 끓여준다면 사랑해주도록 하지.

비닐봉지 소리가 그쳤다. 조식은 눈을 떴지만 눈곱이 잔뜩 껴, 폭우 속 유리창 너머로 보이는 것처럼 희미한 형상이 그를 주시하고 있다는 것만을 겨우 알아볼 수 있었다. 눈을 몇 번 껌뻑이자 시야가 분명해졌다. 숨이 멎는 것 같았다. 인형이 테이블 앞에 앉아 흐릿한 눈동자를 그에게 향하고 있었다. 한 팔이 떨어져나간 그대로였다. 그는 손등으로 눈을 비볐다. 왼쪽 손등의 상처에 눈꺼풀이 쓸렸다. 상처는 자줏빛이었다.

"일어났나?"

눈을 한 번 깜빡이는 사이 인형 옆에 길고 커다란 형체가 나타나 앉았다. 새카만 재킷 위로 길쭉하고 바싹 마른 얼굴이 있었다. 검은 눈동자는 펄펄 끓는 역청처럼 이글거렸고, 짧게 돋아난 수염이 삐뚤어진 입가와 억센 턱을 덮고 있었다. 귀 아래까지 구불구불하게 자라난 머리카락은 기름기로 번들거렸다.

조식이 기억하고 있는 모습 그대로였다. 인형의 주인은 테이블에 두 다리를 올려놓고, 재킷에서 담배를 말 때 쓰는 종이와 담뱃가루를 담은 갈색 주머니를 꺼냈다. 테이블 위에서 담배를 마는 그의 동작은 군더더기 없이 자연스러웠다. 테이블 위에는 어두운 자줏빛의 물렁한 물체가 담긴 비닐봉지가 두 개 있었다.

침대에 누워 있는 시체를 보고서야 조식은 비닐봉지 안의 내용물을 짐작할 수 있었다. 포장을 거칠게 뜯어낸 선물상자처럼 시체는 복강을 중심으로 활짝 파헤쳐져 있었다. 갈비뼈는 맨 위 두 대만 남기고 모두 부러져나갔다. 안에 있어야 할 장기들은 찾을 수 없었다. 진홍빛과 자줏빛의 혈관과 선홍색의 근육섬유 속에서 아기의 이빨처럼 새하얀 척추가 보였다. 유방 부위는 둥그렇게 도려낸 자국만 남아 있었다.

시체가 깔고 누운 침대 시트는 시체에서 쏟아져나온 피를 흡수해 딱딱하고 반들반들하게 굳어 있고, 침대와 붙어 있는 벽과 그 위의 천장에는 날카로운 핏자국이 그려져 있었다. 조식의 얼굴과 옷, 그리고 방바닥에도 해부의 흔적이 남아 있었다.

상처가 크게 벌어진 시체의 목에서는 연골 마디로 이뤄진 기도가 희멀겋게 모습을 드러내고 있었다. 눈두덩과 코와 볼은 피부를 칼로 떠내 진피층 아래의 혈관이 드러나 있었는데, 이미 죽은 다음에 벗겨낸 것인지 피가 흐른 자국 없이 말라붙어 있었다. 죽은 자의 얼굴에서 이지의 생전 모습을 찾아내려면 퍼즐 맞추듯 상상력을 발휘해야 했다.

조식의 후각은 그가 잠에서 깨기 전에 방 안에서 벌어진 일에 적응을 마쳤는지, 그는 『내셔널 지오그래픽』의 총천연색 사진처럼 생생한 도륙의 현장 속에서 아무 냄새도 맡을 수 없었다. 구역질조차 나지 않았다.

남자가 입에서 파르스름한 연기를 내뿜으며, 담배를 들지 않은 오른손으로 인형의 정수리를 툭툭 두들기며 말했다.

"걸레를 다 만들어놨더군."

조식은 남자의 말을 듣지 못했다. 그는 갓 상경한 촌사람처럼 두리번거렸다. 복대동맥이 끊어지며 솟구친 피분수의 흔적이 곳곳에 남아 있는 가운데 텔레비전과 서랍장 위에는 핏기가 빠져 엷은 분홍색을 띠는 내장과 살덩이가 놓여 있었다. 그러고 보니 시체의 오른발 밑에는 한때 가슴이었던 것으로 보이는 살덩이가 밥공기를 엎어놓은 형상을 하고 있고, 그 왼쪽에는 길게 늘인 내장이 눕혀져 있었다. 시체 머리맡의 거무죽죽한 덩어리도 베개는 아니었다.

"죽은 자가 이승으로 돌아와 해코지를 하지 못하도록 한 거야. 줄루족이 즐겨 쓰던 의식이지. 19세기 후반 아프리카를 침략한 유럽인들도 저렇게 당했어. 자네도 익숙해질 거야."

"도대체 왜……"

"되돌아오지 않게 해달라고 했잖아. 난 애프터서비스는 확실히 한다고."

방 안의 풍경에 압도된 조식은 입을 열 수가 없었다. 눈앞에 펼쳐진 현실을 아직 믿을 수 없었다. 흩어진 내장을 다시 시체 안에 집어넣고 꿰매면 이지가 살아나 "자기가 세상에서 최고야!"라고 외치며 품안으로 달려들 것만 같았다.

"뭔가 잘못 안 것 같은데, 난…… 그런 적이 없어요."

조식이 중얼거렸다.

"자네가 뭘 원하는지 지금 자네가 어떻게 안단 말인가? 자네는 꿈을 꾸고 있는 거야. 자네는 가짜 조식이고, 진짜 조식은 잠들어 있지. 대체 언제까지 손등의 상처로 꿈과 현실을 구분하는 유치한 놀음을 계속할 텐가."

"난 그 무엇도 원한 적 없어요."

조식은 남자의 말이 전혀 들리지 않는다는 듯, 똑같은 말을 되풀이했다. 되돌릴 수 없는 시간 그 자체가 된 이지의 시신이 침대에 누워 있었다.

"어쨌든, 덕분에 나도 필요한 걸 얻었으니까. 난 괜찮은데, 자넨 어떤가?"

남자는 테이블에서 다리를 내리고 일어났다. 그는 인형을 어깨에 둘러메고 편한 손으로는 비닐봉지를 들었다.

"인형은 갖고 간다. 자네에겐 더이상 쓸모가 없을 테니까."

남자가 현관에서 나가기 전에 조식은 물었다.

"대체 당신은 뭐죠?"

"네 도우미."

남자는 뒤돌아보지 않고 문을 열었다. 그림자가 길게 꼬리를 그리며 사라졌다.

죽음Death

"하루하루를 영생할 것처럼 살고, 하루하루를 내일 당장 죽을 것처럼 살라."
중동 지역에 전해지는 속담이다.
죽음을 의식하지 않은 삶은 삶이 아니다.
죽음은 삶의 일부이며 새로운 장의 시작.
따라서 이 카드는 때론 긍정적인 의미를 갖는다.

10

형만은 중국어를 싫어했다. 정확히 말하면 사성(四聲)의 억양이 만들어내는 높낮이가 싫었다. 중국어 낭독을 듣고 있노라면 리듬과 선율이 느껴진다는 이도 있지만 형만에겐 소음 그 자체였다. 맞바람이 거칠게 불어 이십 분가량 연착한데다가, 입국심사대에서 중국인 관광객들에게 둘러싸인 채 공항에서 시간을 지체하고 있어서 더욱 그랬다. 덤핑가로 타고 온 중국항공의 구닥다리 비행기 안에서 사전 모의라도 한 것인지 종족의 집단무의식에 따르는 것인지, 쉴새없이 떠들어대는 중국인들은 장시간의 비행에 시달린 그를 더욱 피곤하게 만들었다.

영국 국적을 가진 그는 내국인인 아닌 외국인심사대의 줄에 합류했다. 한 손에는 이번 출장의 결실이 담긴 슈트케이스를 들고, 사람들이 만지고 기대어 삐뚤어진 가로대에 직접 다린 양복이 닿지 않게 조심하며.

미로처럼 얽힌 가로대를 따라 길게 늘어선 줄은 짧아질 기미가 보이지 않았다. 그가 약 열두 시간 전에 떠나온 히스로 공항만 해도 퍼스트클래스와 비즈니스클래스는 이코노미클래스의 승객들과 별도로 출입국심사를 받을 수 있게 하건만, 인천공항은 국제 수준에 도달하려면 멀었다. 외국 출장이 잦은 그였지만 공항에서 이렇게 시간을 끌기는 처음이었다.

비행기에서 내리자마자 그는 가연의 상태가 위중하다는 재섭의 메시지를 들었다. 그녀가 '아지트'를 벗어나 다른 곳에 머무르고 있다는 것은 썩 내키지 않았다. '회사'의 감시망 안에 있다는 것은 한편으론 안전하다는 뜻이었다.

이지가 죽은 것은 심각한 사건이었다. 그 소식을 알려준 사람은 사도 만영이었다. 조식에게서 그렇게 연락받았다는 것이었다. 만영에게 전해들은 조식의 설명을 정리해보면, 이지는 그 '남자'에게 살해당했다. 시체는 난도질을 당했다.

남자는 구체적인 용도는 밝힌 적 없지만 늘 젊은 여자를 필요로 했다. 형만은 경제학의 유명한 격언인 '공짜 점심은 없다'라는 말이 떠올라 속이 쓰렸다. 인과응보의 법칙, 대가 없는 보상이란 없다. 그는 조식이 인형을 통제하길 기대했고, 인형을 통제하는 조식을 통해 회장을 통제할 수 있을 것이라고 구십오 퍼센트 확신했다. 인형의 위험성에 대해서는 남자에게서 경고받은 바 있지만, 최악의 경우 영향이 미칠 사람은 조식 하나뿐이므로 형만으로선 큰 위험부담이 없는 게임이라고 생각했다.

그러나 '클럽'의 회원이 죽었다. 형만에겐 중대한 사건이었다. 그 남자에게 가연이나 이지, 형만, 조식은 호모사피엔스 그 이상의 존재는 아닐 터였다. '클럽'과 '회사'가 그들만의 윤리를 따르는 것처럼, 마술사인 그 남자도 그가 속한 흑마술의 세계에 충실한 것이다. 그는 설득하거나 회유할 수 있는 상대가 아니었다. 이따금 이해관계가 맞아떨어질 때 행동을 함께할 수 있을 따름이었다.

이지의 죽음이 평창동과 같은 임원 거주지에서 일어나지 않은 것은 천만다행이었다. 경찰에게 집의 소유권문제부터 거주자의 신상 등 온갖 시시콜콜한 이야기를 진술해야 할 수도 있으니까. 그런 점에서 경찰이 가장 유력한 살인 용의자로 주목할 조식이 '회사'의 온갖 비밀을 쥐고 있는 이사회 임원이 아니라는 것도 불행 중 다행이라 할 수 있었다. 허나 조식이 '회사'의 비밀 이름을 알고 있는 주주 중 한 사람이라는 사실은 해결해야 할 과제였다.

줄이 조금 짧아졌다. 하지만 앞에는 여전히 키 작은 중국인들이 만리장성을 쌓고 있었다. 6월의 첫번째 목요일, 오후 다섯시가 조금 지난 시각이었다.

*

조식은 부엌에서 토굴처럼 벽이 쑥 들어간 자리에 쪼그리고 앉아 있었다. 초여름의 미지근한 공기에 피비린내가 실려왔다. 시체에 꼬이는 날파리 소리가 들리는 것 같았지만 두려움이 만든 착각이었다. 조식의 집은 방충망이 잘 쳐져 있어 벌레가 쉽게 들어올 수 없었다.

만영은 조식에게 자초지종을 듣고는 집에서 꼼짝 말고 기다리라고 했다. 그 말을 들은 지 벌써 한 시간이 넘게 지났다. 어쩐지 그는 범인으로 오해받고 있는 것 같았다. 살인범은 다른 사람이라는 점을 분명히 강조했는데도 말이다.

피와 날고기 냄새가 집 안을 잠식해 들어왔다. 숨쉴 공기가 줄어들고 있었다. 창문을 열어 환기를 시키고 싶었지만 냄새가 밖으로 퍼질까봐 그럴 수도 없었다. 이렇게 계속 앉아 있다가는 질식해 죽을 것 같았다.

가만히 생각해보니 죄 지은 어린애 벌서듯 방구석에 처박혀 있을 이유가 없었다. 그의 집에 누가 들어오겠는가. 닫고 잠근 문틈으로 냄새가 새나갈까 걱정된다면 개수대 아래 '페브리즈~'가 있다. 갈비 냄새도 감쪽같이 지우는 탈취제니 시체 냄새도 어렵잖게 감출 수 있으리라. 서너 시간 뒤에는 돌아올 테니 그때까지만 약발이 유지되면 그만이다.

조식은 분무기를 권총처럼 쥐고, 약제가 충분히 들어 있는지 용기를 흔들어 확인했다. 그리고 조심조심 부엌에서 나와 텔레비전과 서랍장 위의 창자더미에 눈을 질끈 감고 용액을 뿌렸다. 속사하듯 손잡이를 연신 눌렀다. 그리고 게걸음으로 침대가 사정거리 안에 들어올 때까지 걸었다. 누워 있는 것에 눈을 두지 않고 팔을 좌우로 움직여 고루 뿌렸다. 분무기의 마개를 단단히 잠갔는데도 미끈거리는 용액이 손등과 손가락으로 새나왔다.

옷을 갈아입을 차례였다. 조식은 화장실 거울로 얼굴과 셔츠에 묻은 피를 살폈다. 세수를 했지만 시체 냄새를 떨쳐내기에는 부족한 것 같아 샤워를 했다. 그리고 벌거벗은 채 눈을 감고 사다리를 타고 올라가 옷장에서 새옷을 꺼내입었다. 세탁소에서 주름까지 잘 다려준 면바지와 아껴 입는 울 소재의 풀오버였다.

사다리를 내려올 때 발을 헛디뎠다. 넘어지지는 않았지만 몸이 휘청거리며 눈이 반사적으로 떠지는 바람에 침대에 누운 것을 보고 말았다. 발이 바닥에 닿자마자 구역질이 재채기처럼 터져나왔다. 바지 위에다 신맛 나는 액체를 가득 토했다. 오 맙소사!

다시 사다리를 올라가고 싶진 않았다. 옷걸이에는 막 입는 허리 사이즈 36인치의 블루진이 있었다. 허리가 헐렁해 허리띠로 조여야 했다. 길어야 서너 시간이야. 조식은 만영을 지나치게 믿었던 것이 아닌가 걱정이 됐다.

354

집을 나가려다가 그는 휴대폰을 챙기지 않은 것을 깨닫고는 다시 챙겨 나왔다. 자물쇠가 자동으로 잠기는 소리를 듣고, 문고리를 앞뒤로 흔들어 잠긴 상태를 최종으로 확인했다. 창문을 닫았던가? 닫았지. 그렇게 머릿속으로 그가 빼먹거나 놓친 사항이 있는지 하나하나 점검했다. PC방에서 게임을 하며 만영의 연락을 기다릴 작정이었다.

골목을 나와 홍대 전철역까지 와서야 그는 지갑을 빠뜨린 것을 알아차렸다. 욕설을 웅얼거리며 집으로 돌아가는데, 평소에는 통 모습을 보이지 않던 옆집 여자가 문을 활짝 열어놓고 있었다. 청소기 돌리는 소리가 건물 입구에서까지 들리는 것을 보니 대청소라도 하는 모양이었다. 집에 다시 문을 열고 들어가기가 찜찜했다.

마침 주머니에서 만원짜리 두 장이 잡혔다. 그는 길어야 서너 시간이라고 다시 한번 생각하며 그대로 골목을 내려갔다. 밥부터 먹자. 그는 투썸플레이스에서 미트 스트로가노프 샌드위치와 '오늘의 커피'를 주문해 먹었다.

오후 여섯시경의 일이었다.

*

형만이 인천공항 장기주차장에 맡겨둔 그의 BMW를 빼내 서울 시내에 진입한 것은 오후 여섯시 삼십분이 좀 지나서였다. 재섭에게서 전화가 왔다. 새로운 소식, 그것도 빅뉴스였다. 가연이 죽었다는 것이었다. 산전수전 다 겪은 형만도 깜짝 놀라 핸들을 놓쳤다. 그 바람에 자동차는 비틀거리며 옆차선을 달리던 구형 엘란트라를 들이받을 뻔했다.

재섭의 묘사를 들으니 가연이 어떻게 죽었는지, 또 앞서 이지가 어떻게 죽었는지 충분히 짐작할 수 있었다. 시체는 거의 껍데기만 남았

을 것이다. 피는 사방으로 튀고, 내장은 곳곳에 흩뿌려져 있으리라. 그
것은 19세기 후반 런던 화이트채플 거리의 살인마 '잭 더 리퍼'의 마
지막 다섯번째 살인수법을 재현한 것이었다.

그 남자가 가연에게서 무엇을 노렸는지는 알 수 없었다. 당시 리퍼
의 희생양이었던 젊고 아리따운 매춘부 메리 켈리는 흑마술사들이
'성스러운 촛대'라 부르는 성물(聖物)의 재료인 싱싱한 자궁을 갖고
있었다…… 어쩌면 남자-여자의 중성적 존재인 가연만이 갖고 있는,
이십여 년을 배뇨의 용도로만 써와서 석류알처럼 조그맣게 퇴화한 남
근이 그에겐 희귀하고 소중한 물건이었을지도. 물론 형만의 짐작일 뿐
이었다. 어쨌든 그 남자는 늘 순결하거나 순수한 것을 원했다.

전화가 왔다. 사도 만영이었다.

"소식 들었어?"

"방금."

"시차에 적응하기도 전에 일이 커져서 조금 미안하구먼."

"네 쪽에서 한 일도 아니잖아. 운이 좋았어."

"왜 이러시나. 결정적인 카운터는 우리 쪽에서 날렸어. 나중에 설명
해주지."

"내가 삼연승을 달렸다는 건 잊지 않았겠지?"

"물론, 어쨌든 오만원은 내 거야."

"한 시간 안으로 전부 모일 수 있겠지?"

"삼분의 이는 모일 거야. 그러면 충분하잖아."

"이따 봐."

"이따 보자구."

형만은 청담동의 '아지트'로 향하는 최단거리를 찾아 내비게이션
장치를 켰다.

*

　조식은 PC방에서 한게임 라스베가스포커를 치며 한눈으로는 포털 사이트에 뜨는 뉴스 속보를 주시했다. 시체 냄새에서 멀어지니 오히려 불안해졌다. 그가 기다리는 — 혹은 기다리지 않는 — 기사는 엽기적인 살인이 서교동의 한 원룸에서 벌어졌다는 것으로, 정의의 여신은 실수가 잦으니 조식을 진범으로 지목할지 몰랐다. 가장 유력한 용의자는 '도피중'이며 지하철로 한 정거장밖에 떨어지지 않은 신촌에 살았던 유영철과 유사한 점과 차이점은……

　경찰에게 진범의 인상착의는 댈 수 있지만 그 이상은 할 말이 없었다. 그 남자의 이름도 모르고 성도 몰랐다. 살해동기는 물론이거니와 시체를 헤집어 장기를 꺼낸 것에 대해서도 뭐라 설명해야 할지 막막했다. 가장 쉬운 것은 그 남자가 '미쳤다'고 말하는 것이었다. 세상엔 미친 사람들이 정말 많다. 하나쯤 더 추가한다고 해도 이상할 것 없다. 그가 뭐라고 했더라. 죽은 자가 되돌아오는 것을 막기 위한 의식이라고? 그런 말을 누가 믿겠나.

　전화가 왔다. 형만이었다.

　"본론부터 얘기할게. 내가 왜 전화했는지 알겠지? 다른 사람에게 전화할 필요 없어. 만영이든 누구든 지금 이 시간부터 네 전화는 아무도 받지 않을 테니까."

　조식은 숨을 혹 들이마셨다.

　"지금 어디지? 집이 아닌 것 같은데? 빨리 대답해, 시간 없어."

　"PC방이야."

　"집 근처?"

　"어."

　조식은 억지로 대답을 짜냈다.

"회장이 어디 있는지 알아?"

"몰라."

하지만 조식은 알고 있었다. 꿈이 아닌 꿈속에서 봤던 것이다. 비록 집 안에서 모든 일이 벌어지긴 했지만 그는 약도를 들여다보는 것처럼 그곳까지 가는 길을 훤히 알고 있었다. 영동시장 방면, 재섭의 진료실에서 오 분 거리의 사층짜리, 아니 오층짜리 신축 건물. 건물의 생김새는 모르겠지만 다른 주택들과 비교하면 어렵잖게 찾아낼 수 있을 것이다.

"가는 법을 가르쳐줄 테니 잘 들어. 당분간 거기서 살아. 돈도 준비해놓을 테니까. 천만원 정도면 충분할 거야."

조식은 주머니의 꼬깃꼬깃한 천원짜리 지폐뭉치를 만지작거리며 형만이 말한 액수를 속으로 다시 불러봤다. 전화를 끊을 때 긴장이 탁 풀렸다. 요금을 계산하고 나니 주머니 속에는 칠천원이 남았다.

*

PC방에 죽치고 있는 조식에게 전화하기 전에, 형만은 만영을 비롯한 사도들과 청담동의 '아지트'—신년파티가 열렸던 곳—에서 '클럽'과 '회사'가 당면한 사태를 처리할 방안을 논의했다. '클럽'의 이사회는 사도들로 구성되었으며, 이들이 의견을 정리해 '회사'의 이사회에 전달하면 이사회는 논의를 거쳐 이를 가결할지 기각할지 결정하는데, 이번 경우는 회장의 유고라는 A급 비상상황이므로 회장 대리인 부회장에게 '신속 결정권'이 주어진다. 이때 부회장은 회장 대리의 재량으로 우선적으로 안건을 통과시키고 추후에 이사회의 재가를 받게 된다.

사도들은 조식의 처분을 우선적으로 논의했다. 변호사 자격증까지 갖고 있는 법학 전공자, 대학원에서 게임이론을 배운 경제학 전공자, MBA를 수료한 경영학도들은 셔츠 소매를 걷어붙이고, 제임스 본드처럼 젓지 않고 흔들어 만든 드라이 마티니도 두어 잔씩 마셔가며 치열한 논쟁을 벌였다.

형만은 조식을 죽이는 것이 최선이라고 주장했다. 그러나 배남의 비서 격인 재준이 제동을 걸었다. 조식은 아직까지 살려둘 가치가 있으며, 활용할 복안도 있다는 것이었다. 논쟁 끝에 형만은 모든 책임을 배남이 떠안는 조건으로 타협을 봤다.

회의가 끝나고, 사도들이 뿔뿔이 흩어지는 것을 보며 형만은 냉장고에서 스톨리치나야를 꺼내 유리잔의 삼분의 일가량 채웠다. 그는 고적함을 느끼고 싶어 사도들은 출입이 금지된 사층으로 올라갔다. '이거 잘못하면 사형에 처해지겠군.' 그는 좁은 방 안에서, 양말을 벗고 벽에 기대며 발을 쭉 뻗었다. 급박히 처리해야 하는 일이긴 했지만, 예상보다 빨리 끝나 허전했다. 어떤 식으로든 그가 조식을 볼 일은 다시는 없을 것이었다.

배남이 조식을 원하는 이유는 불명확했다. 그의 저택에는 이삼십 명의 남녀가 거주하며 배남을 위대한 존재로 받들어모시도록 세뇌당하고 있는 것으로 알려졌다. 그러나 자신의 인간 컬렉션에 한 종을 더 추가하기 위해, 오로지 그 목적 때문에, 잘못될 경우 모든 책임을 지겠다고 하는 것은……

한편으론 설득력이 있었다. 아무나 인형을 가질 수 있는 것이 아니었다. 조식에게는 분명히 남다른 능력이 있었다. 인간은 비즈니스 때문이라면 한없이 잔인해질 수 있다. 정치도 비즈니스고, 사업도 비즈니스고, 전쟁도 비즈니스고, 살인도 비즈니스다. 비즈니스는 논리이며, 거역할 수 없는 권위이자 법칙이다. 하지만 타인을 희생시키면서 — '네가 원하는 바가 법칙의 모든 것이 되도록 하라' — 희생자의 무덤 위에서 집을 짓고 살아간다는 것은 범인이 따를 수 없는 경지다.

무고한 사람들을 학살하고도 발을 뻗고 자는 독재자들은 그래서 위대하다. 신의 이름으로 살인을 명령하는 종교 지도자도 마찬가지다. 가장 위대한 족속은 경영자다. 독재자와 종교 지도자는 각각 정치적 대의와 종교적 광신의 보호를 받지만 경영자는 아무리 뛰어난 홍보전문가의 방패 뒤에 숨는다 해도 악담과 저주를 막아내기 어렵다. 그래도 잭 웰치는 무수한 사람들을 정리해고하고 무수한 가정을 파괴하며 '중성자탄'이라는 별명을 얻고도, 일선에서 은퇴한 뒤까지 세계 최고의 경영 구루 중 한 사람으로 존경받고 있지 않은가?

형만의 휴대폰 문자메시지로 폭우주의보가 전해졌다. 서울과 경기지역에 백 밀리리터 이상의 비가 밤새 내린다고 했다. 그는 휴대폰을 껐다.

*

조식은 지하철 7호선 논현역에서 내려 영동시장 방면의 출구를 찾아 나갔다. 재섭의 병원은 아웃백을 지나 대로 안쪽에 있었다. 사람들이 옹기종기 모여 버스를 기다리고 있는 정류장을 지나면서는 죄를 지은 것처럼 고개를 숙였다. 만에 하나, 살인혐의로 수배될 경우를 염두에 두지 않을 수 없었다. 누군가 그의 얼굴을 기억하고 나중에 경찰에 신고할 수도 있었다.

재섭의 진료실은 오층짜리 신축 건물 이층에 있었다. 조식은 그곳에 들러 재섭이 있다면 차라도 한잔 마시며 얘기를 나누고 싶었지만 꾹 참았다. 직진, 그리고 우회전. 강남 주택가에 흔히 있는 호텔식 원룸이었다. 어둠 속에서 건물의 갈색 벽돌은 우중충해 보였다.

삼층까지 걸어 올라가는 것이 힘겨웠다. 그래도 조식은 연장전 15회말 공격에 들어가는 야구선수처럼 정신력으로 버티며 남은 힘을 짜냈다. 그는 재섭에게 들은 대로 디지털 도어록의 비밀번호를 눌렀다. 공교롭게도 죽은 혜정의 휴대폰 번호 뒷자리와 똑같아서 기분이 묘했다.

방 안은 어두웠다. 현관 왼쪽을 더듬어보니 조명 스위치가 있었다. 스위치를 막 누르려는 찰나, 직감은 그래선 안 된다고 말리고 있었다. 그의 코밑으로 기분 나쁜 냄새가 흐르고 있었다. 그가 하루 종일 달아나려 했던 냄새. 그러나 어리석은 인간은 눈으로 확인하기 전에는 믿지 못하는 법, 조식은 불을 켰다. 새하얀 조명이 방 안을 숨김없이 비췄다.

가연이 가슴과 배를 활짝 열어젖힌 채 방 한가운데에 누워 있었다. 살점이 거의 뜯겨져나간 왼쪽 얼굴에는 굳은 피가 군데군데 검버섯처럼 얼룩을 남기고 있었다. 바닥에는 그녀의 등 아래를 중심으로 대량의 피가 웅덩이를 이루고 있었으며 천장과 벽에는 가연의 몸에서 분수처럼 터져나온 핏자국이 혜성처럼 예리한 꼬리를 그리고 있었다. 이와 대조적으로 팔다리는 깊이 잠든 환자처럼 편안하게 몸의 바깥쪽으로 약간 벌어져 있는 상태였다.

조식은 형만에게 전화했다. 이 소식을 빨리 알려야 했다. 휴대폰의 배터리 눈금은 통화버튼을 누르자 두 칸에서 한 칸으로 줄어들었다. 형만의 전화기는 꺼져 있었다. 조식은 음성메시지를 남겨달라는 안내멘트가 시작되자 전화를 끊었다.

뒤에서 발소리가 들렸다. 조식은 현관문을 닫지 않았다는 사실을 깜빡 잊고 있었다. 등뒤에서 찢어지는 비명소리가 났다. 간호사 복장의 여자가 서 있었다. 재섭의 진료실에서 일하는 간호사인 듯했다. 그녀는 조식의 어깨 너머로 내다보이는 광경에 공포영화에서 가장 먼저 살해당하는 조연배우처럼 계속해서 비명을 질렀다.

조식은 놀라지 않았다. 직감은 그가 현관문을 열 때부터 무엇을 보게 될지 이미 경고한 바 있었다. 간호사가 나타난 것은 종말의 예언처럼 자연스러운 수순이었다. 비명소리는 목을 졸라서 막아야 할 만큼 시끄러웠다. 그래서 조식이 그녀에게 다가간 것도, 그녀가 비명의 수위를 더욱 높이며 달아난 것도, 아무 짓도 저지르지 않은 그가 마치 죄인인 양 어두운 골목길을 줄달음친 것도 모두 각본에 예정된 전개인 것만 같았다.

*

창밖으로 빗방울이 뚝뚝 떨어지는 모습이 심상치 않았다. 조식은 편의점에서 컵라면을 먹으며 길 건너편 불 꺼진 빌딩이 그 뒤편의 건물과 포개져 사람의 발길이 닿은 적 없는 원시림처럼 음산한 실루엣을 이루고 있는 것을 멍하니 바라보고 있었다. 휴대폰은 배터리가 다 방전되어 계산대에 충전을 맡겼다. 주머니에는 이제 지하철 요금 정도밖에 남지 않았다.

경광등을 단 자동차가 창밖 너머 도로를 천천히 지나갔다. 조식은 라면을 먹다 말고 반사적으로 숨으려 했다. 세콤의 차량임을 확인하고 나자 솥뚜껑을 보고 놀란 가슴이 되어야 하는 자신이 한심스러웠다. 남자에게 퍽이나 인기 없게 생긴 계산대의 여자 아르바이트생은 손님이 들지 않을 때면 휴대폰으로 문자가 오지 않았는지 꺼내어 확인하고 있었다.

빗줄기가 굵어졌다. 조식은 국물까지 깨끗이 먹어치운 컵라면 용기를 쓰레기통에 버리고 휴대폰을 찾았다. 조식은 휴대폰 본체에 배터리를 끼우고 전원을 켜면서 물었다.

"비가 온대요?"

"오늘밤 내내 온대요."

아르바이트생은 무뚝뚝하게 대답했다. 그러니까 넌 친구가 없는 거야. 조식은 생각했다. 하지만 자신도 그보다 나은 상황은 아니었다. 휴대폰에 등록된 그 많은 친구 중에 다 큰 어른이 하룻밤 신세를 질 만한 이는 딱히 없었다. 가연의 시체를 보고 달아난 간호사는 경찰서로 달려갔을까? 바로 이럴 때 가족이란 보험이 필요한 것이다. 피를 나눴다는 이유만으로 모든 죄를 용서하고 포용하는 가족애의 마술. 조식은 더이상 갖고 있지 않은 재산이었다.

애인들도 떠나갔다. 조식은 관계한 사람을 모두 저승으로 보내는 죽음의 미다스가 된 셈이었다. 남은 것이라곤 '클럽'과 '회사'의 관계자뿐이었다. 그들에겐 살인이란 죄가 아니다. 하지만 형만의 전화기는 계속 꺼져 있었다. 만영을 비롯한 추종자들에게도 연락이 닿지 않기는 마찬가지였다. 조식을 따돌리기로 작정한 것 같았다.

지하철역까지 짧은 거리를 달리는 동안 총알처럼 묵직한 빗방울에 두들겨맞아 온몸이 흠뻑 젖어버렸다. 역 입구에서 비를 피하며 보니, 빗줄기가 바람을 타고 그가 막 지나온 보도와 도로를 휩쓸고 있었다. 맹렬한 기세가 마치 마른 들판에 화염이 번지는 것 같았다.

옷은 흠뻑 젖었고 빗물을 먹어 두피에 착 달라붙은 머리카락에서는 물방울이 계속 떨어졌다. 갑자기 몰려온 한기에 몸을 떨며 그는 외롭고 비참한 심정이 되었다. 도망칠 수 있을 때까지 도망치겠다고 다짐한 그였지만 고작 빗줄기에 자신감이 푹 꺾여버렸다.

문득, 경찰이 조식의 정체를 파악하고 수배하려면 하루 이틀은 걸릴 것이라는 생각이 들었다. 언론의 비판에 따르면 한국의 경찰이란 범인을 눈앞에 두고도 잡지 못하는 느려터진 곰탱이 아니었던가? 일단 집에 가서 신용카드와 통장을 모두 챙겨와 은행의 예금 잔고를 모두 찾고 현금서비스도 한도껏 받아 잠적하는 것이다.

고민을 거듭한 끝에 조식은 그것만이 유일한 방안이라고 여기게 됐다. 홍대입구역에 내린 그는 사주경계(四周警戒)를 철저히 하며 집까지 갔다. 작전은 간단했다. 적군—이웃—의 감시망에 걸리지 않고 챙길 것을 챙긴 뒤 무사히 탈출한다. 성공의 관건은 신속 정확 엄숙. 빗소리는 발소리를 지우므로 잠입작전을 펼치기에 유리했다. 그는 발뒤꿈치를 들고 살금살금 걸어서 문 앞까지 간 뒤 좌우를 두리번거리며 비밀번호를 눌러 문을 열었다.

조식은 불도 켜지 않고 창밖에서 들어오는 어렴풋한 빛에 의지해 움직였다. 지갑은 옷걸이에 걸린 카키색 면바지의 뒷주머니에 있을 테고 예금통장은 텔레비전 아래 서랍장에 있으리라. 눈앞의 목적에 열중한 나머지 그는 침대에 누워 있어야 할 이지의 시체와 방 곳곳에 널려 있던 인체의 조각들이 사라진 것도 곧장 알아차리지 못했다.

지갑도 없고 통장도 없었다. 시체와 함께 사라졌다. 개수대 서랍에 있는 한움큼의 동전을 제외하고는 남은 것이 없었다.

"말도 안 돼."

조식은 소리를 죽여야 한다는 것도 잊고 말을 내뱉었다.

이건 함정이다.

등골이 서늘해졌다. 이미 경찰은 사방을 포위하고 조식이 나오기만을 기다리고 있을지도 몰랐다. 보름달처럼 싸늘하게 빛나는 수갑을 허리에 차고, 여자 둘을 난도질하고 속을 모두 헤집어낸 광기 어린 흉악범을 체포하는 것이므로 실탄을 가득 장전한 권총으로 겨냥한 채, 조식의 동정을 주시하면서.

조식이 동전을 주머니에 쓸어넣고 있는데 복도에서 발소리가 들렸다. 둔중하고 규칙적인 발걸음이었다. 다리에 힘이 풀렸다. 사형집행인이 다가오는 것만 같았다. 그는 개수대 아래에 등을 기대며 주저앉았다. 공포는 뜨거운 숨결이 되어 코와 입을 통해 미친 듯이 뿜어져나왔다. 두 손으로 눈 아래를 감싸쥐며 겨우 막았다. 오 하느님, 앞으로

착하게 살겠습니다. 그는 기도했다. 이빨이 딱딱 부딪히며 요란한 음악을 연주했다. 곡목은 '나 여기 있으니 어서 잡아가소서' 였다.

축축한 머리카락 사이로 식은땀이 흘러나왔다. 발소리가 문 앞까지 다가왔을 때 그는 오줌을 지렸다. 인간임을 포기할 때 느끼는 지독한 쾌감에 하반신이 달콤하게 녹아내렸다.

발소리가 다시 멀어졌다. 위층 계단으로 올라가는 것 같았다. 원룸 입주자 중 하나를 찾아온 손님일까. 아니면 형사가 몸을 숨기기 좋은 층계를 찾아 껌이라도 씹으며 대기하고 있으려는 것일까. 조식은 축축한 바지를 갈아입을 생각도 못하고 동전이 쩔그렁거리는 소리를 막을 겨를도 없이 건물 밖으로 뛰쳐나갔다. 코끼리가 행진하는 것처럼 굉음이 진동했다. 그는 집과 집 사이, 담장 뒤편, 주차된 자동차와 벽의 틈새가 만들어내는 어둠의 파노라마를 모두 지나치며 골목을 빠져나갔다.

그는 달렸다. 또다시 주룩주룩 내리는 비를 맞으며 원치 않는 샤워를 했다. 빗줄기는 얼음장처럼 차가웠고, 그의 피부는 소름이 돋아 귤껍질처럼 거칠거칠해졌다.

*

나뭇가지를 감추기 가장 좋은 곳이 숲속이듯, 유동인구가 많은 번화가는 사람이 숨기 좋은 곳이다. 밤새도록 술판이 벌어지는 유흥가는 더욱 그렇다. 조식은 신촌 거리까지 나왔다. 그칠 줄 모르는 비 때문에 취객들은 평소보다 훨씬 적었지만 얼굴을 감추기에는 충분했다. 목요일에 비가 내리기만 하면 살인을 저지르는 사람도 있지 않았던가. 아랫도리에서 나던 오줌 냄새도 빗줄기에 싹 지워져 수영장 물 속에서 실례한 것처럼 아무렇지도 않게 됐다.

조식은 화장실을 찾아 나왔다 길을 잃은 듯, 돌아갈 곳을 놔두고 잠시 헤매는 사람인 듯 두리번거리며 비를 맞았다. 성당이나 교회에서는 철야기도 행사도 벌이곤 한다는데, 그런 곳에 가서 슬쩍 숨는 것도 생각해봤다. 신촌 지하철역 화장실에서 세수를 하며 구겨진 표정을 펴보려 했지만 잘 되지 않았다. 땟국이 낙인처럼 배어든 그의 얼굴은 쫓기는 자, 살인한 자의 얼굴이었다.

계속 움직여야 했다. 역사 안에 계속 있고 싶었지만 순찰하는 경찰과 마주칠 수 있었다. 조식은 어금니를 깨물며 서강대학교 정문 쪽 출구로 나갔다. 길 건너 모텔들의 불빛이 반짝였다. 대학 시절, 그중 한 업소에 동갑내기 여자애와 섹스를 하러 갔다가, 방 청소가 잘 안 된 탓인지 재채기만 연신 하다가 나왔던 기억이 났다.

관자놀이 안쪽이 찌릿찌릿했다. 몸에서 열도 났다. 조식은 비를 피할 수 있는 건물의 처마 아래로 갔다. 아주 잠깐만 쉬자고 중얼거리며 재래식 화장실에서 변을 보듯 쪼그리고 앉았다. 바지 주머니에 들어 있는 돈을 꺼내 세어보았다. 동전은 오백원짜리 다섯 개와 백원짜리 일곱 개, 그리고 천원짜리 지폐가 한 장 있었다.

그의 계산으론 지폐는 천원이 아니라 이천원이 남아 있어야 했다. 그는 두통을 참으며 일어나 바지 뒷주머니와 팬티 속까지 뒤지며 사라진 돈을 찾아 구경꾼도 없는 퍼포먼스를 벌였지만 그 바람에 기운만 더 빠졌다. 그는 대학에서 회계학을 배우고 증권사에서 일한 사람답게 저녁에 집을 나온 후부터 여태껏 쓴 돈을 역산해봤다. 이천원이 남아 있어야 하는 것이 맞았다. 허탈감에 열이 더 높아졌다. 두통은 어지러움으로 대체됐다.

겨우 천원일 뿐이야. 조식은 되뇌었다. 그러나 뭔가를 또 잃어버렸다는 사실은 얼마 남지 않은 정신력을 바닥까지 고갈시켰다. 그는 처마 밑에서 비를 피하며 세상에서 가장 긴 새벽을 보냈다. 모든 것이 꿈이며 눈을 뜨면 따뜻한 침대 속에 누워 있길 바랐으나 도무지 잠이 오

지 않았다. 그는 억지로 눈을 뜨고 오늘은 오늘의 태양이 뜨는 현실을
지켜봐야 했다.

*

조식은 신촌로터리와 이대 사이의 오르막길을 걷고 있었다. 아현동
과 충정로 사이에도 오르막이 있었다.

무거운 짐을 진 것처럼, 발목에 족쇄를 찬 것처럼 그는 포석 위로 발
을 질질 끌며 걸었다. 그의 원룸에서 발생한 사건을 관할하는 서대문
경찰서와는 점점 가까워지고 있었다. 서대문경찰서를 지나 세종로 사
거리에서 경복궁 쪽으로 좌회전하면 정부종합청사와 함께 이순신 장
군 동상만큼이나 위용도 당당한 서울지방경찰청이 나온다.

조식은 세종로 사거리의 조선일보와 동아일보 전광판에서 자신의
소식을 보았다. 하룻밤 사이에 일어난 엽기적 연쇄살인 두 건에 대한
기사였다. 예상대로 범인은 도피중이라고 했다. 그는 세종로에 모인
언론사 사옥 앞에 내걸린 그날의 신문에서 애인의 변심에 분노한 삼십
대 초반의 남자가 저지른 만행에 대한 일면 톱기사를 읽었다. 그도 모
르는 그의 친구들이 증언했다. 양다리를 걸친 남자가 애인 둘의 동시
변심에 분노해 제정신을 잃었다고. 알코올 중독 초기 증상에 때때로
술에 취하면 광폭한 짓도 저지르곤 했다고. 세상에 미친 사람은 많고,
미칠 준비가 된 사람은 더 많으며, 미치고 싶은 사람은 아주 많다.

조식은 청계천 물에 빠지고 싶었다. 자살충동 따위가 아니었다. 그
냥 오 분 거리의 가까운 곳에서 흐르는 물줄기에 텅 빈 지갑과 같은 영
혼을 던지고 싶다는 것, 그 이상도 이하도 아니었다. 그러다 죽는다면
더욱 좋고.

*

　조식은 충정로와 아현동 사이의 내리막길을 걷고 있었다. 이대와 신촌로터리 사이에도 내리막이 있었다.

　발은 제 스스로 알아서 걸었다. 덕분에 생각할 짬을 얻게 된 그는, 어디에서부터 일이 꼬인 것인지 지난 일들을 거슬러올라가보다가 포기하고 말았다. 풀 수 없는 매듭이 너무 많았다. 인간은 나름의 의도와 목적을 갖고 행동하지만 최신의 과학 연구—카오스이론과 네트워크 이론 등—에 따르면 예측할 수 없었던 수많은 다른 변수에 의해 본의는 왜곡되고 목적에서 벗어나며 엉뚱한 결과와 마주치곤 한다.

　회사에서 채권을 거래할 때에는 고민할 것이 별로 없었다. 금리의 움직임에 따라, 먼 미래를 내다보지 않고 그날의 실적에 신경쓰며 남들을 따라가면 그만이었다. 혜정과 가연, 이지 등을 사귄 것은 그의 의지에 따른 것이었는데, 모든 문제는 바로 그곳에서부터 출발하는 것일지도 모르겠다고 조식은 생각했다.

　만약 그도 알 수 없는 더 큰 의지가 있어 모든 사건이 예정된 순서에 따라 착착 진행되고 있는 것이라면? 수갑을 차야 한다면 차자. 감옥에 가야 한다면 가자. 멀리 현대백화점이 보였다. 아트레온과 녹색극장 앞에 젊은이들이 모인 것을 보니 토요일이 분명했다. 주말에는 쉬자. 적어도 집은 괜찮은 무덤이 되어주리라. 냉장고에는 음식이 좀 있을 것이다.

　행인들은 조식을 피했다. 그가 지나가는 곳마다 모세의 기적처럼 사람들의 물결이 둘로 갈라지는 장관이 펼쳐졌다. 동교동로터리에서 길을 건너며 그는 망설였다. 달아나야 한다. 달리 갈 곳은 없지만 계속 달아나야 한다. 영원히 달아날 수 있으리라는 근거 없는 희망이 그를 붙잡았다. 절망이 희망을 진압하는 데 시간이 조금 걸리는 통에 그는 지친 몸으로 수고롭게도 홍대 전철역까지 빙 돌아가야 했다.

'걷고 싶은 거리'에서 또다시 모세의 기적을 일으킨 그는 집에서 한 블록 떨어진 도로에서 그를 향한 경적 소리를 들었다. 낯익은 쿼츠 글라스 코팅의 BMW X5가 슬금슬금 그를 따라오고 있었다. 조식은 걸음을 멈추고 기다렸다.

BMW는 그의 앞에 멈추며 창문을 내렸다. 낯선 얼굴이 운전석에 앉아 있었다. 입고 있는 양복으로는 '회사'의 사도 중 한 사람으로 보였다.

"김조식씨?"

그는 긍정도 부정도 하지 않았다.

"타세요."

자동차의 뒷문이 열렸다.

*

뒷좌석에는 배남이 앉아 있었다. 그는 하와이에서 막 놀다 온 것처럼 알로하셔츠에 흰색 반바지를 입고 있었다. 샌들을 신은 발목 위로 털이 북슬북슬한 종아리가 보였다.

"하이, 많이 늦었네. 오래 기다렸어."

배남이 말했다. 웃으려 했지만 더욱 두툼해진 얼굴 거죽이 그를 무표정하게 만들었다.

"냄새가 지독하구만. 사흘은 씻지 않은 것 같아."

그는 코를 킁킁거렸다.

"네, 그런 것 같습니다."

운전석에서 건너온 말이었다.

"옷을 벗어야겠어, 전부 다."

조식은 그가 하자는 대로 했다. 풀오버를 먼저 벗고 러닝셔츠와 바지를 차례로 벗었다. 팬티는 양말 다음으로 벗었다. 차 안의 건조한 공기에 살갗에 남은 물기가 모두 말랐다.

"어디로 가는 거야?"

"내 집."

자동차의 높은 차체는 구름 위를 날아가는 것처럼 안락한 느낌을 주었다. 노아의 홍수가 또다시 닥친다 해도 구름 위는 안전하다. 조식은 나른한 기운에 눈을 감았다. 배남이 전화받는 소리가 들렸다.

"지금 태웠어. 그래."

수화기 너머로 낯익은 목소리가 들린 것도 같았다. 형만이나 그와 비슷한.

배남은 조식의 알몸을 샅샅이 훑어봤다. 그리고 가슴과 배, 옆구리 그리고 바위틈에 핀 들꽃처럼 조그마한 성기가 달린 다리 사이를 느긋하게 만졌다. 조식은 배남이 더 잘 만질 수 있도록 몸을 눕히듯 앉아서, 자신이 할 수 있는 일과 할 수 없는 일이 무엇이 있을까 생각해보다가, 세상에 할 수 없는 일은 없다는 결론을 내렸다.

배남은 그를 기다렸다. 기다려주는 사람이 있다는 것은 감사해야 할 일이다. 조식의 얼굴에서 쫓기는 자의 표정이 사라졌다. 따뜻한 식사, 깨끗한 옷, 잠자리를 줄 수 있는 위대한 능력의 남자가 옆에 있었다. 배남은 조식의 새로운 신이 될 것이었다.

"왜 이렇게 말랐어? 살을 좀더 찌워야겠어."

배남의 말에 조식은 꽤 힘차게 고개를 끄덕였다.

*

배남의 집은 경기고등학교 서쪽의 고급 주택단지에 있었다. 병원 원장급 의사와 로펌 고위간부, 한 재산 모은 연예인 등이 사는 동네로 거주자들은 자동차를 타고 집 안과 연결된 차고를 통해 드나들었다. 배남은 자신의 저택이 한때 이름을 날렸던 벤처기업가 소유였다며, 그가 파산한 뒤 법원 경매를 통해 시가보다 훨씬 싸게 사들일 수 있었다고 말했다. 저택을 '회사'의 돈으로 샀는데 굳이 싸게 샀다고 자랑하는 이유는 무엇일까. 배남은 그 궁금증도 알아서 해결해줬다.

"내가 하는 일에는 돈이 많이 들어."

그는 '회사' 몰래 비자금을 모으고 있었다.

골목의 도로 폭은 중형차 두 대가 겨우 지나갈 정도로 좁았다. 조식은 꾸벅꾸벅 졸고 있었다. 자동차가 배남의 저택으로 들어가고, 시동이 꺼질 때까지 계속.

널찍한 거실 바닥에는 육상 트랙에 까는 우레탄 고무가 입혀져 있었다. 그것은 붉은색과 푸른색, 검정색과 주황색, 노란색의 정사각형으로 체스판처럼 구획이 지어져 있었고, 노란색 칸에 BLACKBERRY와 리카짱이 발을 하나씩 올려놓고 기다리고 있었다. 둘은 배남을 아빠라고 부르며 달려들어 껴안고, 조식에게도 많이 기다렸다며 그의 손을 붙잡고 깡충깡충 뛰었다.

"방도 안내해주고, 이것저것 가르쳐줘."

배남은 말을 마치고 이층으로 올라가는 계단의 옆, 벽면 중앙에 있는 전용 엘리베이터를 타고 그가 거처하는 삼층으로 올라갔다. 엘리베이터는 출발하기 전에 한번 덜컹거렸다.

조식은 이층의 방으로 안내받았다. 침대와 텔레비전 외에는 아무것도 없는, 세 평도 안 되는 단출한 방이었다.

"여기서 자는 거야."

BLACKBERRY와 리카짱은 그렇게 말하고선 뭐가 즐거운지 까르르 웃었다. 그리고 투명 케이스에 담긴 DVD를 건네줬다.

"이걸 봐, 열심히 봐야 해. 아참, 반드시 지켜야 할 사항. 바퀴벌레는 절대 죽이면 안 돼."

조식은 고개를 갸웃거렸다.

"아빠의 토템(totem)이거든, 수호신 알지? 그럼 이따 봐. 우리 둘 중 하나가 갈 거야. 아님 다른 사람이 갈지도 모르고."

둘은 까르르 웃으며 문을 닫고 나갔다.

텔레비전은 방송과 연결돼 있지 않았다. 조식은 DVD를 틀었다. 내셔널 지오그래픽에서 만든 동물 비디오였다. 조식은 하루 종일 비디오를 봤다. 고래, 벵갈호랑이, 짐바브웨의 코뿔소, 오커퍼노키 늪의 악어, 북미의 그리즐리 곰, 은백색의 왜가리 등을 보고 또 봤다. 방의 조명은 켜졌다 꺼졌다 했는데, 어떤 주기성이 있는 것 같았다.

낯선 얼굴의 여자가 노크를 하고 들어왔다. 새로 찍은 지폐처럼 빳빳하고 꼿꼿한 자세의 깡마른 여자였다.

"아빠가 밥 먹으래."

조식은 삼층으로 올라갔다. 배남이 테이블에서 냅킨을 한 채 기다리고 있었다. 접시에는 털을 뽑아서 오븐에 구운 메추리가 배를 하늘로 내밀고 팔다리를 든 채 누워 있었다.

"여기 있는 건 다 먹어야 해. 내가 남긴 것도 다. 위를 지금보다 더 넓혀야 해."

배남이 말했다. 메추리 속은 크림으로 반죽한 거위 간으로 채워져 있었다. 조식은 새의 가슴팍과 배를 포크와 나이프로 헤집어가며 먹었다. 디저트로는 데번셔에서 공수해왔다는 진하디진한 크림을 스콘에 얹어 먹었다. 그를 불러낸 길고 깡마른 여자가 모든 시중을 들었다.

"애를 갖고 싶어? 어때? 해본 지도 오래됐잖아."

배남은 깡마른 여자의 허리를 끌어당기며 물었다. 조식은 여자의 뚱한 표정을 물끄러미 보기만 했다. 나중에 알게 된 그녀의 이름은 '지선'이었다.

372

"자, 다 먹었으면 이제 일을 해야지, 일! 일! 오리엔테이션은 받았겠지?"

조식은 자신의 방에 펼쳐진 동물의 왕국으로 되돌아갔다.

*

"아빠를 위해 무엇을 할 수 있을지 생각해봐야 해."

BLACKBERRY는 이층 거실 벽에 걸린 '올해의 가훈'을 보며 말했다. 이층을 계단으로 올라오면 한눈에 보이도록 길쭉한 액자에 멋없는 글씨로 '아빠가 무엇을 해줄 것인가 묻지 말고 아빠를 위해 무엇을 할 수 있는지를 물어라'는 문구가 씌어 있었다.

"비디오를 봤으니까 좀 알 것 같지 않아? 난 이걸 들으니까 알 것 같던데."

BLACKBERRY는 자기 목에 걸고 있는 흰색 아이팟 나노를 가리키며 말했다. 그녀는 거의 늘 음악을 들었다. 조식은 비디오 속에도 어떤 메시지가 숨겨져 있을 것이라고 생각하고는, DVD 플레이어의 기능을 활용해 비디오의 장면을 미세하게 끊어서 보았다. 늪의 악어가 먹이를 잡아 물 속으로 끌고 가는 장면을 비롯해 화면 곳곳에 미소년이 배남의 성기를 입으로 애무하는 사진과 귀여운 아기가 풍만한 여자의 젖을 빠는 사진들이 일정한 간격을 두고 숨겨져 있었다.

조식은 할 일이 생겼다는 사실이 기뻤다. 그는 크림소스의 요리를 먹으며 살을 찌웠고, 배남이 디저트를 먹을 때면 그도 가서 그 나름의 디저트를 먹었다.

"내 크림 어때? 버터 맛이 난다고도 하던데."

배남이 물었다. 그는 보라색 실크 양말만 신고서 모조리 벌거벗고 있었다. 유두가 몸 바깥쪽을 향한 채 늘어진 가슴살은 이지의 예쁜 가슴과는 비교할 수 없었지만 빨면 젖이라도 낼 것인 양 퉁퉁하게 불어 있었다. 두툼한 지방에 광대뼈와 턱이 사라진 배남의 얼굴은 보는 각도에 따라 남자 같기도 하고 여자 같기도 했다. 그가 남자라는 증거는 비대한 살 속에서 점으로 퇴화한 듯 조그맣게 보이는 남근밖에 없었다.

"좀더 먹어봐야 알겠어요."

조식은 고개를 숙여 공경하는 자세로 되돌아갔다. 살이 찐 조식은 배남의 옷을 입고, 배남의 전용 엘리베이터를 이용했다.

*

조식에게 다른 비디오가 주어졌다. 혜정과 함께 본 적 있는 〈시네마 천국〉이었다. 조식은 영상 안에 어떤 메시지가 담겨 있는지 궁금해하지 않고 그저 봤다. 때로는 그날 맡은 가훈을 제출하는 것도 잊고 계속 봤다. 검열된 키스의 모음 장면은 보면 볼수록 감동적이었다. 그는 감동할 준비가 되어 있었다.

*

자고 있을 때였다. 인기척에 눈을 떴다. 인형을 가지고 사라진 그 남자, 마술사였다.

"준비가 됐나?"

"네."

대답이 절로 나왔다.

지하실은 동굴처럼 축축하고 어두웠다. 어른 두 명은 충분히 누울 만한 크기의 넓고 네모진 시멘트 덩어리가 중앙에 세워져 있었다. 그 위에 깔린 비단 위에 조식은 알몸이 되어 누웠다. 세척하기 위해 온몸에 바른 알코올이 증발할 때 오싹한 기운에 어금니를 깨물었지만 이제는 괜찮았다.

BLACKBERRY와 리카짱, 지선 등 그가 아는 얼굴 외에도 낯선 얼굴들이 그 주위에 서 있었다. 줄잡아 서른 명은 되는 것 같았다. '가족'이 처음으로 다 모인 것 같았다. 리카짱과 지선은 임신을 해서 배가 불러 있었다. 할아버지이자 아버지인 배남은 검은색 망토를 입고 있었다. 걸을 때마다 망토 자락이 바닥에 질질 끌렸다.

남자도 검은색 망토를 입고 있었다.

"아픈가요?"

"아니."

남자는 조식의 입에 쓴맛이 나는 물을 갖다대며 마시게 했다. 그리고 무엇인가를 중얼거리면서 그를 중심으로 원을 그리며 돌았다. 조식의 머리와 옆구리, 발치에 놓인 촛불이 일렁거렸다. BLACKBERRY의 부러워하는 눈길이 언뜻 눈에 들어왔다.

조식은 다소 들뜬 기분이 됐다. 천장의 어둠으로부터 스포트라이트가 쏟아지는 것 같았다. 양키스타디움에서 월드시리즈를 치르는 기분이 이런 것일까 싶었다. 관중의 함성과 열기에 이성은 녹아내리고 훈련으로 갈고 닦은 반사신경과 승리에의 의지에 따라 몸이 절로 움직이는 경지. 그는 정신이 아득해지는 것을 느꼈다. 어느새 무대의 불이 꺼지고, 천장의 어둠을 지나 승천할 때가 온 것이었다.

"전 죽는 건가요?"

"그 반대야."

남자가 조식의 눈꺼풀을 뒤집어보며 말했다.

"영원히 사는 거야. 내 분신이 되는 거지."

배남이 허리를 숙여 다정하게 말했다.

조식은 몸이 무거워지는 것을 느꼈다. 팔 전체는 너무 무거워졌기에 팔꿈치 아래쪽만 조금 들 수 있었다. 그는 보이지 않는 팬들을 향해 검지와 중지로 천천히 V자를 그려 보였다. 입술 꼬리가 경련을 일으키듯 부르르 떨렸다. 그는 웃고 있었다.

*

죽지 않았으되 꿈꾸고 있었다.

조식은 천장도 바닥도 없는 암흑을 둥둥 흘러갔다. 섬에 도착했다. 부서진 조개껍데기가 새하얗게 펼쳐진 모래톱 한쪽에 맹그로브가 빽빽한 정글이 있었다. 태곳적부터 자라온 듯한 거대한 애벌레가 나무 위에서 머리인지 꼬리인지 구분하기 어려운 뭉툭하고 미끈한 끄트머리를 흔들며 어디에 뚫려 있는지 알 수 없는 구멍으로 울음인지 비명인지 분간하기 어려운 소리를 냈다. 벌레의 세찬 몸부림에 나뭇가지와 잎이 전정가위에 잘려나간 것처럼 부서져 날아다녔다.

뻣뻣하게 누운 조식이 해변까지 떠내려오자 정글을 헤치고 나오는 것들이 있었다. 난쟁이도 있고 껑다리도 있었다. 뼈처럼 새하얀, 아직 형상과 소명을 부여받지 않은 얼굴 없는 인형들이었다. 인형의 무리가 존귀한 자의 대리인을 영접코자 모래밭을 건너오고 있었다.

376

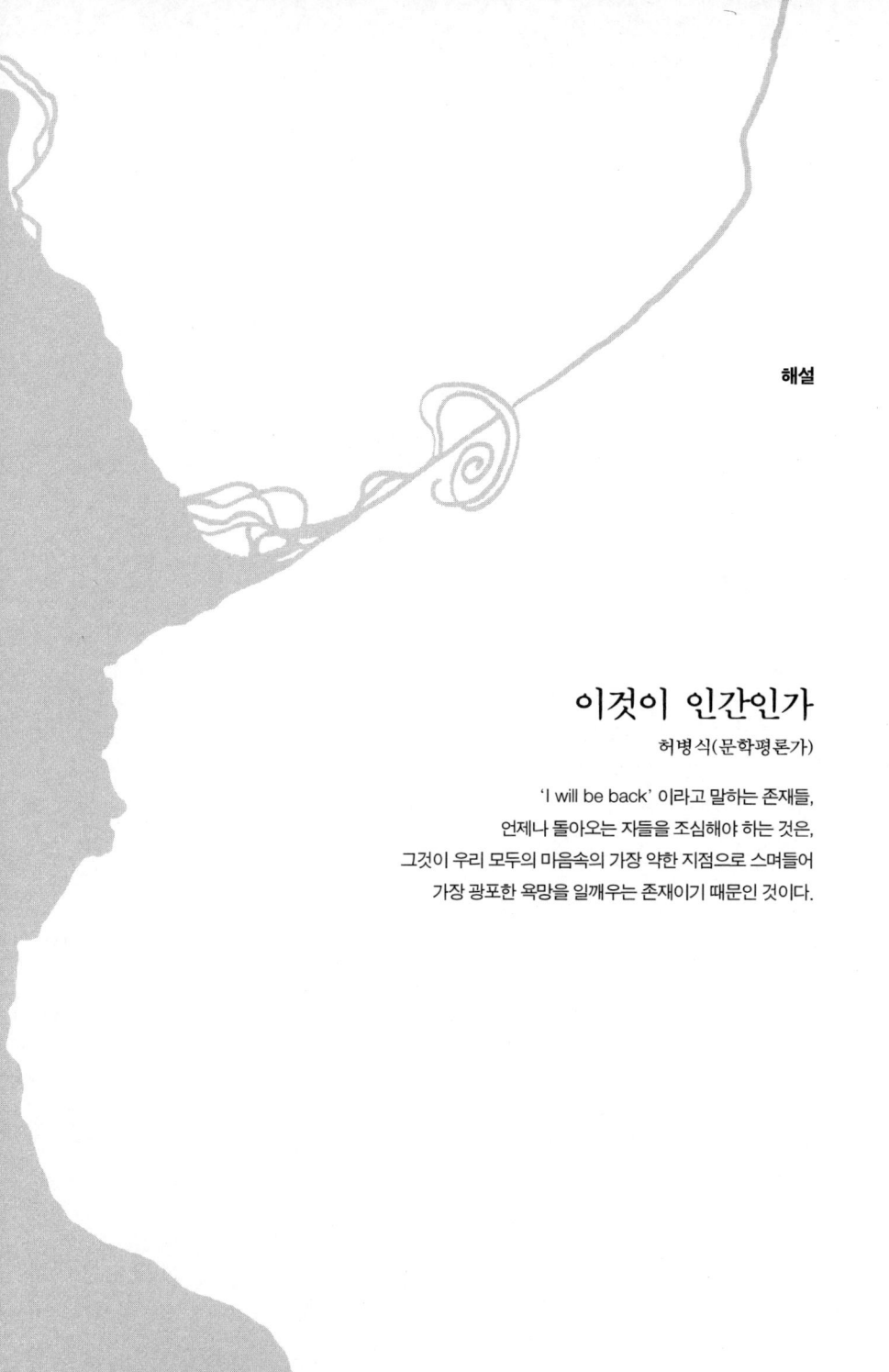

이것이 인간인가

허병식(문학평론가)

'I will be back' 이라고 말하는 존재들,
언제나 돌아오는 자들을 조심해야 하는 것은,
그것이 우리 모두의 마음속의 가장 약한 지점으로 스며들어
가장 광포한 욕망을 일깨우는 존재이기 때문인 것이다.

1. 어쩌면 인간희극, 혹은 리얼리즘

이문환의 첫 창작집 『럭셔리 걸』에 실린 여섯 편의 소설을 읽어본 독자라면, 그의 인물들에게서 한 가지 특이한 사항이 발견된다는 것을 이미 알고 있을 것이다. 그것은 그의 단편에 등장하는 인물들의 이름이 반복된다는 점이다. 혜정이나 형만이나 가연 혹은 조식이라는 이름을 지닌 인물들이 행위와 사건의 주요한 주동자로 등장하는 세계가 『럭셔리 걸』의 서사를 이루고 있던 것을 기억해보라. 그리고 짐작한 대로 이 인물들은 유령처럼 되살아나서 『플라스틱 아일랜드』에 등장하여 중요한 역할을 수행하고 있다. 조금은 낯선 듯한 이 인물 재현의 방식은 그러나 다들 알듯이 이미 전범을 지닌 고전적인 전략이다.

발자크는 방대한 『인간희극』의 세계 속에서, 새롭게 대두하던 부르주아의 산업사회를 엄정하게 묘사하기 위해서 인물들을 끊임없이 추적하고 다시 등장시키는 인물 재현법을 시도하였다. 라스티냐크와 뤼시앙, 보트랭과 고브세크 등은 『인간희극』을 이루는 대부분의 소설들에 빠짐없이 등장하는 발자크의 주요한 캐릭터들이다. 그렇다면 이문환은 발자크의 인물 재현법을 흉내내어 자신의 세계를 만들어가고 있는 중이란 말인가. 그러나 그에 대해 답변하기보다는 이문환의 소설이 발자크의 리얼리즘과 갖는 관련이, 단지 인물의 반복 재현법뿐만은 아니라는 점을 기억하는 것이 더 중요할 것이다. 무엇보다도 당대의 부상하는 새로운 삶의 양식과 자본주의에 대한 대응이라는 점에서 이문환의 소설은 발자크의 작업을 떠올리게 만든다.

발자크가 19세기의 사회를 실감 있게 표현하기 위해서 당대의 기술 용어와 은어들을 과감하게 자신의 소설 속으로 가져온 것처럼, 이문환은 럭셔리하고 테크노적이면서도 '모나드'적인 고독한 삶을 사는 21세기형 인간들의 세계를 묘사하기 위해 인터넷 메신저의 이모티콘과 새로운 삶의 윤리를 서사 속으로 편입시킨다. 발자크의 작품이 산업사회의 공적인 드라마를 다루면서 19세기 유럽의 중심 도시였던 파리의 증권거래소 주위로 몰려들던 인간들의 세목을 포착하고자 하였다면, 이문환의 소설은 21세기 한국의 콘크리트 섬인 여의도의 증권계와 금융업에 종사하는 인물들의 일상을 실감 있게 조명해나간다. 발자크가 공적인 영역 속에서 자아를 드러내려는 인간 개성의 현존을 나타내기 위해서 의복의 변화 양상에 초점을 맞추었던 것처럼, 이문환의 소설은 값비싼 명품과 유명 브랜드로 자아를 표상하는 인물들의 복장의 세목에 주의를 잃지 않는다. 인물들의 개성과 신체의 새로운 이미지를 드러내는 의복의 중요성은 발자크의 소설에서 그랬던 것처럼, 이문환의 소설에서 인물의 자아 이미지를 대변한다.

프랑코 모레티가 발자크의 소설을 분석하며 지적하였던 것처럼, 자본주의가 불러온 새로운 사회관계의 지옥 같은 리듬은 그에 맞먹을 정도로 장대한 서사의 문화를 만들어냈다. 인간의 충동과 외양이 결합되어 하나의 개성으로 표현되던 발자크의 세계에서 주인공들은 오로지 세상에 이미 존재하는 것만을 욕망하고 기성의 게임의 규칙을 배우는 데에만 노력을 아끼지 않는다. 그들은 사회의 정당성 따위는 묻지 않은 채 그 속으로 열광적으로 뛰어들어간다. 이미 존재하는 가치만을 욕망할 뿐 그것의 정당성에 대한 물음을 지니고 있지 않다는 점에서 이문환의 인물들만큼 발자크의 인물에 가까운 주인공은 찾아보기 어렵다.

물론 발자크와 이문환의 시공간적인 거리를 지적하는 것은 필요한 일이다. 발자크의 소설 속에 반복적으로 등장하는 인물들이 동일한 자아를 지닌 인물로 분명히 확인되는 정체를 지니고 있었다면, 이문환의 반복되는 인물들은 같은 이름을 지니고 있으나 동일한 자아를 지녔다고 확정하기 어려운 양상을 보여준다. 이 점은 이문환의 인물들이 살아가는 탈현대적 삶의 조건을 정확하게 반영하고 있다. 이 인물들은 같은 이름으로 불리고 있으나, 사실은 이름을 갖는 것이 별다른 의미가 없을 만큼 익명성 속에 놓여 있는 존재와 다를 바 없으며, 더욱이 하나의 작품 속에서도 분명하게 자기 정체성을 유지하고 있는 인물을 찾기는 어려워 보인다. 이 점은 무엇보다도 『플라스틱 아일랜드』에 등장하는 인물들의 곤경을 대변하는 존재의 조건이다.

또한 발자크가 부조하였던 사교계의 영웅들은 이후 '공적인 세계의 몰락'이라 불리는 사태를 겪어야 했으며, 그리하여 공적인 생활과 사교계의 영광으로부터 도피한 인간들은 자신의 자아를 보존해줄 어떤 장소를 만들어내야 했다. 그런 맥락에서 창조된 장소가 아늑한 가정과 친밀성의 영역인 낭만적 사랑이었다면, 다시 한 시절이 지나서 그런 가정의 아늑함과 사랑의 환상이 사라진 이후 이 세상의 이야기는 어떻게 이어질 것인가, 라는 물음은 이문환 소설의 중핵이라고 보아도 좋은 윤리적 질문이다.

그러니 이문환의 소설이 우리 시대의 인간희극이고 아직 가능한 리얼리즘의 한 양식이라고 말하는 것은 그리 큰 용기를 필요로 하지는 않는다. 문제는 그것이 '인간'의 이야기인가 하는 점일 테지만 말이다.

2. 모든 신성한 것은 조롱받는다

각종 사고와 재난으로 가족을 잃고 혼자 살아남은 고독한 사람들의 모임인 '클럽'에 주인공 조식이 가입하게 됨으로써 펼쳐지는 『플라스틱 아일랜드』의 서사는 위험과 아이러니로 가득한 현대의 묵시록과 같은 인상적인 장면들을 펼쳐 보이고 있다. 가족을 잃었으나 그로 인해 오히려 자유와 해방을 만끽하는 인물들의 이야기는 2000년대의 한국소설에서 더이상 낯선 서사가 아니지만, 그렇다고 해서 『플라스틱 아일랜드』의 질주하는 욕망들의 세계가 주는 강렬함이 약해지는 것은 아니다. 갑작스런 교통사고로 세상을 떠난 조식의 가족들이 그의 꿈속에 출현하는 다음과 같은 장면에는 우리 시대의 가족의 초상이 선명하게 제시되고 있다.

꿈속에서 가족들은 조식의 존재를 의식하지 못하는 모양이었다. 하지만 곧 누군가 슬로 모션으로 고개를 돌리리라. 얼핏 보면 그들은 생전의 모습과 다를 것이 없었지만 냉정하게 관찰하면 차이가 있었다. 산 자에 대한 증오와 질투. 제발 내게 오지 말라고 애원하면 그들은 이렇게 말하겠지 : 그래? 일단 네가 죽은 다음에 얘기해보자고. 우린 시간이 많아. 죽음은 평생 기다릴 수 있다. 조식은 꿈에서 깨기 위해 눈을 뜨려 애썼지만 소용없었다. 악몽은 양파껍질 같아서, 눈을 뜨면 또다른 꿈이 기다리고 있었다.(66쪽)

조식이 증언하는 바처럼, 가족이란 헤어날 수 없는 악몽 그 자체이다. 죽은 가족들의 응시를 "산 자에 대한 증오와 질투"로 기록하는 조식에게 생존시의 가족이 어떠한 존재였던가를 짐작하기는 어렵지 않다. 가족들이 자신에게 요구하는 것이 경제적인 원조밖에는 없다는 것을 발견하게 된 조식에게, "부르주아지는 가족관계로부터 그 심금을 울리는 감상적 껍데기를 벗겨버리고, 그것을 순전한 금전관계로 되돌려놓았다"라고 비평한 『공산당 선언』의 구절은 남다른 울림으로 기억되고 있지는 않을 것인가. 『플라스틱 아일랜드』를 이끌어주는 전범은 발자크를 경유하여 이제 마르크스로 이동하고 있다. 정말로 그러한지, 사태를 좀더 지켜보는 것이 좋겠다.

신성한 모든 은총이 그러하듯이, 신성한 가족의 기억은 조식에게만이 아니라, 『플라스틱 아일랜드』의 주요 등장인물들에게 고루 편재되어 있다. 진정한 가족의 역할모델은 자신의 실재하는 가족이 아니라 텔레비전의 만화영화 〈심슨 가족〉에 있다는 것을 알고 가족이라는 굴레를 벗어던지려 하던 가연이나, 자신에게 세 명의 아버지를 갖게 한 어머니로부터 독립하기를 원하고 자살로 그것을 성취하는 혜정, 그리고 톱스타가 되어 자신이 벌어다줄 돈만을 기다리고 있는 가족을 가진 이지 등도 가족에 대한 증오에서라면 조식보다 못하지 않았을 인물들이다. 그러므로 이들과 조식이 아무리 강렬한 성애를 나눈다고 하더라도 조식이 이들 중 어느 한 사람과도 가족을 이루지 못할 것임은 너무도 짐작하기 쉬운 일이다. 사정은 정확히 그 반대이다.

'클럽'과 회사에서 승승장구하는 것처럼 보이던 조식에게 최초의 '재난'이 찾아온 것도 가족이라는 유령의 모습을 통해서이다. 인형의 도움으로 가연의 사랑과 '클럽'에서의 지위를 얻은 조식은 이후 병들어 자신에게 의존하는 가연을 보며 부모에 대한 오랜 기억을 떠올린다. "그는 병자의 애처로운 눈빛이 등에 박히는 것을 느끼며 속으로 외쳤더랬다. 죽어버려!'" "지하창고에 봉인해뒀던, 병자에 대한 오랜 증오와 혐오"에 대해 조식이 절규한다고 해도, 가족이라는 귀환한 유령은 쉽사리 떨쳐지지 않을 만큼 강력하다. 병든 가연과 피로에 지친 이지가 보여주는 자신에 대한 의존은 다시금 가족의 생계를 책임져야 했던 과거를 떠올리게 만든다. 그리하여 가연과 이지가 입을 맞춘 듯이 "그래도 난 네 거잖아"라는 주문 같은 말을 했을 때, 그는 "자신은 그가 절대로 버릴 수 없는 짐이라고 주장하고 싶은 것일까? 부모님 역시 그가 취직한 뒤부터 "그래도 너만 믿는다"고 입버릇처럼 말했다"라고 가족이라는 굴레를 악몽처럼 떠올린다. 그에게 자유를 부여해줄 것으로 믿었던 '클럽'의 사람들 또한 가족이라는 벗어날 수 없는 굴레의 모습으로 다가오고 있는 것, 바로 그곳에서 조식의 파멸의 예감은 시작된다.

가족이라는 전통적인 유대관계가 약화되면서, 이해관계를 초월한 순수한 유대를 바탕으로 하는 공동체의 자리로 개인에게 중요하게 대두되는 우정이라는 형태의 감정 또한 조식에게는 허망하기 짝이 없는 것이다. 작품 속에는 적지 않은 조식의 친구들이 등장하고 그들과의 술자리도 드물지 않게 묘사되고 있지만, 그들 중 어느 누구도 조식을 위험으로부터 구해줄 만한 우정을 보여주지 않는다. 작품 속에서 친구들이 종종 등장하는 것은 오히려 조식에게 친구가 전혀 없음을 보여주기 위한 장치라고 보는 것이 좋을 정도이다.

그러므로 가족이 사라짐과 동시에 보험금이라는 벼락과도 같은 축복이 닥친 것은 여러 가지로 의미하는 바가 많다. 가족의 비명횡사와 그에 따른 보험금의 수혜로 인해 주인공의 신분이 상승하는 이야기는, 19세기 리얼리즘 소설의 인물들이 그토록 열망했던 벼락출세의 21세기적 버전이다. 욕망의 크기가 크면 클수록, 신분의 상승 속도 또한 빨라질 것이다. 그런 점에서, 조식이 처음 '클럽'의 아지트를 찾아갔을 때 들려온 노래의 가사가 "내가 원하는 것으로부터 날 지켜줘"라는 내용인 것은 오래 기억해둘 가치가 있다. 그것은 "그대가 원하는 바가 법칙의 모든 것이 되도록 하라"라는, 이 작품의 제사에 대응하는 내면의 명령이자, 결코 피할 수 없을 파국에 대한 계시와도 같다. 네가 욕망하는 것이 결국 너 자신을 파멸로 이끌 것이라는 현대의 유령 같은 강령!

다시 마르크스가 『공산당 선언』에서 들려준 구절에 귀를 기울여보면, 물신에 대한 욕망에 눈뜬 자들의 세상에서 "모든 고정적인 것은 증발되어버리고, 모든 신성한 것은 모독당한다. 그리고 사람들은 마침내 자신의 생활상의 자유와 상호연관들을 냉정한 눈으로 바라보지 않을 수 없게 된다". 클럽에 가입해서 다른 사람들의 인정을 받게 된 후, 조식은 메신저 친구신청과 미니홈피 일촌신청을 통해 며칠 사이에 가족이 늘어나는 것을 담담하게 받아들인다. 그가 소속하게 된 '클럽'이란 후기자본주의적인 이익사회 속에서 생산된, 새로운 유대관계의 형성으로 이해할 수 있다. 그 유대를 가능하게 만드는 것은 신분이나 공동의 관심사가 아니라 전적으로 가족과의 극적인 결별이라는 조건이다. '클럽'에서 조식의 친구를 자임하는 형만은 그에게 '클럽'의 내부 규칙이라는 것을 알려주는데, 몇 가지 조항으로 이루어진 그 규칙은 모두 '클럽'과 회원의 비밀을 외부에 발설하지 않는다는 것의 다른 표현이다. '비밀을 지켜라'라는 규칙 말고는 다른 어떤 강령도 지니고 있지 않은 지극히 폐쇄적인 '클럽'이란 공간에서 인간의 행위는 삶에 더 나은 가능성을 열어주는 생산적 활력으로 이어지지 않는다.

'클럽'과 회사의 가장 정점에 선 존재는 극도의 낭비행위를 수행함으로써 자신의 지위와 정체를 보장받는다. 가연과 배남으로 대표되는 그들은 낭비를 통해 절대적인 권위를 유지해나가는 듯이 보인다. 그것은 가족이라는 굴레가 사라진 자리에 남겨진 잉여를 소모하는 방식이라는 점에서, '윤리적 전복'의 한 극단을 이룬다. 한나 아렌트는 『인간의 조건』에서 노동하는 동물의 여가시간은 오로지 소비에만 소모되며 그에게 남겨진 시간이 많으면 많을수록 그의 탐욕은 더 커지고 더 강해지는 것이 우리가 직면한 소비사회의 모습이라고 말했다. 소비사회의 이러한 성격이 결국에는 세계의 모든 대상이 소비와 소비를 통한 무화로부터 안전할 수 없다는 위험을 일깨우게 되며, 그리하여 어떤 영속적 주체에게도 삶이 자신을 고정시켜 주체로 만들어줄 수 없다는 것을, 그 무상함을 인식하지 못하게 만드는 위험을 갖고 있다는 것이다.

프랑스혁명이 형편없는 소인배들이 영웅의 탈을 쓰고 뻐기고 다닐 수 있는 환경을 만들어내었다고 말한 것은 마르크스였는데, 조식이 경험하는 사태 또한 이와 유사하다. 혜정이 자신의 집으로 짐을 옮겨와 가족이라는 무대를 상연하려 하자, 조식은 스스로를 "아무 곳으로도 갈 수 없게 발목이 묶인 '매달린 사람'"으로 인식한다. 혜정이 집을 나간 다음날, 마치 허물을 벗고 다시 태어난 사람처럼 스스로를 확인하는 조식의 모습은 그에게 다가올 새로운 약속인 존재의 변신을 예감하게 한다. 혜정의 죽음 이후 가연과 이지가 갑작스럽게 조식에게 집착하며 애욕이라는 감정의 덫에 걸리게 되는 데 반해서 조식은 더욱 자신감을 갖게 된다. 외모와 지갑의 두께로 능력이 평가되는 짐승의 세계에서 이미 도태된 모습을 보여주었고, 독특한 방식으로 쿠키를 먹는 습관 때문에 여직원들의 혐오를 받던 조식은 이제 '클럽'에서 환대받는 존재로 새롭게 탈바꿈한다. 조식의 변신에 대해서는 다음과 같은 마르크스의 유명한 설명을 들어보는 것이 좋겠다. "화폐를 통하여 나에게 존재하는 것, 내가 그 대가를 지불하는 것, 즉 화폐가 구매할 수 있는 것, 그것이 나, 즉 화폐 소유자 자신이다. (……) 따라서 내가 무엇이고 내가 무엇을 할 수 있는가는 결코 나의 개성에 의해서 규정되지 않는다. 나는 추하다, 그러나 나는 아름답기 그지없는 여자를 사들일 수 있다. 따라서 나는 추하지 않은데 왜냐하면 추함의 작용, 즉 추함이 갖고 있는 사람들을 질색케 하는 힘은 화폐에 의해서 없어지기 때문이다."(『1844년의 경제학 철학 초고』) "내 집이라는 자산은 '나'라는 인간 그 자체요, 복식회계에서 자산은 자본＋부채로 구성되므로 주택융자금도 내 '자아'의 일부를 구성한다"고 믿고 있으며, "부(富)란 나와 남을 다르게 만들어주는 가치"라고 생각하는 조식은 이미 '클럽'의 세계로 빠르게 진입할 수 있는 자질을 갖추고 있다. 다들 알고 있듯이, 화폐의 힘에 대한 마르크스의 설명은 파우스트를 젊어지도록 만들어준 메피스토펠레스의 마법에 대한 해설이다. 조식에게 변신의 동력을 제공한 것이 가족의 죽음에 대한 보상금과, 서사의 첫 장에서부터 그와 동거하게 된 한 인형이 지닌 마법의 도움이라는 것은 우연이라고 보기 어렵다. 마르크스는 앞에서 인용하였던 『공산당 선언』의 몇 페이지 뒤에, "근대 부르주아사회는 주문을 외워 불러내었던 저승의 힘을 더이상 감당할 수 없게 된 마법사와 같다"라는 무척이나 멋진 말을 한 바 있다. 역시나 작가는 제4장 「과학자」에서, 마르크스의 그 구절을 직접 들려주고 있다. 이제 언젠가 괴테가 인상적으로 이야기해준 바 있는 그 저승의 힘에 대해 알아볼 때이다.

3. 말하자면 흑마술, 또는 희망의 증거

이문환의 소설 속 인물들이 작가의 다른 작품들에서 유령처럼 귀환한 존재들임은 이미 말한 바와 같다. 그중에서도 작가의 데뷔작이기도 한 단편 「마술사」에 등장하였던 바로 그 마술사는 더욱더 강력한 마법과 저승의 힘을 동반한 채 『플라스틱 아일랜드』 속으로 돌아왔다. 그에 따르면 고대의 마술과 중세의 연금술, 근대의 과학과 20세기 후반의 경제학은 마술사들이 끊임없이 탐구해 만들어낸 마법의 영토다. 다음 인용은 그가 경제학 강의를 듣고 싶어하는 21세기의 독자들에게 일깨워주는 마법같은 현실의 모습이다.

현금은 즉 욕망이다. 근사한 옷과 보석과 화장품과 자동차와 주택이다. 인간이 흙에서 태어나 흙으로 돌아가듯, 한번 소비한 현금은 경제순환의 고리 속에서 재활용된다. 백화점은 번제(燔祭)의 전당이다. 신용은 경제학의 승수이론(乘數理論)에 따라 현금의 힘을 강화하는 스테로이드. 자본의 신도들은 때론 인적이 없어 감옥 같은 자택이나 별장에서 북미 인디언의 포틀래치와 같은 파티를 열어 부(富)를 불태운다. 이란산 최고급 벨루가 캐비아를 은제 모종삽에 듬뿍 담아 돌리고 하얗게 털을 밀어낸 이탈리아 알바산 송로버섯을 감자칩처럼 퍼먹으며 애스프리 앤 가라드의 크리스털 글라스에 한 병에 백만원이 넘는 1999년산 샤토-무통 로쉴드를 가득 채워 마신다. 패션잡지 화보의 슈퍼모델 비키니 천사들처럼 절대미를 체현하기 위해 12세기 서유럽을 중심으로 성행했던 기독교 종파인 카타리 파의 완덕자(完德者)들이 그랬듯 육류와 동물의 지방을 먹지 않고 금욕한다. 그것으로도 부족해 살을 찢고 뼈를 갈아내며 얼굴과 가슴과 배와 엉덩이와 종아리에 확대경으로 비춰야 겨우 알아볼 수 있는 성흔(聖痕)을 만드는 고행을 겪는다.(142~143쪽)

현금에 대한 욕망에 사로잡힌 사람들이 자본의 신도가 되고, 경쟁에서 승리한 자들이 북미 인디언의 포틀래치와도 같은 부의 소모를 상연하는 자본주의의 극장은 『플라스틱 아일랜드』의 서사를 압축하여 놓은 축도와도 같다. (작품에 숨어 있는 또하나의 마법은 가연의 타로점이다. 사람 잡는 타로라는 배남의 비난에 대해서 가연은 그것이 사고에 대한 예언일 뿐이고 바로 그 점이 클럽과 회사의 근간이 된다는 점을 지적하고 있다. 인간의 희로애락과 관련된 변치 않는 욕망을 대변하는 전통적인 타로카드를 21세기적으로 변형한 그녀의 타로카드는, 결국 후기자본주의의 인간의 쾌락에 대한 탐욕과 갈망을 드러내면서 『플라스틱 아일랜드』에서의 조식의 서사를 압축해서 예언한 것이다.)

마술사는 기원하는 바를 기호와 상징으로 압축한 마술의 대표적 도구로서 인간을 닮은 인형을 제작한다. 바타이유에 따르면 종교의식은 인간의 피, 희생을 요구하며, 어원적으로 희생이란 성스러운 사물의 생산을 의미한다. 성스러운 사물은 오직 파멸의 작용을 통해 구현될 수 있다. 바타이유가 '소모'라고 부른 희생제의와 유행, 소비들은 이 소설에 나타나는 근본적인 가치를 통어하는 중심축을 이루고 있다. 바타이유는 소모의 한 극단적인 형태인 포틀래치가 종교적 제의의 형태를 띠는 것은 이론적으로 파괴가 그것의 수혜자를 위해 행해지기 때문이라고 말한 바 있다. 손실의 능력이 다름아닌 권력이라면 부는 전적으로 소모를 지향해야 하는데, 이미 알고 있는 대로 '클럽'의 지도층의 모습이 그런 소모의 몫을 대변한다. 마법사가 만들어낸 사물인 인형에서 강렬한 성애를 발견하고 그것으로부터 흑마술적인 쾌락과 영향이 인물들에게로 전해진다는 설정은, 돈과 상품에 집착하는 물신주의에 대한 풍자라는 이 작품의 근본 성격과 공명한다.

괴테의 『파우스트』가 악마와 맺는 계약을 통해 파괴에 대한 '악마적 탐욕'을 창조적인 것으로 전환시키는 역설을 보여주었다면, 문제는, 조식이 마법사와 맺는 계약은 어떠한 생산을 예비하고 있는지 알기 어렵다는 점이다. 대차대조표를 작성하는 합리성과 메마른 소비에만 매달리는 부르주아를 대표하는 조식의 파멸은 그러므로 예정된 결과와도 같다. 마술사는 이미, 인형을 갖게 되는 조식의 파멸을 예언하고 있는데, 그것은 그가 자신의 욕망과 의지를 통제할 줄 모르는 존재이기 때문이다.

조식의 연인으로 등장하는 혜정은 인형의 존재를 선취하고 있는 최초의 존재라는 점에서 중요한 인물이다. 조식은 혜정의 두 가슴에 각각 모시와 이니라는 별칭을 붙여주는데, 이 이름은 또한 직장에서 그가 금융거래를 위해 사용하는 두 대의 모니터의 이름이기도 하다는 점에서 그녀의 사물화된 운명이 암시된다. 혜정은 조식과 연애를 하면서도 그와의 사진 촬영을 거부함으로써 조식과 사귀고 있다는 증거를 남기지 않았으며, 남자들이 모두 자신을 배신했다고 믿으면서 자신의 참사랑을 기억 속에 간직한 채, 입버릇처럼 죽음에 대해 이야기하며 자살하는 법을 연구하는 여자이다. 혜정의 히스테리에 지친 조식이 그녀의 소원을 풀 수 있는 가장 합리적이고 경제적인 해결책은 자살이라고 생각했을 정도다.

소설의 서술자는 혜정이라는 인물의 과거와 현재를 묘사하는 대목에서 혜정의 목소리를 자유간접화법의 형태를 빌려 서술의 중간에 삽입하고 있는데, 이 대목은 앞서 조식이 유령의 목소리를 처음 듣게 된 대목과 연관시켜 볼 때 혜정이라는 인물에 대한 하나의 암시를 부여하기에 충분하다. 그녀는 곧 죽을 존재, 삶과 죽음의 경계로 이미 들어선 존재, 조식을 찍어줄지언정 조식의 사진 속에는 한 번도 자신을 드러내지 않은 존재로서, 다시 말하면, 유령과도 같은 존재인 것이다. 그것은 작품의 서사에서 혜정의 죽음에 개입한 것으로 추정되는 인형이 혜정의 목소리를 빌려 자신의 주장을 전개하는 것과 무관하지 않다.

혜정의 죽음 이후 혜정과 인형과 자신의 얼굴을 모자이크한 듯한 죽음의 총체에 쫓겨 불안해하는 조식이나, 남성과 여성의 경계에서 방황하며 인간은 누구나 죽는다는 평범한 사실을 두려워하는 가연이나, 혜정이 이미 걸어들어간 죽음의 영토, 저승의 힘이 자신들의 삶의 영역과 무관하지 않다는 것을 깨닫게 되었기 때문에 두려움을 떨치지 못하는 것은 아닌가. 조식의 현실적인 직장생활이 영위되는, 나무와 수

풀이 없는 벌거벗은 콘크리트 섬인 여의도라는 공간과, 화초와 창문이 없는 가연의 폐쇄적인 공간은 이미 별개의 장소가 아니다. 그러므로 '클럽'과 회사 내에서 벌어지는 가족주의파와 자유주의파의 대결은 근본적으로 문제를 생산하는 대립으로 이어지지 못한다. "더 많이 갖고 싶어하는 욕망이 우릴 창조한 거고, 우린 창조주가 부여한 소명에 따를 의무가 있"다는 배남의 욕망론을 들어보라. 그는 가연과 조식의 형제이다. 서사를 통해 구체화되지는 않지만, 오히려 가연의 심복인 형만이라는 존재가 하나의 대립 가능성을 지닌 존재라고 할 수 있다. 형만은 자본주의의 합리성을 대변하면서도 소모의 파괴적 열정에 사로잡히지 않은 유일한 인물이다. 가족에 대한 어떤 고백도 하지 않은 그는 마법사의 어둠의 힘조차도 오직 이해관계에 따라 빌려쓸 수 있을 뿐이라고 생각한다. 그는 회사의 재산을 증식시키기 위해 노력하면서도 어떠한 자기 파괴적인 에로티시즘도 보여주지 않는다. 생식이나 사회적 활동과 무관한 성관계에 빠져드는 조식과 가연과 이지의 세계는 형만의 합리성과 대립한다.

실재와 가상의 대립은 또 어떠한가. 인형은 조식에게 저주하듯 외친다. "날 가짜라고 생각하는 거야? 지금 거리에 나가봐. 텔레비전을 보라구. 얼마나 많은 여자들이 나랑 똑같은 가슴을 갖고 있는지. 남자들은 가짜라고 욕하면서도 미치도록 달라붙지. 너도 잔뜩 쌌잖아!" 인형의 가짜 가슴에 대립하는 대상은 다들 알고 있듯이 이지가 지니고 있다. "달러 지폐만큼이나 복제하기 어렵다는 프라다의 정품인증서처럼 확실한 순도 백 퍼센트의 자연산 가슴." 그러나 그것은 프라다의 정품인증서와의 유비를 통해 설명될 수밖에 없는, 사물화의 운명을 벗어나지 못한 상품화된 자연이다. 이쯤에서 처음 조식이 인형과 대면하였던 장면으로 돌아가보는 것이 좋겠다. 꿈도 아니지만 꿈과 유사하여 현실적이지 않은 하룻밤을 침대 위에서 자신과 함께 보낸 존재가 "알루미늄이나 메탈 프레임의 뼈대에 실리콘과 라텍스로 거죽을 입히고 실제와 흡사한 성기까지 갖고 있는 성인용 바비인형"이라는 것을 지각한 조식은 느닷없는 말을 중얼거린다. "그래도 나의 큰 희망은 사람에 있다." 과연 그 희망은 실현 가능한 것이었을까.

4. 이것이 인간인가

『플라스틱 아일랜드』의 첫 장면에서 조식은 "간절한 소원을 성취할 것이라는 계시"를 받고 술에 취한 채 집으로 돌아와 깊은 잠에 빠진다. 그가 꾸는 꿈속에서 어린 시절 최초의 성적 유혹을 느꼈던 동급생과 요란한 섹스를 하는 장면이 나오고, 이어서 벌에 쏘여 모두에게 경원의 대상이 되었던 기억을 떠올리는 것으로 보아, 조식의 '간절한 소원'이란 사랑이 아닌 섹스에 대한 욕망과 모두의 선망의 대상이 되는 존재로의 변신을 성취하는 것으로 추측해볼 수 있다. 그리고 다들 알고 있듯이, 그런 욕망이라면 이미 조식은 서사 안에서 지겨울 정도로 맛보았다고 할 수 있다. 문제는 그것이 참으로 '간절한 소원'이라고 말할 만한 것인가 하는 점, 무엇보다도 조식이 스스로 원하는 것을 분명하게 알고 있었는가 하는 점이다.

형만이 자본주의의 경영자가 독재자나 종교 지도자와 비교할 만하지만 그들보다도 더 위대한 인물이라고 알려주지 않더라도, "네가 원하는 바가 법칙의 모든 것이 되도록 하라"라는 흑마술의 율법이 자본주의의 논리와 다르지 않다는 것을 이제 충분히 알아차렸다. 그럼에도 파멸은 이미 돌이킬 수 없는데, 그것은 작품의 인물들이 자신들이 진정으로 원하는 것이 무엇인지를 더이상 알 수 없게 되기 때문이다. 이 작품에서 돈에 대한 욕망과 함께, 인물들의 행동과 정서를 규정하는 또하나의 욕망인 섹스에 대한 집착에서도 그러한 점을 발견할 수 있다. '클럽'의 첫 모임에서 조식은 메신저로만 대화를 나누던 낯선 여인과 섹스를 하지만, "그는 자신의 섹스를 훔쳐보고 있었다"고 말하고 있으며, 자신을 '푸우'라는 별명으로 부르는 가연은 "자신에게서 너무 달아나려고 하지 마요"라고 충고한다. 조식을 포함한 이 작품의 인물들은 섹스를 통해 어떠한 친밀감도 공유하지 못하고, 자아에 대해서도 아무것도 배우지 못한다. 이들의 섹스는 섹슈얼리티를 자아의 외부로 끊임없이 추방하는 행위 바로 그것이다. 그리하여,

　　섹스가 끝난 뒤 단내 나는 공기와 땀에 젖은 시트 속에서 엄습해올 싸늘한 기운을 생각하자 몸이 오싹해졌다. 관객 없는 광대가 홀로 공연을 마치고 텅 빈 무대를 바라보며 느낄 법한 혐오와 슬픔이 그를 휩쓸고 지나갔다.(282쪽)

라고 했을 때, 조식은 자신의 섹스와 관계들 속에 놓인 텅 빈 공허를 제대로 보아야만 했을 것이다. 그런 순간은 금리 인상에 대한 정보를 혼동한 조식이 시장과 반대로 움직여서 현실세계에서 몰락한 후 쓸쓸함과 공허를 느끼는 장면에서도 목격된다.

　　다들 유령처럼 소리없이 퇴근했다. 사무실에는 그 흔한 인사말조차 들리지 않았다. 조식도 그 유령집단의 일원이 되고 싶었지만 그럴 수 없었다. 혼자만 살아 숨쉬는 것 같았다. 아무도 그에게 말을 걸지 않았다. 듣는 사람도 없었다.(313쪽)

직장의 동료들이 모두 유령과도 같고, 오직 자신만이 살아 있는 사람처럼 느껴질 때, 조식에게는 아직 인간에 대한 희망이 남아 있었는

지도 모른다. 아직 혐오와 슬픔을 느낄 수 있는 존재 속에는 인간의 형상이 남아 있다고 할 수 있을 것이다. 그러나 서술자는 조식을 파멸의 장소를 향해서 데려간다. 이지가 가연을 질투하며 "난 자기가 그런 가짜한테 푹 빠진 게 정말 싫었어"라고 말하자, 조식은 오히려 "그녀가 물건으로 보이기 시작"하여 그녀에게 폭언을 퍼붓는다. 이어지는 장면에서 인형은 "진짜 여자는 바로 나야, 나"라고 말하며 조식의 사랑을 원한다. 조식이 빠져든 혼란스런 상태에 대해서는 마술사가 나타나 명쾌하게 정의를 내려줄 것이다. "자네가 뭘 원하는지 지금 자네가 어떻게 안단 말인가? 자네는 꿈을 꾸고 있는 거야. 자네는 가짜 조식이고, 진짜 조식은 잠들어 있지." 이후로 살인자라는 누명을 쓰고 정처를 잃은 조식은 "피를 나눴다는 이유만으로 모든 죄를 용서하고 포용하는 가족애의 마술"에 다시 걸려들길 원하지만, 그를 받아주는 것은 배남의 근친상간을 추구하는 동물-가족뿐이다. 인간과 동물의 경계에 놓인 그 가족의 삶에 편입된 조식은 마법사의 제의를 통해 "아직 형상과 소명을 부여받지 않은 얼굴 없는 인형들"의 무리속으로 흘러들어 "죽지 않았으되 꿈꾸고 있는 것"이 된 자신을 발견한다.

언젠가 르네 지라르는, 고귀함이란 그의 욕망이 자신의 내부에서부터 나오는, 그리고 그의 힘 하나하나를 전부 그러한 욕망을 충족시켜주기 위해 행사하는 사람에게 속하는 자질이라고 말한 바 있다. 『플라스틱 아일랜드』는 넘쳐나는 욕망을 가졌으나 그 욕망이 어디에서 온 것인지 진정으로 알지 못하는 인물들의 현대를 묘사한다. 참으로 자기 자신이 무엇인지 알지 못하고, 행동 하나하나가 오직 인간을 인간으로부터 멀어지게 할 뿐인 세계, 인간의 욕망 이외의 어떤 목적이나 엄격성 없이 사물에 다가서도록 함으로써 인간을 점점 더 인간으로부터 멀어지도록 만든 자본주의에 대한 기억할 만한 상상도를 이 작품은 보여준다. 사회의 보편적인 욕망의 구조에 대한 조망으로서 이 이야기가 안겨주는 강렬함을 잊기는 어렵다. 무엇보다도 이 이야기를 잊기 어렵도록 만드는 것은 "돈만 있으면 애새끼든 늙은이든 누구나 살 수 있는 흔한 인형이라고" 자신을 정의한 저승의 어떤 힘이 "날 죽이면 죽일수록 계속 업그레이드돼 돌아올 테니까"라고 말한 그 '보편적인' 저주를 잊을 수 없기 때문이다. 'I will be back'이라고 말하는 존재들, 언제나 돌아오는 자들을 조심해야 하는 이유는, 그것이 우리 모두의 마음속에서 가장 약한 지점으로 스며들어 가장 광포한 욕망을 일깨우는 존재이기 때문인 것이다.

작가의 말

『플라스틱 아일랜드』는 내 삶에서 가장 어두운 시기에 발표하는 것이다. 주인공 조식의 남동생이 앓는 질환인 원추각막—인터넷 검색에 따르면 레오 카락스의 영화 〈퐁네프의 연인들〉에서 줄리엣 비노시가 앓는 병이기도 하다—을 십여 년간 앓고 있었던 나는 증상이 심해진 탓에 지난해 1월 한쪽 눈에 각막이식수술을 받았는데, 상태가 조금씩 호전되는가 싶다가 올 여름 들어 급격히 악화했다. 이식받은 부위에 면역 거부반응이 일어났고 녹내장까지 겹쳐서 또 수술대에 올랐다. 올해 초만 해도 첫 장편 출간에 감개무량했지만 병든 눈에 일 년 넘게 질질 끌려다니며 지치고 피곤해진 지금은 무덤덤할 뿐이다.

탈고는 지난해 여름에 했다. 집필하는 동안은 각막이식수술의 회복기로 회사와 집을 오가는 것 외엔 거동을 할 수 없었다. 사지가 멀쩡함에도 육체활동을 거의 할 수 없는 시간이 계속되자 초조, 우울, 불안 등 온갖 부정적인 감정들이 깊은 우물을 이뤘고, 두 눈이 멀쩡한 사람들에게는 그들의 눈동자를 뽑아버리고픈 질투도 치밀었다. 소설을 쓰지 않았다면 이런 감정상태를 견딜 수 없었을 것이다. 어쨌든 내게 소설쓰기란 사디즘을 해소하는 합법적인 도구니까. 한 시간 이상 모니터를 바라보기 힘든 눈의 상태 때문에 회사에 나가서 일을 하면서도 별도로 시간을 내 소설을 쓰는 건 쉽지 않았고…… 어떻게 썼는지 기억도 희미하다.

불편한 몸상태와 시간의 제약은 어떤 측면에서는 긍정적인 효과도 발휘했다. 스티븐 킹의 『미저리』에서 미친 간호사의 집에 갇힌 작가는 그렇게 좋아하는 술은 한 모금도 댈 수 없고 옴짝달싹할 수 없는 폐쇄적인 환경 속에서 엄청난 창작욕을 발휘하지 않던가.

아쉬운 점이라면 전반적인 표현수위와 내용이 처음 구상했던 지점에서 몇 발짝 후퇴했다는 것이다. 애초에는 평범한 독자라면 대여섯 쪽을 읽다가 질려서 책장을 덮을 만한 적나라한 하드코어 로맨스를 쓰고 싶었다. 하지만 전개상 불필요해 보인다는 지적에 날려버린 부분도 있고 자기 검열에 걸려 차마 쓰지 못한 대목도 있다. 언젠가는 홀가분하게, 자유롭게 뭔가를 쓸 수 있을까?

내가 추구해왔으며 앞으로도 지향하는 바는 욕망의 내장을 흐르는 탐욕·증오·분노·질시 등을 재료로 풀코스 만찬을 차리는 것이다. 자본주의사회의 근간은 경제활동이며 경제활동이란 한정된 재화를 더 많이 차지하기 위한 경쟁에서 비롯된다. 인간성의 어두운 뒷면에 존재하는, 어린애처럼 순수한 갈망과 경쟁심은 아무리 부정하려 해도 인간 행동의 한 축을 이루고 사회 시스템을 정교하게 발전시키는 동력이 된다. 모비드 앤젤(Morbid Angel)의 가사를 빌려 말하자면 "우리는 삶의 죄악을 음미하도록 축복받았다".

작품의 구상은 1999년 가을에 했다. 그해 2월에 대학을 졸업했는데, 면접에서 번번이 물을 먹으며 취직에 실패하는 바람에 미래가 암담해져서인지 한 달에 장편 하나라도 써낼 수 있을 만큼 창작욕이 마구 샘솟던 때였다. 내 구상은 데뷔작인 단편 「마술사」의 등장인물인

마술사가 출연하는 3부작을 쓰는 것이었다.

1부는 물론 '마술사'이고 이 작품은 그뒤를 잇는 2부로 계획됐다. 그때는 리얼 돌이 세상에 아직 나오기 전이어서 백화점 마네킨이 리얼 돌의 역할을 맡았고 제목도 '마네킹'이었다. 『플라스틱 아일랜드』와 비교해 등장인물의 숫자는 훨씬 적고 내러티브는 단순했지만 한 소심하고 소극적인 남자가 어느 날 밤 수상한 남자에게서 소원을 들어주는 마술 인형을 얻어 사랑하는(혹은 사랑한다고 믿는) 여자를 차지한다는 줄거리는 동일했다. 자발적으로 사생아의 운명을 택한 자들의 집단인 '클럽'은 그해 발표한 단편 「모나드」에서 소개한 것이다.

「마네킹」은 이백자 원고지로 이백 매가 좀 넘는 분량의, 완결성을 가진 작품이라기보다 줄거리를 압축한 시놉시스 성격이 강한 글이었다. 언젠가 이것에 살을 붙여 장편으로 만들겠노라 마음먹었지만 이듬해 취직이 돼 사회생활을 시작하면서 계획은 뒷전으로 밀려났다. 시간은 흐르고 흘러 어느새 나는 서른세 살의 팔 년차 직장인이 됐다.

작품을 이제야 완성하게 된 이유는 간단하다. 먹고살기 바빴다. 죽어라고 글을 쓴다 해도 나 같은 무명 작가는 책 한 권으로 회사에서 받는 한 달치 월급도 벌기 어려우니 어쩔 수가 없는 노릇이었다. 책을 낸 다음에 듣는 말 중 가장 대표적인 짜증나는 말들은 이런 것들이다. "책은 많이 팔렸어?" "돈은 얼마나 벌었어?" (책을 계약한 다음에 듣는 가장 짜증나는 말은 "계약금은 얼마나 받았어?"이다.)

작품에 대해 몇 가지 참고의 말을 해야겠다. 4장 '과학자'에 나오는 살인마 '잭 더 리퍼'의 정체는 각주에 언급한 *Jack The Ripper : Black Magic Rituals*의 저자의 주장일 뿐이다. 물론 나는 그 주장이 설득력이 있다고 생각한다. 살인마 잭으로 지목된 오노스톤이 19세기 수단 전쟁에 관여했다는 것은 내가 지어낸 사실임을 밝혀둔다. 같은 장에서 이란산 캐비아를 은제 모종삽에 담아 돌리는 부자들의 이야기는 국내에 '부자'라는 제목으로 출간된 리처드 코니프의 *The Natural History of The Rich*에서 인용한 것이다.

각 장의 타로 이미지 해설은 고(故) 브라이언 윌리엄스의 '포모 타로(Pomo Tarot)' 해설서와 '타로카드 100배 즐기기'라는 제목으로 출간된 레이첼 폴락의 책을 주로 참고했다. 각주에 언급한 것 외에 흑마술에 대한 참고서적으로는 다음 책들을 활용했다. *The Black Arts*, Richard Cavendish, Perigee Books, *Creating Magickal Entities*, Cunningham, Egregore Publishing, *The Book Of Black Magic*, Arthur Edward Waite, Weiser Books, *The Magick of Aleister Crowley*, Lon Milo DuQuette, Weiser Books, *City Magick*, Christopher Penczak, Weiser Books.

소설은 혼자서 쓰지만 주위의 도움 없이 좋은 작품을 쓰는 것은 불가능하다고 생각한다. 우선 이 작품의 초고를 읽고 평해준 유진선, 이지연, 이형석, 최선호 등 네 명의 모니터 요원들에게 감사드린다. 이들의 날카로운 지적 덕분에 허술한 부분을 쳐내고 구성을 탄탄하게 조직할 수 있었다. 지난해 문학동네소설상 심사평에서 장단점을 지적해주신 심사위원분들께도 모두 감사를 드리고 싶다. 내게는 정말 귀중한 평들이었다. 한향란씨는 프로다운 솜씨로 책날개에 들어갈 멋진 사진을 찍어주셨다.

작품에 대해 할 말이 있거나 궁금한 점이 있다면 블로그에 들르거나 이메일을 보내주시기 바란다. 블로그 주소는 twistedmirror.com이고 이메일 계정은 moonan@live.com이다.

2007년 9월
이문환

문학동네 장편소설
플라스틱 아일랜드
ⓒ 이문환 2007

초판인쇄 │ 2007년 9월 10일
초판발행 │ 2007년 9월 17일

지 은 이 │ 이문환
펴 낸 이 │ 강병선
책임편집 │ 조연주 권윤진
펴 낸 곳 │ (주)문학동네
출판등록 │ 1993년 10월 22일 제406-2003-000045호

주　　소 │ 413-756 경기도 파주시 교하읍 문발리 파주출판도시 513-8
전자우편 │ editor@munhak.com
전화번호 │ 031) 955-8888
팩　　스 │ 031) 955-8855

ISBN　978-89-546-0388-1　03810

www.munhak.com